ET MOI,
JE ME CONTENTAIS DE T'AIMER

ROSELLA POSTORINO

ET MOI, JE ME CONTENTAIS DE T'AIMER

roman

Traduit de l'italien
par Romane Lafore

ALBIN MICHEL

« Les Grandes Traductions »

Ce livre est un ouvrage de fiction. Les noms, personnages et les événements relatés sont le fruit de l'imagination de l'auteure ou sont utilisés à des fins de fiction. Toute ressemblance avec des faits avérés, des lieux existants ou des personnes réelles, vivantes ou décédées, serait purement fortuite.

Édition originale italienne parue sous le titre :
MI LIMITAVO AD AMARE TE

« Comme il est possible de tuer, il est également possible d'écrire. »

Slavenka Drakulić, « Lire Karahasan »

« Mais de votre mère, qui peut vous protéger ? »

Elsa Morante, *L'Île d'Arturo*
in *Mémoires d'un adolescent*,
traduit par Michel Arnaud, Gallimard, 1963.

PREMIÈRE PARTIE

1992-1993

1

L'enfant marchait cramponné à sa mère, si bien qu'elle s'arrêta et dit :

– Pourquoi tu me colles comme ça, tu ne vois pas qu'on risque de trébucher ?

C'était plus fort que lui. Il avait dix ans et depuis cinq ans, il vivait dans l'angoisse permanente de son absence, passait la semaine à la fenêtre, à genoux sur une chaise, à attendre. Puis sa mère arrivait et il était pire qu'un chien qui ne tient pas en laisse, soupirait-elle. C'est justement parce qu'ils sont trop contents de sortir avec leur maître qu'ils viennent constamment se fourrer dans ses jambes, pensait-il ; il ne le disait pas.

– Pardon.

Il but une gorgée de Coca-Cola : sa mère lui en avait rapporté, elle lui rapportait toujours quelque chose, allez savoir où elle l'avait déniché. Elle regardait ailleurs en plissant légèrement les yeux, même s'il n'y avait pas de soleil mais un ciel de tôle sur l'après-midi finissant. Elle faisait ça à chaque fois, quand elle passait le prendre et qu'ils marchaient côte à côte. Elle regardait à la ronde, s'arrêtait sur un point connu d'elle seule et de minuscules rides apparaissaient autour de son nez. On aurait dit des moustaches de chat, ces rides, et l'enfant sentait monter de son ventre une envie folle de les caresser, mais il se retenait. De toute façon, il savait qu'elle n'aurait pas ronronné.

Il écrasa la canette de Coca-Cola et donna un coup de pied dedans, le vacarme métallique rida le front de sa mère. Alors l'enfant alla la ramasser pour la jeter dans une benne, mais elle lui dit :

– Tire !

Il lui obéit, il lui obéissait toujours.

Quand la canette lui frappa le sein par erreur, la mère se figea, baissa la tête. L'enfant courut vers elle et resta à attendre, sans oser parler. Vu qu'elle non plus ne disait rien, il lui effleura la hanche, doucement, comme si elle risquait de se briser, ou de s'écrouler.

– Je t'ai fait mal ?

Elle releva la tête si brusquement que l'enfant sursauta. Tandis que ses cheveux retombaient épars sur ses épaules, elle lui attrapa les poignets et les serra.

– Je l'ai arrêtée, dit-elle. Tu as vu ?

Puis elle éclata de rire.

Quand elle riait, ça faisait comme les cascades. L'enfant n'en avait vu qu'à la télé, des cascades, mais il rêvait de sentir s'abattre sur lui tel un déluge le puissant jet d'eau fraîche, d'y boire, bouche grande ouverte et tête renversée. Si sa mère riait, c'était la terre entière qui grondait.

Ils jouèrent un match à deux le long de la côte de Bjelave : ses tirs à elle étaient gauches, maladroits, ils le remplirent d'allégresse. Les surveillant, des fenêtres barricadées de bois, des façades aux plaies ouvertes, d'imperturbables colombes perchées sur les balustrades, et une longue coulée d'asphalte désertée par les êtres humains. Quelqu'un avait planté un petit moulin à vent dans un vase vide : il n'y avait pas de vent, le moulin ne tournait pas. Allez savoir si en soufflant dessus avec son coffre de garçon maigrichon, il aurait réussi à le faire bouger d'un seul millimètre.

– Rentrons, dit tout d'un coup la mère, en boutonnant sa veste de coton.

De nouveau, ces rides qui lui chiffonnaient le visage.

– Pourquoi ? demanda l'enfant, tandis que dans son ventre aussi, quelque chose se froissait.

Accroupie devant lui, sa mère lui remonta son col, mais il ne faisait pas froid, c'était le mois de mai.

– Où est ton frère, comment ça se fait qu'il n'est pas venu ?

L'enfant ne répondit pas. Ce matin-là, il avait été réveillé par la fumée, comme d'habitude : son frère s'allumait une cigarette, la joue encore posée contre l'oreiller, il l'aspirait jusqu'au filtre, l'éteignait en la frottant contre le mur derrière son lit. Il avait dessiné une chaîne gris foncé, il en semblait fier.

– Il faut que tu le convainques de venir avec nous, la prochaine fois. Tu me le promets ?

L'enfant hocha la tête : il lui obéissait toujours. Elle le prit dans ses bras. Elle sentait le poêle à bois et les cheveux pas lavés, même si le poêle était éteint depuis plus d'un mois ; c'était l'odeur de quand ils dormaient ensemble.

L'enfant se serra contre sa mère pour la respirer et c'est alors que le fracas retentit. Les fenêtres tremblèrent, les colombes s'élancèrent dans les airs, le moulin à vent tourna et tomba du vase, mais l'enfant ne le vit pas : le souffle de l'explosion l'arracha à l'étreinte et le jeta au loin.

Il rouvrit les yeux sur les larges narines d'un homme dont il lui fallut quelque temps pour imprimer nettement le visage. Un sifflement aigu lui transperçait les tympans.

– Ah, te voilà.

Un béret militaire, le cou enserré dans un uniforme.

– Tu vas bien ?

La voix, les sons lui parvenaient de loin, étouffés. Un bourdonnement de cris-gémissements-sanglots-pas précipités sur le pavé.

– Tu me vois, tu m'entends ?

– Oui, répondit l'enfant, les lèvres toutes fendillées.

Ses joues tiraient, recouvertes d'une couche de poussière. Il se lécha un coin de la bouche, c'était rugueux, salé.

– Tu arrives à marcher ?

L'homme l'aida à se remettre debout.

L'enfant était intact, pas une griffure. Sur la route, une colombe inerte dans une mare de sang.

– Où tu habites ?

L'enfant fixait l'aile arrachée, juste à côté du cadavre.

Le soldat le secoua :

– C'est où, chez toi ?

– L'orphelinat, là-haut.

– Alors retournes-y, tu n'as rien.

– Où est ma mère ?

– Colle-toi aux murs, ne t'arrête que sous les corniches, tu as quel âge ?

– Dix ans.

– Bon, à dix ans, tu as sûrement appris comment faire. Dépêche-toi ! dit-il en lui poussant l'épaule d'une main.

Mû par ce geste, le corps de l'enfant s'ébranla, les jambes avancèrent l'une après l'autre, d'abord lentes, mécaniques, puis plus rapides.

Son cœur battait fort. Au milieu de la nappe de fumée, le bourdonnement en sourdine le désorientait.

– Cours !

L'enfant tourna la tête d'un coup : c'était la voix de sa mère, mais d'où venait-elle ?

– Maman !

Il la chercha parmi les gens. Un groupe de soldats flous, une cohue nébuleuse, des silhouettes se débattant, les yeux qui brûlaient. Pas de mère en vue.

– Cours !

Mais c'était sa voix, c'était elle, c'était forcément elle. L'enfant obéit, il lui obéissait toujours.

– Où es-tu ? cria-t-il en courant, la tête tournée, les soldats de plus en plus lointains, de plus en plus petits.

– Dépêche-toi, l'exhortait l'homme qui l'avait ramassé par terre.

L'enfant ne s'arrêta pas une seconde, il continua à courir, la tête tournée, en criant : « Maman, où es-tu ? », encore et encore, comme si quelqu'un pouvait lui répondre.

2

Sa respiration faisait des taches de buée sur la vitre, Omar les effaçait avec ses doigts pour observer la route. Elle était presque déserte, même s'il restait plusieurs heures avant le couvre-feu. Au coin, un vieux surgit en traînant une carriole remplie de bidons d'eau, les yeux baissés alors que les tirs venaient d'en haut. Il trouva refuge contre un immeuble, ne ralentissant qu'au dernier moment, fit une pause pour reprendre son souffle et poursuivit. Il continua à entendre le grincement de la carriole longtemps après que le vieil homme eut disparu de son champ de vision.

Un choc fit vibrer la vitre, l'enfant se retourna en sursautant.

– Sen ! Tu m'as fait peur.

– Je t'ai dit mille fois de ne pas rester là.

Senadin ramassa par terre le tee-shirt qu'il venait de lancer contre la fenêtre, l'épousseta avant de l'enfiler.

– Tu descends avec nous dans la cour ?

Un duvet apparu depuis peu lui salissait la peau sous le nez et assombrissait le contour de ses lèvres. Omar aimait frôler du doigt la jeune barbe de son frère pour en apprécier la consistance : c'était doux, rien à voir avec celle de papa qui piquait à chaque baiser, quand il habitait encore avec eux, quand il n'avait pas encore disparu.

La nuit, lorsque Omar tremblait dans son lit à chaque

bombe, Sen, allongé sur un autre matelas collé à celui de son petit frère, venait frotter sa joue contre son visage, le chatouillait avec son duvet naissant. Il avait à peine deux ans de plus mais sa seule présence rassurait Omar.

– C'est depuis la grenade qu'elle ne vient plus, ça fait douze jours aujourd'hui.

– Omar, elle vient quand ça lui chante, tu le sais.

Au départ, leur mère venait une fois par semaine au moins. Mais depuis que le siège avait commencé, il n'y avait plus eu de jour préétabli. Quinze jours pouvaient s'écouler entre deux visites, vingt. Omar avait déjà peur, avant, de ne jamais la voir revenir, mais c'était pire maintenant. Comment avait-il pu s'enfuir en courant, partir sans elle ?

Il lui avait obéi.

Il était arrivé à l'orphelinat haletant et il avait cherché Sen. Il passait sa vie dehors, son frère, des journées entières. Après avoir monté, descendu et remonté les escaliers pour vérifier toutes les chambres, Omar s'était effondré dans un couloir – il ne savait même plus à quel étage – et s'était mis à pleurer. Sa cage thoracique se secouait, sismique, sa respiration murée.

Une fille était sortie d'une chambre et venue à sa rencontre. Elle s'était assise en face de lui sans demander qu'est-ce que tu as, qu'est-ce qu'il se passe, elle n'avait appelé personne. Les genoux serrés contre sa poitrine, elle l'avait juste regardé pleurer.

Omar voyait qui elle était, bien qu'il ait oublié son nom : ils ne s'étaient jamais parlé, ne s'étaient croisés que quelques fois dans la salle commune. La plupart du temps, elle restait cloîtrée au deuxième étage. Elle était connue parce qu'il lui manquait un annulaire, qu'elle avait perdu petite, personne ne savait comment. On se moquait d'elle à cause de son infirmité, au point que l'une des enfants l'appelait Moignon, mais seulement en l'absence de son frère : devant lui, l'un des plus grands, personne n'osait ; et ainsi la petite fille sans annulaire avait pris l'habitude de rester seule, ou en compagnie de son frère.

Omar avait eu envie de lui dire va-t'en, qu'est-ce que tu fais ici, tu profites du spectacle ou quoi, mais les sanglots l'empêchaient de parler. Il avait pleuré encore plus fort, pour la dégoûter. La fille était restée à le regarder, muette, et il l'avait regardée à son tour. Yeux dans les yeux, ils se fixaient. Au début, Omar avait cru qu'elle le défiait, puis peu à peu les iris bleu ciel de la fille sans annulaire étaient devenus le nord de sa boussole, un crochet auquel s'agripper. Omar s'était tellement concentré sur ce point dans l'univers que progressivement ses gémissements s'étaient taris. C'est à ce moment-là que la fille lui avait pris la main. Elle avait utilisé sa main saine, et Omar ne s'était pas dégagé, ils étaient restés main dans la main un bon moment. La fille n'avait pas souri, mais son contact était doux, et solide. Omar en avait absorbé la chaleur.

Quand les larmes avaient séché et qu'il avait réussi à expirer normalement, elle avait détaché sa main et elle était partie. Elle avait refermé la porte de sa chambre au moment où Omar disait salut. Il ne savait pas si elle l'avait entendu.

– C'est pas comme les autres fois, la grenade l'a peut-être eue. Allons la chercher à l'hôpital.

– Tu recommences ? Quel hôpital ? dit Sen.

– Allons à la maison, alors, insista Omar, voir si elle y est.

– Tu es fou. Je te l'ai déjà dit : pour arriver à Čengić Vila, il faut traverser toute la ville, tu veux te faire tuer ?

Sen s'approcha en slalomant entre les matelas, les bouteilles vides, les emballages et les paquets de biscuits répandus au sol. Depuis que la guerre avait éclaté, de nombreux éducateurs ne venaient plus. Ils sont bloqués à Ilidža, à Grbavica, disait Sen, ce sont les Serbes qui contrôlent ces zones, maintenant. Omar, lui, pensait qu'ils préféraient s'occuper de leurs enfants à eux. Les pensionnaires les plus âgés prenaient soin des plus petits ; le dernier étage avait été abandonné parce que trop exposé aux tirs, les chambres des deux étages inférieurs s'étaient remplies d'enfants et de bazar. Quand la cantine n'était pas HS, elle servait soupe, patates et pain, mais Omar avait la nausée à la seule vue de la nourriture.

– Et si elle est blessée ? dit-il, et son souffle blanchit la vitre.

Il serra le poing, se mordit une jointure. Puis il posa le côté de sa main repliée sur le halo de buée, formant une empreinte qui ressemblait à une plante de pied. Du bout du doigt, il dessina les orteils.

Du jour où il avait été laissé à l'orphelinat Ljubica Ivezić, Omar ne gardait aucun souvenir. Il y avait le temps d'avant et le temps d'après, mais la césure entre ces deux périodes, il l'avait occultée. Cinq ans étaient passés, il en avait dix, à présent, et son frère, douze. Quand il demandait à Sen de lui décrire cette séparation, de lui raconter quels gestes, quels mots l'avaient accompagnée, il se heurtait au silence.

Le pied sur la vitre coula, Sen s'appuya à l'encadrement de la fenêtre.

– C'est peut-être pour se protéger qu'elle ne vient pas. Tu devrais être content.

– Je veux la voir.

– Ce que tu peux être têtu !

Il lui mordit doucement le bout du nez, Omar lui donna une petite tape sur l'épaule et ils rirent de cette bourrade bâclée. Puis Sen s'écarta.

– Tu descends, alors ? Moi, j'y vais.

– Tu t'en fiches, d'elle, dit Omar.

Son frère le prit dans ses bras d'autorité et il n'opposa pas de résistance.

– Elle a dit qu'il fallait que tu viennes, la prochaine fois.

– Ok. Mais quand est-ce que tu vas comprendre ?

– Comprendre quoi ?
– Qu'on doit rester ici.

Les snipers tiraient depuis les montagnes, Sarajevo était cernée, une ville d'où il était impossible de s'enfuir. Sarajevo a la forme d'un berceau, d'une coquille, racontait leur père les soirs de bonne humeur, une forme qui a toujours permis aux habitants de se sentir protégés, ajoutait-il, et Omar avait l'impression de voir les yeux de son père briller. Qui sait où il se trouvait, maintenant. Il n'aurait jamais pu imaginer que cette forme, c'était surtout la forme parfaite pour se faire tuer.

Et pourtant, les gens continuaient à sortir dans la rue, ils recueillaient l'eau de pluie dans des sachets de congélation qu'ils transvasaient ensuite dans des jerrycans – Omar les espionnait par la fenêtre, malgré l'interdiction de Sen, tu veux te faire tirer dessus ? – et ils achetaient au marché des légumes à prix d'or, ils faisaient la queue pour le pain et, entre un immeuble et un autre, ils couraient.

Omar aussi courait en tenant la main de Sen, les yeux rivés sur ses chaussures, comme s'il suffisait d'ignorer le monde à l'exception de deux bouts de toile usée et d'une paire de lacets noircis pour se défendre de la menace. Il n'y avait pas moyen de retenir les orphelins à l'intérieur ; les autres enfants devaient harceler leur mère – je t'en supplie allez, juste une petite heure, pour une fois qu'il y a un rayon de soleil ! Eux non, ils étaient libres de mourir. Ainsi, avant de traverser, Omar retenait son souffle puis il se lançait avec les autres en fermant les yeux, si bien que le danger ne venait plus seulement d'en haut mais aussi de la route, où les rares voitures fonçaient pour éviter les tirs. Ils atteignaient le trottoir d'en face hilares, se tapaient dans la main pour masquer les battements en rafale qui résonnaient dans leur gorge, fanfaronnaient en vétérans – tous, même Omar, sauf le frère de la fille sans annulaire.

Il s'appelait Ivo et Sen l'admirait, pas seulement parce qu'il avait presque dix-huit ans, une voix d'adulte et la pomme d'Adam si proéminente qu'elle semblait sur le point de transpercer sa peau, mais parce qu'il n'avait peur de rien. En fin d'après-midi, il organisait et dirigeait des expéditions dans les supermarchés et les magasins désaffectés aux vitrines explosées. Il rédigeait une sorte de liste de courses et assignait à chacun une denrée, ce qui n'était pas facile vu que tous les commerces touchés par les bombes étaient mis à sac : souvent, assurait-il, c'était même les forces armées de défense du territoire qui venaient se servir après le couvre-feu. Le peu de nourriture qu'ils arrivaient à récupérer, Ivo le répartissait entre eux ou allait l'échanger au marché contre des cigarettes.

– Ah, enfin, tu t'es déscotché de cette fenêtre, dit-il en voyant Omar arriver dans la cour avec Sen.

Il le regarda sans répondre, il ne savait jamais quoi lui dire.

Le bâtiment projetait son ombre asymétrique sur l'asphalte. Comme d'habitude, la cour était envahie par les filles qui jouaient à la maman avec les plus petits : elles les berçaient, leur prenaient la température en leur glissant un bâton sous l'aisselle, elles les bordaient avec des couvertures imaginaires et les grondaient avec un tel acharnement qu'elles semblaient réellement fâchées. Parfois, les petits s'y trompaient et éclataient en sanglots, parfois, ils les laissaient faire. La fille sans annulaire, elle, ne venait jamais dans la cour.

– Allons-y, dit Ivo.

Seuls les garçons le suivirent. Même les chiens errants qui traînaient dans l'orphelinat restèrent où ils étaient.

Le long de la descente, un garçon avait grimpé sur une Yugo cabossée et éventrée, sans pare-brise ni vitres ni portières mais aux roues intactes et à la carrosserie grise recouverte de gribouillis au feutre. Il sautait dessus pour la secouer : à l'intérieur, deux enfants bringuebalaient comme sur un manège.

– Allez, monte, lança Ivo en faisant un clin d'œil à Omar, lequel guetta la réaction de Sen.

– Mets-toi au volant, dit-il.

Les enfants se serrèrent pour lui faire de la place. D'autres s'étaient installés sur le coffre défoncé, s'agrippaient au toit avec les mains en appuyant leurs pieds sur le châssis ou avaient rejoint le garçon en haut. Le reste attendit autour du véhicule : au signal d'Ivo, ils poussèrent, jusqu'à ce que la voiture amorce un mouvement. Elle se traîna péniblement, racla légèrement l'asphalte, prit peu à peu de la vitesse et, forte de cet élan initial, partit à toute berzingue, comme si le moteur avait été allumé, comme si la voiture en avait encore possédé un, aussi rapide qu'une luge sur une piste enneigée. Depuis combien de temps Omar n'était-il pas allé sur le mont Trebević – depuis que son père les avait abandonnés.

Il pensa au grand lit dans lequel ils avaient dormi tous les quatre, collés les uns contre les autres, tête-bêche, été comme hiver, avant que leur père s'en aille. Omar avait droit aux pieds de sa mère : petits mais larges, durs de cals et surmontés d'orteils si charnus qu'il avait envie de les sucer. Sa mère s'y opposait : si Omar essayait, elle dégageait brusquement ses jambes. Elle avait le petit doigt qui chevauchait légèrement son voisin, Omar s'amusait à essayer de le remettre dans l'axe mais dès qu'il arrêtait de faire pression, l'orteil revenait, comme un ressort, dans sa position initiale. La rébellion du petit doigt de pied maternel l'emplissait de tendresse. Il pensa à l'entresol dans lequel ils avaient vécu, au poêle dans l'angle de la pièce : il imagina que sa mère était là, agenouillée devant la trappe ouverte pour y charger du bois – c'était le printemps, il ne faisait pas froid. Pourquoi n'était-elle plus revenue ? Elle était peut-être à l'hôpital et l'entresol était resté vide, le bois entassé par terre, le lit muet.

– Qu'est-ce que tu fais ? cria le garçon à côté de lui.

Omar s'étira en travers du volant, essayant d'accompagner

le virage, mais la voiture était lancée à une vitesse incontrôlable. Il n'eut pas peur, laissa son voisin braquer à sa place, son épaule s'inclinant brusquement sur le côté comme si elle était actionnée par une corde, par une force qu'aucun muscle ne pouvait endiguer. Il ballotta, heurta quelque chose de l'épaule, de la tempe, sans savoir quoi. Et il rit. Une joie indécente lui monta jusqu'aux mâchoires, il en hurla.

Quand la Yugo ralentit après avoir épuisé son élan, les jeunes qui y étaient arrimés bondirent au sol. Sen avait couru derrière la voiture ; Ivo, non. Il marchait calmement, cigarette aux lèvres.

Quand il les eut rejoints, Ivo les envoya chercher des vivres. Omar s'appuya contre Sen, il voulait rentrer à l'orphelinat. Sa joie s'était envolée. Il n'aimait pas fouiner dans les décombres, et il n'avait jamais faim.

Une heure plus tard, ils étaient tous assis sur une platebande. Le butin était maigre : un paquet de biscuits à la crème périmés, des bonbons aux fruits et deux conserves de sardines. Celles-ci, Sen les avait exhumées d'un tas de ruines. Assis en tailleur à côté de son frère qui creusait en suant, Omar avait attendu nonchalamment. Devant la masse énorme de gravats à déplacer, soulever, devant l'étendue du désastre, il se sentait toujours à bout de forces.

L'odeur fruste des sardines le dégoûta pendant que les autres mangeaient.

– Regardez, le camion de l'Onu ! hurla Cotcot.

C'est le surnom qu'Ivo lui avait donné, parce que quand il riait, on aurait dit qu'il pondait un œuf.

Ivo et Sen s'élancèrent sur la route et, sans raison apparente, Omar se mit à les suivre, de ses jambes agiles, désespérées. Il n'était pas rapide, ni même affamé, mais depuis le début du siège, il avait appris à courir. Quand il fut tout proche du camion, il sauta, plus haut qu'il ne s'en croyait capable, et tendit la main pour s'accrocher à un coin du hayon, le manqua d'un cheveu, tomba. Sen s'arrêta pour lui venir en aide.

– Tu t'es fait mal ?

Omar garda le silence tandis que son frère le traînait sur le bas-côté.

– Alors ? insistait Sen.

Mais Omar était captivé par le spectacle : hissé à l'arrière du camion, Ivo avait ouvert un pan de la toile, fouillé à l'aveugle et, en une seconde, raflé plusieurs sacs de nourriture. Il descendit au premier virage. Sen courut vers lui, Omar se releva.

C'étaient des oignons. Ivo s'assit à califourchon sur un muret, ouvrit trois filets avec les dents et les offrit à la cantonade : les enfants mordirent dedans comme dans des pommes. Omar s'efforça de prendre part à l'enthousiasme. L'oignon crépita sous ses incisives, délivrant son jus âpre. Cotcot aussi avait les yeux brillants. Mais ils persistèrent, se passèrent les filets jusqu'à ce qu'ils soient vides. Voyant Ivo fourrer un oignon dans sa poche, Omar pensa qu'il voulait l'apporter à sa sœur. C'est alors qu'il sentit une douleur tardive dans le genou – peut-être simplement la mélancolie du ventre plein.

– Qu'est-ce que tu as là-dessous ?

Sen indiqua l'étrange forme qui se dessinait sous la fermeture Éclair de Cotcot, remontée jusqu'au menton. Un autre garçon se leva pour tâter ce ventre dur et irrégulier : tous sauf Omar se prêtèrent au jeu, palpant l'objet pour essayer d'en deviner le secret. Une petite guitare.

– Au lieu de ramener à manger, tu es allé te chercher un joujou ? demanda Ivo.

Sen baissa la tête. Et si tu t'occupais de tes affaires, pensa Omar.

– Viens ici, ordonna Ivo, et Cotcot s'exécuta, tenant sa guitare par le manche comme une bouteille par son col.

Ils attendirent la punition.

Ivo jeta sa cigarette au loin, gratta le grain de beauté qu'il avait au milieu de la joue et descendit du muret. Il était grand, beaucoup plus que Cotcot, qui semblait sur le point d'abandonner sa guitare par terre et de s'y jeter à son tour.

– Tu sais jouer ?

Cotcot acquiesça.

– Fais-moi voir.

Après une longue inspiration, Cotcot pinça les cordes de l'instrument, sans parvenir à en faire sortir un son identifiable.

– Tu te fous de ma gueule ? siffla Ivo en se penchant vers le garçon.

Avec des gestes saccadés, en tirant la langue comme s'il livrait un effort surhumain, Cotcot se mit à tourner les chevilles pour accorder l'instrument. Il ne risquait pas de glousser de sitôt, pensa alors Omar.

– Joue-moi *Wish You Were Here*, dit Ivo. Tout le monde la connaît, celle-là.

L'enfant racla ses incisives contre sa lèvre inférieure. C'est un jouet, pensa Omar, mais sans oser le dire : elle ne peut pas jouer de musique pour de vrai. Tirant toujours la langue, Cotcot utilisa ses ongles en médiator et, d'appréhension, Omar le quitta du regard.

Soudain, les accords s'élevèrent, parfaitement nets. Omar se retourna. Un rictus satisfait apparut sur le visage d'Ivo, qui écouta quelques secondes avant de lancer :

– Mais putain, où c'est que tu as appris ça ?

Dans une autre vie, quelqu'un avait enseigné la guitare à cet orphelin – un père, un oncle, un grand-père, allez savoir. Dans une autre vie, Cotcot avait eu une famille.

Ivo entonna le début de la chanson en murmurant presque. Les autres enfants n'osaient pas chanter à leur tour, ou peut-être qu'ils ignoraient les paroles, comme Omar.

Les sourcils froncés, Cotcot grattait les cordes et marquait imperceptiblement le rythme du menton.

Puis Ivo se gratta de nouveau le grain de beauté et releva d'un coup la tête et la voix. Les enfants furent aussitôt soulagés : c'était donc toujours Ivo, tout allait bien. Ils se sourirent les uns aux autres, les uns après les autres, une contagion ; se donnèrent de discrets et inoffensifs coups d'épaule, n'osèrent pas aller jusqu'à se tenir la main mais s'agrippèrent mutuellement les bras et se mirent instinctivement à se balancer.

La voix d'Ivo était râpeuse, elle transperça la nuque d'Omar, elle remplit sa poitrine d'angoisse comme un appel à l'aide, et il chercha Sen des yeux, tandis que sur les vitres des rares fenêtres encore intactes un nuage défilait lentement, immaculé dans le ciel bleu vierge de douleur, un paradis privé d'enfer, une ville quelconque, une ville non bombardée, où des jeunes écoutent bouche bée un ami chanter – sauf que leurs dents sont tordues, crénelées, tombées sans récompense, et qu'ils toussent parfois, même si le mois de mai touche à sa fin, et qu'ils reniflent, même si l'air est chaud, un air de tremblement de terre ou de tirs en embuscade, ils gardent dans leurs poches des projectiles ramassés par terre dont ils font collection, les échangent comme des figurines, le froid du métal dans la paume, et, assis sur une pelouse que personne n'a tondue depuis longtemps, ils savent qu'ils ne sont pas des jeunes comme les autres, pas non plus des fantômes ni des héros ; juste, chante Ivo, juste les figurants d'une guerre.

Quand la chanson s'acheva, Cotcot poussa au milieu des applaudissements son rire de poule en train de pondre et Sen alluma à Ivo une autre cigarette.

3

Maman ne revint pas. L'électricité non plus.

Ivo avait volé une chaîne hi-fi dans une maison vide pour écouter les Pink Floyd et un magnétoscope dans l'espoir de dégotter un Bruce Lee à regarder tous ensemble, mais le courant sautait en permanence, le soir, ils allumaient une bougie et Omar lisait ses BD d'Alan Ford ou restait dans le noir à se boucher les oreilles. Au début, ils s'étaient réfugiés dans la cave des voisins, quand les éducateurs venaient encore régulièrement. Au bout de deux semaines, les voisins jouaient aux échecs à la faible lueur d'un *kandilo*, et eux, en l'espace d'un mois, n'étaient plus descendus, n'avaient même plus quitté l'orphelinat. L'école avait officiellement fermé ses portes le 9 avril mais beaucoup n'y allaient déjà plus depuis longtemps : ils étaient habitués à sécher les cours pour aller traîner au parc, voler des tablettes de chocolat dans les supermarchés, des tubes de colle pour la défonce des plus grands, des vélos dans la rue. Omar ne brillait dans aucune matière mais il préférait toujours aller à l'école plutôt que voler : il était encore moins doué pour cela, et il ne voulait pas se couvrir de honte. Si l'absentéisme ne semblait pas trop déranger les éducateurs, le vol de bicyclettes les mettait dans tous leurs états. Ils ignoraient tout de la colle – ou feignaient d'ignorer, pensait Omar : les grands allaient bientôt devenir majeurs et se débrouiller seuls.

Les derniers jours de mai, les bombes tombèrent sans discontinuer. Sen eut un mal fou à arracher son frère à la fenêtre et à le forcer à rester au rez-de-chaussée avec les autres, sur des matelas posés au sol. Blotti dans un coin, Omar écoutait chaque soir ses camarades se chamailler pour une place : la plus sûre était celle sous le chambranle, tout le monde la voulait. Remplie de corps, la salle exhalait la même odeur que la boucherie dans laquelle sa mère l'emmenait une fois par mois, quand il était plus petit, acheter la viande hachée pour les *ćevapi* – l'eau non plus n'était pas revenue.

Dès que le bruit se répandit d'un massacre rue Vase Miskina, où les gens qui faisaient la queue pour le pain avaient été atteints, au matin, par trois tirs d'obus, Omar vomit. Il mangeait peu, était de plus en plus maigre. Les épaules étroites, les os pointus, la brève coulée de son corps comme le résultat d'une fuite, d'une perte. Il avait les cheveux noirs de sa mère.

La fille sans annulaire dessinait dans un coin, même dans l'obscurité la plus épaisse. Omar ne comprenait pas comment elle faisait. Parfois, au réveil, tandis que les premières lueurs du matin filtraient à travers les carreaux, il parcourait du regard les têtes des autres enfants afin de distinguer la sienne. Elle se redressait sur son séant et restait quelques instants ainsi, à se réhabituer au monde. S'ils étaient les seuls éveillés, elle l'avisait, lui qui l'épiait allongé tout en se répétant mentalement une phrase mémorisée par cœur pour ne pas se tromper – une phrase qui, pourtant, alors qu'il l'avait retournée dans sa bouche avec l'intention de la prononcer, finissait par perdre son souffle tel un ballon crevé. La fille se levait ou se remettait à dessiner, quelqu'un d'autre se frottait les yeux ou bâillait bruyamment : encore une occasion ratée.

L'après-midi, dès qu'Ivo sortait, le mot Moignon résonnait

à nouveau dans la salle : la fille sans annulaire remontait en silence à l'étage supérieur, et Omar s'imaginait lui rendre visite, se présenter, s'allonger par terre avec elle pour dessiner, même si ce n'était pas son fort, lui dire tu t'en fiches, de cette conne, tu es bien mieux qu'elle. Il n'avait jamais eu d'ami, n'avait jamais recherché la compagnie de quiconque si ce n'est sa mère et son frère. À présent, pourtant, la fille était devenue un désir.

Un matin, après avoir avalé son thé, Omar s'essuya la bouche du dos de la main et se leva pour aller lui parler. Il traversa le réfectoire presque désert sans se répéter la phrase. Un clic lui fit tendre les genoux et un ressort le propulsa vers elle. La peau de la petite fille était laiteuse dans la lumière de juillet. Ivo était assis à califourchon sur une chaise, les avant-bras sur le dossier et une cigarette éteinte entre les doigts.

– Salut, Omar, dit-il en le voyant arriver.

Omar s'arrêta devant la table sans rien répondre, les yeux rivés sur la fille. Quand elle releva la tête et croisa son regard, le monde se brisa en mille morceaux.

Deux orphelins furent emmenés d'urgence à l'hôpital, blessés à l'oreille et à la jambe par des éclats de grenade, Omar ne comprit pas, on n'y comprenait rien. Sen avait dû le tirer par les bras – ses vêtements ne glissaient pas, ils s'accrochaient au carrelage – parce qu'il ne pouvait plus bouger. Cette fois-ci, il n'allait pas se mettre à courir, sa mère n'était plus là pour le lui ordonner ; cette fois-ci, il allait rester inerte, où était la fille sans annulaire ?

À l'extérieur du réfectoire, il se serra contre son frère, la peur de nouveau plus forte que n'importe quel désir. Sen aussi semblait bouleversé, il ne frottait plus sa joue contre la sienne pour le calmer, ne lui mordillait plus le nez, ne parlait même pas. La directrice les avait réunis dans le salon pour leur interdire de sortir dans la rue, dans la cour : comment pouvait-elle s'imaginer qu'ils oseraient ?

Les plus petits pleuraient, des traînées de morve sur la joue ; les filles ne les consolaient pas, elles s'étaient toutes tues, même celle qui s'amusait d'ordinaire à asticoter la fille sans annulaire. Vera, appelaient ses amies, Vera, mais elle ne réagissait pas. La chambre empestait la fumée et la sueur.

Les chiens n'avaient plus cessé de japper, de haleter, refusant les caresses ou fixant hébétés un point sur le mur, et Omar avait l'impression qu'ils hésitaient entre s'enfuir ou se jeter contre la paroi ; d'autres s'entêtaient à aller vers le réfectoire, reniflant la porte ouverte et perforée. Les éducateurs, occupés à ramasser les éclats de vitre et les débris de tasses et d'assiettes au milieu des restes de petit déjeuner, les chassaient en criant. Čupko – c'était la fille sans annulaire qui l'avait baptisé ainsi, sans doute à cause de son pelage ébouriffé – reculait, la queue entre les jambes, et se rapprochait d'elle, recroquevillée sur le côté, la tête posée sur les jambes d'Ivo.

Omar la scrutait au loin : elle était vivante, et il ne s'enfuirait plus jamais. Si les deux enfants blessés reviennent sains et saufs, se répétait-il, alors maman est vivante, elle aussi, mais s'ils ne reviennent pas – et il pressait son front contre le thorax de Sen.

C'est ainsi, collé à son frère, que les photographies du monde entier allaient l'immortaliser, quand les reporters se presseraient à Bjelave, l'un des quartiers les plus exposés, les plus blessés, pour rendre compte du bombardement de l'orphelinat. Mais il ne lisait pas les journaux, lui, il ne le saurait jamais.

4

– Je ne veux pas, je ne veux pas !

Omar traversa le couloir, guidé par la voix stridente et les bruits d'objets jetés contre les murs. Il vit Ivo sortir de la chambre où dormait la fille sans annulaire et avancer pieds nus dans sa direction, martial. Il se cacha dans la première chambre ouverte : quand Ivo était mal luné, il lui faisait encore plus peur.

Quelques jours étaient passés depuis la bombe dans le réfectoire et Omar continuait à avoir peur d'exploser chaque fois qu'il buvait du thé ou avalait de la nourriture, chaque fois qu'il s'allongeait sur son matelas, chaque fois qu'il se réveillait.

Dès qu'il fut sûr qu'Ivo était dans les escaliers, il la rejoignit. La porte était ouverte, mais il n'entra pas. Immobile sur le seuil, en caleçon, il attendit que la fille sans annulaire s'aperçoive de sa présence. Elle était assise sur le premier lit, avait déchiré ses dessins, le sol était jonché de morceaux de papier, ainsi que d'habits, de crayons, de cahiers, d'une trousse. Omar se pencha pour ramasser les débris et l'ombre de la fille l'effleura. Elle n'eut pas l'air étonnée de le trouver là, mais ne lui sourit ni ne l'invita à entrer.

– Tout va bien ?

La fille ne répondit pas. Elle descendit de son lit, les mains en coupe, et se dirigea vers la porte. Omar se dégagea pour la laisser passer, la vit pousser la porte des toilettes, la suivit. Elle jeta les restes de ses dessins dans la cuvette. Elle ne tira pas la chasse, il n'y avait pas d'eau, juste une puanteur insoutenable.

– Qu'est-ce que tu voulais, l'autre matin ? demanda-t-elle en sortant.

Omar se raidit.

– Les deux blessés vont mieux, tu savais ? Ils vont sortir de l'hôpital, continua-t-elle.

Il secoua la tête, il ne savait pas. S'ils étaient sains et saufs, alors sa mère…

– Heureusement que tu souris parfois, Omar.

Il ne pensait pas qu'elle connaissait son nom.

– Comment tu t'appelles, toi ? demanda-t-il.

– Nada. Pourquoi tu pleurais, ce jour-là ?

– À cause d'une grenade.

– Une autre ?

– Oui, elle a explosé dans la rue, et je n'ai plus revu ma mère depuis, elle n'est plus venue.

– La mienne, elle n'est jamais venue.

Omar ne sut pas comment réagir.

– C'est un joli nom, Nada.

– En espagnol, ça veut dire *rien*.

– Tu connais l'espagnol ?

– Non, c'est mon frère qui me l'a dit.

– Bon mais on n'est pas en Espagne, ici. On est en Bosnie. Et c'est beau de s'appeler *Espoir*.

– Sauf qu'on va partir de Bosnie, bientôt.

– Tu vas où ?

Une griffe dans le ventre.

– On va tous partir, je te signale, presque tous, à l'orphelinat. Ils vont nous emmener en Italie.

C'était en Italie que s'était déroulée la Coupe du monde de

foot, deux ans plus tôt. Sen avait regardé tous les matchs, la Yougoslavie s'était qualifiée pour les quarts de finale. Omar avait vu son frère y croire jusqu'au bout. Et puis, à Florence, Faruk Hadžibegić avait loupé le dernier penalty et Sen avait donné un coup de poing dans la télé. L'éducateur l'avait grondé, mais on voyait bien qu'il était déçu, lui aussi.

– Et pourquoi ?

– Bah, à cause de la guerre, non ?

– Non.

Omar passa une main sur son front trempé de sueur puis la frotta contre le coton de son caleçon.

– Moi, je ne veux pas aller en Italie, je veux revoir ma mère.

– Moi non plus je ne veux pas y aller si mon frère reste ici.

– Et comment ça se fait qu'il reste, lui ?

– Ils ne le laisseront pas partir, il doit combattre.

– Qui t'a dit ça ?

– Lui. Il a dit que la directrice cherche une solution pour nous depuis le mois d'avril. Après la bombe, avec tous les journalistes et les télés qui nous ont filmés, elle l'a trouvée, sa solution. Elle dit que si les pays étrangers ne nous aident pas, on risque de mourir de faim et de froid dès que l'hiver arrivera.

– Et s'il y en a qui ne veulent pas y aller, en Italie ?

– Ivo dit que c'est trop tard, c'est la seule solution, ils ont déjà décidé.

– Je n'irai nulle part sans ma mère.

– Moi aussi j'ai dit que je ne partirais pas, mais Ivo s'est mis en colère.

Le bleu d'une veine se détachait au milieu de son front.

Omar s'approcha mais fut incapable de lui prendre la main comme elle l'avait fait, ce jour-là.

– La directrice a dit que les gens étaient déjà en train de couper les arbres pour stocker du bois en prévision de l'hiver.

Ce sera le seul moyen de se chauffer, si on n'a toujours pas de gaz ni d'électricité.

– Moi aussi, je peux couper du bois, si on reste ici.

Nada tordit les lèvres dans une grimace – ou bien c'était un sourire, enfin.

Quand Omar annonça à Sen qu'ils allaient partir en Italie pour quelques mois, le temps que la guerre se termine, il leva un bras en l'air, l'index pointé, et chanta :

– Roberto Baggio, olé !

Tout en le poussant sur la balançoire rouillée de la cour, il lui expliqua que l'Italie était un pays bien plus riche que le leur, qu'ils auraient beaucoup plus de choses, là-bas, pas seulement à manger, et qu'ils n'auraient plus à trembler pendant la nuit à cause des bombes – qu'il n'y avait ni obus ni snipers, en Italie.

– Et maman ? demanda Omar.

– On rentrera vite.

– Il faut que je sois sûr qu'elle va bien.

Sen attrapa la chaîne pour arrêter le balancement. Omar pencha la tête en arrière : vue à l'envers, la bouche de son frère se mouvait dans un visage sans yeux, son menton semblable à un nez en patate.

– Notre mère nous a abandonnés. Elle ne veut pas de nous, sinon elle nous aurait gardés avec elle.

Serrées autour des anneaux métalliques, ses jointures blanchissaient. Ce n'était pas vrai que leur mère ne voulait pas d'eux, sinon pourquoi serait-elle venue les voir toutes les semaines ? Elle apportait même du Coca-Cola.

– C'est peut-être de toi qu'elle ne veut pas, parce que tu es méchant.

Il descendit du siège en un bond, trébucha.

Sen lâcha la chaîne. Ne rappela pas son frère, le laissa partir. Čupko, en revanche, escorta Omar jusqu'à la porte, puis il renonça, se roula en boule sur le perron, engourdi par le soleil.

Il fallait qu'Omar parle à Nada. Il la repéra dans la salle commune, toute seule, en train de dessiner :

Il lui dit fuyons, on doit disparaître d'ici, je veux retrouver ma mère, la tienne, tu es partante ?

5

Ils avançaient prestement, sans échanger un mot sinon cours, stop, vas-y – synchronisés au point qu'Omar avait l'impression qu'ils avaient toujours marché ensemble dans une ville assiégée, depuis leurs premiers pas. Qu'ils se connaissaient depuis qu'ils étaient nés.

Les événements s'étaient enchaînés trop vite pour qu'il sache si c'était vraiment ce qu'il voulait. Il n'arrivait toujours pas à y croire. Nada semblait n'attendre rien d'autre que le signal pour s'enfuir : elle avait glissé dans son sac à dos une trousse et un cahier à pages quadrillées, elle était peut-être encore fâchée contre Ivo. Omar, lui, n'avait rien emporté. Ils s'étaient faufilés à l'extérieur, attentifs à ne pas se faire voir des autres, et en moins de vingt minutes ils étaient arrivés à Baščaršija. Les magasins étaient fermés pour la plupart ; dans le silence, comme autant de claquements de fouet, les froissements d'ailes des pigeons qui volaient affamés, cherchant en vain de la nourriture. Les pigeons auraient pu sortir de Sarajevo, pensa Omar, pourtant ils se blottissaient les uns contre les autres sur les toits, s'agglutinaient sur les fils électriques, s'éparpillaient sur le pavé de la place : eux non plus ne voulaient pas partir.

Il errait avec Nada au cœur de la ville déserte et chaude. On apercevait au loin des feux et des volutes de fumée – Sen lui avait dit que les pompiers n'intervenaient plus, à présent, puisqu'ils n'avaient plus d'eau.

– Elle habite où, ta mère ? demanda Nada.

– Čengić Vila.

– Et dans quel sens on va ?

Omar s'aperçut qu'il n'en avait pas la moindre idée, il n'avait fait qu'une fois le chemin de sa maison à l'orphelinat, cinq ans plus tôt, et n'était plus jamais retourné en arrière. Il se rembrunit ; il n'était qu'un imbécile, ne savait rien faire sans son frère.

Nada vint à son secours, les paupières mi-closes :

– Tu veux voir où j'habitais, moi ?

À l'idée de partager un morceau de son passé, il s'émut.

Ils traversèrent en vitesse la Miljacka et prirent la direction de Bistrik. Il n'y avait personne aux alentours, excepté les soldats, dont ils ne voulaient pas se faire voir. Le couvre-feu allait bientôt débuter et Omar était effrayé à l'idée de passer la nuit dans la rue, mais Nada remarqua que l'église Saint-Antoine était ouverte et proposa de s'y réfugier. C'était la première fois qu'il entrait dans une église.

Avec la lumière qui filtrait par les vitraux, les dalles au sol semblaient mouillées. De sa main droite, Nada toucha son front, sa poitrine et ses épaules. Omar se demanda s'il devait l'imiter, décida que non.

– Ça va bientôt fermer, c'est sûr. Qu'est-ce qu'on fait ?

– On reste ici, personne ne nous verra, répondit Nada de sa voix crépitante.

– Où tu veux qu'on se cache ? Sous les bancs ?

Elle lui prit la main : c'était la deuxième fois ; Omar se demanda s'il allait toutes les compter une par une, il espérait qu'il y en aurait d'autres.

Elle le conduisit devant une espèce de cabane en bois sombre, dont la fenêtre sans vitre était fermée par un lourd rideau bordeaux. Cela lui rappela le spectacle de marionnettes auquel il avait assisté un jour : son père avait bu un verre de trop, il avait les joues rouges mais riait comme s'il s'amusait vraiment, comme s'il était heureux de passer du temps avec lui. Ce jour-là, il s'était même rasé la barbe. Et maintenant ? Est-ce qu'il était au front, sans miroir pour se raser ? Ou alors avait-il quitté le pays depuis des années ? S'était-il embarqué sur un navire pirate ? Avait-il un bandeau, un crochet, une jambe de bois ? Avait-il trouvé un coffre rempli de lingots ? Et comment avait-il pu, comment, ne jamais penser à lui, à Senadin ?

Nada tira le portillon, repoussa le rideau et lança :

– Bienvenue !

Omar entra dans cet espace exigu, occupé par un siège recouvert d'un coussin – il s'assit dessus, le trouva confortable – et garni, sur les côtés, de deux grilles au maillage serré. Nada ferma la porte et remit en place le rideau de velours en le faisant coulisser avec difficulté. Il faisait presque noir, à l'intérieur.

Nada se faufila à côté de lui et murmura :

– Ici, ce n'est rien qu'à nous.

– Il va falloir qu'on se trouve une occupation.

– Qu'est-ce que tu fais, toi, d'habitude, la nuit à Bjelave, pendant les bombardements ?

Omar se sentit à nouveau idiot. Il n'avait jamais été seul sans son frère, et voilà qu'il se retrouvait avec une inconnue, une fille par-dessus le marché – il n'avait aucune idée de la façon dont il fallait se comporter avec les filles.

– Et puis il y a Jésus, ici. Personne ne bombarde Jésus.

Omar se laissa glisser jusqu'au sol, il s'adossa contre le siège, s'étira.

– Demain, par contre, on se débrouille pour arriver chez moi, d'accord ?

– D'accord.

Nada glissa à son tour.

– On va chez ma mère. Et ensuite, avec elle, on cherchera la tienne.
– Bah, je ne sais pas du tout où elle est.
– Ma mère nous aidera.
– Je ne crois pas que la mienne voudra de moi.
– Pourquoi ?
– Personne ne veut d'une gamine comme moi.
Les yeux de Nada étaient grands au point de déborder de son visage rond, à la carnation très claire. N'importe qui voudrait d'une petite fille aussi belle que toi, pensa Omar.
Après avoir guetté les bruits qui s'élevaient sporadiquement de l'autre côté du rideau – lui, le cœur battant, elle, en égrenant des hypothèses : des fidèles venus réciter le Notre Père, le prêtre fermant le portail, Jésus se laissant aller à un bâillement d'ennui –, ils se recroquevillèrent par terre, le sac à dos comme oreiller. Elle lui tournait le dos, Omar ne l'enlaça pas mais ils restèrent tout proches jusqu'à l'endormissement. Pendant son sommeil, Nada se tourna de l'autre côté et il posa le front sur son front à elle. Il sentit sa respiration lui chatouiller le visage, plus encore que le duvet de Sen.

Les bombardements les réveillèrent pendant la nuit. À l'orphelinat, les chiens les annonçaient toujours, se mettant à aboyer sans raison apparente ou se terrant sous la table d'où ils refusaient obstinément de sortir.
– Nada, dit-il.
– Oh, répondit-elle en détachant son front du sien.
Elle lui manqua aussitôt.
Dans ce lieu si étranger, loin de son frère, Omar avait encore plus peur que d'habitude. Il aurait voulu que Nada lui serre la main mais elle poussa ses pieds contre la porte et se mit à fouler le vaste sol de l'église.
– Où tu vas ?
La voix d'Omar se perdit dans un sinistre écho. Les bougies

avaient toutes été éteintes, sauf une, allez savoir pourquoi, qui diffusait une faible lueur. Un oubli du sacristain, avait dit Nada, sans qu'Omar ait la moindre idée de ce qu'était un sacristain.

– J'ai faim. Mon frère m'apporte toujours quelque chose à me mettre sous la dent.

– Je sais, répondit Omar. L'autre jour, il a grimpé sur un camion de l'Onu en marche. Tu sais que j'ai essayé moi aussi, mais je suis tombé.

Nada pouffa.

– Il est fort, Ivo, pas vrai ?

Omar garda le silence et la fille changea de ton.

– Je me demande où il est, maintenant, ce qu'il fait. Il doit être en train de me chercher, de s'inquiéter.

Sen aussi, sans aucun doute.

– Qu'est-ce que j'ai fait, qu'est-ce que tu m'as fait faire ?

Omar s'attendait à ce qu'elle pleure, il ignorait que Nada ne pleurait jamais. Elle lançait des objets, les cassait, mais elle ne pleurait pas.

S'ils n'avaient pas été ensemble, il aurait déjà fait demi-tour. Il n'était resté que pour ne pas avoir l'air d'un trouillard.

– Pardon, dit-il.

Elle n'y prêta pas attention. Aspira une gorgée d'air et se mit à rôder dans l'église – les semelles de ses sandales cliquetaient sur le dallage –, puis elle disparut. Où était-elle allée ?

Au fracas lointain d'une explosion, Omar se releva brusquement.

– Où es-tu ? appela-t-il. Attends-moi, je veux rester à côté de toi.

Pas un bruit.

– Nada.

Rien.

– S'il te plaît.

Il n'entendait plus le cliquetis des sandales.

– Nada, merde !

– Chut ! Tu es dans une église.

Enfin. Omar respira.

– Où est-ce que tu étais ?

– On ne dit pas de gros mots dans une église.

– Viens vers moi.

– J'avais faim, je te l'ai dit. Et ça y est, je les ai trouvées.

Omar attendit qu'elle émerge à nouveau de l'obscurité, puis il alla la rejoindre. Ils s'assirent sur un banc.

– Tu en veux ? demanda Nada la bouche pleine en lui tendant un sachet.

Quand il y plongea la main, il sentit au bout de ses doigts une consistance semblable à du papier. Il se mit à farfouiller comme dans un paquet de chips, attrapa quelques petits disques très fins, les goûta : ils étaient insipides et collaient au palais, il fallait un gros effort de la langue pour les détacher et une quantité énorme de salive pour les avaler.

– Mais qu'est-ce que c'est, du polystyrène ?

– Des hosties. Je viens de trouver un paquet entier dans la sacristie.

L'humeur de Nada avait changé.

– Tu es peut-être le premier musulman au monde à manger une hostie, rit-elle. Mais elles ne sont pas consacrées, donc ça ne compte pas.

Omar ne comprenait rien à ce charabia, mais il était content de voir Nada détendue.

– Ma grand-mère m'emmenait à la messe tous les dimanches quand j'habitais avec elle. Le soir, elle me lisait la Bible pour m'endormir. Il y a plein d'histoires incroyables ! Je ne pouvais pas faire ma communion, j'étais trop petite, je n'avais pas encore l'âge, mais j'avais hâte. Sauf qu'après, elle m'a mise à l'orphelinat et je n'ai plus jamais été dans une église.

Nada mastiquait avec fougue.

– Et finalement, ma communion, je ne l'ai jamais faite.

Il ignorait tout de la communion ; ce n'était pas ça qui l'intéressait.

– Et tu t'en souviens, de ce jour ?

Nada mit quelques secondes à comprendre.

– Tu veux dire le premier jour à l'orphelinat ? Bien sûr. Grand-mère ne voulait plus de nous et je n'ai pas voulu lui faire le plaisir de la supplier.

Elle cacha sa main mutilée dans son autre main.

– Il ne faut jamais supplier personne, c'est Ivo qui me l'a appris.

– Moi, je ne m'en souviens pas.

– Tu étais trop petit, peut-être.

– Non, non, je me rappelle plein de choses d'avant – Omar enfonça la tête entre ses épaules. Si je réfléchis, je vois mon père qui sonne à la porte en me tenant la nuque, il a peur que je m'enfuie, et quand ils ouvrent et que j'entre, il n'est plus là, je me retourne et il s'est évaporé, il m'a laissé ici tout seul, j'ai mal à la nuque.

Nada serra encore plus fort ses deux mains entre elles.

– Mais ce n'est pas possible, tu comprends ? ajouta Omar. Mon père avait déjà quitté la maison.

– Moi, je n'ai jamais vu mon père. Quand j'ai demandé à Ivo où était papa, il m'a dit : le tien ou le mien ?

Un ricanement fugace, puis Nada ôta ses sandales.

Elle monta sur le banc.

– Qu'est-ce que tu fais ?

Elle posa un pied sur le dossier, donna une impulsion et se retrouva en haut, en équilibre, les bras écartés.

– Viens, dit-elle.

Un pas après l'autre, vacillant légèrement au début, puis gagnant de l'assurance, elle marcha jusqu'au bout du dossier. À chaque fois que l'équilibre menaçait de lui faire défaut, elle laissait échapper un petit cri. Sans rien perdre de sa concentration, elle se déplaça lentement jusqu'à la rangée suivante et poursuivit sa démonstration, exultant de joie.

– Allez, viens !

L'instant d'après, Omar était sur le bord du dossier et avançait avec l'agilité d'un funambule.

– Tu te débrouilles mieux que Jésus sur l'eau, gloussa Nadia.

Mais qui était ce Jésus qu'elle citait à tout bout de champ ?

Ils arpentèrent ainsi les bancs de la nef, à pas mesurés, chacun assumant seul son risque de chute, et pourtant solidaire de l'autre.

– Voyons voir qui va réussir à tous les faire sans tomber, le mit-elle au défi.

Si Dieu avait été attentif, ou en tout cas curieux, il les aurait regardés depuis sa contrée reculée : deux corps suspendus, muscles solides et cœur alerte ; il les aurait vus se mouvoir dans la pénombre, éclairés par une seule bougie, avec la même confiance que deux artistes de cirque, les bras déployés comme des ailes d'oiseau ou comme ceux de son fils en croix ; il les aurait entendus crier de peur et d'excitation. Si Dieu avait été ici-bas plutôt qu'à l'abri bien au chaud, face à ces deux silhouettes chancelantes dont les cris résonnaient entre les voûtes immenses ; s'il avait vu l'éclat soudain des bombes les révéler d'un coup tels qu'ils étaient, deux enfants, il aurait été attendri comme n'importe quel petit vieux, et il aurait peut-être pris en main leur destin. Mais Dieu était en exil, il l'avait toujours été – et Nada ne pensait même pas à lui.

– Je vais t'attraper, dit-elle en faisant une pirouette et en se tournant vers Omar, quelques pas derrière elle.

Elle agita ses bras comme les pattes d'une bête féroce et répéta d'une voix rauque :

– Sauve-toi ou je t'attrape !

Omar tenta de reculer mais il était difficile de garder l'équilibre, aussi se retourna-t-il et se mit-il à sautiller sur le dossier tandis que Nada le poursuivait en riant. Il mourait d'envie de se faire attraper mais courait le plus vite qu'il pouvait, d'un banc à l'autre, juste pour le plaisir de l'entendre rire. Cours, avait dit sa mère, et il ne voulait pas s'arrêter cette fois non plus. Cours, lui avait-elle dit, et il avait oublié que courir pouvait aussi avoir à faire avec le bonheur.

Nada tenta de s'agripper à son tee-shirt.

– Je t'ai eu ! s'écria-t-elle alors que le coton lui échappait des doigts.

Une bombe explosa tout près : le portail vibra, les murs tremblèrent, Nada manqua un pas. Elle roula sous le banc en hurlant. Omar descendit, la trouva un talon entre les mains.

– Qu'est-ce que tu t'es fait ?

Elle se massait la cheville. Distillé par les vitraux, le ciel embrasé l'éclairait de biais.

– Nada, l'implora Omar sans oser la toucher.

Elle leva les yeux vers lui.

– Tu as gagné.

La bougie s'était éteinte.

Plusieurs heures plus tard – ils n'auraient su dire combien –, un bruit trop fort pour être un bâillement de Jésus leur ouvrit grand les yeux. Omar avait les membres ankylosés, endoloris ; il lui fallut quelques secondes pour s'orienter. La lumière était de nouveau exubérante, faisant étinceler le marbre.

– Merde, souffla Nada.

Elle était réveillée, elle aussi.

– Je croyais qu'on ne disait pas de gros mots dans une église.

– Il y a quelqu'un, Omar.

Il se déplacèrent presque à l'unisson, essayant d'avancer à quatre pattes, mais le prêtre les surprit au moment où ils allaient s'échapper.

– Qu'est-ce qui se passe, ici ?

Il devait avoir vu le sachet d'hosties. Il en restait quatre ou cinq et le banc et le sol alentour étaient constellés de miettes.

– Seigneur Jésus ! s'écria-t-il au moment où Nada sauta sur ses pieds en traînant Omar derrière elle.

Le prêtre tenta de les suivre, mais ils furent plus rapides que lui. Ils coururent hors de l'édifice alors que le curé les appelait et ne s'arrêtèrent qu'une fois loin.

– Ta cheville ne te fait plus mal.

Omar avait le souffle court.

Nada respirait la bouche ouverte.

– Ça va.

– Je ne sais pas où on va se cacher, maintenant, pour ne pas être emmenés en Italie.

– Il faut qu'on aille à Čengić Vila.

– Sen dit qu'on met au moins une heure et demie pour y arriver à pied, et qu'un tir nous arrêtera forcément avant.

Ils marchaient le long de la Miljacka. Un sniper aurait pu tirer, ils auraient dû presser le pas, mais Nada regardait l'eau.

Elle était plus grande que lui, dotée d'os plus robustes, la lumière du matin lui liquéfiait le regard.

– Tu veux retourner avec Sen ?

Omar ne répondit pas. Il avait peur de découvrir que l'entresol était vide – ou juste de mourir. Nada continua à marcher en regardant le fleuve, comme si elle devait le peindre. Puis elle s'immobilisa.

– Si un jour tu trouves un moyen de t'échapper d'Italie et de revenir ici, tu me jures que tu m'emmènes avec toi ?

Enfants, ils se baignaient dans la Miljacka, scrutant le frémissement lumineux des fenêtres, des nuages, de leurs torses, avant de se jeter dedans et de le fracasser, les os en mille morceaux. L'eau était froide et fripait leur chair : il n'y avait pas de mères pour leur crier sors, ils y restaient des heures, jusqu'à ce que la pulpe de leurs doigts devienne blanche et rugueuse, leurs lèvres, livides, leur enfance, noyée.

Chairs noires, boursouflées, les mères n'appellent pas : mortes ou vivantes, elles ne peuvent plus les prendre dans leurs bras, les sécher en les frictionnant, les mettre au lit. Si seulement elles les avaient plongés en entier dans le fleuve quand il était encore temps, les tenant par le talon, ils ne pataugeraient pas à présent dans une urne d'eau, odeurs de feuilles pourries et scintillement de fenêtres cassées, de nuages déchiquetés.

Qui irait remplir ses bidons dans une eau où des cadavres flottent depuis des jours, des mois ? Nous allons mourir de soif, c'est les poissons qui vont se régaler, même pas les mouches, et les mères ne le savent pas. Elles leur ont donné le sein, les ont bercés d'illusions. Que la vie était un téton chaud qui apparaissait à chaque fois que la faim les tenaillait. Elles s'étaient bercées de l'illusion (le téton tirait la douleur mordait) qu'elles pouvaient les défendre. Elles auraient dû les détacher (ignore les bouches ouvertes suppliantes ignore les yeux écarquillés), les fourrer dans un panier le ventre vide, les confier au courant. Mais non, elles ont oublié de les sauver.

La jeune fille aux yeux de malachite ne va plus au fleuve, ne recueille aucun panier, ne se met pas dans la queue pour le pain, dort loin des vitres et fait de vilains rêves, elle se réveille le cou humide, la nuque trempée ; elle a les tétons aveugles.

La Miljacka est un bassin malodorant. Les mères n'appellent pas, elles sont mortes, ou devenues folles, ou cachées dans les caves, les cadavres gonflés, les poissons repus. Les mères pressent et elles n'ont plus de lait. Elles n'ont plus d'enfants.

6

Les mères, Omar ne s'y attendait pas.

Le voyage avait été annoncé maintes fois et autant de fois reporté. Il paraît que les snipers pourraient nous bloquer, expliquait Sen. Même s'ils n'avaient jamais vu de sniper, Omar en avait peur, au point que la nuit, son cœur effréné semblait lui pulser dans le ventre.

Rassure-toi, tu paries combien qu'on y retournera, dans cette porcherie, avait marmonné Sen quand l'autocar était venu les chercher à l'orphelinat et que la directrice émue leur avait fait ses adieux.

Bien que dégagé, le ciel était brumeux, les objets recouverts d'une couche de poussière sombre qui noircissait les mains, les joues. Le car s'était arrêté dans le parking de l'Unis, le point de ralliement de tous les enfants en partance, pas seulement les orphelins. Sous les gratte-ciel Momo et Uzeir endommagés par les bombes, les mamans tenaient leurs enfants par la main, donnaient des instructions, des baisers maladroits dans le cou, sur les tempes, nouaient des lacets, redressaient des sacs à dos sur les épaules, échangeaient des informations avec d'autres parents. Omar les observait depuis la vitre.

Quand, faisant fi de l'interdiction, Sen décida de descendre en quête d'un endroit à l'abri pour fumer, Nada et lui le suivirent. Omar se prit à rêver que sa mère surgissait de la cohue : sans prévenir, il s'écarta d'eux pour la chercher.

– Maman, appela-t-il, d'abord dans un murmure, puis sa voix s'affermit peu à peu, devint de plus en plus forte à mesure qu'il se faufilait dans la foule : cette fois-ci, il ne lui obéirait pas, cette fois-ci, il la retrouverait.

Se frayant un passage entre les coudes et les hanches, il épia les gens autour. Cette robe à fleurs lui rappelait le bain de soleil qu'elle portait autrefois, mais la femme était plus maigre, plus menue ; ces cheveux noirs qui retombaient sur des épaules lourdes étaient aussi épais que les siens, sauf qu'elle ne les portait jamais détachés ; et ces sabots blancs, les mêmes que ceux qu'elle mettait pour traîner dans leur entresol – mais non, ce n'était pas elle qui les portait. Il continua à appeler avec insistance. Les parents le regardaient étonnés ou compatissants, et certains enfants, troublés peut-être par ce lancinant appel auquel nulle mère ne répondait, éclatèrent en sanglots.

Il sentit une main lui attraper le bras, un espoir lui attraper le cœur, il se retourna.

– Tu vas où comme ça ? demanda Sen.

Puis il le traîna vers l'autocar sans lui laisser le temps de répondre. Incapables de tenir en place bien longtemps, les autres aussi étaient descendus. C'était facile de les reconnaître, les enfants de l'orphelinat : ils avaient la boule à zéro, comme lui ; on les avait tondus en prévision du départ, même les filles. Sauf Nada. Ivo s'était rebiffé, ma sœur n'a pas de poux, et il avait fini par l'emporter. Ce n'est pas juste, répétait Vera.

– Elle n'est pas là, dit Omar en se grattant la nuque, hérissée comme la barbe de son père.

– Bien sûr qu'elle n'est pas là, répondit Sen. Comment veux-tu qu'elle sache qu'on part ?

– Ivo a dit que tout le monde en parlait, même les journaux. Il l'a entendu de la directrice.

– Ça fait des semaines qu'on doit partir, on ne connaît pas le jour exact, ce ne sera peut-être même pas aujourd'hui.

– Mais si on part et qu'elle vient et qu'elle ne nous trouve pas ?

– Elle n'est pas venue depuis presque deux mois.

Omar revit la colombe morte, son aile détachée de son dos ensanglanté.

– Et si elle vient alors qu'on est en Italie ?

– La directrice lui dira.

– Et si les Tchetniks nous prennent ?

De retour dans l'autocar, ils s'assirent l'un à côté de l'autre : Sen contre la vitre, afin qu'Omar puisse discuter avec Nada, de l'autre côté de l'allée sur la même rangée. Les enfants de Ljubica Ivezić n'avaient pas de parents à qui dire au revoir. Les autres n'arrivaient pas à se séparer de leurs mères, qui répétaient sans cesse c'est comme des vacances, tu verras, c'est seulement jusqu'à la rentrée. Nada écoutait, puis elle se retournait vers Omar.

– Ils ne vont pas arrêter de chouiner, tu vas voir.

Dehors, les pères collaient les paumes de leurs mains contre la vitre et les enfants, agenouillés sur leurs sièges, posaient les leurs de l'autre côté.

– Ils ne savent rien faire d'autre, ils sont insupportables, dit Nada en plissant les yeux.

Elle s'aperçut qu'Omar ne riait que pour lui faire plaisir.

Quand presque toutes les places furent occupées, un grand garçon arriva, cheveux hirsutes, épaules disproportionnées, os du visage géométriques, comme si quelqu'un les avait gravés dans le bois mais n'avait pas fini le travail. Il fourra son sac dans le compartiment à bagages et d'un signe de la main indiqua le siège à côté de Nada : elle décala légèrement ses jambes pour le laisser passer. Dès qu'il fut assis, il enfila son casque de Walkman, ferma les yeux et posa sa tempe contre la vitre.

Nada n'aurait pas su lui donner un âge : ce qui était sûr, c'est qu'il se rasait déjà, comme son frère. Ça l'embêtait de se trouver assise à côté d'un inconnu. Elle avait emporté son cahier de mathématiques, utilisé à moitié, pour dessiner sur les pages encore blanches. Elle le garda sous son siège. Ivo lui avait dit : tâche de ne pas vomir ; puis il l'avait serrée fort dans ses bras et elle lui avait donné des petits coups de poing dans la poitrine, parce qu'elle ne savait pas pleurer et que des phrases comme tu vas me manquer, son frère et elle ne les avaient jamais prononcées. Ensuite, Ivo était resté planté à attendre que le car fasse sa manœuvre et emmène sa sœur au loin.

Se trouvaient également à bord deux éducatrices et trois femmes : Nada apprendrait plus tard qu'il s'agissait d'une médecin, d'une enseignante et de la femme d'un célèbre humoriste, mais pour l'heure, elle crut que c'étaient juste des mères incapables de se séparer de leurs enfants. Et pour cette raison, elle les envia, ces enfants.

Les cars quittèrent le parking escortés par un véhicule de l'Onu, et les parents furent peu à peu trop loin pour que les baisers soufflés avec les doigts arrivent à destination. Peut-être que sa mère se trouvait dans la foule et qu'Omar n'avait pas eu le temps de la retrouver parce que Sen l'avait tiré en arrière, peut-être qu'elle était seule dans le parking, abandonnée par tout le monde ; ou peut-être pas : elle était ailleurs et elle avait besoin de lui, et lui s'en allait – à cause de qui. Son estomac se tordit, son menton trembla, les larmes lui montèrent aux yeux. Omar serra le bras de son frère.

– Ça va aller, dit Sen. On est des géants, tu te souviens ?

Omar se fendit d'un bref sourire.

S'il pleurnichait à nouveau, comme l'après-midi de la grenade, Nada regretterait sans doute d'être devenue son amie. Il essaya de se changer les idées.

Derrière le profil de Sen, la fenêtre encadrait des immeubles criblés de balles, des murs révélant des squelettes de fer. Cela ne lui faisait plus aucun effet. Ce qui le surprit, en revanche, ce fut le balcon rempli de vases fleuris, de tomates, de poivrons, ce fut la femme en train d'arroser. Il n'eut pas de peine pour l'homme qui fouillait dans les ordures, pour la vieille portant des bottes en plein été qui mordait dans des aliments repêchés parmi les déchets, pour le couple qui se partageait une cigarette, ni pour le groupe de jeunes qui jouaient au foot entre les carcasses de voitures tandis que, en équilibre sur un bloc de ciment, une petite fille peignait les cheveux d'une poupée décapitée.

Le long de l'avenue des Snipers, il serra de nouveau le bras de Sen. Il avait peur qu'ils mitraillent leur autocar malgré l'accord conclu avec les Nations unies pour un cessez-le-feu temporaire – c'est ce que leur avaient dit les éducatrices – afin de leur permettre de traverser les lignes de front.

Omar n'avait jamais quitté Sarajevo. Jamais passé de vacances ni à la mer ni à la montagne : petit, il croyait qu'il n'y avait qu'à la télévision que les gens partaient en villégiature ou visitaient des villes étrangères et des lieux exotiques ; puis, à l'école, il avait rencontré des enfants qui voyageaient avec leurs parents et racontaient les plongeons et le poisson à tous les repas, mais il ne les avait jamais enviés. La douceur des couvertures tirées jusqu'au menton, l'hiver, quand les draps sont encore froids et qu'ils s'imprègnent petit à petit de la chaleur des corps, des quatre corps recroquevillés les uns contre les autres, la douceur des quatre corps transpirant dans un seul lit, l'été, la rassurante similitude de leurs odeurs, un signe distinctif, et les pieds de sa mère comme des bonbons gélifiés : c'était tout ce qu'il avait toujours désiré, rien de plus. Et tout ce qu'il avait perdu.

Aussi décida-t-il de faire l'inverse de Sen, il arrêta de regarder par la vitre et se tourna vers Nada.

– J'ai faim, lui dit-elle.

– Mais qu'est-ce que tu as, le ver solitaire ?

Il ne savait pas ce que c'était, le ver solitaire, mais c'était ce que disait toujours leur mère au dîner, quand Sen n'était pas rassasié et qu'elle n'avait rien d'autre à lui mettre dans son assiette. À chaque fois, elle avait l'air énervée – voilà peut-être pourquoi Omar, depuis tout petit, n'avait pas d'appétit. Pour ne pas la fâcher.

– Tu aurais dû emporter un sachet de polystyrène, glissa-t-il dans un sourire.

– Rigole, rigole… Tu sais que quand le prêtre dit la messe, les hosties deviennent le corps du Christ ? Et après, tu l'avales.

– C'est qui, le Christ ?

– Le fils de Dieu. Quand tu manges l'hostie, tu avales son corps et son sang.

– Beurk. Vous êtes cannibales ?

– Oh, mais pourquoi tu ne comprends pas ? Attention, en disant ce genre de choses, tu commets un péché mortel.

Nada fronça les lèvres dans une grimace friponne qui lui donna presque de l'allégresse.

– Heureusement, moi, je n'en ai mangé qu'un seul, de ces machins tout secs. Et puis de toute façon, ton Christ, il n'a aucun goût.

– Le dimanche, ma grand-mère allait à la messe à jeun pour pouvoir faire la communion.

Encore cette histoire de communion. Omar était perdu à chaque fois qu'elle en parlait. Mais il aimait écouter Nada. Avec ses longs cheveux blonds au milieu de toutes ces têtes déplumées, on aurait dit une princesse chez les crapauds.

– Elle ne mangeait même pas un bonbon, grand-mère, même pas une goutte d'eau, parce que Jésus devait lui entrer dans la bouche.

– Mais c'est qui, Jésus ?
– Puisque je te dis que c'est le fils de Dieu !
– Lui aussi ? Ils sont combien de frères et sœurs ?
– Mais non, il est fils unique.
– Ah.
– Grand-mère recevait la communion et Jésus restait en elle pour toute la semaine.
– Pourquoi juste une semaine ?
– Jusqu'à la messe d'après.
– Mais si par exemple elle avait la grippe et qu'elle ne pouvait pas aller à la messe d'après ? Jésus, comment est-ce qu'il se comportait ? Il restait quand même, ou pas ?

Nada retroussa sa lèvre inférieure et orienta ses pupilles en haut à gauche.

– Je ne sais pas. Peut-être que c'est comme pour l'abonnement du bus. Il faut le renouveler.
– Et à quoi ça sert d'avoir Jésus à l'intérieur ?
– Bonne question. Grand-mère disait qu'il protégeait.
– Contre quoi ?
– Des trucs moches, dit Nada en haussant les épaules.
– Des Tchetniks aussi ?
– Je pense, oui.
– Alors tu aurais dû le voler, le paquet d'hosties.
– Mais sans messe, elles n'ont pas de valeur.
– C'est toujours mieux que rien, on ne sait jamais.

7

Le car freina d'un coup.

Le garçon à côté de Nada ôta ses écouteurs et tendit le cou pour observer ce qui se passait sur la route. Nada se pencha vers lui pour la même raison, sauf que les épaules de son voisin, trop larges, lui barraient la vue. Elle se baissa à droite et vit que le chauffeur des Nations unies était descendu du tank devant eux pour exhiber tout un tas de documents aux militaires. Il parlait en gesticulant, passant de temps en temps l'index sur les feuilles. Les soldats l'examinaient, secouaient la tête ; aucun intérêt pour les papiers.

Ses fesses fourmillèrent : c'était par ce signal que le corps de Nada l'avertissait du danger.

Le chauffeur du car tambourinait des doigts sur le volant ; bien qu'atténué, le son arriva jusqu'à la cinquième rangée, la sienne, d'où elle épiait le moindre mouvement. Les éducatrices et les autres femmes, assises à l'avant, parlementaient à voix basse. Le conducteur s'unit à la conversation, augmentant le bourdonnement. Puis, n'y tenant plus, il descendit.

Nada se pencha encore et toucha l'épaule du garçon par accident : elle se rétracta instantanément ; il la regarda comme s'il avait oublié qu'elle était là.

– Pardon, dit Nada avant de se tourner vers Omar.

– Qu'est-ce qui se passe ? demanda-t-il.

Une éducatrice éleva soudain la voix, appelant frénétiquement certains enfants et les obligeant à s'asseoir à l'arrière en échangeant leur place avec d'autres ; parmi eux, Omar et Sen.

Omar n'obéit que parce que son frère le poussait, allez, dépêche-toi, tu n'as pas entendu ? Il était comme ahuri, eut tout juste le temps d'intercepter le regard de Nada, qui lut sur son visage leur inquiétude commune et se mit à genoux sur son siège, pour l'accompagner au moins des yeux. Une main lui enserra le crâne et le poussa vers le bas :

– Garde la tête baissée.

C'était la première fois qu'elle entendait la voix du garçon.

Il lui sourit, Nada ne lui rendit pas la politesse. Elle se rassit dans le bon sens, se rongea un ongle, le recracha, résista à la tentation de se retourner. Puis elle prit son cahier, le posa sur ses cuisses ; entre son index et son pouce, son crayon de couleur tremblait. Mais si elle réussissait à dessiner, elle s'arracherait à ce moment, à ce lieu, à ce raffut, elle se calmerait. Que pouvait-elle bien dessiner ? Elle n'en avait pas la moindre idée, son crayon palpitait au milieu des bruits de pas, du grincement des sièges, du sifflement surexcité des voix. Elle s'essaya à une copie d'après nature : elle n'avait jamais dessiné un autocar. Elle traça quelques lignes, les trouva maladroites, n'avait pas de gomme pour effacer. Quand elle essaya de corriger, ce fut pire. Enfants et adultes s'agitaient dans l'allée, lui heurtaient le coude, la faisaient raturer. Une bouffée de chaleur l'envahit, elle se rappela les mots d'Ivo : ne vomis pas – elle referma le cahier.

Le chaotique échange de places fut finalement achevé. Le conducteur du car n'était pas remonté. Tournées vers les enfants, les éducatrices affichaient une mine livide. Nada n'arrivait pas à voir la route.

– Qu'est-ce qu'ils font ? demanda-t-elle au garçon occupé à regarder dehors.

– Ils discutent.

Il montra le cahier ouvert sur ses cuisses :

– Tu ne dessines plus ?

– Je n'ai pas envie.

Nada rangea à nouveau le carnet sous son siège.

– Pourquoi mes amis ont dû aller à l'arrière ?

– Ils sont sûrement musulmans.

– Et donc ?

– Et donc on espère que si les Serbes montent, ils vont se concentrer sur nous, qu'ils n'iront pas jusqu'au fond, parce que ce ne serait pas bon pour eux.

– Et qu'est-ce qu'ils vont nous demander, à nous ?

Nada avait du mal à respirer.

Le garçon lui toucha de nouveau la tête.

– Regarde-moi.

Les iris vert foncé, les sourcils touffus, les grandes oreilles : tout en lui avait quelque chose d'excessif, la large base du nez, l'ossature épaisse du visage, les mains amples – Nada s'en apercevait maintenant que le garçon se grattait la mâchoire, peut-être irrité par sa barbe – contrastant avec les jambes qui ne remplissaient pas le pantalon.

Elle se mordit distraitement la base du pouce droit.

– Tu dessines bien, dit le garçon. Comment tu t'appelles ?

Et avec gentillesse, il lui ôta de la bouche cette main-là.

Nada la tira avec force et la cacha sous ses cuisses. Elle avait toujours honte de sa mutilation.

– Je n'ai pas la lèpre, tu sais ? plaisanta-t-il. Moi, c'est Danilo.

Elle ne se présenta pas.

– Tu es contente d'aller en Italie ?

Il lui parlait comme à une toute petite fille, alors que Nada avait déjà onze ans et demi et qu'un jour elle avait volé une lame à Ivo pour se raser les jambes, même s'il n'était pas d'accord.

– Non.

– C'est un très beau pays, tu sais ? Il y a trois ans, mes parents m'ont emmené à un concert des Pink Floyd à Venise. Tu ne peux pas imaginer la merveille que c'est, cette ville.

– Mon frère aussi, il aime les Pink Floyd.

– En fait, c'est mon père surtout qui écoute, moi un peu moins. Il a quel âge, ton frère ?

– Presque dix-huit ans.

– Quatre de plus que moi. Enfin, j'aurai quatorze à la fin du mois d'octobre. Il est où ?

D'en bas, le chauffeur cria dans leur direction :

– Vous devez descendre.

– Pourquoi ? s'alarmèrent les femmes, s'accrochant les unes aux autres.

– Allez, ouste. Faites descendre tout le monde.

Le fourmillement augmenta.

En avançant dans l'allée, Nada se retourna pour chercher Omar. Elle ne le vit pas – se sentit faiblir, comme si elle avait de la fièvre.

Une fois sur la route, elle s'approcha de Danilo. Il ne s'agissait pas de le perdre de vue, lui aussi.

– Qu'est-ce qu'ils vont nous faire ?

Ils allaient les renvoyer d'où ils venaient, ou alors non : ils allaient les séquestrer, les emprisonner. Où les conduiraient-ils ?

– Ne t'inquiète pas, dit Danilo. Je suis avec toi.

Quand elle vit les militaires s'approcher, Nada sentit sa veine pulser au milieu de son front. Danilo lui prit la main, elle se laissa faire. Sa paume était sèche et chaude comme celle d'Ivo, mais plus douce.

Les militaires portaient des tenues de camouflage dont ils avaient laissé ouvert le premier bouton ; sur leurs bérets à visière était cousu un drapeau rouge, bleu et blanc. Ils marchaient de façon synchrone, comme s'ils s'étaient mis d'accord sur la longueur et le rythme de leurs pas. L'un portait une paire de Ray-Ban noires, un autre fixait Nada : elle serra la main de Danilo, ne m'abandonne pas, pensa-t-elle. Le soldat était de plus en plus proche – ne le laisse pas m'emmener. La veine de son front aurait pu éclater. Quand le soldat fut devant eux, Nada manqua de tomber, ses yeux s'embuèrent, Danilo lui pressa les doigts. À cet instant seulement, elle s'aperçut que les soldats les avaient dépassés et qu'ils étaient montés dans le car.

Ils le passèrent au crible, ouvrirent les compartiments à bagages, les valises, les sacs, contrôlèrent les sièges. Que cherchaient-ils ? Nada ne demanda pas. Elle distingua enfin Omar, mais il était trop loin, et elle avait peur de bouger : sa main enfouie dans celle de Danilo qui ne cessa pas un instant de lui en caresser le dos avec le pouce, elle garda le silence.

Nada n'aurait pas su dire combien de temps avait duré la perquisition. Beaucoup trop. Un élancement lui traversa la cheville : Omar n'accourait pas, ne gagnait pas, cette fois, pas comme à l'église ; elle suffoquait.

Ne pouvant pas tous les enlever, ils allaient choisir au hasard : si ça tombait sur elle, qui préviendrait Ivo ? Ou bien ils se contenteraient de capturer les musulmans, et elle ne verrait plus Omar, elle irait en Italie sans lui. Elle ne voulait pas se détacher de Danilo, elle lui aurait serré la main jusqu'à s'en fendre les ongles.

Enfin, les militaires descendirent.

Après un bref échange avec le conducteur de l'Onu, ils firent signe aux passagers de remonter.

À travers le brouhaha, Nada comprit que les autocars avaient reçu l'autorisation de repartir, mais le long d'un itinéraire différent de celui prévu initialement.

Danilo s'était tu, et ce silence lui fit l'effet d'un blâme. Comme s'il avait dû se forcer, plus tôt, pour être proche d'elle et lui apporter son soutien, comme s'il avait accompli un devoir à contrecœur. Ou comme si tenir une main à laquelle manquait un annulaire l'avait rebuté, et que c'était pour ça qu'il la rejetait, à présent.

Omar et Sen n'étaient pas retournés à leurs places. Elle était seule.

– Je suis désolée, dit-elle.

Danilo sursauta.

– De quoi ?

– De ma main. Je suis désolée.

– Mais qu'est-ce que tu racontes ?

– Si ça te dégoûte, je comprends.

Il fronça les sourcils.

– En plus, c'est l'annulaire, se força-t-elle à plaisanter. Ça veut dire que je ne pourrai jamais me marier.

Danilo ne rit pas. L'autocar roulait à une allure confiante, à croire qu'il ne venait pas d'être bloqué, perquisitionné, dévié. À croire qu'il les emmenait vraiment en vacances.

Quand l'une des éducatrices proposa de chanter, le chauffeur entonna *Sarajevo, ljubavi moja*. Tout le monde connaissait la chanson, la radio la diffusait en boucle pendant que, depuis les collines, on leur tirait dessus.

Les enfants avaient encore la voix tremblante, seul Danilo chantait comme si sa survie en dépendait. Il chantait très juste, plus encore qu'Ivo. Nada, qui ne se souvenait que de quelques vers, s'unit à lui. « Où que j'aille, je rêve de toi », modula-t-elle la voix trop haute, pour lui montrer qu'elle n'était pas blessée. « Toutes les routes me mènent à toi », le fourmillement ne cessait pas, mais la veine, si. Elle avait arrêté de pulser.

Personne n'aime les gens susceptibles et Nada ne voulait pas que Danilo la repousse. Elle s'égosilla. « J'attends tes lumières avec quelque nostalgie, Sarajevo, mon amour. »

Puis, alors que la dernière strophe était criée ou murmurée ou écorchée ou étouffée par un nœud dans la gorge, Danilo dit :

– Faisons un pacte.

On aurait vraiment dit un grand frère, prêt à la protéger.

– Si au bout du compte personne ne t'épouse, au pire des cas je t'épouserai, moi.

8

Ils avaient dû s'arrêter constamment, montrer les listes, négocier le passage. De nombreuses fois, le convoi avait été contraint de changer d'itinéraire, de transiter par les montagnes, de ralentir le long de routes à pic. Les manœuvres excitaient Sen, à moins que ce soit le panorama. Quant à Omar, Nada lui manquait.

Un tout-petit avait fait sur lui mais il n'y avait pas d'eau dans les toilettes, on ne pouvait pas le laver. Omar avait été agacé par l'odeur, puis il s'y était habitué. Ceux qui pleuraient au moment du départ se faisaient des copains, ou bien ils se connaissaient déjà. En tout cas, ils jouaient ensemble. Lui ne voulait devenir copain avec personne, ni jouer avec Cotcot ou d'autres camarades de l'orphelinat. Il avait grignoté un coin du sandwich qu'il avait reçu pour le déjeuner, puis l'avait cédé à son frère.

Le conducteur gara l'autocar sur une esplanade. Les accompagnatrices expliquèrent qu'ils allaient passer la nuit sur le plateau, qu'ils repartiraient à l'aube, qu'il était trop risqué de conduire de nuit sur ce genre de route. Les petits avaient hâte de descendre, certains d'entre eux avaient souffert pendant les virages, d'autres en avaient juste assez d'être assis, d'autres sentaient de nouveau l'absence de leur mère et recommençaient à pleurnicher. Omar aussi devenait nerveux à la tombée de la nuit, c'était déjà le cas avant la guerre.

Il sauta la dernière marche, l'air frais, électrique lui pinça l'épiderme. La clairière était une étendue d'herbe poussant péniblement sur la roche. Les pierres disjointes et pointues qui s'échelonnaient vers la rive d'un lac semblaient avoir agressivement jailli hors de la terre, déchirant le manteau vert, ou être tombées comme des bombes pendant la nuit. Sur le rivage opposé, le profil des montagnes et un ciel incandescent, traversé de filaments de nuages rouges.

Les enfants coururent sur la grève et s'accroupirent pour toucher l'eau.

– On se baigne ? proposa Sen.

Omar ne savait pas nager. Personne ne l'avait enseigné à son frère non plus, mais lui avait eu l'audace de se jeter dans la Miljacka et d'apprendre, comme il pouvait.

– Elle va être froide.

– Qu'est-ce que ça peut faire ?

Sen enleva son tee-shirt et s'élança.

Omar regarda ses pieds. Le matin, il n'avait plus retrouvé sa chaussure gauche, peut-être chipée par Čupko et rongée dans un coin de la cour. Nada lui avait montré une pile de chaussures abandonnées au dernier étage et il avait attrapé une basket, verte avec une semelle blanche, qui semblait à sa pointure.

– Je n'étais jamais allée au lac.

Elle, enfin. Comme elle lui avait manqué.

– Le garçon assis à côté de moi m'a dit que lui, si.

– Ah.

– Il venait en excursion avec sa famille.

– Et pourquoi il va en Italie, s'il a une famille ?

– Pour se sauver, comme tout le monde.

– À quoi ça sert de se sauver si ta famille meurt entre-temps ?

Nada soupira.

– Moi aussi je vais en Italie alors qu'Ivo risque de mourir.

Omar regretta son commentaire.

– Il est sympa, dit-elle.

– N'importe qui est plus sympa qu'un orphelin.

– Mais qu'est-ce que ça veut dire ?

Elle le toucha.

Omar évita de la regarder. Les enfants s'aspergeaient mutuellement, l'un d'eux prenait son élan avant de se jeter de tout son poids sur un autre pour le faire tomber à l'eau, s'accrochant à lui ; les deux sombraient, enchevêtrés et défaits, ils criaient, buvaient la tasse, toussaient, riaient. Leurs cris de joie étaient si aigus. Sonnaient si faux, à ses oreilles.

– Allons nous baigner.

– Je n'ai pas envie.

Une espèce de rancœur s'était emparée de lui, et il ne savait pas pourquoi.

– Allez, dit-elle en lui prenant le bras.

Il se dégagea.

– J'ai dit que je n'avais pas envie.

Nada se tut puis, face au silence persistant d'Omar, se dirigea vers la rive sans un salut.

Le contact avec l'eau glacée se réverbéra comme une décharge de plaisir tout le long de son corps. La sensation était si violente, si inattendue, qu'elle l'emplit d'une étrange euphorie. Dans l'eau jusqu'à mi-mollet, elle éclata de rire, toute seule, sans raison. Et plus elle s'enfonçait, plus elle riait. Le froid lui engourdissait les membres, les tétons. Dans ce lac, elle prit pour la première fois conscience de ses seins : ils étaient encore verts, mais ils tiraient avec une opiniâtreté jusqu'alors inconnue. Elle les cacha avec ses mains, ferma les yeux et se laissa tomber à la renverse, plongeant tête la première dans les profondeurs.

Ils se séchèrent devant les flammes. Les phares des blindés apportaient un peu de lumière tandis que, assis par terre, les enfants mangeaient des conserves de viande, celles-là mêmes, infâmes, qui leur parvenaient parfois à l'orphelinat dans les colis de la Forpronu : Nada en avait horreur. Les femmes parlaient entre elles, les pensionnaires de Ljubica Ivezić restaient dans leur coin, s'attirant les regards suspicieux des autres enfants. Vera devait être fatiguée, elle ne s'était pas moquée d'elle, pour une fois. Ou bien sa tonte forcée l'avait diminuée. Elle se sentait moins forte sans cheveux. Si elle l'avait appelée Moignon devant Danilo, Nada se serait effondrée. Mais Danilo était distant, il avait rejoint le groupe des enfants avec famille et discutait avec un ami qui voyageait à bord de l'autre car. L'ami lui avait foncé dessus dès qu'ils étaient descendus. Danilo lui avait présenté Nada. Izet et moi, avait-il précisé, on se connaît depuis l'école primaire, son père et ma mère travaillent ensemble à la rédaction d'*Oslobođenje*, on passe souvent les vacances ensemble.

Nada avait imaginé ces deux familles qui partaient à la mer en Croatie, ou skier sur le mont Jahorina. Izet avait rapidement dit bonjour de la main puis il avait entraîné Danilo – lequel, en une seconde, l'avait déjà oubliée.

Des journalistes étrangers faisaient également partie du voyage ; apparemment, ils voulaient documenter l'événement. Ceux qui connaissaient le serbo-croate posaient des questions aux enfants les plus affables, les autres, à ceux qui parlaient un peu d'anglais, surtout les enfants avec famille, le tout sous l'œil de leurs caméras ; en échange d'un témoignage tire-larmes, ils distribuaient des sucettes. Les enfants avaient vite compris ce qui suscitait l'intérêt des journalistes ; plus les événements rapportés étaient tragiques, plus ils semblaient satisfaits, aussi avaient-ils transformé l'exercice en une compétition à qui raconterait l'épisode le plus triste. Danilo et Izet n'y participaient pas.

Assis un peu plus loin, Omar faisait tourner sa fourchette dans sa conserve de viande ; il était seul – Sen avait dû s'éloigner pour allumer une cigarette – et plongé dans ses pensées. Toute la soirée, il l'avait ignorée. Il avait l'air fâché, mais de quoi ? Il aurait peut-être suffi de lui poser la question, de s'approcher de lui. Le cirque autour des journalistes devait l'agacer. Nada décida que c'était elle qui allait clore le débat, faites place, écoutez la seule histoire qui compte.

Si elle avait montré aux caméras sa main au doigt coupé – une grenade, au petit déjeuner –, elle aurait gagné : tous les autres récits auraient paru fades en comparaison. Les journalistes lui auraient consacré des reportages entiers, et les Anglais, les Français, les Italiens dans leurs maisons intactes et resplendissantes se seraient émus de ce mensonge. Un homme lui demanda en serbo-croate si elle voulait dire quelque chose. Il n'allait pas s'en remettre. Les enfants avec famille continuèrent à parler les uns par-dessus les autres pour s'accaparer les sucettes mais les gamins de l'orphelinat la dévisagèrent : Ivo n'était plus là pour la défendre. Elle pria pour que Danilo se retourne, rien qu'un instant. Regarda à nouveau Omar, attendant qu'il lève la tête et la voie. Alors ? insista le journaliste. Omar la vit, Nada lui sourit instinctivement, déjà prête à renoncer. Mais il plongea vigoureusement la fourchette dans sa conserve avant de détourner le regard.

Nada serra le poing pour cacher son amputation.

– Ma mère, cette guerre l'a tuée.

Du coin de l'œil, elle vit Omar sursauter.

– Nous étions en train de nous promener quand une grenade me l'a arrachée.

Omar laissa tomber conserve et fourchette.

– Ça s'est passé en mai.

Il se précipita vers elle, titubant presque.

– Elle est morte, dit Nada. Avant, elle venait me voir toutes les semaines à l'orphelinat, et puis la grenade l'a tuée.

Elle n'arrivait plus à s'arrêter, la veine pulsant de nouveau en travers de son front.

– Elle n'est pas morte, souffla Omar quand il fut face à elle, un volume trop bas pour que le journaliste l'entende.

Il avait une expression incrédule.

Nada le fit tomber au sol, se jeta sur lui, lui immobilisa les cuisses avec les genoux.

– Bien sûr que si, elle est morte.

Elle attendit qu'Omar se défende, qu'il la repousse, la retourne sur le dos. Au lieu de quoi, il resta sans réaction.

– Elle est morte, tu comprends ? dit Nada en tirant sur son tee-shirt – pourquoi, pourquoi faisait-elle ça ? Omar ferma les yeux, tout simplement.

C'est le chauffeur qui dut les séparer. Quand Sen accourut, haletant, les femmes lui demandèrent de s'occuper de son frère, de l'emmener faire un tour, peut-être. Et les journalistes : avaient-ils tout filmé ?

La bagarre avait mis les enfants en joie, ils riaient, leur fatigue disparue. Même Vera semblait ragaillardie, de nouveau narquoise malgré sa tonte : « Moignon reste Moignon. »

Une douleur à l'annulaire manquant – c'était la première fois que ça lui arrivait. Mais Omar avait disparu à présent, et son corps était une cage vide, ce corps qui la retenait encore quelques instants plus tôt.

Ils bivouaquaient autour du feu quand une rafale d'éclairs lumineux éclata dans la nuit. Nada se jeta à terre, comme tout le monde, même si les bombardements étaient loin. Le fracas résonnait dans sa tête.

Les enfants furent reconduits à bord, certains dans les bras, d'autres par la main. Nada remonta sans l'aide de personne.

Danilo était déjà assis à sa place.

– Et donc, tu tapes sur les garçons ?

Elle ne répondit pas.

– Je croyais que vous étiez amis.

– Et toi et moi ?

Quel rapport ?

– Bah, tu ne m'as même pas dit comment tu t'appelais.

– Je m'appelle Nada, et donc ?

À ce moment, Omar monta avec son frère.

Elle détailla son profil tandis qu'il l'évitait consciencieusement. La passivité d'Omar face à son assaut l'avait déconcertée. Il avait fermé les yeux – mais c'était peut-être pour ne pas la regarder : dans ce refus, même si elle n'aurait pas su, alors, le désigner ainsi, Nada percevait une forme d'agressivité. Et elle, pourquoi avait-elle menti ? Elle avait envie de faire du mal, d'être punie, ou alors…

– Danilo, appela-t-elle en se retournant, mais son compagnon de route avait déjà remis ses écouteurs.

Nada passa les doigts dans ses cheveux encore humides et se dit qu'elle allait avoir froid sans couverture, sans personne contre qui se blottir.

9

Le deuxième jour du voyage, Nada fut surprise de se sentir liée aux autres par une sorte d'intimité. C'est l'intimité qui naît après qu'on a partagé la vulnérabilité du sommeil, l'odeur organique des corps amassés au sein d'un lieu clos. Comme dans la salle commune, à l'orphelinat.

Le car poursuivait sa route, flegmatique. Par la fenêtre, Nada aperçut une femme assise dans une cour, les jambes écartées, à l'ombre d'une maison au toit arraché, sans la moindre tuile au-dessus de sa tête. Quand ils passèrent tout près, Nada remarqua qu'elle tenait un panier en osier d'où elle extrayait des cerises une par une, les portant à sa bouche et les détachant de leurs queues d'une brève secousse de la tête, puis les mâchant mécaniquement avant de cracher le noyau par terre ; elle était seule. Nada crut sentir couler dans sa gorge la saveur stridente et sucrée des cerises, elle pensa à Ivo.

Plus personne ne s'était risqué à les cueillir, par peur de s'offrir en pâture aux snipers, mais Ivo était d'une témérité confinant à l'arrogance. Il avait grimpé à un cerisier et s'était mis à en récolter les fruits pour les lancer aux camarades à ses pieds. Au départ, ils les rattrapaient avec les mains et les portaient aussitôt à leur bouche mais, voyant Ivo déterminé à vider l'arbre, ils avaient commencé à soulever leurs tee-shirts pour créer un réceptacle de tissu ou les avaient même ôtés afin de les utiliser comme corbeille. Exceptionnellement ce jour-là, Nada était sortie de l'orphelinat avec son frère et ses amis, et elle attendait immobile l'issue du duel à distance qu'Ivo avait engagé contre un inconnu posté dans les montagnes.

Petit à petit, avant qu'elle ne s'en rende compte, les gens s'étaient arrêtés, avaient formé un cercle autour de l'arbre, imitant les gamins. Hommes et femmes, vieillards et enfants, tous tendaient leurs tee-shirts ou leurs chemises et Ivo y faisait pleuvoir les fruits rouges. L'espace d'un instant, la guerre sembla suspendue. L'espace d'un instant, torse nu ou en soutien-gorge, la peau translucide, les côtes saillantes et les omoplates ailées – ces personnes avaient été libres.

Nada avait oublié le sniper qui tenait son frère à l'œil, hésitant à le punir ou à l'épargner en vertu de son courage – lui aussi, peut-être, perché en haut du mont Trebević, seul depuis bien trop de jours et bien trop de nuits, avait humé l'air de fête et posé son fusil à terre pour s'étendre sur le dos et sentir le soleil lui réchauffer le visage. Dans un imprévisible sursaut d'espoir, Nada avait retiré son tee-shirt, comme les autres, et son souffle s'était amplifié. Quand elle s'était avancée pour intercepter la parabole de cerises que faisait jaillir son frère, il avait sauté de l'arbre et s'était précipité vers elle.

Il l'avait bousculée, lui avait arraché son tee-shirt des mains et le lui avait renfilé à la hâte avant de lui attraper un bras pour l'entraîner au loin. D'un coup, les gens s'étaient rappelé le siège – un réveil cruel, mais que croyaient-ils – et ils prenaient maintenant la fuite, dispersant des cerises à chaque pas, ou les jetant dans la rue, quel gâchis, cherchant presque à se disculper d'avoir cédé au divertissement ; à présent, avec maladresse et précipitation, tout le monde se rhabillait.

Tu faisais quoi ? avait crié Ivo.

Nada n'arrivait pas à répondre. Elle ne comprenait pas tant de colère.

Le grain de beauté sur sa joue, un insecte vénéneux.

Tu veux lui ressembler ? Tu veux être comme elle ?

Elle avait baissé la tête. Lentement, prudemment, elle s'était détachée de son étreinte.

Elle avait regardé sa main, avait formé un poing de ses quatre doigts, il en manquait un, et c'était inacceptable.

Je n'ai rien à voir avec elle. Elle avait poussé Ivo pour s'en aller.

Il l'avait arrêtée et serrée à nouveau contre lui. Je sais, avait-il dit. Excuse-moi, je le sais.

La petite avait enfoncé le nez dans la poitrine de son frère ; il sentait le printemps, presque l'été.

Le soir venait de tomber quand le chauffeur ordonna depuis son siège : « Faites semblant de dormir », en tambourinant des doigts sur le volant.

Rapide, Nada cacha le carnet, donna un coup de coude à Danilo pour le prévenir – il écoutait la musique tellement fort – et regarda autour d'elle. Les enfants obéirent, fermèrent les yeux. Certains les rouvraient de temps en temps pour guetter, d'autres ricanaient, on aurait dit un jeu. Quand Omar commença à trembler, elle baissa les paupières.

Le car s'arrêta.

Ils entrèrent en criant et en donnant des coups de poing dans les compartiments à bagages : Nada ouvrit grand les yeux. Ils secouèrent violemment les sièges – les dossiers valdinguaient, les enfants pleuraient déjà –, tirant sur les bras pour répandre la terreur. Elle fut soudain paralysée : même chercher la main de Danilo lui semblait risqué.

L'un des leurs – la cartouchière en bandoulière et une cocarde ornée d'un crâne cousue sur le camouflage –, particulièrement véhément, la frôla sans lui prêter attention. Il demanda en revanche son prénom à Omar. Il répondit et l'homme le somma de se lever, lui saisit le poignet et le traîna dans l'allée avant de prendre d'autres enfants. Sen intervint :

– C'est mon frère, on est ensemble.

L'homme lui donna une gifle, tuant dans l'œuf toute tentative d'insurrection.

Omar éclata en sanglots – pas pour lui, mais pour Sen, et pour sa mère, qui ne pouvait pas imaginer ce qui était en train d'arriver à ses enfants. Où était-elle, à présent ? Elle était peut-être parvenue à grimper jusqu'à Bjelave, elle était peut-être entrée dans l'orphelinat, n'avait pas trouvé la directrice, juste les plus grands, défoncés à la colle, ou bien personne, le désert. Elle aurait peut-être survolé des yeux la forme d'une chaussure rongée par les chiens, puis, une seconde plus tard, y serait revenue, l'aurait reconnue, ramassée. Elle ne savait pas qu'un homme – était-ce un Tchetnik ? Étaient-ce eux, les Tchetniks ? – avait frappé son fils aîné et tordait maintenant le bras du plus petit, risquant de le lui déboîter.

Alors que de plus en plus d'enfants étaient forcés à se mettre debout – joues écarlates, morve au nez, visages défaits par la panique –, la voix des femmes transperça le brouhaha, s'il vous plaît, libérez-les, ayez pitié.

Un Tchetnik s'approcha de l'une d'elles :

– Et en échange, on vous prend, vous ?

Il lui caressa les cheveux, deux, trois fois, puis saisit une mèche et tira dessus pour lui faire ployer la tête.

– Tu as vraiment envie que je vous prenne, pas vrai ?

Il la poussa sur le tableau de bord, la retourna dos aux passagers et lui souleva sa jupe, découvrant sa culotte. Nada hurla. Ce n'était pas la seule mais, du fond de l'allée, Omar reconnut sa voix.

– Alors ? insista le Tchetnik, écrasant d'un main la nuque de la femme afin de lui infliger un coup de bassin qui la fit tressaillir.

S'agissait-il d'un avertissement ou d'une répétition générale ?

Danilo aurait voulu masquer les yeux de Nada. Il pensa à sa petite sœur, restée à Sarajevo parce que l'idée de partir avait provoqué le retour des crises d'asthme dont elle souffrait depuis la maternelle.

Attrapant violemment le bras de deux enfants du groupe, un des hommes dit :

– Allez, tout le monde ! On y va !

Les enfants supplièrent, pleurèrent, crièrent de peur, mais s'exécutèrent.

– Sen ! hurla Omar.

Sen se leva pour le rejoindre, reçut une autre gifle.

– Tu as vraiment envie de venir t'amuser, toi aussi ? aboya le Tchetnik. Alors dépêche-toi !

Il le poussa vers l'avant.

De voir Sen le nez en sang, Omar sanglota de plus belle mais il se jeta dans ses bras.

Nada se releva de son siège pour regarder ses amis, s'arrachant cette fois à Danilo qui essayait de la convaincre de rester assise.

– Omar ! appela-t-elle, mais il ne l'entendit pas, il était descendu à la suite de son frère, au milieu de cette sinistre procession qui lui rappelait les esclaves africains enchaînés les uns aux autres, ces images qu'elle avait vues dans un manuel scolaire, ou dans un film à la télévision, va savoir.

L'homme immobilisait toujours la femme sur le tableau de bord, indécis quant à son sort. Baissant les yeux en signe de reddition, le chauffeur essaya de le supplier, puis il employa des mots calmes, raisonnables, afin de l'amadouer.

– On les laisse tous, proposa alors l'homme, si vous nous donnez la femme de Biber et son fils.

Danilo savait de qui le Tchetnik parlait, il les avait reconnus au début du voyage. Biber était le nom de scène d'un humoriste dont les sketchs faisaient un tabac à la télé. Il l'avait repéré dans le parking de l'Unis mais l'avait ensuite perdu de vue.

Personne n'allait dénoncer la femme et le fils de l'humoriste, et ils étaient eux-mêmes trop pétrifiés pour se dénoncer.

Le Tchetnik lâcha la nuque de la femme en hurlant :

– Sortez !

Elle glissa au sol et resta prostrée par terre au lieu de regagner sa place.

Un silence ahuri s'abattit dans l'autocar tandis que les gémissements des enfants sur la route s'immisçaient par les fenêtres. Le Tchetnik qui les avait traînés dehors leur indiqua un fourgon à quelques mètres, les phares arrière de leur autocar, le premier de la file, en révélaient les portières ouvertes dans la nuit noire.

– Montez ! cria-t-il.

Où allait-il les emmener ? Qu'allaient devenir Omar et Sen ? Les fesses de Nada fourmillaient tellement qu'elle n'arrivait plus à rester assise mais Danilo lui tira le bras avec force et mit une main sur sa bouche dès qu'elle voulut protester.

Quand le dernier enfant fut monté à bord du fourgon, une femme se leva, dans la troisième rangée.

– C'est moi, la femme de Biber, dit-elle. Je viens avec vous, mais sans mon fils.

– C'est pas toi qui dictes les règles, rugit le Tchetnik avant d'aller la chercher. Montre-moi tes papiers ! ajouta-t-il. En attendant, descendez.

Et il poussa aussi le fils dehors.

Ils descendirent sur la route mais aucun enfant ne sortit du fourgon. La femme serrait contre elle son fils en larmes. Le chauffeur les rejoignit.

Où diable étaient passés les officiers de l'Onu ?

Danilo comprendrait plus tard, par bribes, la stratégie des

Tchetniks : prendre la femme et le petit garçon en otage pour appâter Biber. C'était lui qu'ils visaient. Il était serbe ; ils voulaient peut-être l'enrôler et lui s'y était refusé. Comme son père.

10

Les bombes ne tombaient pas à Grbavica. Cependant, un matin de juin, quelqu'un avait tambouriné à la porte des Simić avec la crosse de son fusil. Le père avait ouvert tandis que la mère était restée debout dans l'entrée, sa main dans celle de Jagoda, qui avait voulu des tresses ce matin-là, comme quand elle allait à l'école, même si l'école était fermée. Danilo se tenait à côté de sa mère, beaucoup plus grand qu'elle.

En avançant dans l'appartement, l'un des militaires serbes avait dit : Ta femme est une *balinkura* et tes enfants sont des bâtards. Sa mère avait fait un pas en avant, cherchant à les défendre, et Jagoda s'était touché une tresse, Danilo l'avait vue parcourir du bout des doigts les cols et les vallées formés par ses cheveux roux : cela l'aidait peut-être à se calmer, avait-il pensé. Puis ils s'étaient écartés pour laisser passer les hommes en uniforme, lui d'un côté, sa mère et sa petite sœur de l'autre.

T'en veux un autre, de bâtard ? dit le militaire en enfonçant son fusil entre les reins de son père, qui tressaillit. Je vais te l'engrosser, moi : il faut planter la semence des Serbes à travers toute la Bosnie. Danilo caressa furtivement le bras de sa mère, il avait peur que le geste irrite les soldats. Ou alors tu veux le faire toi, maintenant ? poursuivit l'autre.

Le père gardait la tête baissée, son crâne glabre sillonné de rides profondes. Moins il opposait de résistance, plus enflait la rage de Danilo. Que devait éprouver sa mère face à un mari incapable de la défendre ? Qu'éprouve une femme sans un seul homme pour la protéger sur la surface de la Terre ?

Mais non, rit le Serbe, ce n'est pas correct de faire ça devant les enfants : on n'est pas des animaux, nous. On n'est pas comme elle.

Danilo savait que dans un village des alentours, on avait ordonné à un imam de se signer, que lorsqu'il avait refusé, on lui avait versé un mélange de sciure et de bière dans la gorge avant de la lui trancher. La nouvelle avait paru dans le quotidien où écrivait sa mère. Elle qui n'avait jamais mis les pieds dans une mosquée était convaincue que leur ville serait épargnée par ce genre d'atrocités : les Sarajéviens, avait-elle écrit, étaient habitués aux mariages mixtes comme le sien, aux rapports de bon voisinage et à la cohabitation entre gens de confessions, non, de cultures, différentes. En envahissant son domicile, ces militaires venaient de lui donner tort.

« Que devraient faire les Serbes pour se venger des crimes dont ils ont été victimes au cours du siècle ? Enterrer les gens vivants, les faire rôtir sur le bûcher, les égorger, démembrer les enfants sous les yeux de leurs parents. Or les Serbes n'ont jamais rien fait de tel, pas même aux bêtes féroces », avait dit le patriarche Pavle – Danilo l'avait entendu au JT. Dorénavant, il ne pourrait plus regarder les nouvelles : l'autre militaire avait débranché le téléviseur pour l'emporter. Jagoda creusait dans ses tresses avec les doigts.

Demain, à huit heures, tu as intérêt à être dans le hall de ton immeuble, on vient vous enrôler, annonça le soldat qui parlait – l'autre semblait muet – sans cesser de pointer le canon de son fusil sur les reins de son père ; l'autre acquiesça. Tu es serbe, lui dit-il, tu dois combattre pour ton peuple. Lui ne répondit pas je suis bosnien, je ne tirerai pas contre mes concitoyens, je ne tirerai pas sur la population civile de Sarajevo, vous ne pourrez pas détruire ma ville. Il continua d'acquiescer. Jagoda creusa tant et si bien qu'elle arracha l'élastique et que la tresse se défit. Alors que les soldats partaient en claquant la porte, ses mèches tombèrent sur sa joue comme un rideau et c'est à ce moment-là qu'elle éclata en sanglots.

Ils n'avaient pas le temps de la consoler, il fallait organiser la fuite. S'ils partaient tous ensemble, ils seraient trop visibles. Aussi, le soir venu, Danilo quitta le foyer avec son père.

Ils ne se tinrent pas la main comme pour affronter un danger mais cherchèrent à avoir l'air tranquille, naturel. Ils parlèrent musique, le père était obsédé par les années 1970.

Dès qu'ils furent sortis, un grognement s'éleva dans leur dos : Vous croyez aller où comme ça ?

Deux hommes étaient vautrés par terre au pied de leur immeuble, adossés à la façade. Ils avaient la barbe et les cheveux longs, empestaient l'alcool même à distance.

Le père de Danilo expliqua que le grand-père n'allait pas bien, qu'il fallait lui faire une injection, et il sortit de sa poche une seringue et deux fioles. Danilo se demanda si les Tchetniks avaient remarqué que cette voix n'était pas la sienne : il avait ralenti sa diction pour montrer qu'il n'avait rien à cacher, mais trop, elle sonnait artificielle. C'est de l'autre côté du fleuve, disait-il, le temps de la piqûre et nous serons de retour.

L'un des deux se leva et l'attrapa par le col. C'est quoi, cette histoire ? Raconte encore pour voir.

Le père se raidit – mais montra la seringue.

Le Tchetnik le secoua, lui crachant des injures au visage : il était si imbibé d'alcool qu'il en perdit l'équilibre. Le père recula et le type tomba. Son acolyte, encore assis, éclata de rire, et l'hilarité s'empara des deux hommes. Pendant qu'ils se tordaient, le père de Danilo suait : un long filet s'étirait de sa tempe jusqu'à sa mâchoire. Danilo eut l'instinct de l'essuyer, ne le fit pas. Les Tchetniks se frappaient les cuisses, trébuchaient, s'écroulaient au sol et, étourdis par leurs rires gras, laissèrent partir ce chauve d'âge mûr qui avait inventé un mensonge aussi bête – mais avant cela, ils prirent soin de lui envoyer un coup de pied aux fesses. Danilo aurait voulu ne jamais assister à la scène. Comment son père allait-il pu supporter cette humiliation sachant que son fils en était témoin ?

Ils marchèrent entre les immeubles, réduits au silence par cet incident qu'ils n'oublieraient ni n'évoqueraient plus jamais entre eux. Danilo se promit de ne rien en dire, ni à Jagoda, ni même à sa mère.

Le frottement de leurs semelles sur l'asphalte résonnait dans les rues désertes, aussi menaçant que si les pas étaient ceux de quelqu'un d'autre. Et pourtant, sans ce bruit, Danilo en serait venu à douter de sa propre existence ; cette cadence finit par leur tenir compagnie : tant qu'ils l'entendaient, ils étaient à l'abri.

Un fracas métallique le figea. Reste ici, dit son père, s'apprêtant à partir en reconnaissance, mais Danilo le retint par le bras. Son père le regarda dans les yeux : On ne peut pas faire demi-tour. Alors je viens avec toi. Le bruit de leurs pas fut englouti par ce vacarme inédit, et Danilo ne parvint plus à se calmer. Au coin de la rue, un soldat de l'armée yougoslave. Il se débattait avec un rideau de fer afin de forcer l'entrée d'un garage. Il prit peur en les voyant, les fixa désemparé, comme s'ils pouvaient lui faire du mal. Il ne devait pas avoir plus de vingt ans. Il cogna du poing contre le store métallique et frappa dans ses mains, feignant de vouloir se débarrasser de la poussière. Tout est en règle ici, dit-il.

Père et fils avancèrent, encore quelques centaines de mètres et ils auraient atteint l'autre rive – depuis combien de temps marchaient-ils ? Dix minutes, vingt, un siècle. Il manquait encore l'obstacle le plus redoutable, juste avant le pont.

Ils les distinguèrent de loin : les piles de sacs de sable. Le fameux poste de contrôle.

Un cri : Où est-ce que vous allez à cette heure-ci ?

Danilo s'arrêta.

Son père, non. Je m'appelle Predrag Simić, répondit-il, tel un condamné se présentant à son exécution. Je dois faire une injec.

Simić, l'interrompit le militaire. Predrag Simić, tu as dit ?

Les semelles de Danilo étaient clouées au sol. Le père continuait à s'approcher : oui, dit-il, et pas pour accepter son sort.

Donc tu es l'un des nôtres, commenta le Serbe.

Danilo tenta de décrocher ses semelles : toute force l'avait quitté.

À présent, son père était face aux soldats. Bien sûr que je suis l'un des vôtres.

Qu'est-ce que tu fais ici ?

Je dois aller de l'autre côté quelques minutes. Et il raconta l'histoire du grand-père malade.

Les soldats le dévisagèrent, l'air pas franchement convaincus. Danilo espérait qu'ils s'en prendraient à lui, cette fois. Puis il se rappela qu'il ne s'agissait plus d'être humilié, mais abattu.

Ma femme est à la maison, on revient tout de suite, promit son père. Il leva les yeux au ciel, tourna la tête. Et eux, là-bas ? demanda-t-il. Ils se sont calmés, ce soir ?

Les Turcs ne se calment jamais, répondit le Serbe en serrant son fusil.

Danilo frémit. S'ils mouraient, qui allait prévenir sa mère ? Et Jagoda, comment surmonterait-elle cela ?

À force, ils finiront par retenir la leçon, hasarda son père. De nouveau, ce filet de sueur sur sa tempe.

On n'éduque pas les sauvages, rétorqua le Serbe, on les élimine.

Son père simula un éclat de rire – Danilo ne l'avait jamais entendu. Les soldats allaient forcément se rendre compte qu'il était factice.

Pourtant, ils rirent avec lui. La goutte de sueur coula jusqu'au menton, s'enfonça dans le col de la veste.

Fais attention, dit le soldat.

Oui, répondit son père, sans se toucher le cou un seul instant.

Et le lendemain, comment maman et Jagoda, une femme et une fillette, allaient-elles pouvoir affronter un tel périple ? Pourquoi les avaient-ils laissées toutes seules ? s'inquiétait Danilo. Pourquoi n'était-il pas resté avec sa mère, lui ?

Le soldat leva le bras et demanda qu'on les laisse passer.

Lorsqu'il se colla contre son père, Danilo s'aperçut qu'il tremblait lui aussi.

Ils avancèrent au ralenti, incrédules. Ils avaient réussi. Mais s'il s'agissait d'une ruse ? Danilo ne croyait toujours pas à leur chance – son père non plus, apparemment, vu son allure mécanique, ses membres rouillés. Ils arrivèrent au pied de la passerelle qui traversait la Miljacka et débouchait devant l'hôtel Bristol.

Danilo entendit les coups de fusil en même temps que sa tachycardie.

Ils ne pouvaient ni s'arrêter ni revenir en arrière. Sur l'autre rive, enfin, commençait la zone contrôlée par la défense territoriale.

Cours, cria son père, mais il était de nouveau cloué au sol. Le sifflement des projectiles lui fouettait les tympans, les tirs ricochaient longuement dans l'air avant d'être absorbés, des sons martelés et stridents qui composaient dans l'atmosphère une mélodie atroce.

Cours, cours ! le pressa-t-il.

Le cœur battant à lui transpercer la poitrine, Danilo avança.

Ils coururent ensemble, le fils plus rapide que son père.

Quoi qu'il se passe, tu continues à courir, compris ?

L'onde sonore des rafales vibrait dans son corps en le déboussolant.

Quoi qu'il arrive, compris ? Quoi qu'il arrive. Tu dois continuer à courir.

Et Danilo courut, en apnée, les mâchoires serrées, pas une épreuve musculaire mais un effort de dents, de tête, une décharge de rage, il pensa à la tresse défaite de Jagoda et dans le chaos des tirs il courut sans s'arrêter, comme avait dit son père.

Devant le Bristol, il ralentit. Se courba, les mains sur les cuisses, les jambes fléchies, à bout de souffle. Puis il se retourna. Le chercha dans l'obscurité. L'appela. Papa, répéta-t-il. Il se mordit l'intérieur de la joue, en arracha un bout. Papa. Il avait le goût du sang dans la bouche. Cours, avait-il dit, quoi qu'il arrive. Il sous-entendait : même si je tombe.

Papa, appela encore Danilo, et sa voix se brisa.

Je suis là – à peine plus qu'un murmure. Je suis là, dit le père haletant, et il s'interposa avec son crâne lisse et ses larges épaules devant le regard incrédule et reconnaissant de son fils.

Le chauffeur négocia avec les Tchetniks pendant des heures, même s'ils semblaient hors de contrôle, prêts à tout sauf à négocier.

Dans le bus, chacun luttait contre le soulèvement de son propre corps, déjà en révolte, déjà ennemi. Le pacte s'était rompu dans le car, ou avant, au début de la guerre, ou même à une époque encore plus lointaine. L'alliance avec ses propres organes ne serait jamais restaurée, Danilo le savait.

La vessie pleine et l'estomac implorant de la nourriture envers et contre tout, Danilo vit les enfants qui avaient été traînés hors du car quitter le fourgon et remonter à bord, y compris le fils de Biber. La femme, elle, demeura à terre. Son fils cria qu'il voulait rester avec sa mère tandis que le chauffeur le tirait par le bras : il avait tout donné pour essayer de le sauver. La mère disait on se reverra bientôt puis elle aspirait ses lèvres à l'intérieur de sa bouche et contractait son visage dans des grimaces qui la défiguraient.

Une éducatrice s'assit à côté de l'enfant, tentant en vain de le calmer. Il allait encore pleurer des heures durant. Les autres savaient depuis des semaines qu'ils devraient se séparer de leur mère et, bien qu'ils aient rejeté l'idée pendant tout ce temps, ils avaient fini par l'accepter, y étaient parvenus. Le fils de Biber, non, cela lui était tombé dessus sans qu'il ait eu le temps de le digérer. Danilo eut de la peine pour lui mais n'alla pas lui offrir son réconfort. Pas un enfant ne le fit. Peut-être parce qu'ils étaient horrifiés. Peut-être parce qu'ils savaient qu'aucune consolation ne pouvait panser cette douleur. Ils la respectèrent, laissèrent l'enfant l'exprimer sans chercher à s'immiscer, comme faisaient les adultes.

11

Dans la nuit, les sièges s'insurgèrent et jetèrent les enfants dans l'allée : ils se couraient après, se bousculaient, hurlaient – qui aurait cru qu'une simple partie de chat perché pouvait déclencher une joie si gutturale ? Ivres d'adrénaline, les enfants s'étaient penchés au-dessus du précipice et à présent l'écho de leurs rires les déboussolait, ils grimpaient sur les dossiers et plongeaient de l'autre côté, atterrissaient sur la tête ou sur l'épaule, risquaient de se fracasser, de se briser en mille morceaux mais s'en fichaient, ils se couvraient de bleus et ne ressentaient pas la douleur : s'il vous plaît, libérez-les – libérez-nous. Les moustiques avides vrombissaient et les enfants avaient perdu la tête, ils s'étaient mutinés, soyez sages, tenez-vous tranquilles, c'est l'heure de dormir, cette fois-ci, pour de vrai, le peu de lumières allumées durcissait les visages, et les éducatrices renonçaient tandis que les enfants devenaient insomniaques, se renversaient sur leurs fauteuils à s'en faire des bosses et écrivaient leur nom sur les dossiers pour laisser une trace, puis ils arrachaient le tissu et l'emportaient, la trace, se la fourraient dans la poche, ils n'allaient plus jamais s'en séparer : il est à moi, ce nom. C'est moi.

Senadin ne voulait pas laisser Omar seul une seconde : l'incursion des Tchetniks avait rendu son frère muet, il était terrorisé à l'idée qu'ils reviennent, se sentait condamné. Mais il avait envie de faire pipi.

– Tu viens avec moi ?

Au milieu du brouhaha, Omar ne pipait mot.

– Je reviens tout de suite, dit Sen.

Un petit groupe bloquait l'accès aux toilettes, les uns amassés sur les marches de l'escalier central, les autres agglutinés dans la fosse au point que certains, malgré l'interdiction des éducatrices, avaient les épaules collées contre la porte, et ils se demandaient comment c'était, l'Italie. Cotcot était de la partie.

– À mon avis, on mange tout le temps, là-bas, était-il en train de dire. Même les tables et les chaises sont faites en nourriture, genre en chocolat ou en caramel, pour qu'on puisse les grignoter.

– C'est ça, et comment tu veux qu'elles tiennent debout, si tu les grignotes ?

– Mais il y en a tous les jours de nouvelles ! Ils les fabriquent dans les pâtisseries.

– En plus ça permet de changer l'ameublement, dit un garçon que Sen n'avait jamais vu – il n'avait pas les cheveux rasés, ce devait être un enfant avec famille.

Une fillette aux oreilles décollées – il ne les avait jamais remarquées, à l'orphelinat, cachées qu'elles étaient sous son carré – dit :

– Moi, à mon avis, on reçoit chaque matin au petit déjeuner une énorme sucette à la fraise – et elle la dessina dans l'air avec ses bras.

– Mais bien sûr. Et à boire, du Coca-Cola, conclut Vera, sarcastique.

– Par contre, en Italie, interdit de roter, dit Cotcot.

Ils éclatèrent tous de rire, lui compris, qui poussa son caquètement.

– Moi, ce que je crois surtout, c'est que c'est le manchot et la femme à la bûche qui commandent en Italie.

– Mon papa lui ressemblait, au manchot, glissa la petite aux oreilles décollées.

– Et il ne te faisait pas peur ?

– Non. Faut dire qu'il avait ses deux bras, lui.

– Moi, je ne l'ai jamais vu, mon père, dit Vera.

– Moi non plus, mais depuis qu'ils ont fait le feuilleton, à la télé, je l'imagine comme Aleksa Šantić, dit Cotcot.

– Avec la moustache ?

– Non, mais poète.

– Pourquoi, tu écris des poésies ? demanda Sen, debout derrière eux, se tenant à la rampe.

Tous les enfants levèrent les yeux vers lui.

– Genre !

Ils se tordirent de rire, poussant Cotcot contre les toilettes. La serrure fit un clic et la porte s'entrouvrit.

– Et votre mère, vous l'imaginez comment ? dit Sen.

Après un instant d'hésitation collective, Vera répondit :

– Moi, je n'arrive pas du tout à me l'imaginer.

Le silence se fit, chacun semblant absorbé par cet effort stérile. Certains se grattaient frénétiquement les piqûres de moustique sur les bras. Puis l'un d'eux dit :

– Enfermons Cotcot dans les toilettes !

Il les laissa faire.

C'était une compétition : gagnait celui qui restait le plus longtemps enfermé dans le noir, l'interrupteur était dehors. Celui qui tiendrait le plus longtemps serait proclamé vainqueur. Les enfants comptaient à voix haute et, pour corser le jeu, certains collaient leur bouche contre la porte et racontaient les pires horreurs sur l'Italie. Ils vont nous mettre en cage avec des tigres, seuls les survivants auront droit à un lit. Non, non, objectait quelqu'un, on te forcera à faire des acrobaties et si tu tombes et que tu te casses les os, ils te renverront d'où tu viens en canon, hop, atterrissage direct à Sarajevo. Mais bien sûr, pile sur le dos de la directrice – un déluge de rires hystériques. Mais comment ils feront pour mettre les os cassés dans le canon ? Ah oui, c'est vrai, à mon avis ils garderont les enfants trop cassés pour les emmener direct chez le boucher, ils en feront des *ćevapi*. Mais qu'est-ce que tu racontes, en Italie on ne mange pas de *ćevapi* – l'enfant avec famille faisait son je-sais-tout. Et alors comment ils les utilisent, à ton avis ? Ils organisent une chasse au trésor : celui qui gagne, c'est celui qui est capable de reconstruire l'enfant avec tous les morceaux au bon endroit.

Entre-temps, Cotcot avait frappé à la porte pour sortir, et un autre était entré à sa place, et les enfants comptaient à l'unisson, impatients de se faire enfermer dans le noir, impatients d'avoir peur, tous les enfants meurent d'envie d'avoir peur ; et ils riaient et se poussaient dans les toilettes les uns après les autres, de force, et ils appuyaient leurs épaules contre la porte pour la sceller, excités par la cruauté qu'il leur était permis d'exercer et par la passivité avec laquelle ils la subissaient à tour de rôle. Peu importait que certains s'agitent, qu'ils tambourinent pour sortir et que personne ne leur ouvre, cela faisait partie du jeu, cela permettait à la frénésie de se transmettre, alimentée par les frayeurs successives.

Sen dit qu'il avait besoin des toilettes pour de vrai.

– On va voir combien de temps tu tiens à l'intérieur, dit Vera.

Lui n'avait peur ni du noir, ni d'être enfermé, c'était juste un jeu idiot, mais il accepta.

Il se soulagea dans le réduit obscur puis s'assit sur la cuvette. C'est alors que son cou se mit à le démanger. Malgré le vacarme dehors, le raclement de ses ongles sur sa peau parvint jusqu'à ses oreilles, un son d'une furieuse douceur qui lui donna instantanément envie de sortir. Il se leva, sa tête touchait presque le plafond, cet endroit était minuscule, ça puait, mais il ne pouvait pas être le perdant du jeu. Son cou le démangeait, irrésistiblement, ses ongles raclaient, le bruit dans ses oreilles, se gratter était un soulagement, c'était douloureux. À tâtons, Sen chercha le lavabo, ouvrit le robinet, pas une goutte n'en sortit.

Ça arrivait quand Omar n'était pas là – où pouvait-il bien être ? Peut-être était-il seulement très petit, et Sen l'avait oublié. Ça arrivait l'été : Sen s'approchait de sa mère qui prenait un bain de pieds rafraîchissant, robe relevée – un verre de citronnade sur la table de la cuisine – et il étudiait ses cuisses nues afin de discerner les petites papules rosées. Par surprise, il en titillait une. Bien que d'apparence ancienne, la papule recommençait à la démanger et sa mère était obligée de se gratter. Qu'est-ce que tu as fait, charogne ? disait-elle. Il s'enfuyait en riant et elle se levait pour le pourchasser, laissant des empreintes humides sur les dalles de béton, le traquant dans ces quelques mètres carrés, entre les hautes fenêtres oscillobattantes qui encadraient les chaussures pressées des passants : certains garaient leur mobylette, des chiens y pissaient. Personne ne songe jamais que des familles entières peuvent habiter là, des enfants, une mère aux longs cheveux noirs vêtue d'une robe légère et décolletée, ses pieds mouillés sur le sol. Elle est où, ma charogne ?

Quand elle le capturait, la lutte commençait : elle le jetait sur le lit, cherchait ses piqûres, il en avait bien plus qu'elle, et elle le grattait furieusement, jusqu'à ce qu'enflent sur sa peau de petites îles enflammées perdues au milieu de la mer, jusqu'à ce que Sen ne soit plus qu'une démangeaison, ils se grattaient mutuellement en haletant, de rire, de douleur, ils criaient je n'en peux plus, je t'en supplie, laisse-moi, voyons voir combien tu tiens, les cuisses enchevêtrées, les bras entremêlés, Sen avait ses cheveux dans la bouche et sur son ventre le moelleux de ses seins.

Le souvenir lui explosa dans la poitrine, l'éclata en mille

morceaux. Elle était peut-être morte, sa mère, comme le craignait Omar. Il n'y aurait plus jamais de corps à corps sur le lit. Depuis combien de temps n'y en avait-il pas eu. Il ne la voyait plus jamais : il était toujours sorti, quand elle passait. Il n'acceptait pas de la voir telle une tante venue rendre visite, impossible. Ou tu es ma mère, ou personne.

Charogne.

Sen se rassit sur la cuvette, se concentra pour ne pas se gratter, malgré la démangeaison dans le cou. Il savait résister. Il recolla les morceaux entre eux, personne n'allait le renvoyer d'où il venait en canon.

Au bout d'un moment, il se rendit compte que les autres jacassaient et ricanaient dehors.

– Il est tombé dans le trou ou quoi ?

– On va voir.

La lumière soudaine le meurtrit. Il sortit lentement, affichant une mine désinvolte tandis que les enfants s'écartaient pour le laisser passer en l'asticotant :

– Tu te sentais chez toi ?

Sen vit Omar dans l'allée, il était venu le chercher.

– Qu'est-ce que tu as ? Tu as l'air bizarre.

– J'ai résisté, répondit Sen.

En gravissant les marches, il entendit Cotcot dire :

– Et si on les enfermait ensemble dans les toilettes, ces tourtereaux ? Je me demande bien ce qu'ils feraient.

Sen ne savait pas de qui il parlait, n'eut pas la curiosité de se retourner pour le découvrir.

Les enfants riaient – ils ne s'arrêtaient plus.

Split était proche, maintenant.

Tandis qu'elle pétrissait les derniers grammes de farine retrouvés dans le garde-manger, avec un tout petit peu de levure pour économiser (il suffit de laisser lever un jour entier, a dit la Voisine, c'est elle qui lui a donné la recette ; on ne trouve plus de pain nulle part, par ici), tandis qu'elle pétrissait, la Femme a repensé à ce qu'avait dit Bush quelques jours plus tôt, pendant le G7 à Munich. La tragédie bosnienne est un sanglot, avait-il dit. Mais bien sûr, pense-t-elle maintenant que la pâte est suffisamment gonflée pour être déposée dans la Cocotte-Minute – un autre conseil de la Voisine, vu qu'il n'y a plus de courant. Le pain ressort un peu pâlot, l'a-t-elle prévenue, mais c'est toujours mieux que rien. Un sanglot, pense la Femme, un haut-le-cœur, un ulcère gastrique. Une tumeur au pancréas, répète-t-elle au Mari. Elle repense à ces vers : « Je te dis : / Nous devons faire l'amour, / Parce que le temps va nous manquer » mais ne les prononce pas devant lui.

Avant le siège, elle n'avait jamais fait son pain à la maison. Tu peux tremper les tranches dans le lait, a dit la Voisine, et les faire frire avant de les saupoudrer de sucre. C'est le goûter que me préparait ma mère : tu peux le servir à tes enfants. Mais où est-ce que je vais acheter du lait, a pensé la Femme, et le sucre, qui coûte cent marks ? Et quand bien même je voudrais dépenser cette somme, où est-ce que je la trouverais, puisque les banques ne donnent plus rien ? La Voisine devient gâteuse.

La Femme le dit au Mari, et il l'écoute, et il la regarde cuisiner : peut-être est-il surpris par cet empressement domestique. Surtout, utilise un diffuseur de flamme, a insisté la Voisine, ton pain brûlera si la chaleur est excessive, il faut qu'il cuise à feu doux, pendant trois quarts d'heure au moins. Et la soupape : n'oublie pas de la laisser ouverte.

La Voisine a ses astuces, elle s'en sortira à coup sûr.

La Femme, en revanche, n'avait aucune idée de comment on faisait le pain il y a encore quelques mois. La Bosnie-Herzégovine est le seul État de l'Onu auquel on nie le droit à l'autodéfense, dit-elle au Mari, il a raison, Izetbegović. Comment ça ? demande-t-il. La résolution 713 date de 1991, non ? De quand la Bosnie-Herzégovine n'était pas encore un État autonome. Ouais, dit le Mari. Mais la résolution réclamait l'embargo sur les armes contre la Yougoslavie, et nous ne sommes plus la Yougoslavie : cet embargo est illégal. Le Mari ne répond rien. L'odeur de pain se répand si vite, donnant l'indécente illusion de la normalité, la Voisine ne lui a pas parlé des larmes aux yeux, pourquoi ne lui en a-t-elle rien dit ? Si la Bosnie-Herzégovine est un État souverain depuis le mois d'avril 1992 – la voix de la Femme est altérée, elle a les yeux humides – alors depuis le mois de mai elle a droit à l'autodéfense, c'est la Charte de l'Onu qui le garantit. Ou je me trompe ?

Le Mari acquiesce en silence. Il pense : « Ils nous laissent / Chercher en nous-même l'ennemi intérieur. » Les vers d'une poésie qu'il ressasse depuis la nuit précédente. Il cesse de regarder la Femme, pense aux troupes de paix, qui n'ont aucun mandat pour agir, ce que les gens ne comprennent pas. D'ailleurs, comment comprendre un tel paradoxe ? Déjà qu'ils les ont rebaptisées Serbofor au lieu d'Unprofor, et qu'ils lèvent tous leur majeur quand ils les croisent dans la rue. Elles peuvent aussi bien retourner là d'où elles viennent, ces inutiles troupes de paix. Nous n'avons pas besoin d'une nourrice, mais d'être libérés.

La Femme prépare le pain dans la Cocotte-Minute et elle a les yeux brillants alors qu'elle parle encore du Vieux avec son sac plastique sur la tête, qui avait l'air de vouloir se suicider alors que c'était pour ne pas voir, moi j'ai déjà fait la Seconde Guerre mondiale, disait le Vieux, et il parlait tout seul dans la rue, debout avec son sac sur la tête, comme s'il voulait que l'air lui manque, et l'air manquait vraiment, même à la Femme, qui le raconte pour la énième fois en attendant que le pain cuise selon la recette de la Voisine. L'odeur a déjà rempli la maison.

La Femme pense : « Et tu me dis / Nous devons faire l'amour / Pour que déjà demain sur le billard / Sous les fers du chirurgien nous puissions l'un à l'autre / Sourire. » Toute la journée, ces vers viennent la hanter, toute la journée. Elle observe son mari et les garde pour elle.

12

Danilo avait souvent voyagé en avion et il n'avait jamais eu peur, au contraire : cette suspension momentanée lui était apparue comme une suspension de la réalité, l'accès à une dimension parallèle dans laquelle rien ni personne ne pouvait l'atteindre. Loin de tout contact, de toute revendication ou de tout devoir, il s'était senti entièrement libre. Enfermé au milieu des nuages, confié aux bons soins d'un pilote ou du destin, il avait eu l'impression d'être exonéré de toute responsabilité – à même pas quatorze ans, son sens des responsabilités était déjà son nœud coulant.

Mais les avions qui les attendaient à Split étaient différents, il n'y avait pas de rangées de fauteuils les unes derrière les autres, juste deux banquettes en tissu rouge le long de la carlingue avec un filet recouvrant les hublots pour tout dossier. La petite blonde s'était assise à côté de lui par automatisme : il la trouvait sympathique mais il n'y avait pas moyen de discuter, le bruit du moteur était assourdissant, contraignant les soldats italiens à porter un casque insonorisant.

Pendant le décollage, Danilo pensa qu'il ne pouvait pas regarder dehors, tant pis pour le bleu azur, tant pis pour les nuages. Par réflexe, il voulut se lever et descendre : la ceinture le retint. Il tourna la tête pour intercepter la lumière derrière le filet mais ce n'était pas confortable, le mouvement lui faisait mal aux cervicales. Une fois que l'avion eut pris de l'altitude, deux militaires commencèrent à jouer au foot pour faire rire les enfants : ils se tiraient le ballon, le faisaient rebondir sur leurs genoux, y donnaient des coups de tête. Danilo ne parvint pas à se distraire.

Bien que maintenue à la taille, Nada tressautait, une veine en forme de Y gravée sur son front en sueur. Avait-elle chaud ou était-elle anxieuse, elle aussi ? C'était sans doute la première fois qu'elle prenait l'avion.

– Tout va bien ? lui hurla Danilo.

La petite n'entendit pas.

– Tout va bien ? répéta-t-il, plus fort.

Nada se tourna, un court instant, et dit quelque chose : sur ses lèvres, il déchiffra « je n'entends pas », mais voir ses yeux bleu ciel, même fugacement, gonfla sa cage thoracique. La petite s'agrippait à sa ceinture, comme pour se tenir. Danilo l'imita, ça l'aiderait peut-être. Il calcula dans combien de temps ils arriveraient, il portait au poignet la montre de son père, offerte comme une récompense : tu es grand, bats-toi, tu es le seul de la famille à partir – le bracelet en métal était un peu large.

Il essaya d'oublier qu'ils étaient entassés dans une capsule d'acier, ou d'aluminium, ou de titane, qu'est-ce qu'il en savait, et qu'ils n'en sortiraient qu'une fois au sol. Il n'avait jamais éprouvé la moindre peur, juste de l'excitation, sauf qu'aujourd'hui – Nada, regarde-moi. La petite serrait la ceinture comme si c'était une corde suspendue au-dessus d'un précipice. Regarde-moi, Nada. L'imiter ne l'aidait pas. Bats-toi, Danilo, tu as bientôt quatorze ans, sois patient et courageux, on se reverra vite. Mais c'est quoi, quatorze ans, papa ? Ce n'est rien, en tout cas pas assez. Si seulement Jagoda était avec lui. Devoir s'occuper de sa sœur l'aurait détourné de lui-même.

– Nada, tout va bien ? cria-t-il de nouveau, en la touchant.

Nada le regarda pour de bon, enfin.

Le lendemain matin de leur fuite vers la zone contrôlée par la défense territoriale, ils avaient guetté l'arrivée de Jagoda et de sa mère dans le salon de ses grands-parents. Le père de Danilo buvait café sur café. Il n'arrêtait pas de se gratter le crâne, des tempes vers le milieu, si bien que sa peau était toute striée de rouge. Et il se penchait à la fenêtre, ce qui inquiétait beaucoup sa grand-mère.

Je n'aurais pas dû les laisser seules, répétait-il en boucle. C'est elles qui auraient dû partir les premières.

Qu'est-ce que ça aurait changé ? demandait le grand-père.

La veille au soir, la mère de Danilo avait téléphoné. Grand-père va mieux, lui avait dit son père. Vous lui manquez.

Danilo aussi broyait du noir. Et si les Tchetniks qui avaient menacé de mettre sa mère enceinte passaient à l'acte ? Ils étaient peut-être en train de le faire maintenant. La rage lui raclait le diaphragme. Ou la terreur.

Un souvenir avait ressurgi de sa mémoire : le jour où, dans cette même maison, il avait guetté le retour de ses parents de la maternité avec Jagoda minuscule. Ses grands-parents insistaient : tu es content de rencontrer bientôt ta petite sœur ? Lui n'était ni content ni mécontent, il ne savait pas à quoi s'attendre.

Sa mère était apparue avec les yeux cernés et sans le ventre qui l'avait obligée pendant des semaines à s'asseoir les jambes écartées en se tenant le bas du dos. Elle est sortie ? lui avait demandé Danilo sur le pas de la porte. Elle avait ri. Danilo avait alors vu le visage de Jagoda émerger entre les petits moutons jaunes de la couverture, et ses yeux fermés, gonflés, un peu chinois sous un front ridé vierge de tout sourcil lui avaient fait penser à ceux d'un extraterrestre tombé de l'espace. Ne t'inquiète pas, lui avait-il murmuré, tu seras bien sur Terre.

Ça s'était révélé un mensonge – il ne pouvait l'imaginer alors.

Il faut être patient, dit la grand-mère. Et elle servit un autre café turc sur le plateau rectangulaire. Il était en acier, mais dépourvu d'arc-en-ciel.

Petit, Danilo ouvrait les placards de la cuisine dans le seul but d'observer les arcs-en-ciel sur le fond des casseroles. Pourquoi est-ce qu'il y a un arc-en-ciel alors qu'il ne pleut pas ? demandait-il à sa mère. Elle ne comprenait pas. Il indiquait les teintes bleues et violettes qui se mélangeaient et brillaient avec une intensité différente à chaque fois qu'il agitait l'ustensile. Sa mère n'avait pas de réponse concernant l'arc-en-ciel, et son père non plus. Danilo s'était senti floué : il n'avait jamais imaginé que ses parents puissent faire preuve d'une telle ignorance et maintenant, il la prenait comme un affront.

Cette habitude d'ouvrir les placards au beau milieu de l'après-midi pour inspecter casseroles et poêles, pour découvrir si l'arc-en-ciel s'était formé, essayer de le prédire, s'imposer un gage à lui-même lorsqu'il s'était trompé, ce jeu solitaire, cette forme de rébellion contre l'injustifiable ignorance de ses parents – ils n'essayaient d'aucune manière de la combler : leur amour n'était donc pas total –, cette habitude avait duré des années, jusqu'à ce que son professeur de sciences, auquel il posa un jour la question, lui parle du chrome, un minéral très dur utilisé pour éviter la corrosion de l'acier et qui change de couleur au contact de l'oxygène, c'est-à-dire de l'air. Au lieu de le satisfaire, la réponse tant attendue avait mis fin à la magie.

Il était trop grand, à présent, pour surveiller les casseroles, sa sœur aurait voulu l'imiter et sa mère se serait fâchée. Danilo avait fini par comprendre que son amour pour lui et Jagoda était teinté d'agacement, et de colère, et de fatigue. C'est le sentiment de précarité qui déstabilise chaque enfant, une loi de la nature, mais ça, il ne le savait pas encore.

C'est prêt, dit la grand-mère. Mais personne ne s'attabla. Assis à côté du grand-père sur le canapé, son père avait la tête recouverte de griffures. Le café qu'il tenait encore à la main ne fumait plus depuis longtemps. Danilo jeta un œil dans la petite tasse : parfois, dans les restes du café, il entrevoyait des bulles iridescentes, les vestiges d'un arc-en-ciel.

On frappa à la porte, si doucement qu'il crut à une projection de son esprit. Mais il vit son père abandonner brusquement sa tasse, qui se renversa en tintant tandis qu'une petite flaque de café se répandait sur le plateau en acier.

En découvrant sa femme et sa fille sur le palier, Predrag émit un sanglot, un seul, lancinant comme l'écho de quelque chose qui se serait rompu entre ses organes et ses os. Il attira Azra à lui avec une telle ardeur qu'elle laissa à son tour échapper un gémissement, il la serra dans ses bras de toutes ses forces. Un peu plus, il la broyait.

Jamais Danilo n'avait vu ses parents si intimes. Son père écrasait le visage de sa mère entre ses mains et l'embrassait longuement sur la bouche, les cils, les tempes, puis il l'étreignait de nouveau. Tous les autres restèrent plantés là, Jagoda n'osait pas entrer. Ce n'était pas de l'embarras, c'était de l'émerveillement. De l'émerveillement, oui, pensait Danilo.

La lumière irradia, féconde, comme si les fenêtres s'étaient élargies, que les murs s'étaient effrités et qu'ils se trouvaient sur une scène de théâtre au deuxième étage, en train de jouer le final d'une pièce devant tout Sarajevo – ou bien était-ce seulement le prologue ? Ce qui était sûr, c'est qu'il y était question d'amour. Non, il n'était pas total, Danilo avait appris qu'il ne l'est jamais, et pourtant l'acier se para de couleurs changeantes, du mauve au lilas au pervenche au cobalt, et un tourbillon chromatique s'affola au fond de la tasse, sur les murs les ombres s'asséchèrent et la peinture brilla, les lunettes de sa grand-mère scintillèrent aussi, et le dentier du grand-père, et l'alliance au doigt de sa mère, une réverbération croisée d'éclats pulsatiles qui l'aveugla presque :

il dut baisser les yeux, les couvrir avec ses mains, renoncer à l'arc-en-ciel, à l'enfance, à toutes les réponses.

Un doigt lui effleura la main. Danilo rouvrit les yeux : Jagoda se tenait debout à côté de lui. Elle avait beau ne plus avoir ses yeux chinois ni son front ridé depuis longtemps, elle lui parut à cet instant de nouveau venue de l'Espace : il avait eu si peur de ne jamais la revoir.

Tant que je serai là, pensa-t-il, je te fais la promesse que tu seras bien sur Terre.

Puis il lui prit la main et s'approcha de sa mère, dans l'attente que son père la lui laisse. Il mourait d'envie de l'enlacer à son tour.

Ils atterrirent à Milan deux heures plus tard. L'avion s'ouvrit par l'arrière et ils sortirent un par un. En posant le pied à terre, Danilo eut l'impression de tituber. Nada avait attrapé le bord de son tee-shirt comme elle l'avait fait plus tôt avec sa ceinture, elle n'arrivait pas à marcher sans se tenir à quelque chose.

De tonitruants applaudissements les cueillirent sur le tarmac, accompagnés d'une myriade de caméras prêtes à les immortaliser. Nada recula, Danilo se demanda ce qu'ils avaient fait de si extraordinaire pour mériter une ovation. Être réfugié ne réclamait aucun talent, aucun travail. Il suffisait d'avoir la malchance d'habiter un pays en guerre, et la malchance n'était pas un spectacle à applaudir.

Derrière les caméras, une petite salle dans laquelle avait été dressé un énorme buffet : sandwichs au jambon, pizzas, olives, feuilletés et autres délices que Danilo avait goûtés à Venise sans en connaître le nom. Les enfants se dirigèrent vers les tables avec une précipitation qui le mit mal à l'aise. Aucun interprète n'avait été sollicité pour faciliter l'échange entre eux et leurs hôtes.

Une bouteille de mousseux fut débouchée, les adultes

trinquèrent dans des verres en carton, quoique avec gaucherie, pour les Bosniens. Ils étaient peut-être simplement étourdis par le voyage.

Pendant qu'ils mangeaient, une femme en uniforme rouge, une croix blanche dans le dos, montra avec enthousiasme les chaussures dépareillées d'Omar et lui dit merci, l'un des rares mots étrangers que Danilo connaissait. D'autres Italiens, en uniforme jaune et gris, ou simplement en jean ou tailleur, se joignirent aux remerciements. L'enfant détournait les yeux, ou cherchait son frère, trop occupé quelques mètres plus loin à ingurgiter des parts de pizza les unes après les autres. Presque tous les enfants s'étaient jetés sur le buffet. Omar, lui, essayait de glisser ses mains dans ses poches, sauf que son short en était dépourvu. Il n'avait rien goûté. Danilo fut pris de tendresse.

– Qu'est-ce qui se passe ? lui demanda Nada.

Dans son assiette en carton, trois petits sandwiches fourrés.

– Qu'est-ce qu'ils veulent ?

Les Italiens donnaient des explications en anglais mais Omar n'en comprenait pas un mot : Danilo s'approcha pour traduire, éclaircissant enfin le mystère. L'enfant portait une chaussure rouge et une chaussure verte, toutes les deux dotées d'une semelle blanche, aussi la dame avait-elle cru qu'il s'agissait d'un hommage à leur drapeau, une forme de gratitude anticipée.

Danilo savait qu'Omar n'aurait pas été capable d'une telle mise en scène. Il rit devant tant de naïveté, tant d'arrogance. Pour qui vous prenez-vous ?

Les Italiens rirent aussi, sans doute par politesse.

Avant la fin de la réception donnée à l'aéroport, l'ambassadeur bosnien en Italie prit la parole et confirma que les enfants n'allaient pas rester plus de deux mois sur place. Un journaliste lui demanda si les orphelins seraient adoptés par des Italiens, il lui répondit qu'il n'était même pas prévu qu'un seul d'entre eux soit placé dans une famille d'accueil : leur retour à Sarajevo serait le premier signal de paix.

Ensuite vinrent les contrôles. Dans le bâtiment de la Protection civile, on examina les enfants pour vérifier qu'ils n'avaient pas de poux, et pas seulement les orphelins aux têtes rasées, même les enfants soutenus par leurs familles qui avaient trouvé une place dans l'autocar grâce à des amis ou des connaissances, comme c'était le cas de Danilo. Prélèvement sanguin et questionnaire sanitaire, qu'un médecin remplit avec l'aide des éducatrices : avant la tombée de la nuit, chacun avait son dossier clinique et une photo pour son permis de séjour. Il n'y a rien de mal, se répétait Danilo, sans parvenir à s'empêcher de penser qu'ils avaient été enregistrés comme du bétail. Dans toute cette procédure – une espèce de chaîne de montage au sein de laquelle ils constituaient le produit à inspecter –, la dignité avait subi un outrage. Il le percevait mais n'aurait pas encore su le verbaliser. Il allait lui falloir beaucoup de temps pour trouver les mots, et ce serait de toute façon trop tard. Cette émotion aurait eu le temps de se propager – inconnue, informulable et, pour cette raison, difficile à comprendre – et de contaminer toutes les autres.

13

La première nuit, sur son lit superposé dans le dortoir de la Protection civile, Omar fut brusquement tiré d'un rêve – les chiens de Bjelave saignaient sur le perron, il entrouvrait la porte, voyait Čupko agoniser, n'avait pas le courage de sortir, les bombardements faisaient rage – et aperçut des ombres qui évoluaient entre les enfants comme des fantômes. Il hurla.

Une ombre s'approchait de plus en plus, toujours plus grande, plus effrayante. Omar retint son souffle, feignant d'être mort, et resta immobile même quand il sentit une main se poser sur sa tête.

– It's ok, lui dit l'ombre. Don't worry, I'm here with you.

Le bruit sourd des talons de Sen atterris sur le sol, et Omar respira de nouveau.

– Laissez-moi faire, je m'en occupe, dit-il dans sa langue.

– Have you had a bad dream ?

– Ce n'est pas la peine, je suis là – Sen se glissa dans le lit d'Omar. Dors, lui souffla-t-il. Sinon il ne va jamais partir.

– Mais c'est qui ?

– Un Italien.

– Good night, souhaita le bénévole.

Personne ne répondit.

Le cinquième jour, ils remontèrent dans un car. Les plus grands étaient envoyés à Rimini tandis qu'Omar et Nada étaient attendus à Monza ; bien qu'il ait douze ans, Sen resta avec eux car il avait été décidé de ne pas séparer les fratries. Danilo, lui, faisait partie d'un autre groupe : Nada le comprit trop tard et regretta de ne pas avoir pu lui dire au revoir.

Le car s'arrêta devant un grand portail en fer forgé : l'enseigne sur le mur disait « Centre San Lorenzo », mais ils ne savaient pas le prononcer. C'était un ensemble de bâtiments couleur ocre entourés d'un grand parc ; des ballons colorés avaient été accrochés aux fenêtres et aux balcons pour célébrer leur arrivée.

Après le rituel de l'accueil, les hôtes furent répartis entre les différents appartements, tous placés sous le contrôle d'une religieuse. Trois lits par chambre et un lavabo. Omar se consola à l'idée qu'il dormirait avec Sen, mais il fut vite déçu. Ils étaient divisés par âge et l'aile des garçons était séparée de celle des filles. Il se retrouva avec deux camarades qu'il n'avait jamais vus et qui devaient appartenir au groupe des enfants avec famille.

Au dîner, il fouilla dans sa purée de patates du bout de sa fourchette jusqu'à ce qu'on lui retire son assiette. Quand ils allèrent au lit, il intercepta les chuchotements de ses camarades de chambrée : comment pouvaient-ils imaginer qu'il n'allait pas les entendre – ou bien était-ce justement leur but ? L'un disait qu'il avait fait la liste de ses vêtements et qu'il s'apercevrait tout de suite du moindre vol. L'autre répétait qu'il n'avait pas envie de dormir avec un voyou.

Omar fit semblant de les ignorer, tira son drap par-dessus sa tête même s'il mourait de chaud. Ses deux voisins de chambrée s'endormirent aussitôt, soupirant bruyamment dans leur sommeil. Il essayait de se détendre mais il transpirait, son souffle était brûlant. Il eut l'impression de suffoquer, se leva. Il fallait qu'il trouve Sen. Qui étaient ces Italiens qui décidaient à leur place ? Pourquoi cette torture ? Ils l'avaient éloigné de sa mère, et maintenant de son frère.

Il ouvrit doucement la porte pour ne réveiller personne et sortit pieds nus. Le faible éclairage des parties communes lui permit d'avancer sans se cogner. Il ne savait pas où aller, à quel étage se trouvait Sen, quel était le numéro de son appartement. Il rejoignit les escaliers, hésitant entre monter ou descendre. Récita une comptine pour laisser le destin choisir, *eci peci pec*, pointant son doigt en haut puis en bas, *ti si mali zec*, en bas puis en haut, *a ja mala vjeverica eci peci pec*. L'écureuil et le lapin de la chansonnette décidèrent à sa place : il monta.

Le silence était un bourdonnement insupportable qui dilatait l'angoisse. Sous les néons, les contours des objets se brouillaient, l'atmosphère était moins concrète, la réalité, plus difficile d'accès. Omar se sentait déconnecté du reste du monde. Ses forces le quittèrent, il avait aussi peur de continuer que de revenir en arrière. « Sen », appela-t-il dans un filet de voix. « Sen », à peine plus fort. Puis il entendit des claquements de pas dans les escaliers.

La sœur surgit de l'obscurité en agitant ses mains jointes. Elle dit quelque chose, le prit par les épaules et le ramena à son appartement sans s'arrêter de parler. Omar se laissa faire mais quand il se retrouva en face de son lit, il prononça le nom de son frère : la sœur allait forcément comprendre, elle allait l'amener à lui. Pourtant, elle lui demanda de se rallonger d'un geste du menton. Omar resta planté là, répétant qu'il voulait voir son frère. Il le dit dans sa langue, la seule qu'il connaissait, mais la sœur ne l'écoutait pas, elle frappait de la paume contre le matelas. Il ne bougeait pas. Quand la religieuse essaya de le pousser vers sa couche, Omar se jeta à terre et se recroquevilla sous le sommier en fer. Elle s'accroupit pour lui attraper un bras mais il lui échappa, agile. Elle aurait dû se mettre à genoux, s'allonger, ramper avec lui sous le lit ; au lieu de quoi elle continuait à tendre la main en se retenant au sommier, sans même baisser la tête, ses doigts agrippant l'air. Elle parlait en italien, de plus en plus fort.

Les voisins de chambrée s'étaient réveillés, Omar s'en aperçut aux bruits et à la lumière allumée d'un coup, au fait qu'elle les apostrophait sur un ton différent de celui avec lequel elle lui avait ordonné de sortir de sa cachette – du moins était-ce ce qu'Omar imaginait qu'elle lui disait –, un ton plus doux, conciliant. Il imagina que les garçons allaient se faufiler sous son lit et qu'il serait cuit : s'ils s'y mettaient à deux, ils le captureraient sans difficulté. Omar regarda la main de la sœur creuser dans le vide, sa respiration s'était enrayée, elle ne disait presque plus rien.

Puis la femme se remit debout en chancelant. La lumière fut éteinte, la porte, refermée. C'était peut-être un guet-apens. Ses voisins allaient peut-être arriver. Omar attendit sur le dos, les bras le long du corps.

La lumière ne se ralluma pas, la porte ne se rouvrit pas, la sœur ne revint pas. Les garçons étaient bien trop peu intéressés par lui pour gâcher leur nuit de sommeil. Caché sous le lit comme les chiens errants de Bjelave juste avant les bombardements, à l'abri dans son refuge, peu à peu, Omar s'assoupit.

14

Sen était en train de prendre son petit déjeuner quand une religieuse catastrophée entra dans la cuisine et se précipita vers sa consœur en charge du logement qu'on leur avait assigné. Il ne comprenait pas ce qu'elles se disaient mais voyait bien qu'elles n'arrêtaient pas de se tourner vers lui les doigts croisés devant la poitrine. Quand elles s'approchèrent, les sourcils froncés et les lèvres blanches, il devina qu'il était arrivé quelque chose à Omar. Il posa la question dans son anglais rudimentaire et parvint à saisir que son frère avait disparu, qu'elles l'avaient cherché dans tout l'institut, en vain. Sen se leva de table et dévala les escaliers pendant que les voix des bonnes sœurs résonnaient dans son dos.

– Vous l'avez perdu ! hurlait-il en bosnien : elle était si amère, sa frustration de ne pas pouvoir se faire comprendre.

Il descendit dans le hall et ouvrit par réflexe la porte d'entrée. Elle n'était même pas verrouillée.

Le soleil déjà chaud lui tiédit les épaules, laissées nues par son débardeur. Des pelouses lui parvenait une forte odeur d'herbe coupée, les ballons aux fenêtres s'étaient dégonflés. Si Omar avait réussi à s'échapper, comment allait-il faire pour le retrouver ? Il ne connaissait pas la ville, ni la langue, n'avait aucun point d'appui. Le sentiment d'être piégé l'étrangla. Calme-toi, Sen, il est trop trouillard pour avoir fait le mur.

Mais si quelqu'un avait laissé le portail ouvert ? Il ne serait jamais parti sans toi, où irait-il, sans toi ?

Sen marchait le long de l'allée, les pavés de plus en plus chauds sous ses pieds nus. Il tourna à l'angle, continua à marcher, il cherchait le portail mais le bâtiment était si vaste qu'il n'arrivait pas à s'orienter, les fenêtres tout autour de lui semblaient l'épier, l'assiéger, il commença à courir pour échapper à leur mire, courut jusqu'à ce qu'explose à ses oreilles la clameur des bonnes sœurs, une tempête de sons incompréhensibles qui ricocha entre les immeubles, et Sen s'agenouilla sur une pelouse en s'agrippant au premier arbre.

À ce contact, le tronc s'anima, les feuilles bruissèrent comme secouées par une bourrasque et les branches grincèrent, sur le point de se briser.

– Sen, l'appela l'arbre, et il avait la voix de son frère. Tu m'entends ?

Sen leva la tête pour découvrir Omar, à califourchon sur une branche, qui se penchait vers lui.

– Salut.

Il donna un coup de poing sur l'écorce, un autre, martela le tronc en le faisant trembler de nouveau. Puis il éclata de rire.

– Qu'est-ce que tu fais là-haut ?

Les sœurs arrivèrent quelques instants plus tard tandis que tous les deux riaient, l'un au pied de l'arbre et l'autre en haut.

Elles firent de grands gestes pour ordonner à Omar de descendre : il resta où il était. Même Sen fut incapable de le faire changer d'avis.

– Elle me tourmente, celle-là, dit Omar en montrant la sœur à laquelle il avait échappé.

– Qu'est-ce qu'elle t'a fait ?

– Hier soir je voulais venir dormir avec toi et elle m'en a empêché.

– Descends, allez, arrête de faire l'imbécile.

– Non, je ne descendrai plus jamais.

– Et tu vas faire comment pour manger ?
– J'ai pas faim.
– Et pour te laver ?
– Qu'est-ce que j'en ai à faire, de me laver ?
– Et pour dormir ?
– Je dormirai ici.
– Pourquoi ?

Les religieuses se turent pour tendre l'oreille, comme si elles pouvaient les comprendre.

– Je ne veux pas rester à l'intérieur, je n'aime pas. D'ici, je vois le ciel.
– À Sarajevo tu ne regardais jamais le ciel.
– À Sarajevo il y avait maman.

Sen se tourna vers les sœurs, il écarta les bras.

Celle qui avait perdu Omar s'approcha de l'arbre et tenta de lui attraper un pied : elle sautillait sur place, atterrissant lourdement sur ses mocassins, les chevilles incertaines.

– Tu vois ? Elle me tourmente.

Sen rit, les religieuses eurent l'air fâché.

En regardant celle qui s'entêtait, ses joues rouges, sa lourde poitrine qui tanguait, il dit :

– Allez, sœur Tourment, encore un petit effort, tu y es presque !

Omar se faufilait entre les branches pour ne pas se faire attraper. Il riait.

Les autres religieuses s'approchèrent prudemment de sœur Tourment, lui posèrent une main sur l'épaule, sur le bras, murmurèrent quelque chose, l'entraînèrent en laissant les deux frères seuls dans le jardin. Elles devaient avoir compris qu'ils ne s'enfuiraient pas, qu'au contraire l'aîné prendrait soin de son cadet, que c'était leur habitude.

Sen hésita à grimper à son tour, mais il faisait trop chaud. Il resta un peu assis à l'ombre du feuillage, à respirer cette infime liberté, cette atmosphère qui n'empestait ni la fumée ni les cadavres entreposés à l'air libre. Dans ses narines, juste le parfum de l'herbe.

Sœur Tourment revint une demi-heure plus tard, peignée. Sen croyait que toutes les sœurs du monde portaient le voile : apparemment, pas les italiennes. Sur un plateau, une tasse de lait chaud et un paquet de biscuits. La bonne sœur se plaça sous l'arbre et tendit le petit déjeuner sans rien dire.

Sen examina sa silhouette étirée vers le haut, elle semblait confiante et pourtant prête à échouer : les yeux alertes, elle attendait. Et elle attendit si longtemps que Sen eut de la peine pour elle. Puis, alors que sœur Tourment semblait sur le point de laisser tomber, la tête de son frère surgit entre les feuilles : il attrapa la tasse, qu'il but d'une traite. Elle l'observa sans trahir la moindre satisfaction. Omar reposa la tasse vide sur le plateau et s'empara des biscuits. Quand il eut croqué dans l'un d'eux, la sœur repartit.

Au déjeuner, sœur Tourment apporta un sandwich au fromage et, dans l'après-midi, une biscotte à la confiture d'orange. Omar mangea tout : c'était comme si son estomac s'était ouvert, là-haut.

Cet après-midi-là, Sen vint le trouver, grimpa sur l'arbre à côté de lui. Dès qu'il se retrouva à nouveau seul, Omar se hissa sur une branche, se mit debout, se cambra et, le torse bombé, descendit son slip pour faire pipi. Il dessina une parabole dorée, une pluie festive qui éclaboussa l'herbe en crépitant, irriguant la terre. Cela dura une éternité, voilà des heures qu'il se retenait. Il s'aperçut qu'un petit oiseau l'espionnait : pour blaguer, il se tourna vers lui – le jet devint sinueux alors qu'il changeait de trajectoire, un ruban voltigeant dans l'air – et lui aspergea le bec. L'oiseau ne s'y attendait pas, il s'envola brusquement, battant des ailes si fort qu'il semblait choqué. Omar rit du ventre, au point de perdre l'équilibre. Il se retint au tronc des deux mains, vit les dernières gouttes tomber sans un bruit, observa avec orgueil la flaque qui s'était formée dans l'herbe et remonta son slip. À voir le monde d'en haut, il eut vraiment l'impression d'être un géant.

Il passa le reste de la journée à imaginer ce que serait sa vie s'il restait sur l'arbre. Il deviendrait ami avec les fourmis et les pigeons, compterait les étoiles et graverait son nom dans l'écorce, comme une plaque sur la porte de chez lui, ainsi que le nom de sa mère. À la fin de la guerre, il abandonnerait l'arbre pour retourner à Sarajevo auprès d'elle. Ou alors, un de ces jours, il entendrait frapper au tronc, se pencherait et la verrait, toute petite, ses cheveux bruns emprisonnés dans un chignon et un sourire timide, comme pour dire tu ne t'y attendais pas à ça, hein ? Il lui dirait monte, et elle aurait peur, mais il lui dirait je suis là, maman, je te tiens, et elle tendrait la main. Il l'attirerait à lui sans effort, elle était si légère, une poupée aux pieds en caoutchouc, elle s'accrocherait avec ses minuscules mains aux ongles rongés, elle se serrerait contre lui et il ne rouspéterait pas, tout ce temps il respirerait son odeur et il attendrait la nuit pour lui montrer les étoiles. Comment tu as fait pour me retrouver ? J'ai lu nos noms sur l'écorce.

À l'heure du dîner, sœur Tourment se présenta avec une tranche de viande coupée en petits morceaux. Omar les porta à sa bouche avec les doigts, l'un après l'autre, et il rendit l'assiette. Au lieu de la rapporter en cuisine, la sœur s'assit sur la pelouse, arrangea sa jupe sur ses jambes et s'adossa contre l'arbre. Omar s'attendit à ce qu'elle secoue le tronc pour le faire tomber comme un fruit mûr, au lieu de quoi sœur Tourment se mit à chanter.

Il ne pouvait pas reconnaître la chanson et même pas en comprendre les paroles, mais il sut qu'elle lui était destinée, que c'était pour lui que la sœur chantait. Seule sa mère avait chanté pour lui. Elle le faisait à voix très basse, quand Omar n'arrivait pas à dormir. Son père ne voulait pas être dérangé, s'énervait si quelqu'un le réveillait, alors sa femme serrait le petit Omar contre sa gorge et lui caressait les cheveux en lui chantant à l'oreille, dors, *sine*, dors pendant que tu survoles un océan de pièces d'or. Et l'enfant se voyait flotter au-dessus de cette étendue scintillante et tintinnabulante, plonger et nager dans l'or comme il n'avait jamais appris à le faire, puis remonter à la surface et dire c'est à toi, maman, fais un vœu, je t'achèterai ce que tu veux. *Treći nose, treći nose, od zlata jabuku.* Le souffle chaud qui lui chatouillait les lobes, la paix qui s'abattait sur ses paupières, ralentissant son rythme cardiaque, et sa conscience qui s'estompait pile au moment où sa mère lui confiait qu'elle souffrait, d'une voix chantante, trop douce pour qu'il parvienne à résister au sommeil, même face à une telle douleur.

La sœur se remit debout en vacillant, tapota sa jupe et s'en alla en remportant l'assiette vide. Omar la regarda s'éloigner sans se retourner. Sa corpulence robuste, sa démarche ondulante, la courbure de son dos lui donnant des airs de grand-mère alors qu'elle était jeune, et énergique : ce matin-là, en sautant, elle avait essayé de l'attraper avec l'acharnement d'une jeune fille.

Omar descendit de l'arbre et la suivit. Sœur Tourment continuait à marcher, ne se retournait toujours pas. Arrivée devant l'entrée, elle le fit entrer puis elle ferma la porte qui avait été si facile à ouvrir et, en silence, ils montèrent ensemble l'escalier.

15

Les filles étaient déjà arrivées. On les avait fait asseoir sur des chaises en bois accolées par rangées de deux à l'extrémité droite des bancs. Dès qu'il entra dans l'église, Omar espéra que les garçons y seraient installés eux aussi, ou du moins ceux de sœur Tourment ; il n'y avait pas assez de place pour tout le monde mais il avait hâte de revoir Nada.

Ils ne s'étaient plus adressé la parole depuis la soirée au lac, quand elle avait utilisé l'histoire de sa mère pour impressionner les journalistes puis qu'elle l'avait agressé. Sen l'avait réprimandé, alors comme ça tu te fais taper par les filles, mais il avait aimé, lui, la sentir au-dessus de lui. En superposant sa vie à la sienne, Nada avait accompli un geste absurde, mais qui lui chatouillait l'estomac comme toute intimité. Il ne l'avait plus croisée au Centre San Lorenzo.

Il sonda les visages des petites filles à la recherche de ses cheveux blonds, en vain. Sœur Tourment se dirigea vers la gauche de son habituelle démarche essoufflée. Omar la suivit avec les autres garçons et remarqua au loin la même petite maison que celle de l'église rouge dans laquelle il s'était réfugié avec Nada quand ils s'étaient enfuis de l'orphelinat. Une dame était agenouillée devant, le nez collé contre la grille. Allez savoir, il y avait peut-être quelqu'un à l'intérieur, que cette dame était en train d'espionner. C'était peut-être Nada.

Il imagina tirer le rideau et lui faire une surprise – mais quelle surprise ? Sen disait que c'était une petite conne.

Le tintement d'une cloche : un enfant la faisait sonner, en habit blanc par-dessus son jean, debout à côté d'un homme de vert et d'or vêtu. Tout le monde se leva et se toucha du bout des doigts le front, les épaules et la poitrine, exactement comme Nada à Sarajevo la nuit de la fugue. L'homme en vert parlait et les autres répondaient, ils se levaient et s'asseyaient à l'unisson, sauf les enfants, qui se trompaient tout le temps, et pas seulement les Bosniens.

Ce baragouinage était d'un ennui crasse. Omar rêvait de profiter de la distraction des sœurs pour se lever d'un coup et filer en douce jusqu'à la maisonnette.

Un pincement à la jambe le fit se retourner. Il la vit agenouillée à ses pieds.

– Nada.

Elle lui intima le silence, l'index sur les lèvres. Puis elle lui fit signe de la suivre, regarda autour d'elle avec attention, baissa la tête d'un geste décidé pour donner le signal du départ et s'élança à quatre pattes.

Omar l'imita sans même prendre la peine de se retourner pour voir si les sœurs ou les autres garçons l'avaient repéré. Il la suivit sans s'en soucier. Il avait confiance en Nada ; il aurait toujours confiance en elle.

Quand elle eut atteint le fond de l'église, elle se redressa. S'arrêta devant la statue d'un homme torturé pendu à une croix de bois ; son sang coulait le long de son corps musculeux et à moitié nu, formant des caillots sombres entre ses côtes. Son dos était si arqué que tôt ou tard son poids allait l'arracher aux clous qui le retenaient contre la planche et qu'il allait atterrir sur le marbre dans un bruit sourd.

– On se cache dans la maisonnette ? demanda Omar.

– Quelle maisonnette ?

– Celle là-bas, dit-il en tendant le bras.

– Ah, le confessionnal. On ne peut pas, il y a un prêtre qui est en train de recevoir une confession.

– C'est-à-dire ?

– Tu vois cette dame à genoux ? Elle raconte au prêtre ses péchés, pour que Jésus lui pardonne.

Comme d'habitude, Omar était perdu.

– Tu sais ce qu'on va faire ? dit Nada. On va allumer une bougie.

Dans l'église rouge de Sarajevo, il n'y en avait qu'une seule d'allumée. Puis Nada était tombée du banc et la flamme s'était éteinte.

– Tu as une pièce ?

– Quelle pièce ?

– Bon, va pour cette fois, on l'allumera sans payer. Jésus ne se fâchera pas.

Nada saisit l'une des longues et fines bougies blanches qui reposaient sous la statue et approcha la mèche d'une flamme.

– Demandons une grâce, dit-elle.

– Ça veut dire quoi ?

– Faisons un vœu.

– Et il se réalisera ?

– Ça dépend de Jésus.

– Jésus, c'est celui avec des épines sur la tête ?

– Oui.

– Ah. On ne dirait pas quelqu'un qui réalise des vœux.

– Tu ne comprends rien. Qu'est-ce que ça te coûte de faire un vœu ?

Omar se concentra.

– C'est bon ?

– Oui.

– Moi aussi.

Nada ferma les yeux et récita une prière les mains jointes. Puis elle rouvrit les yeux :

– Je t'ai imaginé dans les bras de ta mère, elle est grande et elle a les cheveux noirs comme toi.

Omar serra les dents de stupeur. C'était le même vœu que lui. Nada lui avait offert son vœu.

– Ma mère est toute petite, expliqua-t-il, à peine plus grande que moi.

Et il plaça sa paume à quelques centimètres de sa tête.

– Pas grave, Jésus n'ira pas chipoter.

– Espérons.

Elle lui attrapa la main, comme elle l'avait fait le jour de la grenade, et déclara :

– Excuse-moi. Je me suis mal comportée.

Omar n'arrivait pas à soutenir ce bleu si effronté, si sincère : il baissa la tête.

– Tu es encore fâché ? demanda Nada.

Omar détacha sa main et, dans un élan, l'étreignit.

Elle lui entoura la taille et ils restèrent longtemps ainsi, immobiles, aucun des deux ne sachant précisément combien de temps ce genre de contact devait durer.

Puis un coup s'abattit sur eux, les forçant à se séparer.

Nada se retourna, surprise par l'éclat d'une flambée.

Ses cheveux étaient en train de prendre feu : une sœur et une inconnue essayaient de l'étouffer avec les mains, la rouant de claques. Nada resta inerte jusqu'à ce que les flammes s'éteignent, peu de temps après les coups. Alors, abasourdie, elle se tâta la pointe des cheveux : ils étaient tout frisottés et sentaient le brûlé.

– Tu vas voir qu'ils vont me faire la boule à zéro, maintenant, dit-elle en regardant Omar.

Avant qu'il n'ait eu le temps de répondre, les deux enfants furent séparés, reconduits chacun de part et d'autre de l'église.

Assise à côté de la religieuse en guise de punition, Nada se dit que ces flammes étaient un message divin. Mais elle n'était pas capable de savoir s'il était bon ou mauvais. Jésus était peut-être de son côté, ou alors il voulait la punir d'avoir été méchante avec Omar, ou d'avoir mangé des hosties sans avoir fait sa communion – mais est-ce que ça comptait, si elles n'étaient pas consacrées. Ou encore parce qu'il y avait quelque chose d'immonde en elle depuis le début, quelque chose dont sa mère et même sa grand-mère avaient voulu se débarrasser. Quand elle finirait par s'indigner des années plus tard du mutisme de Dieu, elle repenserait à ce feu qui s'était déclaré dans ses cheveux un dimanche de juillet et l'identifierait à une force obscure qui s'embrasait tandis qu'elle ne savait même pas qu'elle brûlait.

Indifférent aux coups de coude que lui donnait son voisin de chaise, où t'étais passé ?, Omar retournait dans tous les sens l'événement qui venait de se produire, partagé entre hilarité et terreur. Ce souvenir allait se modifier avec le temps, et quand il le réinvoquerait, il verrait les mèches de Nada resplendir, lui encadrer le visage comme une aura. Son amie serait enveloppée d'une lumière irrésistible, cette lumière qu'il n'allait jamais cesser de viser. Nada avait commencé à brûler à l'instant où Omar l'avait serrée, elle s'était embrasée entre ses bras. Nada était un bûcher – elle brûlait mais ne se consumait pas. Et même si ce matin le feu avait été éteint, il n'oublierait jamais qu'il continuait à couver sous les cendres.

16

La tête baissée, Nada mangeait ce qu'elle avait dans son assiette. Elle s'était déjà habituée aux consistances et aux saveurs nouvelles, elle ne participait jamais aux batailles de mie de pain ou, pire encore, de haricots à l'huile, qui salissaient les vêtements et le sol, au grand dam de sœur Nabote.

C'est Sen qui l'avait affublée de ce surnom, en référence à sa stature. Non que son frère et lui soient de grandes perches, mais la trouvaille était amusante : parfois, quand sœur Nabote s'adressait à elle – la plupart du temps, par gestes – pour lui rappeler que c'était son tour d'aider à débarrasser ou d'apporter le linge sale à la laverie, Nada riait toute seule. La petite bonne sœur tournait la tête, cherchant à comprendre ce qui avait pu provoquer son hilarité, et ne trouvant rien, plantait ses poings sur les hanches, menaçant de perdre patience.

Depuis quelques jours Vera n'arrêtait pas de ricaner : Moignon s'est transformée en tison ardent, en plus de son doigt elle voulait perdre sa tête.

D'habitude, elle s'en prenait aux plus petites, les obligeait à l'accompagner aux douches et à l'attendre une serviette pliée sur l'avant-bras, ou à faire le guet quand elle se mettait au lit après le déjeuner bien que les sœurs aient défendu à quiconque de se recoucher dans la journée ; elle traitait de pisseuse celle qui se réveillait chaque matin dans des draps trempés et s'acharnait contre celle qui avait toujours mal au ventre après les repas. Pour Nada, cependant, Vera faisait une exception : elle l'humiliait même si elles avaient le même âge, et ce depuis l'époque de Bjelave. Ils vont te tondre toi aussi, maintenant, lui soufflait-elle au visage. Si seulement Ivo était là !

Le jour des cerises, l'électricité était revenue d'un coup pendant la soirée. La lumière s'était abattue sur eux pendant qu'ils somnolaient dans le salon, l'interrupteur ayant dû rester allumé. Les jeunes s'étaient levés déboussolés mais guillerets, se frottant les yeux ; leurs muscles grésillaient de l'émotion de pouvoir enfin faire ce dont l'absence d'énergie électrique les avait privés, sauf que c'était la nuit, que pouvaient-ils s'inventer ?

Ivo avait couru pour brancher la télévision sur MTV. Michael Stipe était apparu à l'écran, une paire d'immenses ailes blanches dans le dos et le visage désolé : les gamins s'étaient approchés, avaient commencé à chanter. Ivo battait la mesure du pied en claquant des doigts. Ensuite, comme si des fils invisibles le tiraient vers le haut, il s'était mis à agiter les bras de manière convulsive, affichant le même désespoir que l'hypnotique leader de R.E.M. Les enfants et les adolescents l'avaient imité et, en un rien de temps le salon de l'orphelinat était devenu un théâtre de marionnettes, mues toutes ensemble par trop de mains, un spectacle chaotique qui n'aurait amusé personne. Mais pour Nada, le moment avait été solennel : elle s'était levée pour danser, elle qui ne participait jamais.

Son frère l'avait rejointe, malgré ce qu'il s'était passé dans l'après-midi, il avait dansé devant elle, et elle avait considéré ça comme un pardon, et elle avait eu pour cette raison l'impression de se déchirer. Ivo avait enfoncé ses mains dans ses poches puis les avait ressorties en faisant pleuvoir sur elle de pleines poignées de cerises comme des confettis. Nada avait éclaté de rire et la lumière s'était éteinte de nouveau.

Elle décida d'écrire une lettre à son frère puis de demander aux sœurs de l'envoyer à l'orphelinat. Peut-être qu'Ivo y retournait, de temps en temps, quand il quittait le front.

Elle arracha une feuille de son cahier de mathématiques – elle en était presque venue à bout à force de dessiner dedans – et, mordillant le capuchon de son stylo, se mit à lui parler d'Omar, qui passait ses journées dans un arbre avec la permission de sœur Tourment et de sœur Directrice : c'était la seule façon de le faire manger. Les jours où ils ne vous bombardent pas, demanda-t-elle à Ivo, tu pourrais chercher sa mère ? À mon avis, elle est à l'hôpital. Elle lui avoua qu'elle avait fait semblant que c'était sa mère, le soir où ils avaient dormi dans la montagne. Elle se dessina à côté de son frère, replia la lettre et la cacha sous son oreiller.

À l'heure du dîner, tandis que l'une des filles mangeait son velouté avec les mains pour faire l'imbécile et qu'une autre se le tartinait sur le visage pour ne pas être en reste, Vera se mit debout sur une chaise et lut : « Ce n'était pas pour l'embêter lui, c'était pour moi. Une maman qui se fait prendre par une grenade à côté de l'orphelinat. »

– Donne-moi ça, ordonna Nada.

Vera continua à déclamer, la main sur la poitrine : « C'est une maman qui vient te voir. C'est une maman qui a envie de passer du temps avec toi. »

Nada se leva pour l'attraper.

– Rends-la-moi !

Comme ses mots semblaient ridicules, prononcés à voix haute.

« Parfois, je me dis qu'une maman morte vaut mieux qu'une maman vivante qui ne veut pas de toi. »

– Ça suffit !

Elle essaya d'arracher la lettre mais Vera leva le bras pour l'en empêcher, s'obstinant à lire, la tête en arrière, le menton levé.

« Si elle est morte, au moins tu n'as plus à y penser. »

Vera se débattait pour échapper à Nada, au point qu'elle perdit l'équilibre et tomba de sa chaise en hurlant. Elle se tordit la cheville.

Nada fut convoquée par la sœur Directrice, à laquelle elle essaya d'expliquer qu'il s'agissait d'un accident, mais personne ne comprenait sa langue. Il valait mieux, dans le fond. Elle n'aurait jamais pu répéter ces mots : comment avait-elle osé les écrire ? Révéler sa propre faiblesse. Elle avait tellement honte que l'idée du châtiment la consolait, elle méritait d'être rasée, comme disait Vera.

Sœur Nabote la priva de dîner mais ne fit pas la moindre allusion à ses cheveux, et Nada alla tout de suite au lit, priant pour qu'on l'oublie.

17

À chaque fois, l'impétuosité du ressac la bouleversait, la façon dont l'eau attaquait ses pieds, ses cuisses, son ventre. Et pourtant cela faisait une demi-heure qu'elle restait assise sur le rivage, à attendre l'agression et la fuite instantanée et la nouvelle agression, à se faire secouer par la mer. Elle aimait sentir son dos sec brûler sous le soleil et la partie inférieure de son corps vaporisée d'eau fraîche. Elle enfonça ses gros orteils dans le sable mouillé, fit disparaître la pointe de ses pieds, attendit que la vague les libère de la morsure du sable puis qu'elle les ensevelisse à nouveau.

Les rires et les éclats de voix rebondissaient sur la façade du centre de vacances Les Cerfs-Volants, un grand bâtiment à quelques mètres de leur plage réservée. Il y en avait plusieurs dans le style, alignés les uns à côté des autres, dont certains, délabrés, étaient laissés à l'abandon.

Le car était arrivé à l'heure du déjeuner et dans l'après-midi tous les enfants étaient descendus à la plage. Mais sœur Nabote avait interdit à Nada de se baigner – elle était encore punie pour la cheville de Vera. Petite, avant l'orphelinat, Nada avait rêvé de se réfugier sous la jupe sombre des bonnes sœurs quand elle jouait à cache-cache : là, à l'abri de leur soutane, son nez contre leurs cuisses, elle aurait été sûre de gagner. Elle ne détestait pas les religieuses, jusqu'à San Lorenzo. Au début, elle avait même cherché de manière assez déconcertante à être admise dans leur intimité. Était-ce pour cette raison que sœur Nabote la tenait à distance ? Dans l'église, elle l'avait traînée jusqu'à l'allée de droite et lui avait ordonné de ne pas bouger de sa chaise ; ensuite, la messe finie, elle l'avait longuement sermonnée, même si Nada ne pouvait pas comprendre ses réprimandes, et elle l'avait regardée de travers toute la journée, comme si elle avait mis le feu à ses cheveux exprès, lui faisant honte devant le prêtre – pis encore, devant Dieu.

Perché sur sa chaise haute, le maître nageur scrutait le littoral. Une éducatrice s'approcha et lui cria quelque chose, puis elle vint à sa rencontre : Nada croyait se rappeler qu'elle s'appelait Lidia. Les éducatrices s'étaient présentées en groupe à leur descente de l'autocar, cela faisait beaucoup de noms à retenir. Cependant Lidia l'avait marquée, son énergie débordante, excessive. Elle avait le visage rond et les incisives qui se chevauchaient, tenait à la main deux glaces à l'eau ; elle s'assit sur le sable et les tendit à Nada, qui choisit le goût orange.

Pendant tout le temps que Nada suça son esquimau en essayant de ne pas se geler les dents, Lidia lui parla sans interruption, gesticulant et mordant dans la glace qui n'arrêtait pas de se briser : elle recueillait les morceaux dans ses mains en coupe puis se les lançait dans la bouche comme des cacahuètes. De ce bavardage moitié italien, moitié anglais, Nada ne saisit que quelques mots ; Lidia ne pouvait pas l'ignorer, mais elle pensait sans doute que c'était une bonne méthode d'apprentissage.

Une collègue l'appela en agitant les bras tandis que Nada mordillait le bâtonnet de sa glace. L'éducatrice se leva et hurla en retour, l'autre lui fit signe de la rejoindre. Lidia unit ses mains devant sa poitrine, comme pour s'excuser, en une sorte de révérence, puis elle prit congé. Nada la regarda courir les pieds légèrement en canard : tout ce sable qu'elle soulevait sur son passage.

La sœur aurait dû l'empêcher de descendre sur la plage, elle aurait été plus clémente. La laisser se mouiller les pieds sans pouvoir se baigner était une crasse – Nada mordit le bâtonnet jusqu'à ce qu'il se casse en deux : sur sa langue, une saveur amère.

Elle l'avait encore en bouche quand elle entendit la voix d'Omar :

– Pourquoi est-ce que tu ne te baignes pas ?

– Tiens, salut !

– Salut.

– Tu fais quoi ? Et Sen ?

– Dans l'eau.

– Ah, oui. Toi, tu n'aimes pas te baigner.

– Mais toi, si.

– Je suis punie.

Omar avait les jambes frêles et les genoux qui louchaient. Telle fut l'image qui vint à l'esprit de Nada : ces deux genoux qui louchaient lui mirent le cœur en joie.

– Pourquoi tu rigoles ?

– Je sais pas, je suis contente de te voir.

Omar s'accroupit, sa peau olivâtre brillant sous le soleil. Il se gratta distraitement le tibia. Il avait les mêmes doigts qu'E.T., gonflés au bout, et des ongles en amande. Nada se dit qu'il était comique, son ami, et elle éprouva à l'égard de son corps une forme de solidarité.

– Comment tu vas faire sans ton arbre, maintenant qu'on est en colonie de vacances ?

De Monza à Rimini, ou plus précisément à Igea Marina, il leur avait fallu presque cinq heures d'autocar : il y avait des embouteillages. Sœur Tourment avait commencé par chaperonner les enfants, les obligeant à bien se tenir, puis elle leur avait demandé de chanter une comptine en italien pour s'entraîner, « Frère Jacques, Frère Jacques », jusqu'à ce que lui vienne la migraine. Ensuite, la tête renversée, elle n'avait plus rouvert les yeux de tout le trajet.

– Ici aussi, il y a des arbres, dit Omar. Tu ne les as pas vus ?

Ce soir-là, après le dîner, Lidia les fit asseoir en cercle dans la cour et prit sa guitare. Elle joua quelques morceaux que Nada avait entendus à la télé : tous les mardis passait l'émission musicale *Festivalbar*, et les sœurs les laissaient regarder jusqu'à dix heures et demie, puis elles éteignaient la lumière.

Nada remarqua que certains camarades de l'orphelinat connaissaient les paroles, bien qu'italiennes, et qu'ils essayaient de chantonner en agitant la tête. La seule chose qu'elle réussirait à dire, elle, c'était mer, mer, mer, le début du refrain, mais elle était gênée par son incapacité à prononcer la suite, aussi préférait-elle garder le silence. Assis entre Sen et elle, Omar s'arrachait les petites peaux des doigts, totalement indifférent à l'animation organisée pour leur premier soir aux Cerfs-Volants.

Nada avait hâte de rejoindre son lit pour vérifier si on entendait le roulis des vagues de là-haut. Elle s'imaginait descendre depuis la fenêtre pendant que tout le monde dormait, revenir sur la plage, se jeter sur le sable en écartant les bras et les jambes, glisser dans le sommeil sous les étoiles. Elle n'avait pas l'intention de les compter, elle se moquait de savoir combien il y en avait, elle voulait simplement les fixer jusqu'à ce que ses paupières se ferment et conserver leur reflet dans l'obscurité. Souvent, à l'orphelinat, elle pressait ses doigts contre ses yeux pour voir des flashes colorés se dessiner dans le noir ; parfois, elle disait à son frère : si j'appuie, l'univers apparaît. Puis la guerre avait éclaté et, étendue en jean et chaussures sur l'un des matelas par terre, elle avait arrêté de jouer à ce jeu. Les étincelles derrière les paupières qu'elle pressait n'étaient plus des planètes ou des satellites, toutes les étoiles étaient tombées, épuisées, seules les bombes aveuglaient le ciel, lacéraient son sommeil.

Nada attrapa délicatement le poignet d'Omar pour l'empêcher de s'arracher les peaux. Le garçon lui adressa un regard somnolent, lui dit quelques mots qu'elle ne comprit pas : en entendant les premiers accords d'une mélodie, elle avait vivement tourné la tête.

Ce n'était plus Lidia qui jouait mais un garçon aux cheveux un peu longs : il en avait repoussé la moitié derrière son oreille tandis que l'autre moitié lui retombait jusqu'au menton, plongeant son visage dans l'ombre. Les jambes croisées, le garçon grattait les accords, en écorchait parfois, mais il avait une belle voix, qui sonnait juste. « *Ljubio sam jednu malu sa Baščaršije* » – il chanta la première strophe en se concentrant sur ses doigts, puis, quand il attaqua le refrain, souleva la tête avec tant d'entrain que ses cheveux, rejetés en arrière, découvrirent son visage.

Nada ne pensait plus à lui et n'imaginait pas le revoir un jour, même si elle aurait dû : le centre de vacances où ils se trouvaient était celui dans lequel les plus grands avaient été transférés, il habitait là. Le garçon qui chantait les villes bosniennes incendiées était celui à côté duquel elle avait voyagé. C'était Danilo.

Elle ne sut pas si ce fut à cause de la surprise ou de la chanson, mais ses fesses fourmillèrent – où se trouvait le danger ? « Ce n'est pas ta bataille, chantait-il, d'autres font la guerre », et Nada visualisa Ivo en uniforme : un béret trop large qui lui glissait sur le front, une cigarette à la main et son fusil en bandoulière, qui sait s'il avait appris à s'en servir, si ses bras tremblaient.

« *Sarajevska raja* », chantaient en chœur les enfants des

Cerfs-Volants, et même Lidia, qui avait appris le serbo-croate, ou seulement ce morceau, pour leur faire plaisir – et le fourmillement lui mordait les fesses, rongeait ses hanches, Nada haletait. Danilo souriait, à croire qu'il s'agissait d'une chanson gaie, tout le monde riait en chantant que rien ne serait plus comme avant. « Ne sois pas triste », chantaient-ils – et comment ne pas être triste avec un frère à qui on avait ordonné de tirer alors qu'il n'avait jamais appris à se servir d'un fusil ? « Tu as sauvé ta peau, répétait Danilo, mais moi je suis resté en vie. »

Ses hanches se fissurent, son cœur tape comme un forcené. Danilo repose sa guitare, soupire pour reprendre son souffle, se passe une main dans les cheveux, regarde devant lui, la voit mais ne la reconnaît pas, il fait trop noir, ou bien l'a-t-il oubliée.

Lidia se réapproprie la guitare. Danilo se lève, se frotte les paumes contre son bermuda, s'éloigne du cercle. Nada le suit du regard, elle voudrait le rejoindre.

Les jeunes frappent dans leurs mains tandis que les autres éducatrices et les bénévoles entonnent une insupportable bluette, « j'éprouve-la-nostalgie-d'un-passé-où-j'ai-laissé-ma-maman », elle est partie pour sauver sa peau et elle ne sait pas si son frère est encore en vie. Au bord du cercle, les sœurs de la colonie marquent le rythme de leur index pointé, elles sont incapables de résister aux vibrations de ces notes. Nada se lève, Omar lui demande où tu vas, mais elle ne répond pas, elle s'avance vers l'obscurité. Sans même se signer, une sœur attrape le bras d'une autre, qui accueille l'offre à la volée : elles s'enlacent élégamment et se mettent à esquisser un pas de valse. Les enfants se tordent de rire, se plient en deux en se tenant les côtes, se jettent par terre les jambes en l'air. Danilo est dans un coin, enveloppé par la pénombre. Nada distingue sa silhouette, elle s'approche de lui. Omar ne l'appelle plus, il suce le sang de son pouce. Les sœurs continuent à danser, pirouettant sans pudeur ni péché, « ma-Romagne-est-lointaine », alors qu'Ivo est à Sarajevo, qu'il dort dans une tranchée et ne dénombre pas la moindre étoile, qu'il rampe par terre pour ne pas se faire repérer, qu'il a un fusil contre lui et que tôt ou tard, il s'en servira, « tu-ne-peux-pas-être-si-loin ».

Nada a quitté Sarajevo, elle, et rien ne sera plus comme avant. Danilo, où est-il passé, elle a l'impression de le voir poser le front contre le mur, il pleure peut-être – quelle absurdité. Nada se bloque. Danilo confie un secret au mur, ou c'est peut-être l'empreinte laissée par son corps sur sa rétine, une illusion. Nada n'avance pas, ne recule pas non plus : immobile, elle scrute l'obscurité. Omar perd-il encore son sang ? Quelle belle voix a Danilo, et pas de fusil. L'ombre ne l'a pas englouti – le voilà, Nada le voit. Il rejaillit de la pénombre, dégage ses cheveux, frappe dans ses mains. Il est resté en vie.

18

Le circuit à billes était grandiose. La piste serpentait pendant deux mètres au moins avant de s'enrouler sur elle-même puis, à l'issue d'une succession de bosses, côtes, trous et tunnels, elle débouchait sur le cratère d'un volcan. Tout le mérite revenait à Omar : quand tu seras grand, tu seras ingénieur, avait dit Nada. Même Sen avait voulu jouer, ainsi que Cotcot : ils l'avaient retrouvé au centre de vacances, où il semblait avoir pris ses marques, allant même jusqu'à se faire appeler de son vrai nom – mais seulement par les enfants avec famille, les autres ne lui permettant pas de s'affranchir de la sorte. Les enfants s'étaient massés autour de la construction de sable pour l'admirer ou pour participer à la compétition. Parmi eux se trouvait le fils de Biber. Il habitait là, lui aussi. Il portait souvent un maillot aux couleurs du semi-marathon de Milan et explosait régulièrement en sanglots frénétiques. Il ne savait pas si sa mère avait pu regagner leur maison ou si les Tchetniks l'avaient gardée. Tu verras que ton père est allé la sauver, lui disait Cotcot. Parfois, cela suffisait à le calmer. Parfois, quelqu'un lui répétait les blagues les plus connues de son père, mais il ne les comprenait pas. Comme son piano lui manquait, les bonnes sœurs avaient demandé au curé l'autorisation de le laisser jouer dix minutes au grand orgue de l'église, sur l'estrade, à l'issue de la messe du dimanche, mais le garçon disait que c'était différent.

Les billes les occupèrent tout l'après-midi. Nada était la seule fille, comme c'était souvent le cas à Bjelave, quand elle se mêlait à Ivo et ses amis.

La veille, le bruit de la mer, une sorte de gémissement lancinant, une plainte troublante qui n'avait rien à voir avec le doux chant qu'elle s'était imaginé, l'avait tenue en éveil toute la nuit. Ou était-ce le souvenir du profil de Danilo contre le mur ? Quand il avait traversé l'ombre, d'instinct, elle avait fait demi-tour. Elle s'était retrouvée nez à nez avec sœur Nabote.

La bille jaillit du tunnel et atterrit dans le cratère. Omar tendit les bras en l'air, victorieux. Puis un pied écrasa le volcan et détruisit la piste.

Nada leva les yeux, incrédule.

Fière de son crime, Vera restait là, debout devant eux.

– Tu es folle ? dit Sen.

– Pourquoi ? demanda Cotcot.

– Pour moi, répondit Nada.

Elle saisit Vera par la cheville, celle qu'elle s'était tordue en tombant de sa chaise, et dès qu'elle l'eut mise à terre, lui monta sur le dos. À la différence d'Omar, Vera réagit mais Nada lui immobilisa les bras et plaqua sa paume contre sa nuque encore drue puis, galvanisée par les encouragements de ses camarades, lui enfonça la tête dans le sable tandis que Vera se contorsionnait, beuglait, suait.

Un coup sec força Nada à lâcher prise. Elle glissa au sol.

– Qu'est-ce qui te prend ?

Elle reconnut la voix, et la honte lui verrouilla la gorge.

Vera toussa, recracha du sable.

Danilo l'aida à se remettre debout, lui proposa d'aller chercher de l'eau : entre-temps, le maître nageur était arrivé pour la conduire jusqu'à Lidia. Vera le suivit avec une docilité méconnaissable.

Nada demeura accroupie, elle ne se croyait pas autorisée à se lever. Les enfants s'étaient éloignés, même Cotcot, même le fils de Biber. Seuls Omar et Sen étaient restés.

– Tu aurais pu la tuer ! dit Danilo.

– N'exagère pas, la défendit Sen.

– Et toi, pourquoi tu l'as laissée faire ?

– Ce n'est pas ma sœur.

Le manque d'Ivo, infini.

– La dernière fois que je t'ai vue, tu te battais avec lui – Danilo désigna Omar. Et maintenant, tu étais à deux doigts d'étouffer une copine à toi. C'est quoi ton problème ?

Omar se traîna sur le sable jusqu'à Nada, Danilo partit.

Il avait peut-être été trop dur. De temps en temps, le souvenir de la fillette blonde l'avait traversé : on n'oublie pas facilement quelqu'un qui vous demande pardon parce qu'il a un doigt en moins.

Il s'arrêta au bord du petit terrain de foot. Izet le vit et, au lieu de viser le but, tira dans sa direction. Danilo n'eut pas le temps de rattraper la balle, elle lui arriva en pleine poitrine.

– Connard ! s'écria-t-il en riant.

L'autre lui courut après, récupéra le ballon, lança :

– Allez, on refait les équipes, tu joues avec moi.

L'allégresse d'Izet le fit se sentir coupable. Il ne lui avait pas encore dit, il n'y arrivait pas.

La première nuit à la Protection civile, en cherchant les toilettes, Danilo était passé devant un téléviseur allumé. Il avait reconnu sur l'écran le siège de la rédaction d'*Oslobođenje*, pilonné par les bombes. Il était tombé à genoux.

Entendant l'impact des rotules sur le carrelage, le bénévole qui regardait le journal télévisé s'était retourné et avait accouru pour lui porter secours. What happens ? répétait-il. How are you ? Mais Danilo n'arrivait pas à parler. Jagoda avait commencé à bégayer le matin où elle avait quitté Grbavica avec sa mère. What's your name ?

Le bénévole l'avait emmené aux toilettes, lui avait aspergé le visage d'eau froide en murmurant Everything's ok, are you better ? Danilo était aussi grand que lui, avait les épaules aussi larges, mais il s'était laissé raccompagner à son lit comme un enfant. Sans cette chaleur estivale, le bénévole l'aurait sans doute bordé. Il lui avait posé une main sur le front, avait essuyé sa sueur avec un mouchoir en papier.

Qu'est-ce que tu as, Danilo ? avait demandé Izet sans se relever. Puis, comme son ami ne répondait pas, il était allé voir par lui-même. Le bénévole avait tenté de le rassurer, go to bed, it's ok. Danilo regardait Izet avec l'intention de tout lui dire, ils ont peut-être été tués, ton père, ma mère, ils sont peut-être tous morts sous les bombes, mais l'impulsion cérébrale ne parvenait pas jusqu'aux cordes vocales. Il s'était replié sur le côté pour tourner le dos à Izet et protéger son secret. Dès son réveil, le lendemain, il avait revu l'image de la rédaction en ruines et une jambe avait surgi de sous les draps, mue par une secousse.

Au petit déjeuner, pour convaincre Izet qu'il allait bien, il avait mangé une tranche de pain beurrée en critiquant l'habitude qu'avaient les Italiens de consommer des mets sucrés au réveil : les mots étaient revenus – sans bégaiement ; il était plus fort que Jagoda, lui. Puis il avait couru aux toilettes et mis sa tête sous le robinet. L'eau glacée l'avait anesthésié. Le bénévole l'avait suivi, lui avait touché l'épaule, et Danilo avait raconté. En le prenant dans ses bras, l'Italien avait promis de se renseigner pour connaître le nom des morts et des blessés. Il n'allait rien dire à Izet pour le moment. Il était tellement maigre, ce bénévole, on aurait dit un gosse, ou alors était-ce Danilo qui paraissait si adulte tandis qu'il se laissait consoler de mauvaise grâce ?

Au bout de quelques semaines, le bénévole était venu les

trouver à Igea Marina depuis Milan et, avec l'autorisation des religieuses, avait emmené certains des grands dans une salle de jeux. Il s'était approché de Danilo qui jouait à Shinobi ; lui avait soufflé à l'oreille qu'ils étaient vivants. Le garçon avait exulté comme s'il venait de battre un record. Pourtant, les jours passant, il en était venu à se demander si ce n'était pas un mensonge. Ni Izet ni lui n'avaient reçu de nouvelles de leurs parents. Peut-être que le bénévole avait menti, qu'il avait fait la route jusqu'ici simplement pour le rassurer. Danilo n'était pas en colère contre lui, mais il devait savoir. Il avait écrit une lettre à ses parents, et Lidia l'avait confiée à l'association Beati i Costruttori di Pace. Trop de semaines avaient passé pour garder espoir, or l'espoir était ce qui lui avait permis de se lever, de dormir, de connecter son cerveau et ses cordes vocales.

Il entra sur le terrain, se plaça devant la cage. Il aimait bien le foot mais n'était pas aussi fort qu'Izet ou ce garçon de l'orphelinat contre lequel ils jouaient tout le temps : lui aussi avait l'air d'un voyou mais il était sympa. Il s'appelait Suljo, comme le type qui entrait dans les bars ou montait dans un bateau, dans les blagues de chez eux. Les jeunes de Bjelave avaient été installés dans une aile différente de la leur mais les sœurs avaient annoncé qu'à la fin de l'été, quand le centre aurait désempli, il n'y aurait plus que deux espaces, un pour les filles, l'autre pour les garçons, histoire d'économiser sur le ménage et le chauffage : les enfants avec famille allaient devoir partager leur chambre avec les orphelins. Les accompagnatrices, qui vivaient aux Cerfs-Volants auprès des enfants avec famille, avaient protesté, et Danilo avait eu honte pour elles.

Il se jeta sur la gauche, déviant de justesse la trajectoire d'une balle, puis atterrit sur le côté. Le ciment lui érafla l'avant-bras et cette sensation lui rappela Nada. Une toute petite douleur, négligeable, même si elle avait écorché sa peau.

L'été se poursuivit, entre matinées venteuses et molles après-midi, nages jusqu'à la bouée et cris des mouettes, chansons italiennes apprises par cœur à force de les entendre à la radio, *solita notte da lupi nel Bronx*, et cassettes TDK rapportées de chez soi comme les reliques d'un monde perdu, Danilo en glissait une dans le Walkman pour écouter toujours la même face, il rembobinait continuellement – le son de sa langue, un refuge. L'été usa les doigts sur les cordes de la guitare et les talons sur le sable, pela les peaux, dispersa les billes et accrut les manques, Omar ne se baigna jamais, avec la chaleur sa mère exhalait une odeur douçâtre qui flottait dans l'air certains jours, même ici, il la reniflait jusqu'à ce qu'elle disparaisse, jusqu'à ce qu'une vague l'engloutisse. Quel affront, quel outrage que cet été, si l'eau était interdite et la finale du *Festivalbar* dans une éternité, une succession de punitions à subir, les yeux de sœur Nabote constamment posés sur elle et pas une seule occasion pour s'excuser auprès de Danilo – s'excuser de quoi, d'ailleurs ? Nada en avait assez de se sentir fautive.

Aucune lettre n'arriva de Sarajevo : Lidia expliquait qu'il fallait du temps, le bénévole avait juré que leurs parents étaient vivants, mais comment pouvait-il le savoir, Danilo ne le lui avait pas demandé et de fait il n'y croyait plus. L'été amenuisait les pensées, les diluait – Suljo lui donnait un coup de coude en lui montrant le joli derrière d'une scoute, comme les filles étaient différentes en maillot de bain, et il y avait trop de soleil, trop de peau pour ne pas avoir le béguin le temps d'une soirée – sans parler d'une semaine. Les filles de seize ans venues faire la saison plongeaient Danilo dans une insoutenable langueur mais il ne savait pas les courtiser. Il lui manquait l'audace d'Izet, qui prononçait les phrases qu'il fallait et devinait le moment opportun pour saisir une main : il avait déjà embrassé deux filles du centre et d'autres attendaient leur tour.

Un après-midi, Danilo et Suljo grimpèrent au mur pour l'espionner. Ils savaient où leur ami amenait les filles pour échapper à la vigilance des sœurs : dans un autre centre abandonné à côté du leur, il leur suffisait de sauter au-dessus de l'enceinte pour trouver refuge contre les vieux murs pelés par l'air marin. Zlata avait les cheveux attachés en queue-de-cheval, le soleil avait fait apparaître sur son nez une éclaboussure de taches de rousseur qui rendaient Danilo dingue.

Quand Izet glissa une main sous son débardeur, elle le repoussa mais continua à l'embrasser. Danilo et Suljo s'esclaffèrent : Izet racontait donc des craques, les filles n'étaient pas aussi permissives qu'il le claironnait. Ils le virent s'accrocher à Zlata, lui caresser la joue avec une tendresse qui les fit ricaner, ils allaient se moquer de lui jusqu'à la tombe : il lui effleurait le visage, la regardait amoureusement dans les yeux. Il parcourut des doigts l'ourlet de son débardeur, doucement, délicatement, en avant et en arrière, s'introduisant entre le tissu et la peau. Et finit par glisser de nouveau sa main sous le coton. Elle va s'énerver, cette fois, dit Danilo. Mais Zlata n'opposa pas de résistance, et Izet lui toucha un sein.

Là-haut, les deux en restèrent bouche bée, dévorés chacun dans son coin par une excitation silencieuse. Ils se penchèrent pour mieux regarder, au point que Suljo faillit tomber et poussa un hurlement. La fille s'écarta, regarda autour d'elle pour comprendre d'où venait le cri, éloigna Izet. Il fit le tour du bâtiment tandis qu'elle s'asseyait pour l'attendre. À son retour, Izet dut parvenir à la calmer car ils recommencèrent à se bécoter. Allongé sur la fille, il leva son bras derrière lui, pouce levé. Il avait compris qu'ils étaient là : il voulait épater ses copains.

Danilo se sentit si bête qu'il redescendit aussitôt.

L'été s'acheva par de la neige. Elle n'était pas blanche, ni glacée, mais elle flottait au-dessus des toits de Sarajevo et s'accrochait aux cheveux des habitants qui s'aventuraient dans ses rues. Il s'acheva le 26 août à la télévision, quand les pensionnaires bosniens des Cerfs-Volants, assis dans la salle commune face à l'écran quarante pouces, virent la Vijećnica s'embraser sous les bombes : elles avaient été lancées la nuit précédente et avaient continué de s'abattre sur les pompiers, sur les hommes et les femmes accourus pour éteindre les flammes et sauver les millions de textes et de manuscrits rares renfermant l'histoire de la Bosnie. Danilo avait toujours aimé la Bibliothèque nationale, sa façade rayée de rouge et d'orange, ses loggias et ses colonnes, ses créneaux bordant le toit – pseudo-mauresques, lui avait appris son père.

Il l'imaginait marchant hagard, les yeux au ciel, sous cette chaude et sombre neige d'août, sous ces cendres de papier brûlé, un étau autour du crâne, il se l'imaginait tendant la main pour sentir un flocon se défaire sur sa paume, l'odeur qui lui gratte la gorge, ou alors est-ce la peine que lui inspire ce énième outrage, la peine pour la bibliothécaire, trente-deux ans, morte en essayant de sauver les livres de l'incendie. Mais peut-être n'était-il pas dans la rue, son père, il n'était pas aussi courageux ou passionné, ou stupide ; peut-être était-il terré comme un rat dans sa cave, les coudes sur les cuisses et un poing soutenant son front. Peut-être qu'il était veuf et qu'il n'avait pas pu récupérer le corps de sa femme. Même pas la peine de creuser une fosse pour l'enterrer de nuit dans un jardin proche de chez eux, c'est-à-dire proche de chez les grands-parents, pensa Danilo, où ils avaient clandestinement déménagé au début de la guerre. Non, non, sa mère était vivante, le bénévole le lui avait garanti. Alors pourquoi est-ce que personne ne répondait à ses lettres ? Les mains froides comme de la neige en plein mois d'août – l'été est fini.

Il se leva, slaloma rapidement entre ses camarades assis, s'approcha du téléviseur, l'éteignit.

Après quelques secondes d'un silence ébahi, les premières protestations s'élevèrent. Lidia alla vers lui, l'admonesta, ce n'était pas son genre de se comporter comme ça. Face à l'éducatrice stupéfaite, Danilo regarda Izet et dit :

– Le siège d'*Oslobođenje* aussi a été bombardé.

19

« Danilo Simić à la direction, Danilo Simić à la direction. » Les mots retentirent dans tout l'établissement, métalliques et catégoriques.

Le haut-parleur s'entendait même de la plage – ce qui, pour Nada, prouvait bien qu'ils étaient en prison : la liberté de l'orphelinat lui manquait, les chiens errants, surtout Čupko, la couche qu'Ivo lui avait construite en démontant le panier d'un des lave-linge. Sa sempiternelle cigarette entre les lèvres, la directrice s'était mise en colère ; lui avait argué qu'il n'y avait de toute façon plus ni eau ni électricité, et quand elle avait rétorqué que ça reviendrait un jour, il avait éclaté de rire. On ne punissait pas les grands adolescents rebelles comme lui, tout le monde avait renoncé. Personne n'était puni à Ljubica Ivezić, alors qu'ici, avec la bénédiction de la Mère supérieure qui dirigeait Les Cerfs-Volants depuis son bureau en noyer, sœur Nabote sanctionnait Nada à tout bout de champ. « Nada Drakulić à la direction » résonnait si souvent dans le haut-parleur que c'était sans doute la première phrase italienne que Nada avait apprise. Lidia l'appelait comme ça, désormais, Nadadrakulićàladirection, tout attaché, pour la mettre en boîte. Ses camarades l'imitaient, et Nada elle-même en riait. Il n'y avait que de Vera qu'elle n'acceptait pas la plaisanterie.

Sœur Nabote les avait obligées à faire la paix, elles s'étaient serré la main devant la Mère supérieure, qui était ce jour-là toute fraîche de mise en plis : elle avait les cheveux si volumineux qu'ils semblaient montés au fouet. Elles en avaient ri ensemble, Vera et elle, à peine sorties de son bureau, et avaient aussitôt arrêté de s'adresser la parole.

C'était maintenant au tour de Danilo d'être convoqué à la direction. Parce qu'il avait éteint la télé ? Nada ne voyait pas où était le mal.

Depuis qu'elle avait failli asphyxier Vera, Nada avait interdiction d'aller sur la plage, et ce malgré la mise en scène de leur réconciliation – sœur Nabote n'avait sans doute pas été dupe. Elle était donc contrainte de rester à l'intérieur : pas dans sa chambre, car elle n'avait pas plus le droit qu'à San Lorenzo de s'allonger sur son lit fait, mais au réfectoire, avec son cahier et ses crayons. Elle s'entraînait au dessin d'après nature, reproduisant les chaises en formica ou le visage de la Vierge accrochée au mur. Pas l'Enfant Jésus : elle lui trouvait un visage trop adulte, carrément vilain – mais c'était peut-être un blasphème de le dire –, et elle était agacée de le voir se tenir aussi droit qu'un garçon de huit ans au lieu d'être affalé, désarticulé comme n'importe quel nourrisson alors que sa mère le tenait à peine, à croire qu'elle voulait le faire tomber, cet enfant – arrête de blasphémer. Elle préférait Jésus adulte : elle avait trouvé une petite image où il apparaissait avec un cœur rouge ceint d'une couronne d'épines qui brûlait au centre de sa poitrine, mais sa barbe, la position de l'index et du majeur de sa main gauche et surtout les rayons brillants émis par ce cœur arrondi et pointu rendaient la tâche difficile.

Sœur Nabote préparait le dîner dans la cuisine, c'était le moment idéal pour s'échapper. Elle descendit lentement les marches, pieds nus, vérifia qu'aucune sœur ni éducatrice ne se trouvait dans les parages et se cacha derrière la porte de la direction, l'oreille collée contre le bois.

La ligne avait été coupée tandis que la Mère supérieure attendait. Mortifiée, elle dit :

– Tu vas voir, ils vont nous rappeler tout de suite.

Danilo s'assit au bord de la chaise en face du bureau en noyer et ils patientèrent ensemble : la Mère supérieure ne trouvait pas les mots, pourtant Danilo était sûr qu'elle les avait bien cherchés ; elle se tenait elle aussi au bord de son fauteuil, le buste tendu vers le téléphone comme pour le convaincre de sonner. Dix minutes passèrent, une demi-heure. Danilo regardait la montre de son père. Il reniflait le métal du bracelet, un rite propitiatoire.

La sonnerie retentit : Danilo bondit sur ses pieds. La Mère supérieure eut un instant d'hésitation avant de soulever le combiné, puis elle le lui tendit et il se jeta dessus.

– Mon amour.

Les mains froides, à la fin du mois d'août, glacées. L'été est fini.

– Maman.

Quelques minutes pour se dire tu me manques, tout le monde va bien, oui, même la famille d'Izet, mais Jagoda, elle est où, passe-moi papa – quelques minutes et la voix de son père, un écho lointain, Jagoda qui crie à côté du récepteur, des mots hachés, que Danilo ne comprend pas, il lui crie je t'aime, et la communication est coupée.

Le combiné toujours à la main, incapable de le détacher de son oreille, incapable de se détacher d'eux, de ses parents, de sa sœur, il se sentit si seul, soudain. Arraché.

Il raccrocha, saluant la Mère supérieure d'un mouvement de tête. Il était trop seul, tellement qu'il aurait voulu rentrer chez lui, risquer les bombes avec eux, sa famille. Il était heureux, tellement qu'il en avait perdu la voix.

Quand il ouvrit la porte, il la trouva assise par terre, Nada, adossée au mur ; sa veine en Y pulsait en travers de son front.

Il n'appela pas la Mère supérieure, referma la porte en

vitesse afin que ses yeux ne tombent pas sur cette fillette blonde qui faisait tourner les sœurs en bourrique, il lui demanda qu'est-ce que tu as, la fille ne répondit pas, elle pleurait sans larmes, comme si elle n'était pas capable de le faire, comme si elle n'avait jamais appris, et c'était le cas, elle n'avait pas l'habitude, mais Danilo ne pouvait pas le savoir, il ne la connaissait pas assez.

Il l'interrogea encore, Nada ne répondit pas. Il n'avait pas de temps à perdre, il devait aller voir Izet, lui dire qu'ils étaient vivants, tous, quelle joie, quelle immense solitude. Il n'avait rien à partager avec cette sauvageonne élevée dans un orphelinat, qui ne ressemblait en rien à Jagoda malgré ses yeux bleus, Jagoda était douce, Jagoda n'attaquait pas – elle succombait ; depuis le matin de la fuite, elle bégayait.

Mais s'il laissait Nada ici, dans cet état, quelqu'un allait la trouver. Il la prit dans ses bras et l'emporta loin du bureau de la direction. Elle s'accrocha à son cou et il monta les escaliers, lentement, veillant à ne pas trébucher, jusqu'au palier suivant. Il la posa sur le carrelage et s'assit à côté.

– C'est toi qui as reçu les coups, cette fois, au lieu de les donner ?

Sans doute surprise par la question, Nada cessa de sangloter.

– Qui est le héros, ou plutôt l'héroïne, qui a osé t'affronter ?

Contre toute attente, la fillette rit. Elle alternait sanglots et rires.

– Il faut qu'on organise tes représailles ? insista Danilo.

Nada rit de plus belle.

– Et si on noyait ton ennemie dans la mer, hein ? Qu'est-ce que tu en dis ?

Elle lui donna un petit coup d'épaule pour le faire taire, elle se prenait au jeu.

Quand ses sanglots se tarirent, Danilo dit :

– Tu sais que nous aussi, quand on est arrivés, on n'a

pas eu le droit de se baigner ? On nous interdisait même de jouer sur la plage.

– Pourquoi ? Qu'est-ce que vous aviez fait comme bêtise ?

– Rien, mais le médecin disait que le soleil pouvait être dangereux pour les personnes habituées aux abris, qu'il fallait éviter les conjonctivites et les maladies de peau. Déjà que certains gamins avaient la gale et des marques sur les bras qu'ils ont prises pour des morsures de rats.

– Beurk ! Tu vois, on avait raison, nous, de ne pas descendre dans les abris.

– Ils disaient aussi qu'il ne fallait pas qu'on mange beaucoup pour éviter l'indigestion.

– Et vous l'avez fait ?

– On s'est goinfrés et on s'est jetés à l'eau comme des tarés.

Nada pouffa, puis elle demanda :

– Comment ils ont fait pour te téléphoner ?

– Je ne sais pas.

Et il comprit.

– Ils sont à Sarajevo ?

Il comprit pourquoi elle avait pleuré.

– Oui.

– Je pensais qu'ils étaient partis, dit Nada, qu'ils appelaient d'une autre zone.

– Non, ils sont là-bas. Enfin, je crois.

– Mon frère aussi est à Sarajevo.

– Et il écoute les Pink Floyd.

Elle sourit d'étonnement.

– Il n'y a pas d'électricité, donc il n'écoute rien, fit-elle aussitôt remarquer.

– Il peut toujours chanter.

– Il a été enrôlé.

Une poignée de secondes passa, sans un geste, sans une syllabe, puis Danilo dit :

– C'était dur pour nous de voir les Italiens parler avec leurs parents tous les soirs.

– Je m'en fiche des Italiens, leur famille n'est pas en train de faire la guerre.

– Mais ils ont été sympas avec nous, tu sais ? Quand on est arrivés, ils nous ont chanté Aaa-llélu-iallélu-ia-aaa-llélu-iallélu-ia !

Danilo entonna la chanson en agitant les mains, puis il les posa sur ses épaules pour marquer le rythme, les agita encore dans l'air et frappa deux fois dans ses mains.

– Notre fête ne doit pas s'arrêter, continua-t-il à chanter en italien, lui attrapant les poignets. Allez, toi aussi !

Elle se dégagea mais rit pendant qu'il insistait, déjà maître de cette langue étrangère.

– Elle ne doit pas s'arrêter et elle ne s'arrêtera pas.

Ça avait tout l'air d'une farce.

– J'ai peur de ne plus jamais revoir mon frère, dit Nada.

Danilo soupira.

– Je te promets que je t'aiderai à le retrouver quand la guerre sera finie et que nous rentrerons tous ensemble à la maison.

Il se rendit compte que c'était déjà la deuxième promesse qu'il faisait à la petite blonde.

En la regardant, il pensa qu'il ne se sentait plus aussi heureux – ni seul.

20

Grâce aux parties de billes quotidiennes, Omar s'était créé un groupe de copains avec lesquels passer l'après-midi sur la plage. C'était la première semaine de septembre, il faisait encore chaud. Tôt ou tard, quelqu'un déclarait qu'il n'en pouvait plus, qu'on étouffait, et il courait vers la mer. Les autres le suivaient, ils se jetaient dans l'eau à quelques mètres du rivage, en ressurgissaient les cheveux collés au front, toujours souriants. La joie que procurait la baignade semblait instantanée.

Omar disait allez-y, je vous rejoins, et il restait à côté de son circuit de sable sans paraître souffrir de la chaleur, sans perdre une seule goutte de sueur. Ses compagnons s'éclaboussaient mutuellement, faisaient le poirier, montaient sur les épaules d'un copain pour s'affronter en binôme et l'oubliaient, lui qui les observait depuis la plage. Au bout d'un moment, Omar s'éloignait : il ne voulait pas être là quand ils sortaient de l'eau. À son retour, il les retrouvait souvent en train de jouer sur sa piste et il disait j'étais avec mon frère dans la zone des plus grands, la prochaine fois je lui demanderai si vous pouvez venir avec moi. Moi, je vais où je veux, répondit un jour Cotcot, je n'ai pas besoin de l'autorisation de ton frère : je vis ici, et je suis plus grand que toi, ne l'oublie pas.

Depuis que sœur Nabote lui en avait enfin donné la permission,

Nada nageait avec Danilo. Ils plongeaient à quelques secondes d'écart l'un de l'autre, c'était toujours elle qui ressortait la première, puis ils enchaînaient de longues brasses régulières et symétriques, avançant côte à côte jusqu'à devenir deux petits points identiques que personne n'aurait distingués, sauf lui. Omar ne comprenait pas pourquoi Nada consacrait tant de temps à Danilo étant donné la façon dont il l'avait traitée une semaine plus tôt. Ça ne l'intéressait plus de jouer aux billes avec lui, ce n'était plus avec lui qu'elle s'amusait.

Un jour, le fils de Biber lui demanda :

– Pourquoi tu ne nages jamais ?

– Je nage avec mon frère, de l'autre côté.

– Et pourquoi tu ne peux pas le faire avec nous ?

– C'est vrai, ça, dit Cotcot. Tu n'aimes pas être avec nous ?

– Allez, on se baigne ensemble, pour une fois !

Le fils de Biber lui attrapa le poignet.

Ce geste n'avait rien de brutal, Omar le savait, mais il le repoussa quand même.

Les autres se vexèrent et, sans même se concerter, lui saisirent les bras et les jambes pour le jeter à l'eau. Tandis qu'Omar criait en se débattant, ils riaient, survoltés.

Nada venait de s'interposer.

– Qu'est-ce que vous fabriquez ?

Omar parvint à se libérer, tomba sur le sable. Comme d'habitude, Danilo était avec elle, il s'approcha, tendit la main. Il avait vraiment décidé de jouer au justicier masqué, l'avocat des causes perdues.

Omar se releva sans son aide.

– Tout va bien ? demanda Nada.

Elle portait un maillot une pièce qui lui écrasait la poitrine.

– On était juste en train de jouer, répondit Cotcot.

La tête basse, Omar commença à s'éloigner.

– Tu vas où ? l'interpella Nada. Et tu ne dis même pas merci ?

Il ne répondit pas.

– Tu aurais préféré te noyer ?

Omar se retourna. Il vit Danilo toucher l'épaule de Nada, comme pour lui dire ça suffit, pas la peine d'en rajouter, de révéler à tout le monde qu'il ne sait pas nager. Cette attention non sollicitée l'humilia tant qu'il cracha par terre, frôlant par accident le pied de Danilo.

– Qu'est-ce qui te prend ?

Nada ne s'y attendait pas. Même dans la montagne, quand elle s'était approprié sa mère, il n'avait pas réagi. Même quand Vera avait détruit son circuit de billes. Jamais, ni avec les sœurs, ni avec les autres pensionnaires.

– Laisse-le tranquille, dit Danilo, dans un ultime élan de générosité – et la honte était insupportable, et Omar ne sut plus où aller.

La nuit, il fut réveillé par une paume se posant sur sa bouche.

Il ouvrit les yeux dans le noir et entendit murmurer à son oreille :

– Pas un bruit.

La bouche bâillonnée, le pouls accéléré.

L'autre main écarta le drap et le contraignit à se lever.

– Viens avec moi.

Omar se laissa traîner, muet, résigné : le flot de rage qui avait jailli dans l'après-midi l'avait vidé.

Il descendit les escaliers sans une plainte. Ils atteignirent l'entrée et, en quelques gestes assurés, la porte s'ouvrit.

Dehors, la bouche enfin libre, Omar continua de garder le silence. Il marcha avec la volonté d'un automate, sans poser une question.

Une fois sur la plage, Danilo dit :

– Déshabille-toi.

Omar resta planté là.

Danilo attrapa un coin de son tee-shirt mais Omar le repoussa et s'en chargea lui-même. À son tour, Danilo se dévêtit.

– Allez, ordonna-t-il avant de se diriger vers la mer.

Omar ne bougea pas.

Danilo fit demi-tour et, avec l'autorité dont il avait usé pour le tirer du lit, le traîna jusqu'au rivage.

L'eau était froide.

– Détends-toi, lui dit Danilo. Mouille-toi les poignets, les tempes.

Omar obéit sans savoir pourquoi.

Danilo l'accompagna dans l'eau, et quand il fut immergé jusqu'à la ceinture lui dit de mouiller le reste de son corps.

– Tu vas voir, tu vas t'habituer.

Il plongea, ressortit, lui posa une main sur le ventre et une autre sur le dos.

– Je te tiens, dit-il, laisse-toi aller.

Le corps raidi, Omar résista. Danilo appuya légèrement sur ses reins pour le forcer à se pencher.

– Étends les bras, dit-il, je suis là, et personne d'autre. Personne ne le saura, même pas Nada. Tu n'as pas envie de te baigner avec elle ?

Omar ferma les yeux, embarrassé, l'eau lui léchait le menton, il avait peur de boire la tasse, de se noyer. Dans le noir, il revit la sonnette du Ljubica Ivezić et reconnut l'odeur de *rakija* qu'avait son père, la barbe hirsute qui lui piquait les joues. Il entendit la sonnette retentir et avant que la porte s'ouvre, il se retourna : son père n'était pas là.

C'était sa mère qui l'avait poussé à l'intérieur et qui était partie sans dire au revoir. Sen était resté muet tandis qu'Omar lui avait couru après, l'avait rattrapée, s'était agrippé à sa jupe, l'élastique avait découvert son ventre, sa mère lui avait détaché les doigts, un par un, ne me colle pas, je t'ai dit, et Omar avait pleuré, je t'en supplie, et il s'était à nouveau agrippé à sa jupe, et sa mère avait enfoncé ses ongles dans ses jointures, mais il n'avait pas cédé, alors elle lui avait pris la tête entre ses mains, des mains brûlantes, enfin un peu de réconfort, des mains qui sentaient la lessive, l'odeur des mains de sa mère. Omar avait inspiré, sa mère lui tenait toujours la tête, puis, en une gifle, elle la lui avait retournée. Le coup l'avait tant secoué que l'enfant avait fait un pas en arrière, et elle était partie en courant.

Omar se sentit tomber et son cœur s'emballa. Il écarquilla les yeux et se débattit comme s'il allait se noyer.

– Je suis là, dit Danilo. Je te tiens.

Omar avala une gorgée d'eau de mer : le sel lui brûla les coins de la bouche.

– Je te tiens, répétait Danilo. Tu peux me faire confiance ?

C'est l'histoire des trois petits cochons, ou plutôt d'un seul petit cochon.

Il était une fois un enfant, pas un pantin de bois, il était déjà en chair et en os, prêt à l'usage, pas un vilain petit canard censé se transformer en cygne, il n'était censé se transformer en rien, d'ailleurs ce n'était pas non plus un crapaud et il n'avait aucun titre de noblesse, c'était juste un enfant comme tant d'autres, tout petit petit comme le Petit Poucet sauf qu'il ne se promenait pas dans les bois parce que c'était un enfant de la ville, et il était toujours dans les bras de sa mère ou dans son berceau. Il avait à peine trois mois et comme ce n'était pas un enfant prodige, il n'avait pas encore appris à parler et se contentait de baver à longueur de journée, d'observer ses mains, de faire de drôles de bruits avec sa bouche et de sourire parfois à sa maman.

Un jour arriva le grand méchant loup, tout de kaki vêtu et avec un passe-montagne, mais la mère le reconnut quand même. Le loup n'avait pas frappé, elle ne lui aurait jamais ouvert, et il n'avait pas non plus soufflé fort sur la maison, qui n'était ni en paille ni en bois mais en briques, comme toutes les maisons de Sarajevo, et donc elle aurait résisté, il aurait fallu au moins une grenade pour qu'elle s'écroule. Le grand méchant loup avait défoncé la porte et il était entré, puis il avait fait le tour du propriétaire pendant que la maman soulevait son fils du berceau pour le serrer contre elle : l'enfant lui sourit parce qu'il n'était pas un enfant prodige mais qu'il avait trois mois et ça, il savait le faire.

Le loup empoigna un fusil comme s'il était le chasseur et demanda à la mère de l'enfant de lui donner son alliance. Ce n'était pas un anneau magique qui exauçait les souhaits et elle ne l'avait volé à personne, son mari le lui avait glissé au doigt un dimanche de printemps et pour cette raison elle ne voulait pas s'en séparer. Alors le grand méchant loup lui arracha l'enfant des bras et, même si la maison n'était pas en pain d'épice, il s'emmêla les pinceaux, le prit pour la sorcière qui mangeait les enfants et le mit dans le four. Mais l'enfant n'était pas une sorcière, il n'avait pas non plus semé de petits cailloux jusque chez lui, comment le loup était-il parvenu à le retrouver ? L'enfant n'était pas un prodige et il ne savait pas quoi faire sinon pleurer, pleurer fort. Sa mère l'entendait, bloquée au milieu de la cuisine, elle s'était penchée pour ouvrir le four et le grand méchant loup l'avait battue avec le canon de son fusil. Elle avait ôté son alliance et la lui avait offerte mais ce n'était pas un anneau magique qui exauçait les souhaits et maintenant le grand méchant loup n'en voulait plus. L'enfant pleurait pleurait pleurait, le grand méchant loup appuyait son godillot sur la tête de la mère étendue sur le carrelage, elle avait les yeux fermés mais ne ressemblait pas à la belle au bois dormant. L'enfant pleurait et la mère l'entendait et à un moment, elle ne l'entendit plus.

Le grand méchant loup se frotta la joue parce que le passe-montagne lui irritait la peau et il ouvrit le four pour ressortir l'enfant. L'odeur de rôti remplit la cuisine et la mère se leva. Elle vit l'enfant tout rose, tout rose comme un petit cochon. Il n'était pas supposé se transformer en quoi que ce soit, parce que ce n'était pas un enfant prodige. Il avait trois mois et à chaque fois qu'il la voyait, il lui faisait un sourire.

Ceci est l'histoire d'un seul petit cochon, et à la fin, personne ne vécut heureux.

21

Alors qu'elle franchissait le seuil, Nada fut bousculée par la horde d'élèves qui allaient devenir ses camarades de classe et qui se ruaient vers les bancs du fond, tentant de s'accaparer une rangée entière pour rester entre copains. Elle se réfugia dans un coin ; une fois que les vainqueurs eurent conquis leur territoire et que les perdants eurent abdiqué, elle s'arracha à sa catatonie et prit place sur une chaise vide du premier rang.

Quand la maîtresse l'appela à l'estrade, au moins, elle n'eut pas à traverser la classe. Cela ne l'empêcha pas de se sentir observée. Pendant qu'elle écrivait son nom et son prénom au tableau, Nada ne réussit pas à lever les yeux. Elle se concentra sur l'odeur de la craie. Elle aimait beaucoup le tintement qu'elle produisait sur l'ardoise, par une association inexplicable, elle lui paraissait aussi douce que du chocolat.

Dans le casier rempli des vêtements sur lesquels les sœurs avaient brodé son numéro, Nada avait choisi un sweat aux manches suffisamment longues pour cacher ses mains : il était trop épais pour le temps qu'il faisait, tout le monde était en tee-shirt, mais elle était terrorisée à l'idée qu'on découvre ici aussi son infirmité. Et puis elle avait fait un rêve, la nuit précédente, et elle en avait encore froid dans les os.

La maîtresse la présenta à la classe en racontant son histoire de réfugiée – comment aurait-elle pu faire l'impasse ? Aucun des mots n'échappa à Nada : elle vivait ici depuis deux mois et bien qu'elle parle peu la langue, elle comprenait relativement bien l'italien des religieuses, des éducatrices, des bénévoles et de la télé. Elle avait également compris qu'elle était en âge d'intégrer une autre classe, ou plutôt un autre établissement, le collège, mais que sœur Nabote avait insisté pour qu'elle reste en CM2 : trop de matières et de professeurs différents auraient perturbé une élève comme elle, pas seulement étrangère mais avec le diable au corps.

À l'invitation de la maîtresse, Nada salua ses camarades, bonjour à tous, puis elle fut libérée.

Rassise sur sa chaise, elle se servit de ses cheveux détachés comme d'un bouclier. Elle était toujours retournée par l'atmosphère du rêve. Elle tenta de se raccrocher aux motifs du carrelage, aux radiateurs en fonte éteints sous les fenêtres, à la carte d'Europe écornée sur laquelle – en rose pétard – la Yougoslavie existait encore. La directrice de l'orphelinat avait dit que ce serait comme des vacances, le temps d'un été, d'une guerre, et puis qu'ils rentreraient tous. Mais on était à la mi-septembre et les sœurs n'avaient pas préparé leurs bagages, au contraire ; elles avaient acheté des sacs à dos et des cartables, ou les avaient piochés dans les stocks de dons, avant d'envoyer chaque enfant vers la classe qui lui correspondait. Ainsi les jeunes réfugiés avaient-ils découvert que la guerre n'était pas finie.

Nada se força à écouter ses camarades lire à voix haute le récit de vacances que la maîtresse leur avait demandé de rédiger pendant l'été, mais son rêve continuait de la hanter. Omar lui disait viens voir tous les œufs qu'il y a dans ce nid. Elle grimpait à l'arbre pour le rejoindre et les œufs étaient brillants, visqueux, c'étaient des yeux. Tu veux être comme elle ? hurlait Ivo. Sa voix sortait de Radio Zid, salut les amis, vous êtes encore en vie ? Nada tournait la molette du Walkman de Danilo pour monter le volume, mais plus elle le montait et plus la voix s'affaiblissait. Une longue sirène retentissait.

Elle sursauta : c'était la sonnerie de la récré. Les enfants se précipitèrent dans le couloir, se coururent après, allèrent aux toilettes, mangèrent, se tirèrent les cheveux, firent la paix. Trop grande pour cette classe, Nada resta dans un coin à les épier, tel un détritus minéral sur le lit d'un fleuve asséché.

Une fillette avec un serre-tête bombé sur ses cheveux châtains s'approcha d'elle en lui tendant la main.

– Tu vas voir, assura-t-elle, tu vas devenir copine avec tout le monde. Tu aimes bien l'Italie ?

Nada savait qu'il fallait qu'elle dise oui.

– Tu parles bien italien ?

– Je comprends.

– Tant mieux ! Et comment on dit salut dans ta langue ?

– *Ćao.*

– Mais c'est comme en italien !

Vous êtes encore en vie ? répétait Ivo dans sa tête.

– Tu me charries, c'est ça ?

La petite remit en place son serre-tête :

– Tu vas t'inscrire au volley, toi aussi ?

Nada haussa les épaules. Ça ne dépendait pas d'elle, mais des bonnes sœurs. Et puis elle ne savait pas jouer au volley. Elle ne savait jouer à rien.

– Moi et plein d'autres filles, ici, on fait partie d'une équipe. Viens, toi aussi, allez !

Des œufs dans un nid – des yeux bleus, identiques aux siens. Omar les avait débusqués.

– Je t'aime déjà bien. Tu sais pourquoi ?

Nada serra son poing sous la manche, ses mains interdites à la vue.

– Parce que tu portes le sweat de ma sœur.

Elle serra les mâchoires.

– Il était à elle, dit la petite en serrant un bout du tissu entre son index et son pouce, alors que Nada reculait. Et c'était son préféré. Elle le mettait tout le temps, tout le temps, ma mère n'arrêtait pas de lui dire de se changer mais il n'y avait rien à faire, elle était bloquée sur ce sweat.

La petite lâcha l'étoffe.

– Et puis elle s'en est lassée, comme ça, d'un coup. Alors elle l'a fourré dans le sac pour les pauvres et ma mère, quand vous êtes arrivés de Bosnie, elle l'a apporté à la paroisse. Je suis contente que ce soit toi qui aies récupéré ce sweat et que tu sois dans ma classe.

Nada serra si fort ses poings que ses ongles transpercèrent ses paumes.

– Ma sœur a trois ans de plus que moi et quand elle sort elle se maquille en cachette avec le fard et le crayon de ma mère. Parfois je le fais moi aussi, mais à la maison, hein. Je ne sors pas. Je suis trop petite.

La cloche sonna et Nada se dirigea vers la classe sans saluer. La fille la suivit.

– Ne dis à personne pour le maquillage, c'est un secret !

Avant de retourner s'asseoir à sa place, la fille lui dit :

– Bienvenue.

Nada s'enfonça les index dans les oreilles pour ne pas entendre la voix d'Ivo qui lui répétait, tu veux être comme elle ? Ouvre la bouche et bouche-toi les oreilles, lui avait-il appris, pour ne pas devenir sourde quand les bombes vont tomber. Mais à présent, c'était la voix de son frère qui l'assourdissait. Et c'étaient les yeux cachés dans le nid qui la terrifiaient. Ces yeux bleus – les yeux de sa mère.

22

Les sœurs célébraient tous les anniversaires du mois en une seule journée, pour économiser sur le gâteau et sur la fête, mais elles distribuaient des cadeaux différents aux intéressés : crayons de couleur ou feutres pour les plus petits, d'autant que les enfants oubliaient toujours de refermer les capuchons et que les mines étaient condamnées à sécher ; équerres, rapporteurs et compas pour les plus grands, mais pas l'ombre d'une calculatrice scientifique, même si tout le monde en rêvait, sauf Omar. Tous les Italiens en avaient une mais ils refusaient de la prêter.

Au début du printemps, Omar fêta ses onze ans et eut droit à une fête en même temps que trois autres pensionnaires. C'était un dimanche et, comme chaque fois, le curé était venu apporter le goûter avec les vieux de la paroisse. Le curé sentait le moisi, les messieurs n'enlevaient jamais leurs bérets et les dames avaient aux pieds des chaussures qui ressemblaient à des pantoufles, des visages flous.

Omar ignora le gâteau et refusa d'ouvrir son cadeau.

– Je n'en ai pas besoin, dit-il.

– Mais tu ne sais même pas ce que c'est, objecta sœur Tourment.

Le jour de son anniversaire, sa mère achetait un morceau

de fromage et lui en donnait une tranche, c'était ce goût-là qui interrompait le quotidien. Quant à son anniversaire à l'orphelinat de Bjelave, il le passait à attendre, à genoux sur la chaise devant la fenêtre.

– Bon, puisque c'est comme ça, je vais l'ouvrir pour toi, dit sœur Tourment. Tu vas voir, ça va te plaire.

Parfois, sa mère ne surgissait pas après le virage ; la nuit tombait et Omar faisait comme si la date de son anniversaire n'était pas encore passée – son cadeau, c'était elle, juste elle.

Dès que les vieux partirent, le curé s'offrit un verre de limonade et une deuxième part de gâteau, celle restée intacte dans l'assiette d'Omar, qui sortit le dernier dans la cour.

Senadin venait de marquer un but et ses coéquipiers lui donnèrent l'accolade. Après avoir découvert qu'il fumait, les sœurs l'avaient répété au prêtre qui le harcelait chaque fois qu'il le croisait. Sen avait donc arrêté de fumer à San Lorenzo. Il laissait ses cigarettes à l'école, pour la récré. Pour l'instant, les professeurs n'en savaient rien.

Depuis qu'ils vivaient à l'institut, dans deux appartements différents, Omar avait l'impression que son frère l'évitait, qu'il préférait jouer avec ses compagnons de chambrée plutôt qu'avec lui : ils étaient plus grands, mangeaient le gâteau qu'on leur servait et ne passaient pas la journée perchés sur un arbre.

Heureusement que Nada était là.

– Quelle tête de mule, lui dit-elle alors qu'ils regardaient le match ensemble.

Omar ne se défendit pas.

– Mon cadeau non plus, tu ne le veux pas ?

Au lieu de répondre, il commença à marcher.

– Tu vas où ? lui demanda-t-elle.

– Viens.

– Je te préviens, je ne monterai pas dans cet arbre.

Après avoir contourné le bâtiment, ils se retrouvèrent face à une parcelle de jardin que Nada n'avait jamais vue. Au fond, dans une grotte en pierre, la Vierge Marie ouvrait les bras en regardant le serpent qui agonisait sous ses talons. La niche était grande, mais pas assez pour qu'ils y entrent tous les deux debout : ils s'accroupirent, les bras autour des genoux.

– Ici, personne ne nous trouvera.

– Alors je peux te donner mon cadeau.

Omar se lécha les lèvres. Un nuage musela le ciel, puis la lumière opaque de l'après-midi ressuscita, et Nada sortit une feuille de sa poche. Il la déplia, admira le dessin.

Un enfant était assis sur une branche, ses cheveux noirs ondulant au vent en même temps que le feuillage du pin. « Pour toi qui vis comme un singe. Bon anniversaire ! », était-il écrit.

En se grattant d'une main la tête et de l'autre le menton, Omar émit un cri strident. Nada écarquilla les yeux puis, le spectacle fini, éclata de rire. Omar aussi était surpris – il n'avait jamais fait le pitre devant personne – et rit à son tour. Ils se regardèrent sans pouvoir s'arrêter, rirent de plus en plus fort, tellement que la Madone se déconcentra et que le serpent s'enfuit : il était affaibli, mais toujours capable de ramper. Ce n'était pas si drôle, Omar le savait, ils étaient juste heureux. D'un coup, c'était sur eux qu'était tombé ce bonheur inexplicable.

L'onde de rire se propagea dans l'air, réveilla la léthargie de la terre sous leurs pieds, qui s'ébroua un instant – la grotte vacilla, Nada hurla – avant de recommencer à somnoler.

Omar s'approcha d'elle et dit :

– Merci.

Pour toute réponse, elle posa ses lèvres sur les siennes.

DEUXIÈME PARTIE

1995-1996

23

Pour économiser, les lumières n'étaient allumées qu'une fois le soleil couché, même si en novembre le ciel de Monza était toujours opaque. Quand il n'avait pas étude et qu'il rentrait de l'école en plein milieu d'après-midi, cette atmosphère statique enfermait Omar dans un cafard dont il ne se rendait compte qu'une fois pressé l'interrupteur ; d'un coup, il était moins triste.

Le réfectoire était plongé dans cette lueur myope, hébétée, le jour où sœur Directrice usa de son habituel ton solennel pour dire :

– Il y a une surprise pour vous.

Sen donna un coup de coude à son frère :

– Enfin, on va à Gardaland.

Mais Omar était sûr qu'il se trompait. En général, les surprises consistaient en une énième messe pour la paix en Bosnie donnée par un prêtre du diocèse : trois années et demie étaient passées et aucun rosaire ne leur avait permis d'obtenir la moindre grâce – si j'étais prêtre, disait Nada, j'aurais l'impression d'être un raté.

Il était encore maigre, Omar, et malgré ses treize ans, n'avait grandi que de quelques centimètres : Nada le dépassait. Alors que son grand frère s'était laissé pousser le bouc, lui ne s'était toujours pas rasé les poils qui paraissaient noircir de suie la peau sous son nez. Lorsqu'il passait l'index dessus, ils le chatouillaient, comme le duvet de son frère pendant les nuits de Sarajevo.

– Les enfants, dit la sœur. Il y a deux heures, les accords de Dayton ont été signés.

Elle entrecroisa les doigts.

– Vous savez ce que ça veut dire ? ajouta-t-elle. Elle secoua ses deux mains jointes. La guerre est finie !

Elle cria presque, les paumes au ciel comme si elle récitait le Notre Père.

Omar se tourna vers Sen : ils ne se sourirent pas, ne se prirent pas dans les bras, n'exultèrent pas, se contentèrent de se regarder. Puis il dit :

– On va retrouver maman.

Et le soulagement le submergea au risque de l'étouffer.

Sen ne répondit rien. Quand les Serbes avaient menacé de bombarder l'Italie si elle fournissait des bases aériennes à l'Otan, il avait eu peur. Omar savait que son frère se moquait de la paix en général, qu'il pensait à la sienne, la paix conquise dans cette petite ville de province. Et puis les pays de l'Alliance atlantique avaient lancé leur offensive et les Italiens n'avaient pas essuyé de représailles.

Omar essaya de faire parler son frère mais Sen était sonné, comme beaucoup d'autres. Personne ne demanda : quand est-ce qu'on part ?

Les jours suivants, Omar passa son temps à rêver du moment où il allait la revoir, sa mère. Ils rentreraient à Ljubica Ivezić et lui l'attendrait à la fenêtre, tôt ou tard elle apprendrait qu'ils étaient de retour, tôt ou tard elle surgirait après le virage. Qu'est-ce que ça pouvait bien faire qu'il manque des vitres, que la côte menant jusqu'à l'orphelinat soit trouée de cratères, que les cheveux de sa mère soient striés de quelques fils blancs – parfois, il imaginait que la grenade lui avait volé un bras, une jambe, mais il l'aimerait quand même, voire plus.

Il attendit que les professeurs lui fassent leurs adieux, aujourd'hui c'est ton dernier jour dans cette école, bon vent, il attendit que les sœurs ressortent les valises et indiquent l'heure de départ du car, du train, de l'avion, n'importe quel moyen de transport pourvu qu'il les ramène chez eux. Mais les semaines s'enchaînèrent et rien n'advint.

Un vendredi, sœur Directrice les convoqua dans son bureau.

– Senadin, Omar, demain est une journée importante pour vous.

Tout l'organisme d'Omar fut irradié d'un sentiment si impétueux qu'il aurait été difficile de l'identifier au bonheur, cela faisait trop longtemps qu'il ne l'avait pas éprouvé.

– Demain, poursuivit sœur Directrice, vous allez sortir avec une famille, tous les deux.

Omar ne comprit pas. Regarda Sen, mais Sen regardait la bonne sœur.

Pourquoi devaient-ils sortir avec une famille – quelle famille, la famille de qui ? Pourquoi, si la guerre était finie, ne les ramenaient-ils pas à Sarajevo ?

Beaucoup de pensionnaires du centre avaient commencé à fréquenter des familles de Monza, certains ayant même été placés de manière temporaire, mais Omar était convaincu que cela ne lui arriverait jamais, que personne voudrait d'un gamin introverti qui préférait les arbres aux humains. Les introvertis sont souvent écartés, on ne sait jamais ce qui leur passe par la tête. Mieux vaut un extraverti pour remplir son foyer et sa vie. Omar ne pouvait rien remplir, il cultivait le néant intégral avec une dévotion qui aurait découragé même les plus volontaires, ses journées tournaient autour d'une liturgie immuable qu'il ne pouvait même pas partager avec son frère – il était le seul fidèle de ce culte, le seul à attendre le jour glorieux où il allait encore sentir l'odeur de poêle à bois dans le cou de sa mère.

Salut Nada,

Je t'écris en classe, pendant le cours d'électrotechnique, le prof est encore en train de nous rabâcher les mêmes histoires, tu ne peux pas imaginer à quel point il est ennuyeux, à quel point je m'en fous, moi, de tous ces trucs. Quand je pense à ce psychologue qui nous a fait passer les tests d'aptitude et qui a décrété qu'il fallait que j'aille dans un lycée technique ! Il aurait dû être radié de l'ordre, c'est lui qui devrait aller voir un psy. Il aurait pu me dire : Écoute, Danilo, aucun de vous ne passera un bac général, le plus tôt vous pourrez être exploités comme main-d'œuvre, le mieux ce sera. Les religieuses nous l'ont dit, elles. Au moins il aurait été honnête. Mais bref, passons. Je radote.

Ici la brume est si épaisse qu'on ne voit même pas la mer par la fenêtre. Le matin, quand je me réveille, les vitres donnent sur un mur blanc. L'automne et l'hiver sont terribles, dans ce bled. Toi tu ne viens aux Cerfs-Volants que l'été et tu trouves ça sympa parce qu'il y a plein de jeunes, mais dès le mois de septembre on se retrouve entre nous, tout seuls au milieu des centres de vacances fermés ou abandonnés. Si les sœurs n'avaient pas demandé à la mairie il y a des années de créer un arrêt de bus, je ne sais même pas comment on pourrait aller en cours.

Tu sais que je me suis disputé avec ma prof d'histoire ? C'est dommage, jusqu'ici, j'étais son préféré. Elle a fait l'éloge en classe de l'intervention de Clinton, qui a mis fin à la guerre. Moi je lui ai dit que les États-Unis avaient surtout envie de rappeler au monde et surtout à l'Europe qu'ils étaient la plus grande puissance, et puis je lui ai signalé que les accords de Dayton ratifient la division ethnique comme condition de paix, exactement l'idée contre laquelle les habitants de Sarajevo se sont battus, mon père le premier. Milošević s'est foutu de la gueule de l'Europe, ils ont cru à l'idée du conflit ethnique et tribal, ils ont voulu y croire à tout prix, parce que comme ça la guerre devenait ingérable et qu'ils pouvaient s'en laver les mains. C'est quoi, le massacre de Srebrenica, sinon la preuve que l'Europe et les Nations unies ont sous-évalué, ou plutôt ignoré notre situation ? Je veux bien comprendre que les Casques bleus ne pouvaient pas intervenir, que leur mission était humanitaire et pas militaire, mais certains disent que les Hollandais ont carrément collaboré avec les Serbes, en plus d'avoir laissé l'horreur se produire… T'imagines ?

Le truc, c'est que Dayton n'a pas reconnu un agresseur et un agressé, il a accepté la logique de partition voulue par Milošević et Tuđman (et conclue par un accord secret en mars 91. J'ai demandé à la prof si ça ne lui rappelait pas quelque chose, à elle qui enseigne l'histoire ? Par exemple l'accord entre Hitler et Staline en août 39 ?).

Moi, j'ai grandi dans une maison où on rangeait à part les poêles qui n'étaient jamais entrées en contact avec du porc, pour quand on invitait des amis musulmans ou juifs à dîner, et je ne pourrai jamais accepter cette logique, je pense qu'elle ne fera pas de bien du tout à la Bosnie. Un État fondé sur l'identité ethnique n'est pas un État démocratique.

À mon avis, la prof ne savait pas quoi répondre, mais elle n'a pas digéré comment je m'en prenais à l'Europe. Clinton avait raison sur un point : personne ne voulait d'un État musulman au cœur des Balkans.

Ah, comment va Omar ? Je lui ai envoyé une lettre à lui aussi, mais il ne m'a pas répondu. Je sais qu'il n'aime pas trop écrire, donc embrasse-le de ma part, et Sen aussi.

Tu vas bien ? J'ai tellement hâte que les vacances arrivent et qu'on nous emmène à la montagne. On se verra nous aussi, comme ça. Tu l'as envoyé, le dessin pour le concours dont tu me parlais ? J'espère vraiment. Tu es douée, il suffit de voir le portrait que tu m'as fait et que j'ai accroché au-dessus de mon lit. Bien sûr, c'est surtout grâce à mon physique de beau gosse absolu, mais quand même, tu as un peu de mérite !

Bisous,

Danilo

Nada replia la lettre et la glissa de nouveau dans l'enveloppe. Elle songea que Danilo écrivait en italien comme si c'était sa langue maternelle et elle l'envia. Elle avait peur du thème à l'examen de quatrième – elle aurait dû le passer en juin – précisément parce qu'elle ne voulait pas décevoir son ami. Pour l'aider, Danilo corrigeait souvent les erreurs d'orthographe ou de syntaxe sur les lettres qu'elle lui écrivait. Quand il les lui renvoyait, les lettres avaient tout un tas de mots entourés en rouge et d'annotations dans la marge. Nada se vexait, pas tant parce qu'elle avait la confirmation de sa médiocrité mais parce qu'elle comprenait qu'il pouvait facilement se séparer d'une lettre d'elle, alors qu'elle conservait les siennes dans une enveloppe matelassée cachée entre son sommier et son matelas de peur que Vera ou n'importe qui d'autre les découvre.

Quand est-ce que ça avait commencé ? Quand est-ce qu'ils avaient arrêté de communiquer entre eux dans leur propre langue ? Peut-être à l'école, pour ne pas être marginalisés par leurs camarades italiens, pour ne pas se retrouver à former une bande d'étrangers susceptibles d'inspirer la méfiance. Petit à petit, la nouvelle langue avait imprégné chaque aspect du quotidien, la faute aux sœurs, aux éducatrices, aux pensionnaires italiens de l'institut, aussi bien les mères que leurs enfants, à la télévision, à la musique qui passait à la radio. Mais le fait qu'ils ne ressentent plus, dans l'intimité d'un échange épistolaire, le besoin de s'exprimer avec des mots familiers, cela était le signe d'un déchirement, d'un arrachement à leur propre famille. Pour Nada, ça s'était produit bien avant l'exil, sa langue n'était ni une langue maternelle ni une langue paternelle, sa terre était Ivo, le refuge de son dos. Ce n'était pas le cas de Danilo, et en remplaçant le bosnien par l'italien, il entérinait sa soumission, de manière définitive – mais Nada gardait pour elle cette réflexion.

Elle se demandait comment il pouvait avoir envie de lui écrire à elle, lui qui était si intelligent. Nada avait lu et relu les lignes sur la paix de Dayton mais la seule chose qui lui venait à l'esprit, c'était que pendant toutes ces années, elle n'avait pas eu de nouvelles de son frère. La guerre, pour elle, était une affaire personnelle. C'était la perte d'Ivo.

Certains enfants de l'institut, les enfants avec famille, avaient réussi à parler avec les leurs restés dans la ville assiégée grâce aux radioamateurs. Ils quittaient le bureau de sœur Directrice écarlates d'émotion, même si l'échange n'avait duré que quelques secondes. Souvent, la liaison s'interrompait et les derniers à passer restaient sur le carreau, ils éclataient en sanglots, se faisaient promettre qu'ils seraient les premiers à passer, la prochaine fois. Nada avait honte, mais cet échec soulageait sa solitude.

L'appel à candidatures pour le concours de dessin était encore ouvert ; si jamais elle gagnait, Danilo serait fier d'elle. Elle s'allongea sur le sol, ouvrit son carnet à dessin et se mit à tracer un œil avec son crayon gras. Elle commençait toujours par là : il fallait qu'elle regarde son sujet dans les yeux pour voir à quoi il ressemblait, avant même que son visage n'apparaisse sur le papier. Elle n'avait pas de photo, juste ses souvenirs. Le menton pointu et le front large, le sillon des cernes et les joues creuses, toujours fraîchement rasées, les lèvres fendues d'un rire insolent, le grain de beauté sombre, en relief.

Le crayon glissait sur le papier et Nada avait l'impression de le reconnaître. Elle se dit que s'il était mort, elle n'aurait jamais de pierre tombale devant laquelle s'agenouiller. Elle se dit qu'il ne lui restait rien de lui, sinon ce dessin.

Un élancement dans le bas-ventre la força à se relever. Elle repoussa le carnet sous le lit et alla aux toilettes.

Le sang avait sali son jean. C'était le troisième mois qu'elle avait ses règles mais la nouveauté la galvanisait encore, d'autant qu'elles étaient arrivées tard. Peut-être avait-ce été le cas pour sa mère aussi : elle aurait voulu lui poser la question, être rassurée quand elle avait peur que quelque chose cloche, chez elle.

La nuit, Nada glissait une main entre son ventre et son drap. La chaleur que libérait ce contact l'accablait de douceur. Soudain, elle éprouvait à l'égard de son propre corps le sentiment d'une correspondance si pleine, si juste, qu'elle avait l'impression de se recroqueviller à l'intérieur d'elle-même, à l'abri. Elle aurait aimé le raconter à Danilo, mais il y avait certains sujets qu'on ne pouvait pas aborder avec un garçon.

De retour dans sa chambre, elle s'étendit de nouveau par terre et sortit le carnet de sous son lit. Elle observa le dessin. Le trait était assuré, personnel, et le visage harmonieux, carrément beau. Mais ce n'était pas celui d'Ivo. Il ne lui ressemblait pas assez.

Le garçon représenté n'était pas celui qui, quand il réfléchissait, se frottait les sourcils sans s'en rendre compte, celui qui ronflait la nuit, mais seulement s'il dormait sur le dos, et qu'elle n'avait qu'à toucher pour qu'il se tourne sur le côté, sans jamais en prendre ombrage. Le garçon en portrait n'était pas son frère.

Si elle n'arrivait plus à le dessiner, alors elle l'avait oublié. Si elle ne s'en souvenait plus, alors elle ne l'aimait pas assez.

Elle arracha la page du carnet et la déchira. Puis elle fouilla dans son sac à dos pour retrouver le formulaire d'inscription au concours, lut l'en-tête, et le déchira aussi.

N'ayez pas peur, dit-il, personne ne vous fera de mal, et les enfants le crurent : il avait les yeux transparents et un regard inoffensif, et il leur faisait don de pain, de gâteaux et de boissons fraîches. Ils étaient las de manger ce gruau de paille et de glands, courges, maïs et feuilles de noisetier, ils avaient campé tout l'hiver autour des braseros allumés dans les rues enneigées, mais c'était l'été maintenant, et tant de gens déjà étaient morts, quarante par jour, et pas seulement au combat, morts de faim, n'ayez pas peur, il y a du pain pour tout le monde, et du chocolat, et il fait chaud, et à l'air libre on ne se croirait même plus en prison, le troupeau a été repoussé derrière son enclos, avait-il dit : son troupeau sans eau, ni électricité, ni assistance médicale, sans armes, rendues à la Forpronu en échange d'un cessez-le-feu, mais les Serbes contrôlent chaque route et tout ce qui la traverse, personne ne le dit, que c'est un génocide au ralenti, génocide est le mot qu'il est interdit de prononcer.

Ces yeux inoffensifs, si tu as faim, tu y crois, si tu as soif, et peur. Tu y crois même si son nom, Ratko, contient le mot guerre, mais qui choisit son propre nom ? Tu y crois même si le 6 juillet, les Tigres d'Arkan sont arrivés, et les volontaires grecs payés deux mille marks pour trois jours, et le commandant des forces bosniennes Bećirović l'a dit, rendez-nous les armes, mais le lieutenant-colonel Karremans, aux commandes du bataillon hollandais, a répondu que c'était à eux de les défendre. N'ayez pas peur, il faut bien se fier à quelqu'un, cinq cents chars et une pluie de grenades, les Casques bleus se réfugient à Potočari et les brebis les suivent pour ne pas se perdre : vingt-cinq mille, mais comment peuvent-elles toutes entrer dans l'enclos, et comment les Hollandais arriveront-ils à les sauver ? Les gens courent, poussent, implorent, s'agrippent aux blindés et finissent broyés par les roues. Au fond, on meurt toujours comme ça, en essayant de survivre à tout prix : qu'est-ce que le dernier soupir, sinon un effort extrême pour respirer encore ? Écrasés par les roues des chars qui devaient les sauver : un prélude. Ils attendent à l'extérieur du camp militaire, le troupeau est réuni, maintenant il faut tirer sur la chair fraîche. Il l'avait dit. Il est arrivé le 11 juillet, suivi par une nuée de caméras, il aime se faire filmer pendant qu'il distribue à boire et à manger, et il incite à ne pas avoir peur, avec ses yeux bleus d'ange consolateur, il a perdu son père quand il était tout gosse, les Ustaša l'ont tué, il a perdu une fille depuis peu, elle s'est tuée par amour, ou à cause de la guerre, avec le pistolet préféré de son papa, sa fille est morte et il doit la venger. N'ayez pas peur, ce sera fait en un rien de temps, huit mille personnes en une poignée de jours, nettoyage complet, la saison de la chasse touche à son apogée, a dit un Hollandais, et il faut bien faire confiance à quelqu'un, à l'Onu, à l'Otan, à Mladić, à Dieu. L'Europe ne le permettra pas.

L'été resplendissait sur les mines d'argent, et Srebrenica cessait de respirer.

24

Le sapin de Noël, c'étaient les plus petits qui l'avaient décoré avec l'aide de sœur Tourment, de sœur Nabote et des sœurs des Cerfs-Volants dès leur arrivée à la montagne. Nada regarda l'arbre scintiller par intermittence en attendant que Danilo la rejoigne.

– On sort ?

Ils se promenèrent ensemble dans la neige, si fine qu'ils s'y enfonçaient jusqu'aux mollets. Concentrée sur l'effort, Nada ne disait pas un mot.

Les baies d'églantine chatoyèrent comme des cerises lorsqu'il s'arrêta et dit :

– Ton frère était dans les groupes armés de défense territoriale, comme mon père. Il a combattu pour la libération de Sarajevo.

Le cœur de Nada chavira.

– Mon père s'en souvient bien, parce qu'il chantait souvent pendant les bombardements. Il pense que c'était pour se calmer. Il chantait une chanson des Pink Floyd qui dit un truc du genre : tu crois qu'ils déclencheront la bombe ?

– Oui ! *Mother do you think they'll drop the bomb*, entonna Nada. *Mother do you think they'll like the song*, poursuivit-elle en riant, mais sans raison. *Mother do you think they'll try to break my balls.*

Puis cette soudaine effusion s'épuisa d'elle-même :

– Il est où, maintenant ?

– Je ne sais pas, je suis désolé, répondit Danilo, avant d'ajouter, comme pour se faire pardonner : Mon père dit qu'il la chantait tout le temps. Et qu'à cause de ça, ils l'appelaient Roger.

– Pourquoi tu parles au passé ?

La voix de Nada vacilla, s'affaiblissant sur certaines syllabes et grinçant sur d'autres, une station de radio mal réglée.

– Parfois, mon père chantait avec lui.

– Quand est-ce qu'il t'a dit toutes ces choses ?

Elle lui serra le poignet.

– Au téléphone, on a réussi à discuter longuement avant que je parte pour venir ici.

– Alors la prochaine fois que vous vous appelez, arrange-toi pour qu'il y ait aussi Ivo.

– Ce n'est pas possible, malheureusement.

La neige, une surface réfléchissante. La mâchoire de Nada craqua.

– Tu es en train de me dire que mon frère est mort ?

– Mais non, pas du tout.

Danilo lui prit le visage entre les mains, replaça la mèche qui lui tombait sur les yeux.

– Et alors, il est où ?

Nada posa ses paumes sur le dos de ses mains à lui. Elle avait froid.

– Ça fait un bout de temps que plus personne n'a de ses nouvelles.

– Combien de temps ?

– Je ne sais pas précisément.

– Il est peut-être retourné à l'orphelinat.

Sans ôter les mains de ses joues, Danilo attira son visage contre sa poitrine et posa le menton sur sa tête.

– Je t'ai promis que je t'aiderais à le retrouver et je le ferai.

Nada s'écarta de lui pour recommencer à marcher. Elle voulait le distancer mais la neige était trop fine, elle la ralentissait.

– Tu me crois ? demanda Danilo en lui saisissant le bras.

Elle hocha la tête, les doigts de pied engourdis, le nez congelé, les lobes endoloris.

– Mon père va le chercher.

La neige annulait les frontières, amortissait les bruits.

– Je suis contente que tu lui aies parlé. Il te manquait ?

Danilo ne répondit pas. Ils continuèrent leur promenade main dans la main.

Puisant dans la chaleur de son corps, Nada parvint à recouvrer son calme. Puis, à proximité du refuge, Danilo s'écarta d'elle.

Avant son départ pour la montagne, à Rimini, la Mère supérieure s'était fait une mise en plis, aussi vaporeuse et impeccable que l'été, quand elle allait chez le coiffeur une fois par semaine. Quelques mois plus tôt, en août, Nada avait fini par demander à Lidia pourquoi les sœurs de cette congrégation ne portaient pas le voile. L'éducatrice avait répondu que, comme elles s'occupaient depuis toujours de filles-mères ou d'orphelines, quand elles accompagnaient une protégée choisir sa robe de mariée, elles voulaient que la vendeuse puisse penser qu'elles étaient des tantes, à défaut des mères ou des belles-mères – bref, qu'il fallait qu'elles ressemblent à des parentes, et pas à des religieuses ayant offert l'hospitalité à une fille abandonnée. Nada trouva tout de suite l'explication convaincante, même si elle était sûre que Lidia l'avait inventée.

La Mère supérieure posa ses coudes sur la nappe rouge et dit :

– Il y a une dernière nouvelle pour laquelle nous devons rendre grâce au Seigneur, lors de ce Noël. Tu veux la dire toi-même, Danilo ?

Et elle releva le menton, comme pour l'y encourager. Pas une mèche ne s'échappa de son casque laqué.

Le garçon libéra sa queue-de-cheval en faisant tourner l'élastique entre ses doigts ; détachés, ses cheveux paraissaient secs et abîmés. Nada se demanda pourquoi il avait l'air aussi gêné.

– Danilo, allez, on dirait que tu vas nous annoncer un décès, dit la Mère supérieure. Comme vous êtes étranges, mes enfants.

– Bon, soupira Izet, je vais le dire à ta place, histoire qu'on puisse manger un jour. Sa mère et sa sœur vont venir vivre en Italie.

À la table en face de la sienne, Nada vit Omar pâlir.

– Ils vont rester quelque temps aux Cerfs-Volants avec nous, expliqua la Mère supérieure. Le temps pour eux de trouver une solution d'hébergement.

Lidia lança les applaudissements, les jeunes battirent des mains avec fougue, certainement pour en finir et passer à table au plus vite.

– C'est nous qui devrions rentrer à Sarajevo, pas le contraire, dit Omar, suffisamment fort pour se faire entendre.

– Moi, je vais le faire bientôt, dit Izet.

Hermétique à ces interventions, la Mère supérieure souhaita à tout le monde bon appétit d'une voix enjouée.

Pendant le dîner, Nada eut l'impression que Danilo évitait son regard. Dès le lendemain, elle fit elle-même en sorte de ne pas se retrouver seule avec lui tout en veillant à ne rien laisser transparaître en compagnie des autres. Elle ne voulait pas que Danilo croie qu'elle l'enviait alors qu'elle était juste déçue. Pourquoi ne lui avait-il rien dit ? Pourquoi, s'ils étaient amis au point de s'écrire deux fois par mois ? Pourquoi Izet le savait-il et pas elle ?

– Je laisse mon lit à la sœur de Danilo, lui dit Omar le matin de la Saint-Sylvestre. Si tu laisses le tien à sa mère, on pourra demander en échange à être renvoyés à Sarajevo.

Nada se força à sourire. Elle était accroupie par terre, en train d'aider un enfant plus jeune à redonner forme au bonhomme de neige amoché par les courses-poursuites et les parties de cache-cache.

– Mais elles ne viennent pas à San Lorenzo, répondit-elle. Elles vont aux Cerfs-Volants.

Omar s'agenouilla pour être à sa hauteur.

– Blague à part. Ils veulent nous faire adopter.

– Qu'est-ce que tu racontes ?

Nada jeta un œil à l'enfant : il donnait des petits coups sur le dos du bonhomme de neige pour l'aplanir.

– Tu as vu qu'on a commencé à sortir avec des familles, Sen et moi ?

– Oui, mais quel rapport ? C'est juste pour le week-end ou les vacances.

C'est ce qu'elle s'était dit chaque fois qu'elle avait vu ses camarades choisir avec l'aide des éducatrices une jolie tenue pour passer le dimanche avec une famille italienne : c'est juste le temps d'un week-end, le temps des vacances. Les camarades revenaient avec un bracelet en cuir gravé à leur nom, ou avec une boîte de chocolats qu'elles partageaient avec les autres, comme la famille l'avait suggéré, et pirouettaient dans la chambre – la jupe plissée formant une cloche si parfaite qu'elle ne paraissait même plus de seconde main – en chantant *hakuna matata*, ces mots signifient tu vivras ta vie, sans aucun souci. Elle se demandait si c'était à cause de son doigt en moins qu'aucun couple ne l'avait jamais emmenée au cinéma, ou parce que sœur Nabote le déconseillait, qu'elle avait peur qu'elle leur fasse honte, comme avec le prêtre, avec les religieuses du centre de vacances, avec les profs. Les autres partaient en excursion sur le lac de Côme pour Pâques, ou bien toute une semaine dans la campagne de Brianza : même Vera avait été choisie, elle attendait frénétiquement le week-end pour pouvoir manger un cône glacé en se promenant dans le centre-ville, comme n'importe quelle adolescente du coin.

– Ils nous envoient chez des psychologues qui nous bombardent de questions et nous font passer tout plein de tests pour voir si on est normaux ou dérangés. Et en fonction de ça, ils nous attribuent à des parents italiens.

– Et alors, leur verdict ? plaisanta Nada. Tu es normal ?

– Écoute-moi, c'est très sérieux ce que je te dis. Ils veulent qu'on reste. Ils veulent des enfants.

Vera allait avoir une mère et elle non.

– Il y a deux jours, expliqua Omar, ils ont fait une marche de solidarité.

– Qu'est-ce que ça veut dire ?

– Une manifestation de protestation : ils veulent empêcher notre retour. La Bosnie-Herzégovine a demandé en juillet déjà de nous faire revenir avant la fin de l'année, et l'orphelinat a garanti qu'il pouvait nous accueillir à nouveau.

Sa voix avait changé, elle était plus poreuse : Nada venait seulement de s'en apercevoir.

– Mais comment tu sais tout ça ?

– Un copain de classe m'a apporté un numéro du *Corriere*, son père était en train de le lire et il lui a dit qu'ils parlaient de nous. Mon copain a eu l'idée d'arracher la page pour me la montrer.

– Et qu'est-ce qu'il y avait écrit ?

– Que les familles d'accueil ne veulent pas rendre les enfants, ils disent que Sarajevo n'est pas une ville sûre et qu'ils ne savent pas comment on est traités à l'orphelinat, là-bas, et qu'il fait trop froid en ce moment. Ils disent que la Bosnie veut commanditer un rapt d'État.

Nada éclata de rire.

L'enfant surgit de derrière le bonhomme de neige.

– Tu as fini ? lui demanda-t-elle.

Il se mit l'index dans la bouche et dit qu'il était en train de faire son popotin.

Nada passa derrière le bonhomme et entrevit deux sphères asymétriques et difformes, collées trop bas pour ressembler à une paire de fesses.

L'enfant se tordit de rire : il avait sans doute projeté cette blague spécialement pour elle.

Pour le plus grand bonheur du garçon, Nada feignit pudeur et réprobation.

– Ils disent que la mairie de Milan ne veut plus de nous parce qu'on coûte trop cher.

– Qui ça ? Ceux qui veulent devenir nos parents ?

– Oui, on coûte un milliard et demi de lires par an.

Nada n'avait jamais pensé à elle et à ses camarades comme un coût. Quelle naïveté. Survivre – manger, s'habiller, dormir au chaud – n'allait pas de soi. À Sarajevo, c'était clair pour elle.

Ils représentaient un poids, pour tout le monde. Pour ceux qui les avaient conçus comme pour ceux qui les avaient accueillis quand ils étaient devenus des réfugiés.

– Je m'en fiche que l'Italie veuille de moi ou pas, dit Omar. Moi, j'ai une mère.

– Moi non, dit Nada, et elle se rendit compte qu'elle l'avait mis mal à l'aise.

– Tu as un frère, souligna-t-il pour se rattraper.

Nada baissa les yeux tandis que résonnait dans ses tympans *Mother should I trust the government.*

– Qu'est-ce qu'y a ? demanda Omar en lui prenant le menton.

Nada secoua la tête, comme pour dire rien, ça va. Ses cheveux voletèrent et une fine mèche resta accrochée au bout de son nez : elle lui voilait la vue comme un halo.

– Moi, je n'irai vivre avec aucune famille, tenta de la rassurer Omar. Je ne te laisserai pas seule.

Il avait compris de travers, il pensait que c'était lui, la cause de son chagrin. Pourquoi n'arrivait-elle pas à lui parler d'Ivo, de sa disparition ? *Mamma's gonna make all your nightmares come true.* La chanson la harcelait. Toutes ces promesses. Elle n'en croyait plus aucune.

– Tu te rappelles comment la Miljacka brillait ce jour-là ?

– Je n'irai vivre dans aucune famille. Je vais rester avec toi, et puis je te ramènerai à Sarajevo.

Mother will she break my heart. Nada posa sa joue sur le bonhomme de neige et ferma les yeux.

La nuit du Nouvel An, alors que tout le monde était dehors à tracer des cercles et des paraboles avec les étincelles des feux de Bengale, Nada finit de faire la vaisselle. Il ne restait pas grand-chose, juste les plats ayant servi à cuire la morue. Lidia et sœur Nabote avaient tenté de l'en dissuader, on finira demain matin, mais elle avait insisté. Elle avait envie d'être seule.

– Tu ne sors pas ?

Elle ne se retourna pas en entendant la voix de Danilo.

– Il sera bientôt minuit, prévint-il.

Elle continua à frotter avec son éponge, la sauce était incrustée.

Le pied d'une chaise qui racle contre le sol, un bruit sourd : il venait de s'asseoir.

Pendant un moment, le bruit du robinet couvrit le silence.

Puis Danilo dit :

– Ok, tu as raison.

Les épaules de Nada tressaillirent mais il ne s'en rendit peut-être pas compte, parce qu'elle n'arrêtait pas de faire des mouvements, manipulait la poêle ou passait un doigt sur le bord pour s'assurer qu'il n'y avait plus de trace de gras.

– C'est difficile d'annoncer une bonne nouvelle après une

mauvaise si la mauvaise te concerne, toi, et la bonne, moi. Je n'ai pas l'impression d'avoir commis un crime.

Elle ferma le robinet, et le silence devint insupportable. Elle attrapa un torchon.

Danilo devait être parfaitement immobile : pas un crissement de chaise, pas un coude glissant sur la table.

– Ma mère et ma sœur ont quitté Grbavica le lendemain du jour où mon père et moi avons réussi à nous enfuir. On avait décidé de se séparer pour passer inaperçus. Le matin, elles étaient déjà sorties de notre immeuble quand des soldats serbes sont arrivés. Ils ont pris ma mère et ils l'ont ramenée en haut, chez nous, au dernier étage. Ma sœur est restée dans le hall. Elle a vu ma mère monter avec trois hommes armés, l'un d'eux la tirait par le bras, un autre lui pointait un fusil dans le dos. Le troisième, un peu plus distant, a dit : On va s'amuser, maintenant. Ma sœur ne l'a jamais oublié.

Nada gardait le plat en l'air, le torchon dans la main, sans s'en servir.

– Dans les escaliers – j'ai entendu ma mère le raconter à mon père – le troisième a dit : Celle-là, c'est moi qui me la fais. Donc quand ils sont arrivés devant la porte, il a forcé ma mère à ouvrir et l'a poussée à l'intérieur. Il a fermé la porte à clé pour laisser les autres dehors. Ma mère a dit qu'elle était presque soulagée qu'il n'y en ait qu'un seul, elle priait pour qu'après lui, ce ne soit pas le tour des autres. Le Serbe s'est approché et il a demandé : Tu étais en train de t'enfuir, pas vrai ?

Nada reposa le plat.

– Ma mère n'a pas eu le courage de répondre, elle pensait à ma sœur toute seule en bas, terrorisée. Je vous en supplie, elle a imploré, faites vite, je dois retourner auprès de ma fille. Et le gars a éclaté de rire. Ma mère s'est fait pipi dessus. Il a vu la tache humide sur son pantalon et elle a pensé qu'il allait s'énerver encore plus. Dix minutes, il lui a dit, et on retourne en bas.

Nada serra le torchon.

– Nous on va partir et toi tu pourras t'enfuir avec elle. Ma mère n'a pas compris tout de suite. Tu pourras t'enfuir, il lui a répété. Elle l'a regardé pour savoir si elle le connaissait, mais elle n'a pas eu l'impression. Je ne sais pas pourquoi il a fait ça. Il avait carrément mis en scène tout ce sketch pour la sauver. C'était peut-être un lecteur de ses articles. Peut-être qu'il avait été enrôlé de force par les Serbes, lui aussi, qu'il ne voulait pas. Il n'avait peut-être pas eu la force ni la possibilité de s'enfuir, lui, et il espérait maintenant que ma mère y arriverait. Je ne sais pas.

Un gémissement du bois sur les tomettes et Danilo apparut à côté d'elle. Nada était tentée de le toucher, d'écraser une fois de plus son nez contre sa poitrine, et en même temps, elle avait envie de laisser un espace entre elle et lui, comme si l'existence de ce garçon dans le monde la rendait vulnérable.

Il lui prit le torchon et essuya le plat, puis s'attaqua à toute la vaisselle posée sur l'égouttoir. À chaque fois qu'une assiette était sèche, elle la rangeait dans l'armoire. Une organisation parfaite et taciturne.

Ils n'avaient pas encore fini de ranger quand ils entendirent à travers la fenêtre fermée leurs camarades hurler le compte à rebours. Nada ne s'arrêta pas pour attendre minuit, elle saisit un balai et commença à balayer le sol. Danilo vint vers elle, attrapa le manche pour la bloquer.

– Depuis ce jour, ma sœur bégaie, dit-il.

Dehors, tout le monde s'époumonait en criant bonne année.

fonce glisse saute crie ris freine stop, repars, fonce glisse saute virage braque tiens-toi freine, freine, freine, boum, tonneau, comme la neige est douce sur le visage, neige fraîche, le front glacé et toi tu ris, tu ris à la lumière de janvier, neige immaculée et tu as une luge et cinq amis, journées vacantes à remplir d'ennui et d'invention, de lait en poudre, œufs en poudre, immeubles en poudre, et cache-cache dans les caves, anniversaire sans gâteau, après-midi dans les décombres à chercher des bouts de tissu pour fabriquer des tenues de fête à tes poupées, matins de sarbacane, nuits de berceuse, « que les étoiles deviennent folles, que les montagnes se déplacent », tu te chantes dans ta tête, et tes paupières se ferment, « que les volcans se réveillent, il suffit qu'il n'y ait plus la guerre »

alipašino polje, *des bâtiments socialistes couleur ciment qui surgissent de la neige comme un diagramme à barres sur un cahier de géographie, calcule l'aire le périmètre le volume des parallélépipèdes dans lesquels s'entassent les gens pour ne pas se faire tirer dessus par les snipers, calcule l'aire des rues recouvertes de neige, mesure-les avec ta luge, un coup de reins et tu décolles, combien de fois tu peux glisser et remonter, compte, combien de fois glisser et rire et freiner et crier entre les immeubles, il faisait beau et on est sortis, il y a de la neige, maman, tu ne peux pas nous interdire d'y aller*

« les adultes racontent des histoires, ils nous effraient », tu chantes dans ta tête, même pendant que tu cours, « ils blessent nos rêves »

six gamins à un kilomètre des positions serbes, monte, pars, glisse glisse glisse boum, tonneau, boum, boum, tonneau, tombé, la neige est douce, le front est glacé, pour toujours glacé, la neige est rouge, la luge renversée

en Italie ils ont dit faisons-les concourir au nobel de la paix, les enfants tués par la guerre, on dirait une blague, le énième outrage, faites-les concourir à un prix qu'ils ne pourront pas venir chercher, pourquoi pas, faites-les concourir, ils ont gagné parce qu'ils sont morts en guerre, quel bel exemple de paix

il suffit d'un rien pour gagner, il suffit de succomber, de glisser sur une luge dans un quartier assiégé, de rire comme des gamins en plein milieu d'une journée au soleil hivernal, en plein mois de janvier

vu que vous ne faites rien pour la paix, vous en laissez la responsabilité à nos enfants massacrés, aux fragments de nos enfants éparpillés dans la neige

c'est nous qui sommes allés les ramasser

le nobel pour une chose que vous ne savez pas quantifier, ni décrire, une chose abstraite, une affaire qui ne concerne que nous, « il suffit qu'il n'y ait plus la guerre », la malédiction d'être humains et mortels

d'avoir des enfants

d'être des enfants

25

Cela faisait des mois, maintenant, qu'ils passaient leur samedi avec les époux P., à tel point que Sen les appelait déjà Mari et Matte : Omar, non, il les vouvoyait toujours et ne s'adressait à eux que lorsqu'il n'avait pas d'autre choix. D'habitude, il attendait en silence que l'après-midi se passe, regardait son frère se laisser décoiffer par madame, même si c'était un garçon de seize ans avec une voix de baryton, et rire aux blagues de monsieur, même si elles étaient nulles, et répondre à ses questions sur les matchs dominicaux, à quel poste tu joues ? et si on venait te voir un jour. Et ils étaient venus, apparemment. Ils lui avaient même offert une nouvelle paire de crampons. On aurait dit une exhibition, l'enthousiasme de Sen, on aurait dit quelqu'un qui espérait se faire adopter.

Ce samedi de printemps, les époux P. les avaient enfin emmenés à Gardaland. Ils avaient demandé aux sœurs l'autorisation de leur faire manquer les cours pour exaucer un souhait de Sen – lequel souhait semblait à Omar complètement anachronique : ils étaient bien trop grands pour aller au parc d'attractions en compagnie d'un couple d'adultes. Il se demandait comment son frère pouvait ne pas avoir honte, lui qui se plaignait des vêtements de Caritas, j'ai l'air d'un paysan, disait-il aux éducatrices, comme s'il venait d'une famille du genre de celle de

Danilo et pas de l'orphelinat ; lui qui avait insisté auprès des sœurs pour ne pas passer entre les mains du barbier qui venait au centre tous les trois mois, faisait asseoir les garçons en rang d'oignons dans la salle commune et les tondait à tour de rôle, comme des brebis, tous la même tête : la « coupe réfugié bosniaque », ainsi qu'on l'appelait, dans la classe d'Omar.

Sen connaissait le nom des attractions comme s'il était déjà allé à Gardaland. Ses camarades de classe avaient dû lui en parler ; ils s'y rendaient en bande, par le train, et l'avaient souvent invité à se joindre à eux, mais ce n'était même pas la peine d'y songer, les bonnes sœurs n'auraient jamais accepté qu'un jeune aille dans une autre ville sans la supervision d'un adulte. Au fond, pensa Omar, son frère profitait de ces deux-là : ils étaient son seul moyen de se vanter pendant l'interclasse, moi aussi je suis monté sur le Moonraker ! C'était presque touchant, ça forçait presque à lui pardonner.

Quand Sen monta dans le wagon de la montagne russe et que madame P. s'approcha d'Omar pour lui demander :

– Tu te sens de l'accompagner ?

Il se vexa.

– Ne me traitez pas comme un attardé.

Elle sourit, mais l'effort d'étirer les lèvres fut tel que le sourire se transforma en grimace. Omar la reconnut, cette grimace. Elle lui rappela sa mère.

Après que leur père les avait abandonnés, il n'arrêtait pas de lui demander, il rentrera ? Elle souriait avec les sourcils tombants, un réseau de rides au coin du nez, et hochait la tête sans réussir à parler, les cascades à sec, la terre craquelée. Il n'était jamais revenu, allez savoir où il était, à présent, et si la guerre l'avait eu. Assis à côté de son frère, Omar attacha sa ceinture avec l'expression affligée de madame P. imprimée sur la rétine ; elle lui trouait le cœur, la peine de sa mère.

L'attraction décolla en sourdine – d'en haut, les feuillages des arbres ne formaient qu'une grosse tache vert foncé – mais, sans crier gare, il accéléra, et les passagers hurlèrent tandis que le manège se retournait et que le sang martelait la tête. Puis l'air s'enfuit en sifflant et le paysage revint à sa position initiale, les toits orange sous le ciel, pas le contraire. Omar chercha Sen, mais il criait, survolté, les doigts agrippés à la poignée, les cheveux ondulants : un grand gosse de seize ans qui réalise enfin son rêve.

Les jambes ballantes qui s'entrechoquaient à cause de la vitesse, l'immensité du vide sous les pieds, la torture des vrilles et des virages, tout cela obligeait Omar à plisser les yeux, sauf qu'il y avait cette grimace, imprimée sous ses paupières, le chagrin d'une inconnue qui le dévorait autant que la douleur de sa propre mère, et c'était injuste – une trahison.

Le manège s'arrêta en reculant, le dos d'Omar cogna contre le dossier.

Il eut à peine le temps de décrocher sa ceinture et de descendre du manège qu'il se vomit sur les chaussures. Les bonnes sœurs les lui avaient offertes pour son anniversaire. Elles n'offraient que ce dont les enfants avaient besoin, se servant parfois dans les dons. Le premier Noël, c'est ce qu'il s'était passé : rien n'était à la bonne taille. Mais les enfants n'y avaient pas prêté attention, trop étonnés qu'ils étaient de recevoir des cadeaux la nuit du 24 décembre et pas le premier de l'an, comme à Sarajevo. Par la suite, les religieuses avaient demandé que les dons n'arrivent plus à l'école, mais à l'institut : les jeunes étaient mortifiés de recevoir cette sorte d'aumône devant leurs petits camarades italiens. Les chaussures dépareillées qu'Omar avait portées le jour de son départ, elles, il n'avait pas été possible de les recycler.

Madame P. accourut alors qu'il était secoué de haut-le-cœur, elle lui posa une main sur le front en repoussant ses cheveux en arrière – et ce geste était trop maternel pour qu'Omar l'accepte.

Le soir, dans la voiture qui les ramenait à l'institut, il tenta d'attirer l'attention de Sen, assis au milieu, les coudes posés sur les sièges avant, pour pouvoir mieux discuter avec les époux P. Un petit coup sur la cheville, un pincement sur le bras, trop légers pour que le frère s'en aperçoive. Alors il lui tordit la peau avec plus de force et, instinctivement, Sen leva le poing pour le frapper, mais se retint – quel garçon bien élevé. Un fils parfait.

Dans l'allée centrale, après avoir embrassé Mari sur la joue et serré la main à Matte, il dit :

– Tu as quatorze ans et tu te comportes comme un enfant de maternelle.

– Et toi, on dirait un chien qui agite la queue, on dirait Čupko !

– Tu penses encore à Čupko ?

– Qu'est-ce que ça peut te faire de plaire à ces gens ? Tu veux rester ici ? Tu ne veux pas rentrer dans ton pays ?

– Bien sûr que non, je ne veux pas.

Omar le bouscula.

– Ils ne peuvent pas nous retenir ici, c'est de la séquestration.

Sen rit :

– Qu'est-ce que tu racontes comme bêtises ?

– Je veux rentrer chez moi, c'est pas chez moi ici.

– Et moi, je ne veux plus manger de la merde, je ne veux plus vivre dans un orphelinat. Je ne veux plus être vu comme de la vermine. Je veux une vie normale. Je veux jouer dans une équipe de foot, aller au cinéma avec mes potes, offrir un verre à une fille, m'acheter des 501 et dormir dans une chambre rien qu'à moi.

– À ton avis, ils te prendront pour quelqu'un de normal, un jour ?

– Ça dépend de comment tu te comportes : si je me comporte comme toi, c'est sûr que non.

– Ben voyons ! hurla Omar. Tu es un étranger, un crève-la-faim.

Sen pressa le pas.

– Personne ne te prendra jamais pour quelqu'un de normal, en Italie.

Son frère avait arrêté de l'écouter, il marchait, imperturbable.

– Où tu vas ?

Omar se jeta sur lui, s'accrocha à son dos, mais Sen s'ébroua et le fit tomber.

Il ne s'arrêta même pas pour l'aider à se relever. Poursuivit sa route, probablement content de s'être débarrassé de son histoire.

26

Nada ne s'asseyait jamais au fond du bus. C'était la zone réservée aux lycéens et lycéennes ou aux collégiennes qui y étaient conviées : les plus grands, en première ou en terminale, qui s'étaient accaparé depuis septembre la dernière rangée, sous la lunette arrière, les appelaient en agitant un bras, et elles accouraient. Elles supportaient toutes les farces possibles : qu'on leur enlève une chaussure et qu'on la jette en direction du chauffeur – pour la récupérer, elles traversaient le couloir en sautillant sur un pied, sous les yeux des passagers adultes, agacés par le chahut quotidien – ou qu'un garçon s'installe sur leurs cuisses et refuse de se relever même quand elles étaient arrivées à destination, les emprisonnant à bord jusqu'à l'arrêt suivant.

Elle ne comprenait pas ce besoin de capter l'attention des garçons à tout prix, comme si c'était eux qui les autorisaient à exister, comme s'ils délivraient un certificat d'adéquation à même de conjurer le stigmate de l'exclusion. Mais peut-être était-ce parce que aucun des garçons plus âgés ne lui avait jamais dit viens, je t'ai gardé la place : s'il l'avait fait, qui sait, cela aurait peut-être fait monter en elle la même dépendance.

Elle avait honte, à quinze ans, de devoir encore passer son brevet. Tout ça à cause de sœur Nabote. C'était déjà difficile d'être la plus grande de la classe, plus grande que certains garçons : souvent, elle les surprenait en train de fixer sa poitrine avec une mine incrédule, les oreilles rougies par une licencieuse pudeur qui déchaînait les ricanements. Une fois, une enseignante lui avait demandé si son doigt avait été arraché par une bombe. Nada avait trouvé cela intrusif ; elle avait répondu oui. La faute à une grenade atterrie sur l'orphelinat, avait-elle menti. La rumeur s'était propagée dans toute l'école. Elle était une rescapée, et le simple fait d'avoir survécu l'avait transformée en héroïne. Mais juste quelques jours.

Omar ne prenait presque jamais le bus : il n'avait pas les mêmes horaires, trois fois par semaine il mangeait à la cantine et restait à l'école jusqu'à cinq heures ; Nada rentrait toute seule à l'institut. Elle posait sa tempe contre la vitre et ce geste lui rappelait Danilo, même si elle n'avait pas, elle, d'écouteurs sur les oreilles. Et lui ? Gardait-il la place pour quelqu'un, dans le bus pour Rimini ?

Ils passèrent sous le dernier autopont et Nada se prépara à descendre : on entrevoyait déjà les branches fleuries du parc et la façade couleur ocre de San Lorenzo. Le chauffeur ralentit ; piétinant maladroitement pour ne pas perdre l'équilibre, Nada regarda défiler le mur d'enceinte qui, aujourd'hui encore, allait lui interdire l'accès au monde extérieur.

L'abribus se dressait devant la quatrième des grilles en fer forgé qui permettaient aux passants d'espionner ces gamins sans famille élevés par les bonnes sœurs tandis qu'ils jouaient au ballon ou papotaient dans leur périmètre alloué. Les premiers mois, Nada avait craint que quelqu'un passe la main à travers le grillage pour leur tendre de la nourriture, comme à des animaux exotiques – ou alors le désirait-elle, et c'était ça qui la mettait à ce point en rogne. Être observée dans cet espace d'où elle ne pouvait pas sortir à chaque fois qu'elle le voulait la reléguait à une position d'infériorité.

Sous l'abribus, un homme était assis, la tête baissée, avec

un béret en laine malgré la température ambiante ; d'habitude, il n'y avait personne à cette heure-ci, les gens étaient encore en train de déjeuner ou s'accordaient une sieste fugace.

Surpris par le freinage, les voyageurs debout reculèrent d'un pas, puis Nada s'agrippa à la rampe et s'achemina dans les escaliers derrière les autres jeunes de l'institut. L'homme sur le banc garda la tête baissée, ne fit pas un geste : il dormait sans doute, c'était peut-être un clochard épuisé par une longue errance. Nada souleva une bretelle de son sac parce que son épaule droite la démangeait un peu, puis elle suivit les autres avec son indolence coutumière, habituée qu'elle était à rester en bout de file, à des mètres de ses congénères, toujours la dernière à franchir le portail. Le soleil au zénith était un acte d'accusation, le printemps la mettait à l'écart.

Un bras la saisit par-derrière, lui enserra fortement la taille, lui coupant la respiration.

Nada fut écrasée contre un corps massif et chaud – son pouls s'emballa, ses fesses se mirent à fourmiller. Elle n'eut même pas le temps de crier : une main lui toucha la joue.

L'odeur de cette peau inattendue lui mouilla les yeux.

– *Sestro moja*, lui murmura l'homme à l'oreille, desserrant son étreinte.

Son sang bouillonna et Nada se retourna. Elle tâta le visage de l'homme avec la détermination d'une aveugle.

– *Brate moj*, lâcha-t-elle en se jetant au cou de son frère.

27

La directrice s'était davantage fiée à l'émotion de Nada qu'au permis de séjour avec lequel Ivo avait voulu attester son identité, déclinée dans un italien branlant. Elle leur avait laissé son bureau ; cela faisait quatre ans qu'ils ne s'étaient pas parlé, ils avaient besoin d'un lieu à l'écart et silencieux.

– Je ne t'ai pas reconnue tout de suite. Tu étais une gamine et maintenant…

Ivo aussi avait changé. C'était un homme, à présent, même si ses traits familiers avaient tout de suite rendu à Nada la confiance du temps où ils habitaient ensemble à l'orphelinat. Lui, en revanche, semblait s'être préparé à cette métamorphose de manière purement théorique, abstraite. Maintenant qu'il repérait sur sa sœur l'entaille de l'adolescence, il était mal à l'aise. L'audace avec laquelle il l'avait touchée, quelques minutes plus tôt, avec laquelle il s'était approprié son corps pour instaurer une proximité immédiate – cette audace s'était déjà dissoute ; installé sur un fauteuil en cuir, le coude posé sur le bureau en bois clair, il semblait la regretter.

– Où tu étais ? lui demanda Nada.

Elle était trop excitée pour s'asseoir. Le son de sa propre langue dans la voix de son frère la déroutait. Debout, encadrée par la bibliothèque, elle se sentit grande et solide, enracinée dans ses jambes musclées. Seule sa veine pulsant au milieu du front la trahissait.

– Je suis en Italie depuis un bout de temps.

– Et pourquoi tu n'es pas venu me chercher tout de suite ?

Son allure était si dépenaillée, la laine de son béret si usée qu'il ressemblait vraiment à un clochard : cette pensée lui déchira la poitrine. Nada s'approcha d'Ivo, s'agenouilla devant lui, l'invita de ses mains à lever la tête, à la regarder.

– Depuis quand tu as quitté Sarajevo ?

– Deux ans.

Par réflexe, elle détacha les mains de son visage – deux ans et il n'était pas venu la chercher ?

– Écoute-moi, dit Ivo. Je n'ai pas arrêté de penser à toi. Je ne savais pas où tu étais, comment te trouver, comment est-ce que je pouvais le savoir ? Je n'avais pas un rond et je ne connaissais rien à ce pays. Et puis je ne voulais pas mettre le bazar dans ta vie, tu allais peut-être mieux, loin de ton passé, loin de moi aussi. J'ai repoussé à plus tard, j'ai travaillé, je n'ai pas arrêté de travailler, et sans que je m'en rende compte, trop de temps a passé.

– C'est absurde.

– J'ai pensé à toi tous les jours.

– Comment tu as fait pour sortir ?

Il se pencha vers elle, sembla sur le point de tomber à la renverse.

– Je vais tout te raconter, dit-il en lui attrapant les épaules. Je vais tout te raconter, mais ne te fâche pas.

Nada se dégagea.

Tu te souviens, ma sœur, du cimetière juif ? On y allait pour fumer : les chiens errants de Bjelave traversaient les ponts sur le fleuve et venaient avec nous, même Čupko, ton préféré. Je ne te l'ai jamais dit, ce ne sont pas des choses qu'on dit à une petite sœur, mais depuis tout gosse, je rêvais d'y emmener une amoureuse, un jour, et de m'y promener main dans la main avec elle. Si j'avais pu choisir le lieu de mon premier baiser, j'aurais voulu que ce soit le cimetière juif plutôt que les toilettes de l'orphelinat, mais ça s'est passé comme ça, et au fond, ce n'était pas plus mal, je n'étais pas le genre à repousser une occasion juste parce que le cadre n'était pas romantique. Le cimetière juif a été occupé par les Tchetniks : ils ont utilisé les pierres tombales comme des remparts, ils les ont arrachées, de là-haut ils ont tiré sur la population civile et qui sait si une fois, une seule fois pendant qu'ils canardaient, ils ont repensé à leur premier baiser.

Moi j'y repensais souvent, quand je creusais des tranchées. J'étais content qu'il ait eu lieu il y a longtemps, même dans une cabine de toilettes, même avec une fille qui n'était pas ma copine, qui donnait des baisers à tout le monde, j'avais l'impression que chaque baiser échangé en valait la peine. Que veux-tu, la guerre me rendait un peu nostalgique. Les corps me manquaient, les corps en paix. Les corps qui ne sont pas blessés, qui ne sécrètent pas de pus, qui ne sentent pas mauvais. Les corps que tu as envie de caresser et d'enlacer et de respirer, dont la proximité console et ne fait ni mal ni peur.

La nuit, recroquevillés au fond de cette fosse, nous étions tous des jumeaux contenus dans un utérus unique qui allait nous expulser, nous rejeter vers la possibilité de la mort comme autant d'enfants pas aimés. Tous des enfants comme moi.

Je m'étais fait un ami, quand même, il s'appelait Faruk. Dès le début de la guerre, il avait perdu cinq kilos, mais il était encore en surpoids. Il avait quelques années de plus que moi, des joues rondes recouvertes de barbe et des cheveux électriques, une auréole de frisottis autour de la tête. Sa bouille me mettait de bonne humeur. Et puis il parlait toujours de nourriture, des plats que nous mangerions pour fêter la fin du siège.

Il y croyait, lui, et pas seulement à la victoire. Il voulait défendre la ville, celle dans laquelle tant de peuples avaient vécu ensemble pendant des siècles. Je crois à la communauté bosnienne multiculturelle, il disait toujours, je lui appartiens. Moi je répondais que je ne me sentais appartenir à rien ni personne. Depuis que tu étais partie, il n'y avait plus rien qui était à moi, à Sarajevo, pas même mon corps, enrôlé pour défendre quelque chose qui avait accouché de moi et m'avait élevé en marge. Moi, cet état d'abandon dans lequel on se retrouvait, je le connaissais depuis toujours. Faruk ne comprenait pas, ma famille sera ta famille, il me disait, tu verras : ma mère fait un *bosanski lonac* à se damner, et il se léchait les lèvres.

Je n'avais encore tué personne, et je lui demandais ce qu'on éprouvait quand on avait un mort sur la conscience. Je défends la ville dans laquelle je suis né, il répondait, et une idée de la liberté. Oui, mais qu'est-ce qu'on éprouve ? Faruk aspirait sa Jugoslavia jusqu'au filtre, se taisait, me fixait en plissant un peu les yeux, peut-être à cause de la fumée, peut-être parce qu'il ne me comprenait pas. J'insistais. Je veux dire, si la règle c'est de ne pas tuer, alors elle vaut tout le temps, si la vie humaine est importante, alors elle l'est tout le temps : comment est-ce que je peux tuer pour survivre, comment est-ce que je peux décréter que ma vie vaut plus que celle d'un autre ? Faruk éteignait sa cigarette en l'écrasant avec la pointe de son godillot, la glace se fissurait sous sa semelle. Si quelqu'un essaie de te tuer, il disait, tu te défends, c'est tout. Oui, mais moi je ne veux pas vivre avec ce poids. Je ne veux pas vivre au détriment de la vie de quelqu'un d'autre. Surtout que tôt ou tard je vais mourir moi aussi, alors autant me rendre.

Au milieu de l'un de mes discours, qu'il appelait mes

divagations, il m'a demandé une fois : il n'y a personne que tu aimes ? Je me suis dit que c'était toi que j'aimais, sœur, mais comme on aime quelqu'un qui n'existe plus.

Tu peux le faire pour moi ? m'a demandé Faruk.

Quoi ?

Essayer de survivre.

Un nuage assombrit la pièce et l'ombre contamina Nada, qui se sentit assaillie par la tristesse.

– Il avait raison, dit-elle. Maintenant, tu es ici.

Ivo baissa les yeux. Sur ses tempes, ses cheveux se dégarnissaient légèrement, une calvitie précoce.

– Et tu y as été ?

– Où ?

– Manger le *bosanski lonac* chez lui.

– Oui.

Ivo sourit.

– On a passé une journée magnifique. Il n'y avait pas de gaz mais les gens cuisinaient dehors, sur une grille posée entre deux pierres, dans la cour de l'immeuble, abrités par les balcons et les corniches. On aurait dit un de ces pique-niques dans les films américains, genre le barbecue du 4-Juillet.

– Mais bien sûr !

– Les légumes, la mère de Faruk les avait fait pousser sur le balcon. Elle a même mis des champignons dans son *bosanski lonac*, elle les cultivait dans sa cave.

– Attends, on ne met pas de champignons dedans...

– Crois-moi, c'était un régal.

Nada eut envie de le goûter. La nourriture de sa terre natale ne lui avait jamais manqué, c'est Ivo qui lui avait manqué, Ivo, c'est tout.

Mais l'existence même de cette terre était un coup de poignard.

– Il y avait aussi les neveux de Faruk, ils sont quatre. Tu

sais que deux d'entre eux se sont fabriqué un petit journal ? *Coco*.

La Bosnie, un trou dans son ventre.

– Oui, parce que en couverture il y a toujours une noix de coco qui joue au ballon, déroule une publicité ou livre le journal, le *Coco*, justement, en patins à roulettes.

Nada arrangea un petit rire.

– Ils écrivaient dedans les nouvelles de la ville, par exemple si le gaz était revenu, ou si pendant le week-end quelqu'un avait donné une fête en utilisant une dynamo reliée à un vélo sur lequel il fallait pédaler à tour de rôle, afin de fournir l'électricité pour la musique, ou ce qu'ils avaient appris à l'École hivernale virtuelle de Radio Zid... Ou bien ils parlaient des cours de bonnes manières qu'une fille – une dingue ! – avait ouverts dans la ville assiégée. Ou alors ils racontaient des petites histoires du quotidien, comme celle des deux bonnes femmes qui s'étaient chamaillées dans la file pour l'eau et qui dans la dispute avaient réussi à s'arroser de la tête aux pieds. Il faisait si froid que l'eau avait gelé sur leurs manteaux.

– Quoi ? Elles avaient gâché l'eau ?

– Pendant que je feuilletais le journal, Faruk a pris ses neveux sur ses genoux, un garçon et une fille, je ne me souviens pas de leurs prénoms. Il a dit : La prochaine fois qu'on viendra, Roger et moi, on vous apportera de la noix de coco. Mais qu'est-ce que tu racontes ? Où est-ce que tu vas trouver de la noix de coco ? Roger va en trouver, il a dit. Pas vrai, mon pote ? On m'appelait Roger, au front.

Nada pensa à Danilo.

– Tu as réussi à tenir ta promesse ?

– Non.

Ivo se frotta un sourcil, explora les paumes de ses mains. Elles étaient rugueuses.

Pendant quelques secondes, ils observèrent tous les deux

le tapis ; Nada se retrouva à en mémoriser le motif. Puis elle demanda :

– Et comment ils l'impriment, ce petit journal ?

– Avec l'aide de la Forpronu. Une centaine d'exemplaires, un truc du genre. Mais chaque exemplaire est colorié à la main.

– Tu m'y emmènes ?

– Où ?

– Chez Faruk, je veux le connaître, moi aussi.

Ivo se leva, se dirigea vers la fenêtre et l'ouvrit, plongea sa tête dans l'air comme s'il n'arrivait plus à respirer.

Nada n'osa pas s'approcher. Elle attendit en silence qu'il se remette à parler.

Au bout d'un moment, toujours de dos, Ivo reprit :

– Tu sais ce que m'a répondu la nièce de Faruk – elle devait avoir dans les neuf ans – quand je lui ai demandé pourquoi elle n'allait jamais jouer dehors ? Tu es fou ? elle m'a dit. Si je me prends une grenade, ma mère me tue.

Il rit tout seul, puis se cacha le visage entre les mains.

Un soir, la flamme avec laquelle il s'est allumé sa dernière Jugoslavia a fait de lui une cible dans le noir. Il n'est pas mort tout de suite. Il a agonisé pendant longtemps, les côtes fracassées, la poitrine charcutée. L'odeur du sang est si forte qu'elle te descend dans la gorge. Il n'a pas eu honte de pleurer, de crier, d'implorer à l'aide, c'était un gars qui voulait vivre à tout prix et si ça dépendait que de moi, j'aurais échangé ma vie contre la sienne. Pas par générosité mais parce que je n'y tenais pas beaucoup, à la mienne.

Une nuit entière de gémissements et de spasmes et de délires, puis Faruk m'a attrapé le bras, c'était l'aube. Le moment est venu, il m'a dit dans un filet de voix. Je n'ai pas compris. Le moment de ton premier mort. Je me suis écarté, je voulais m'enfuir, disparaître. Tu divagues, je lui ai dit, tu n'es pas lucide. Il m'a répondu : Je te demande d'avoir pitié, pitié de ma douleur. Je n'en peux plus. S'il te plaît, achève-moi.

Ils vont te soigner, tu vas t'en sortir.

Tu sais bien que je suis foutu.

Bien sûr que non, il faut qu'on aille manger ensemble le *bosanski lonac* de ta mère, je ne me satisferai pas d'une seule invitation à déjeuner, tu m'as dit que ta famille était la mienne.

Tu te le feras préparer à nouveau, et tu embrasseras maman pour moi, mais maintenant aie pitié. Il a tâté le sol à l'aveugle, a retrouvé son fusil et l'a soulevé d'un bras tremblant.

Je ne peux pas.

Écoute-moi, c'est une bonne action : tu ne le fais pas pour sauver ta vie, mais pour m'offrir le repos. Ce n'est pas de la violence, c'est de la pitié. Tu peux l'accepter, ça ?

L'aube resplendit sur le canon du fusil, sur le manteau de feuilles mouillées, sur les empreintes de nos bottes, mais aucun oiseau n'a chanté.

Le premier être humain que j'ai tué était mon meilleur ami. Il avait quelques kilos en trop et une auréole de cheveux qui partaient dans tous les sens.

Le coup de feu m'a fait reculer et le fusil m'est tombé des mains. Le corps de Faruk s'est figé en une image immobile. Je me suis jeté tête la première sur sa poitrine et depuis ce jour, j'ai l'odeur de son sang dans mes narines.

Nada effleura prudemment l'épaule d'Ivo, il ne recula pas. Elle s'enhardit, s'approcha de lui, l'enveloppa jusqu'à ce qu'ils soient totalement collés l'un à l'autre.

– Tu as été la trouver ? demanda-t-elle en posant la joue sur son manteau usé.

– Non. Je ne peux pas lui dire que j'ai tué son fils.

– Ce n'est pas toi qui l'as tué.

Ivo soupira, s'arracha à l'étreinte. Ferma la fenêtre.

Lentement, il retourna s'asseoir. Nada le rejoignit sur la chaise d'à côté.

Ses paumes étaient humides sur son jean, il les frotta contre ses cuisses.

– Tu es bien, ici ? lui demanda-t-il comme s'il voulait reprendre la conversation depuis le début.

Elle haussa les épaules.

– Tu es en quelle classe ?

– Quatrième.

– Et tu te débrouilles bien ?

– Bof.

– Tu n'as pas oublié ta langue.

– Je savais que tôt ou tard j'allais la reparler avec toi.

Ivo sourit.

– Tu es belle.

Nada ne s'y attendait pas.

– Comme elle. Tu lui ressembles beaucoup. Tu lui ressemblais déjà beaucoup, petite ; tu m'as toujours fait penser à elle.

– Tu ne me l'avais jamais dit.

Ivo sortit de sa poche un porte-clés.

– C'est quoi ?

– Comment ça ? Mais c'est Vučko !

Une plaquette de métal vernie, gravée à l'effigie d'un louveteau à skis, sur laquelle on pouvait lire : *Sarajevo 1984*.

Nada ne savait pas quoi en faire mais elle était contente que son frère lui ait rapporté un cadeau.

– De la part de notre mère.

28

Un accord avait été passé. Les Tchetniks s'engageaient à laisser sortir un groupe de femmes séquestrées en échange de la libération de prisonniers. Ivo et sa brigade arrivèrent en autobus avec les Serbes capturés. Il savait ce qu'ils avaient traversé : décharges électriques dans les testicules et coups de câbles d'acier, ceux des lignes à haute tension détruites. Les femmes attendaient debout à côté des soldats, en haut de la côte. Les plus vieilles avaient des fichus sur la tête, les plus jeunes, des cernes et les joues creuses, les iris pleins d'une rancœur sans pardon. Certaines tenaient par la main des fillettes décoiffées, d'autres touchaient leur ventre arrondi de quelques mois à peine.

Il n'avait pas le courage de les regarder en face, la honte de ce qu'elles avaient subi lui écrasait la nuque. Les femmes commencèrent à courir, comme si elles craignaient que le bus reparte sans elles. L'une d'elles trébucha et se retrouva par terre. Ivo voulut l'aider, tendit la main vers cette cascade de boucles blondes et quand la femme releva la tête, il la reconnut : un coup au cœur, l'effroi.

Sans rien remarquer, la femme attrapa sa main en le remerciant puis épousseta sa jupe. Comment pouvait-elle deviner l'identité de ce grand gaillard robuste, déjà dégarni aux tempes après deux années de guerre ? Qu'est-ce qui aurait dû le lui révéler ? Le contact de sa peau ? Cela était-il suffisant pour déclencher en elle une réminiscence ? Combien avait-elle fixé d'yeux aussi banalement noisette ? Il n'avait pas ses yeux bleus à elle, rien dans son menton pointu ni ses sourcils fournis n'avait conservé la trace du garçonnet qu'elle avait abandonné. Son grain de beauté sur la joue, peut-être. Non, il avait changé, lui aussi. La petite tache foncée de son enfance s'était dilatée.

– On s'est déjà rencontrés ? lui demanda-t-elle, s'apercevant qu'il l'examinait avec insistance.

Ivo s'éloigna sans rien dire mais plus tard, dans le bus, il n'arrêtait pas de se retourner pour la regarder. Elle n'avait pas vieilli. Ses cheveux étaient toujours brillants, épais.

L'incursion permanente de son regard semblait l'importuner : elle s'agitait sur son siège, comme si elle ne trouvait pas de position confortable, opposait à ses coups d'œil un visage dur, défiant. Elle n'en pouvait plus des hommes et de leur inassouvissable désir de puissance, du plaisir qu'ils prenaient à dégrader les femmes par le sexe, de la façon dont ils l'utilisaient comme une arme, un moyen de se venger de leurs ennemis. C'est ce qu'Ivo pensa, en tout cas.

Il tenta de se maîtriser.

– Alors, on aime la chair mûre ? lui demanda un camarade en lui assénant un coup de coude.

Ivo réprima un haut-le-cœur. Il n'avait pas pleuré depuis la mort de Faruk et peinait à présent à contenir ses larmes. Il avait tué, dormi dans des baraques en bois bourrées d'échardes qui s'enfonçaient en traître au bout de ses doigts, senti le gonflement pulsatile de son pouce, il s'était masturbé pendant la nuit derrière le rideau miteux des latrines, parvenant à s'exciter malgré les miasmes organiques ; après, il contemplait les étoiles. Il avait fait la guerre, et à son ami mort, il n'aurait toujours pas su dire pourquoi.

Quand ils descendirent, il se força à ne plus la regarder, se promit de s'en séparer, d'oublier qu'il l'avait revue, il avait passé une vie sans elle et il ne l'avait pas regrettée. Il était la preuve en chair et en os qu'on pouvait vivre sans mère ni père, qu'on pouvait grandir sans conseils, sans encouragements, sans câlins de réconfort : on n'en meurt pas, on ne devient pas plus faible, ni plus fort, on est tous jetés dans le monde vers la possibilité de la mort – le manque d'amour est à l'origine de la création.

Les femmes s'éloignèrent lentement, à croire qu'elles avaient perdu le chemin de chez elles, ou qu'elles craignaient de ne plus en avoir, de chez-elles. Et quand bien même les façades avaient l'air intactes, les maisons devaient sûrement être saccagées à l'intérieur. Les petites se rebellaient, refusaient d'avancer : elles étaient fatiguées, disaient-elles, de tout. Les femmes enceintes touchaient le ventre pour lequel elles allaient devoir rendre des comptes. Ivo regarda ce groupe de femmes comme il aurait regardé un troupeau de bétail traversant la route, dont on n'a qu'à attendre qu'il dégage la voie, sans se concentrer sur l'une d'elles en particulier. Mais la force d'attraction était irrésistible : de nouveau, il se retrouva à sonder la foule.

Elle était en train de se recoiffer avec ses doigts. Elle secoua sa chevelure puis commença à s'éloigner.

Sans réfléchir, Ivo se mit à lui courir après, l'arrêta.

– Qu'est-ce que tu as, jeune homme ?

Bleu clair, ses yeux. Identiques à ceux de Nada.

– Ça a été plus facile pour toi, pas vrai ?

– De quoi tu parles ?

– Tu étais habituée. S'ils t'avaient payée, tu serais même restée. Toujours mieux que le trottoir.

Elle fronça le nez, comme saisie d'un tic nerveux, deux, trois fois.

– Donc on s'est déjà rencontrés, j'avais raison, railla-t-elle. C'était ta première fois ?

Elle lui caressa la pommette.

Ivo s'écarta.

– Non, je me suis fait le serment que je n'irais jamais aux putes.

– Tant mieux pour toi, fit-elle avant de recommencer à marcher.

– Comment tu fais pour ne pas avoir honte ?

La femme se retourna, sans s'arrêter :

– C'est quoi, ton problème, on peut savoir ?

Les autres femmes les épiaient mais aucun des compagnons d'Ivo ne le rappela à l'ordre. Si Faruk avait été là – peut-être l'aurait-il fait, lui.

Ivo la suivit.

– Personne ne t'a mise enceinte, cette fois ?

– Comment veux-tu qu'on me mette enceinte, à quarante-trois ans passés, dit-elle en regardant devant elle.

Puis, comme mordue par une intuition tardive, elle se figea. Se retourna.

– Tu as combien d'enfants ? lui demanda Ivo.

Les femmes s'approchèrent pour la défendre, mais d'un geste de la main, elle repoussa leur aide.

– Je n'ai pas d'autres enfants que Nada et toi, répondit-elle.

Ce tic du nez, encore.

Ivo contracta chaque centimètre de son visage pour ne pas pleurer. Il avait envie de la frapper. Si seulement il était mort à la place de Faruk.

– Comment tu vas ? demanda sa mère. Et où est ta sœur ?

– Parce que ça t'intéresse, maintenant ?

Une mèche lui tomba sur l'œil, elle ne l'ôta pas. Elle avait réduit ses mouvements au minimum, comme pour ne pas le heurter. Comme si elle le croyait dangereux.

Les femmes restèrent à l'écoute ; seules quelques-unes qui

avaient tout perdu, y compris la curiosité, avaient repris leur route. Les soldats appelèrent :

– Drakulić, tu te dépêches ?

– Ça m'intéresse, dit sa mère. Comment tu vas ?

La rage était une douleur dans ses cordes vocales. Il ne pouvait l'expulser qu'en pleurant, en frappant. Cette rage fermentait en lui depuis des années, depuis toujours, et vaincu par l'effort de la dominer, il tomba à genoux.

– J'ai tué mon meilleur ami, dit-il, et il écrasa sa tête contre le sol.

29

Il lui rendait visite quand il pouvait : elle habitait dans l'appartement des grands-parents. Daša avait quitté la maison très jeune et elle sonnait parfois à l'interphone en plein milieu de la nuit en disant prenez au moins le petit, gardez-le un peu avec vous. Les grands-parents acceptaient de mauvaise grâce, plus par sens du devoir que par affection. Il se rappelait le vase de géraniums sur le rebord de la fenêtre donnant sur l'étroite cour de ciment – le rouge, un éclat dans la lumière opaque qui estompait les contours de sa grand-mère affairée aux fourneaux – et le peignoir de velours marron que son grand-père portait ouvert, la ceinture pendant sur ses hanches. Puis Daša revenait, toujours de nuit, elle gravissait les marches à la hâte, décoiffée, son maquillage dégoulinant, elle disait mon fils me manque, vous ne pouvez pas me l'enlever, si fort qu'elle le réveillait, elle l'arrachait à la chaleur de son lit et, malgré l'opposition de ses parents, l'emmenait avec elle. Ils dormaient dans la rue, blottis l'un contre l'autre sur des cartons. Cette exposition de leur sommeil à la vue de tous était comme un vertige pour Ivo. Au début, cela remplissait de ferveur ses cinq ans. Après, il n'y avait plus eu que le froid, et l'inconfort, et la crasse à s'en gratter les chevilles. Sa mère le rendait à ses grands-parents et il ne la voyait plus pendant des mois. À un moment donné, dans un vieux berceau exhumé d'une cave, un nouveau-né fille était apparu. Le duvet blond, presque blanc, sur sa petite tête bosselée, la peau claire marbrée de rouge. Elle n'avait pas une dent, mais dix jolis doigts. Sa sœur, disaient les grands-parents. De ce jour, Daša ne l'avait plus repris avec elle.

Ses grands-parents n'avaient jamais réussi à se faire à l'idée d'avoir une fille vagabonde, alcoolique, dont tout le monde parlait. Ivo ignorait qu'ils étaient morts, mais maintenant Daša lui parlait d'eux, parce qu'ils n'avaient pas grand-chose à se dire, lui et elle, et que ressasser le passé était un moyen d'occuper le temps ensemble, ou peut-être de lui transmettre un héritage. Elle avait quitté la rue : sans enfant à charge, sans parents, elle avait travaillé à domicile. Elle ne buvait plus, avait un toit sur sa tête, et pourtant l'idée ne l'avait pas effleurée de changer de métier. Pas plus qu'elle n'avait eu l'impression, en accueillant les hommes dans ce qui avait été autrefois la maison familiale, de profaner la mémoire de ses géniteurs. Elle avait accepté avec pragmatisme une existence routinière, sans secousse ; elle recevait ses fidèles clients de toujours. Si l'un d'eux mourait, elle assistait aux obsèques et versait des larmes sincères, si les enfants d'un autre décrochaient un diplôme, elle était fière d'eux, elle ne se sentait pas différente de ce médecin ou de ce barbier auquel les hommes se confient une vie durant. Elle satisfaisait l'un de leurs besoins, ce qui expliquait la solidité et la pérennité de leur relation. Elle disait tout cela sans pudeur à son fils, qui l'interrogeait avidement.

Ensemble, ils mangeaient le poulet à la King des colis humanitaires, puis elle fumait les cigarettes qu'il lui avait apportées, et ils se demandaient ce que faisait Nada en Italie : pas toujours, seulement par moments. Si ça bombardait, ils descendaient dans la cave de l'immeuble, ou bien ils se glissaient dans la réserve, debout, le dos appuyé contre les étagères, vides depuis longtemps. Dans le noir, respirer l'haleine et la sueur de sa mère lui était insoutenable.

Quand il se retrouvait si proche de son corps, il la détestait comme on déteste un ennemi. Il comprenait enfin Faruk, sa détermination à tuer pour se défendre, ce désir qui n'avait pas jailli au front. Il aurait voulu la tuer, sa mère, pour se défendre de la douleur d'être son fils. Il aurait voulu torturer ce corps qui avait fait jouir tant d'hommes, ce corps sans retenue. Combien, en regardant sa mère, pensaient au trou qu'elle avait entre les cuisses ? C'est l'effet qu'elle lui faisait, à lui. Elle le contraignait à cela. Il n'éprouvait aucune peine pour cette femme soumise depuis des décennies au rut des hommes, il avait envie de la gifler. Parce qu'elle ne lui permettait pas d'oublier son sexe, sa féminité, sa capacité à donner du plaisir, parce que l'endroit par lequel il était passé pour venir au monde avait été de trop nombreuses fois outragé. Quand il était si proche de son corps, Ivo avait peur de la perdre à nouveau, et il ressentait déjà son manque, ses articulations s'enflammaient, tous ses muscles.

L'intimité entraîne des risques d'accoutumance.

C'est peut-être pour cette raison qu'il lui parla un jour de Faruk, de cette puanteur ferreuse qui lui assaillait encore les narines. Daša écouta en silence, sans le prendre dans ses bras, et de cela, Ivo lui fut reconnaissant.

Quand il arriva chez elle avec l'épaule bandée à la suite d'une blessure, sa mère l'hébergea pendant toute la durée de sa convalescence. Puis elle dit un matin :

– Tu dois quitter Sarajevo, comme ta sœur. Toi aussi tu as le droit de sauver ta peau.

– Je suis un soldat, répondit Ivo, en se calant contre son oreiller. S'ils ne m'ont pas emmené en Italie, c'est parce que je dois combattre.

– Tu as assez combattu.

– Aucune organisation humanitaire ne me laisserait sortir,

aujourd'hui. Il n'y a pas moyen de partir, sinon tout le monde le ferait, tu ne crois pas ?

– Je connais quelqu'un, dit-elle en s'asseyant sur son lit. Il pourra t'aider.

Ivo laissa échapper un ricanement amer.

– Qui ça ? Un habitué ?

– Qu'est-ce que ça peut te faire ? Un homme puissant.

– Et pourquoi il nous aiderait ?

– Il a proposé de m'aider, moi.

– Il te doit une faveur ?

– J'ai été proche de lui toute sa vie.

– Mais arrête de raconter des conneries !

Ivo rit encore, un raclement dans sa gorge.

– Tu étais qui ? Sa femme ? Sa maîtresse ? Tu te rends compte que tu n'es qu'une putain ? Comment tu fais pour être si présomptueuse ?

Daša se leva. Elle ouvrit les rideaux pour laisser entrer un peu de lumière. Pas le moindre géranium pour interrompre le ciment.

– Tu peux dire toutes les horreurs que tu veux, moi j'ai l'intention de t'aider.

– S'il veut t'aider à partir, pourquoi tu ne le fais pas ?

– Parce que je préfère qu'il te sauve toi.

– C'est un peu tard pour jouer les mères.

– Tu veux la revoir, ta sœur, ou pas ?

– Je suis un soldat, bordel. Je ne peux pas partir, c'est interdit par la loi, tu comprends ?

Ivo remonta la couverture.

– Arrête d'avoir peur.

Des mois plus tard, la nouvelle arriva : son départ était prévu dans deux jours. Il se ferait passer pour un membre de la délégation des Croates bosniens envoyée à Zagreb, qui sortirait par le tunnel sous l'aéroport.

Il n'avait jamais nourri le moindre espoir, il ne se fiait pas aux fanfaronnades de sa mère. Et pourtant, c'était vrai : quelqu'un était prêt à rendre service à une femme qui ne comptait pour rien, une insignifiante prostituée d'âge mûr, par simple bienveillance. Quelqu'un, dans le monde, éprouvait à son égard la même sympathie qu'on peut éprouver envers n'importe quel être humain. Ivo n'avait pas prévu cela, il croyait qu'elle ne pouvait susciter que de la rage. Il croyait qu'elle avait été rejetée, exploitée par tout le monde, jamais considérée : lui était obligé de le faire parce qu'il était sorti d'elle, et ce hasard pesait plus que toutes les répulsions. La parenté est un accident, et pourtant cet accident le persécutait, comme si avoir été conservé par sa chair, avoir germé entre ses organes en absorbant son sang avait gravé en lui un signe d'appartenance.

Il n'eut même pas à donner son consentement : Daša accepta pour lui, le libérant du poids de la décision. Cette obligation tacite constitua peut-être son premier geste maternel.

Quand Ivo découvrit que sa brigade se trouverait dans le tunnel la nuit où était prévu le départ, pile à la même tranche horaire, pour réceptionner une cargaison de médicaments, il crut à un signe.

Daša insista :

– Tu ne peux pas renoncer.

– Mais qu'est-ce que tu as dans la tête ? lui hurla-t-il à la figure, si fort qu'elle fronça le nez.

Ses cheveux balayèrent le bleu ciel de ses yeux inquiets.

– Donc pour toi, non seulement je déserte, mais en plus je le fais devant les gars de mon régiment ? Et puis quoi, encore ? Ils vont me montrer le chemin et me souhaiter bon voyage ?

Daša sembla éprouver à son égard une pitié qui n'était pas celle d'une mère pour son fils.

– Vas-y toi, ne gâchons pas cette opportunité.
– C'est ton nom qui apparaît, maintenant.
– Ça se change, ça. S'il te plaît, vas-y toi.
Ivo lui attrapa les épaules.
– Pourquoi il faudrait que je sauve ma peau pendant que les autres meurent ?
– La chance.
– C'est pour les lâches. Comment est-ce que tu peux pousser ton fils à devenir lâche ?
– Je ne suis pas une bonne mère, d'accord. Tu es content ?
Ivo retira ses mains.
– Tu ne peux pas être fière d'un fils lâche.
– Je m'en fous d'être fière. Je veux juste que tu restes en vie.

L'écharpe jusqu'au menton et la tête couverte d'un béret récupéré par Daša, tout comme son manteau – allez savoir à qui ils avaient appartenu, allez savoir si c'était à un homme avec lequel elle avait envisagé de partager sa vie. Elle aurait pu lui dégotter une paire de lunettes mais il trouvait ça outrancier, il avait l'impression d'un canular qui ne demandait qu'à être percé à jour. Il espérait que ce serait bientôt.

Tu ne peux pas avoir si peu envie de vivre, mon fils, lui avait dit sa mère la veille au soir.

Je ne vous comprends pas, tous, avait répliqué Ivo. Pourquoi est-ce que vivre serait plus logique ou plus sain que capituler face à la mort ? Ne serait-ce pas plus sage de la laisser nous prendre, sachant qu'elle est inévitable ? Pourquoi tous ces efforts pour la défier, vu qu'elle triomphera tôt ou tard ? De quel genre de bataille s'agit-il, si on connaît déjà le vainqueur ? Vous appelez valeureux le perdant qui s'acharne, alors qu'il est juste pathétique.

Tu es trop jeune pour raisonner comme ça. Ça doit être de ma faute.

Non, je raisonne comme ça parce que je suis intelligent.

Même si j'ai grandi dans un orphelinat. Tu ne t'attendais pas à avoir un fils intelligent ?

Je préférerais un fils heureux, avait-elle dit en lui caressant le menton.

Ivo avait accueilli le doux contact de ses doigts, le léger chatouillis de ses ongles, et il avait désiré – il ne comprenait pas pourquoi, il ne comprenait pas – embrasser cette main.

Dans son sac, il avait mis la cassette enregistrée des Pink Floyd, même s'il n'avait pas de chaîne pour l'écouter. Qu'à cela ne tienne, il en achèterait une, arrivé à destination ; Daša lui avait donné de l'argent. Son bagage était si léger qu'il n'avait pas l'impression de partir pour un long voyage.

Courbé – le tunnel faisait à peine un mètre cinquante de haut –, il suivait un garde et l'homme puissant qui avait couché avec sa mère. Qu'avait-il trouvé en elle, cet homme chaussé de mocassins en cuir d'agneau ? Des femmes figuraient dans le cortège. L'une d'entre elles portait un nouveau-né en écharpe qui s'époumonait. Pour le consoler, elle lui soufflait des chuut sur la tempe. Une autre avait un bandage du front à la nuque, un peu lâche et maculé de sang, et elle marchait lentement, plus que le chemin ne l'exigeait, aidée d'un militaire collé à son dos.

Les lumières suspendues tous les quinze ou vingt mètres faiblissaient, comme étouffées par l'air vicié, ou bien était-ce les bombes s'abattant dans les alentours qui les faisaient trembloter. Les lampes torches éclairaient convulsivement les parois d'argile mouillée ; on aurait dit le son et lumière d'un concert de rock, si les pieds ne s'étaient pas enfoncés dans la boue à chaque pas – elles n'allaient pas en sortir indemnes, ces chaussures en cuir d'agneau – et s'il n'avait pas été interdit aux bras de s'ouvrir : le tunnel, une camisole de force. Huit cents mètres à retenir son souffle et à fermer les yeux, l'odeur de la boue est si intense, celle de la sueur qui trempe les corps épuisés par l'humidité, l'odeur froide du cœur de la terre, l'odeur du sang coagulé sous la gaze, encore et toujours, l'odeur du sang, il n'y a pas moyen d'y échapper. Continuer pendant vingt minutes, une demi-heure, bon sang combien de temps, le dos courbé, des élancements dans les lombaires, les cervicales irritées, le cou qui s'engourdit, ne penser à rien, se chanter une chanson dans la tête, *And did you exchange a walk on part in the war for a lead role in a cage ?*, abandonner une mère après avoir été abandonné par elle, rétablir l'ordre naturel des choses, comme si cette trahison était un moyen, le seul, pour devenir adulte – où es-tu, Nada, ma sœur ? Je voudrais que tu sois là.

On se reverra à la fin de la guerre, avait dit Ivo.

Sa mère ne lui avait pas répondu.

À la sortie du tunnel, des militaires avec des sacs en toile de jute attendaient leur tour pour rentrer. Ivo se figea. Il baissa son béret sur son front, remonta son écharpe au-dessus de son nez.

– Tout va bien ? lui demanda le garde du corps de l'homme puissant, en se retournant.

Ivo avait reconnu le premier de la file : c'était un gars de son régiment, un Serbe bosnien qui défendait Sarajevo alors que lui était en train de déserter. S'il avait répondu, le gars aurait pu reconnaître sa voix.

– Alors, insista le garde, tout va bien ? Pourquoi tu ne sors pas ?

– Oui, souffla Ivo, et il puisa dans ses dernières forces pour mettre un pied devant l'autre, il eut l'impression de marcher dans l'eau.

Une fois dehors, il osa à peine se redresser, de peur qu'on reconnaisse son visage. La honte allait-elle faire de lui un homme au regard constamment baissé ? Dans un sursaut de fierté, il le releva. Ou alors était-ce le signe d'une reddition. Il croisa les yeux de son camarade : ils étaient fixés sur lui. Voilà, ça avait eu lieu. Il avait espéré que cela se produirait tout de suite, or il avait fallu attendre la sortie du tunnel. On l'avait démasqué. C'était fini. Il allait décevoir sa mère.

Il prit une inspiration, ouvrit la bouche.

– Ho ! Tu t'es perdu dans tes pensées ? l'admonesta le garde, revenu sur ses pas pour le presser. Dépêche-toi, allez !

Il lui arracha sa valise des mains et la fourra dans le coffre.

L'obscurité était compacte, elle écrasait son sternum. Attachées l'une derrière l'autre par une corde, trois chèvres effrayées, ou juste ennuyées.

– Allons-y, dit le gars du régiment, et il s'ébroua.

Ivo fut obligé de faire un pas de côté pour laisser passer les soldats. Sans même saluer celui qui avait été son compagnon, ni aucun autre membre de son ancienne brigade, il monta sur la Jeep, où les autres avaient déjà pris place. En quittant pour la première fois de sa vie la ville qui l'avait élevé, il se dit qu'on ne choisissait pas de qui on était les enfants.

Rien d'étonnant à ce que les bordels fleurissent autour des camps militaires, les hommes sont des hommes, ils ne sont pas en bois, le sexe est un exutoire et les besoins physiques doivent être satisfaits, ils sont jeunes, à peine plus que des gamins, dévorés par la peur des bombes, enlaçant leurs fusils, ils cherchent une berceuse entre nos jambes, il faudrait qu'on les cajole comme des mamans, mais on leur dit non, nous, on se débat, c'est notre faute s'ils nous fracassent la tête contre le sol. Il aurait suffi qu'on reste gentiment en silence, le temps qu'ils se vident, et ils nous auraient relâchées. Au lieu de quoi ils nous tuent, nous enterrent dans la fosse commune de Visoko, nous jettent dans la Bosna.

Au marché noir de Srebrenica, tu as appelé les Casques bleus, mon amie, et tu t'es agenouillée. Le soldat de l'Onu a fait un trou dans les fils barbelés et il a baissé sa braguette, quand tu t'es relevée tu avais le visage plein d'entailles. Tu étais consentante. Tu avais besoin de nourriture, d'alcool, de cigarettes, le besoin alimente le consentement. Comment faire pour ne pas prendre la rébellion de certaines pour une coquetterie, des préliminaires ? C'est mon fusil, pavoisent les soldats de n'importe quelle faction, c'est mon arme, et ils agrippent leur entrejambe, vise entre les cuisses, vise bien : on ne peut quand même pas leur demander de tuer et s'étonner après qu'ils nous violent.

L'ennemi cesse d'être humain. Imaginez un peu les ennemies. Mieux vaut qu'ils se défoulent sur les femmes plutôt que sur les officiers, disent les officiers.

Ils sont jeunes, il faut les apaiser, les calmer, les bercer, même si ce n'est pas nous qui les avons mis au monde, femme musulmane tout ensanglantée, crient les Serbes, et les Casques bleus se taisent, ne se tournent même pas de l'autre côté, ce sont des arbitres qui comptent les points, il ne leur est pas permis de descendre sur le terrain, ils ne soutiennent aucune équipe, femme musulmane tout ensanglantée, le Serbe a été son premier.

La pension était blanche avec un saule devant l'entrée, des chaises en plastique autour d'une table, je me serais attendue à y déguster une glace, je me serais attendue au calme et à la sérénité. Séquestrée, enfermée, un bordel au-dessus d'un bunker de prisonniers bosniaques. Tandis qu'en bas les hommes étaient contraints à faire des danses et des strip-teases, à se sucer à tour de rôle, nous étions prises de force. Le Kod Sonje était le restaurant préféré des Casques bleus, ils y trouvaient la télé satellitaire, la rakija, *ils y trouvaient les filles. En se bouchant le nez, même une Bosnienne pouvait les exciter, « smel like shit », avaient écrit les Hollandais sur les murs de Srebrenica : et dis-moi, mon amie, parlaient-ils de toi ? « No teeth, avaient-ils écrit, a mustache, bosnian girl ! » Mais nous étions à Vogošća, ici, à quelques kilomètres de Sarajevo : devant la pension, un saule pleureur et dans notre dos, les ruines de l'Europe. Aider les femmes ne fait pas partie du mandat, avait dit la Forpronu. Mais les violer non plus ne fait pas partie du mandat. Autrefois le général McKenzie était un héros. J'étais l'une d'entre elles. J'étais Andromaque, Hécube, Cassandre, j'étais une des Sabines. J'étais mineure.*

As-tu déjà fait l'amour, toi, mon amie ? J'imaginais ça différemment. Comment les gestes de l'amour et de l'abus peuvent-ils être identiques ?

L'uniforme garantit l'anonymat, et ils ne sont que des gamins, ils cherchent leur berceuse entre nos jambes. Il faudrait les coudre, les femmes. Reconstruire un monde sans mères.

30

Ivo voulut dire bonjour à Sen et Omar avant de repartir. Les garçons étaient mal à l'aise, ils ne s'attendaient certainement pas à ce qu'un morceau de Sarajevo fasse irruption dans leur existence italienne. Omar, surtout, avait l'air troublé.

– Et tu vas où ? demanda Sen en l'observant des pieds à la tête. Cette tenue de clochard devait l'avoir impressionné.

Il semblait avoir perdu toute admiration pour celui qui avait été son idole. S'étonner même qu'il l'ait jamais été.

– Je retourne en Vénétie.

– Et qu'est-ce que tu fais en Vénétie ?

– Je suis ouvrier.

Ivo évita de raconter comment il s'était retrouvé là. Même à Nada, il s'était contenté d'une vague allusion. Le client important de leur mère possédait une ribambelle d'entreprises à travers l'Europe, et grâce à celle de Vénétie, il parvenait à faire entrer clandestinement des armes en Bosnie. C'était cette même entreprise qui avait fourni à Ivo l'invitation officielle lui ayant permis de s'installer en Italie.

Omar se tourna vers Nada :

– Et donc toi aussi tu vas partir ?

Elle regarda son frère, qui baissa à nouveau les yeux.

– Ne t'inquiète pas – Sen donna une chiquenaude à Omar –, personne ne va te l'enlever, pour l'instant.

Nada trouva son ami si chétif qu'elle éprouva soudain le besoin de s'en éloigner.

Dans le jardin, quelques jours plus tard, il la rejoignit sur un banc. Elle était en train de noircir une copie double contre le dos d'un classeur posé sur ses genoux.

– Je te dérange ?

Elle se dépêcha de plier la feuille et de la glisser dans le classeur.

Quand Omar s'assit à côté d'elle, elle écrasa les paumes de ses mains contre le classeur, comme pour s'assurer que la copie n'allait pas s'échapper.

– Tu écrivais à Danilo ?

Nada hocha la tête.

– Une nuit, il m'a appris à nager. Je ne l'ai jamais remercié.

– Je n'ai pas l'impression que tu aies si bien appris, le taquina-t-elle.

Depuis le dernier Noël, leur correspondance s'était distendue, mais elle devait absolument raconter Ivo à Danilo. Il n'y avait plus de promesse à tenir, Danilo n'avait plus besoin de retrouver son frère, et l'annulation de ce pacte la rendait encore plus attachée à lui : elle avait l'impression qu'elle pouvait le perdre d'un moment à l'autre.

– Je suis heureux pour toi, dit Omar.

Nada posa une main sur la sienne. Elle imaginait ce qui l'avait bouleversé, à la vue d'Ivo. Le monde qu'ils avaient laissé derrière eux avait ressurgi d'un coup. Omar avait essayé de l'étouffer, de le circonscrire aux pensées qui l'agitaient avant de s'endormir, à quelques élans de nostalgie et à un désir constant mais latent, qui générait parfois des querelles avec Sen. Face à Ivo, cependant, les quatre années où il n'avait pas vu sa mère et s'était demandé si elle n'était pas morte, même s'il l'avait toujours nié, l'avaient réveillé avec la violence d'une brûlure de cette torpeur à laquelle il avait cédé par nécessité. Cours, lui ordonnait certaines nuits la voix de sa mère. Mais elle était de plus en plus lointaine, affaiblie.

– Je suis sérieux. Tu es sereine, enfin ?

Nada hocha la tête à nouveau.

Omar se leva.

– Tu viens ?

Elle serra son classeur et le suivit jusqu'à la niche de la Sainte Vierge. Une pointe d'agacement lui chatouilla la gorge.

– Il faut que je te dise quelque chose.

Omar avait l'air grave.

Qu'est-ce que tu crois ? pensa Nada. Je n'ai rien à te donner.

– Demain, on s'en va.

Elle s'agrippa à son classeur pour ne pas tomber. La Vierge Marie resta sans voix et Nada eut envie de lui froisser son joli petit visage lisse.

– On part en famille d'accueil.

– Mais tu ne voulais pas.

– Sen si, et…

– Et quoi ?

– Je ne peux pas me séparer de mon frère. Pardon.

Nada détestait la compassion.

– Mais pardon de quoi ?

Elle détestait que les autres croient qu'elle avait besoin d'eux, elle savait se débrouiller sans, elle savait se débrouiller sans personne.

Emmène-moi avec toi, avait-elle dit à Ivo. Je ne peux pas, avait-il répondu. J'habite avec quatre autres ouvriers dans un deux-pièces avec une seule salle de bains. Je n'ai pas assez d'argent pour subvenir à tes besoins. Elle s'était demandé quand avait pris fin l'époque où il suffisait de jeter un matelas au sol et d'échapper aux bombes pour se sentir privilégié.

– Je t'avais fait une promesse, dit Omar.

Qu'ils arrêtent, avec leurs promesses. Et qu'elle arrête, elle, de donner aux autres la possibilité de la berner, de la trahir, elle n'aurait pas dû leur faire confiance. Comme elle avait été naïve. Et quelle présomption d'avoir cru qu'Omar la conduisait à la statue de la Madone parce qu'il voulait l'embrasser et elle non. Elle s'était sentie en position de force, or c'était lui qui l'abandonnait.

– Je ne m'en souviens pas, répondit-elle.

Elle laissa tomber son classeur. Sur la couverture, elle avait collé une étiquette avec son nom. En espagnol, ça veut dire *rien*, lui disait Ivo quand ils étaient à Sarajevo, il aimait bien se moquer d'elle. La lettre pour Danilo avait glissé. Elle la regarda en hésitant. Renonça à la ramasser. Elle était Nada, elle, elle n'était rien. Elle s'étendit par terre et Omar l'imita.

– Je ne suis pas sûr que les sœurs seraient d'accord, dit-il au bout de quelques minutes, brisant la tension de ce silence. Allongés comme sur la plage. Ou au lit.

L'allusion lui crépita sous le nombril.

– De toute façon, à partir de demain, elles ne pourront plus te casser les pieds.

Nada mit une main en visière au-dessus de ses yeux.

– Tu la sens, l'odeur du soleil ?

– Qu'est-ce que c'est que cette invention ?

– Elle reste sur la peau quand le soleil t'arrive dessus. Sens, la peau change d'odeur.

Et elle lui tendit sa main.

Omar renifla.

– On dirait simplement l'odeur de Nada.

Il lui attrapa les doigts : il y en avait quatre, et elle n'avait pas eu honte de les lui mettre sous le nez.

– Je t'avais promis qu'on retournerait ensemble à Sarajevo. Mais on le fera, dès que je serai majeur.

Ramène-moi auprès d'elle, avait dit Nada à Ivo. Moi aussi je veux la revoir, je m'en souviens à peine. Tu as encore de ses nouvelles, vous vous parlez ? À travers son client important, je sais qu'elle va bien, avait-il répondu. Et tu ne lui écris pas ?

Non. Pourquoi ? Parce que nous ne sommes pas destinés à faire partie de la vie de l'un et de l'autre. Mais qu'est-ce que tu racontes, Ivo, elle t'a sauvé la vie. C'est notre mère, et moi je veux la revoir. La guerre est finie, on peut retourner la voir. Tu lui demandes ? S'il te plaît, demande-lui si je peux aller chez elle. Ivo n'avait pas promis – lui, au moins.

– Je peux y retourner seule, aussi. Et puis j'ai un frère.

Elle ne dit pas : j'ai une mère. Elle ne voulait pas le blesser.

– Tu fais bien de suivre Sen. Ces gens ont l'air gentils.

Omar ne commenta pas.

– Tu auras une chambre rien qu'à toi ?

– Oui.

– Et il y a un jardin ?

– Une cour.

– Donc pour grimper aux arbres, tu devras revenir, oui ou non ?

– C'est pour toi que je reviendrai ici.

Il frotta la main de Nada contre sa joue. Au contact de sa peau, elle ressentit plus nettement le vide de son doigt manquant. Il lui serra le poignet, se souleva à peine pour la regarder dans les yeux, comme s'il voulait l'embrasser.

– Tu viendras nous rendre visite le dimanche avec les vieux ? Tu apporteras le goûter ? Ayez pitié des pauvres petits orphelins !

Omar changea d'expression, il lui libéra le poignet. Et à cet instant, Nada sentit sa rage refluer.

À la place, une peur sans objet, qui lui fit fourmiller les fesses.

31

Matte les accompagnait à l'école en voiture chaque matin. Assis à l'avant, Sen discutait pendant tout le trajet. Il glissait des cassettes dans l'autoradio, pa', écoute celle-là, écoute comme elle défonce. Ça, je suis bien d'accord, les oreilles, elle les défonce, plaisantait Matte. Samedi ils jouent au Leoncavallo, à Milan, je t'en supplie, laisse-moi y aller. Il n'en est pas question, tu es encore trop jeune, et puis samedi vous avez catéchisme, et il se retournait pour intercepter le regard d'Omar, vautré sur la banquette arrière, muet comme toujours.

Dès que Sen descendait – les lycéens entraient en classe un quart d'heure plus tôt que les collégiens –, partager l'habitacle avec Matte devenait pénible, Omar ne savait jamais quoi lui dire, et surtout il n'avait pas la moindre intention de l'appeler pa'. Depuis qu'il en avait un faux, il repensait à son père. Il n'en éprouvait pas le manque. À présent, il se le rappelait simplement comme quelqu'un ayant participé à sa naissance. Il jouait dans son histoire le même rôle qu'un ancêtre connu uniquement en photo, quelqu'un qui aurait contribué à le faire exister mais à l'égard de qui il ne pourrait nourrir aucune affection.

Chaque samedi, ils avaient une heure de catéchisme animée par le curé : juste Sen et lui, une faveur accordée à Mari et Matte en reconnaissance de leur dévotion. Les parents d'accueil avaient décidé que les frères devaient être baptisés. Ils leur avaient demandé leur avis. Sen avait reçu la proposition avec enthousiasme. La religion, il s'en fichait, mais il aimait l'idée de ressembler à ses camarades de classe, aux Italiens. Et puis il y aurait une fête, il pourrait peut-être inviter une fille. Rares sont les catholiques qui assistent en conscience à leur propre baptême : aux yeux de ses copines, il allait passer pour un type spécial, quelqu'un qui se pose des questions profondes, un sensible, voilà. Omar, lui, n'avait rien dit, et les parents avaient pris ça pour un assentiment.

Les leçons avec le curé avaient vite commencé à lui peser. Le samedi en fin d'après-midi, tandis que les autres arpentaient le centre-ville de long en large, il demandait à passer voir Nada à l'institut. Mais Mari et Matte avaient toujours des engagements avec des amis de la paroisse, si Matte n'était pas d'astreinte, et ils forçaient les deux garçons à se joindre à eux. Sen soupirait, mais il finissait toujours par s'amuser : il était devenu copain avec d'autres jeunes du groupe – il se liait avec tout le monde. Avec ses camarades de classe, il fumait, même de l'herbe, avec ceux de la paroisse, il lisait l'Évangile, et il ne se considérait ni hypocrite, ni faux : juste adaptable.

La nuit, seul dans sa chambre, Omar n'arrivait pas à dormir. Il n'avait rien à reprocher à Mari et Matte, mais il n'était pas capable de les aimer. Ils l'avaient pris chez eux pour ne pas le séparer de son frère : c'était Sen qu'ils voulaient et seulement Sen, ça ne faisait aucun doute. Prévenants, un peu anxieux, ils mettaient Omar mal à l'aise. Elle, surtout, qui caressait la tête de Sen et le papouillait au réveil ou pour lui dire bonne nuit. Avec Omar, elle avait compris qu'elle devait se retenir, qu'il n'aimait pas être touché. Elle lui parlait sur un ton placide, artificiel, comme si elle avait affaire à un fou ou à un nouveau-né. À table, elle avait essayé de cerner ses goûts, mais Omar n'avait toujours pas d'appétit. Ils lui avaient acheté un vélo, le jour où ils avaient offert un scooter à Sen : non loin de l'immeuble, c'était déjà la campagne, et pédaler lui ferait du bien, selon Matte, ça lui ouvrirait l'estomac. Le vélo moisissait dans le garage.

Ils l'avaient incité à faire le signe de croix à chaque repas et ils s'assuraient qu'il récitait ses prières avant de s'endormir. De toute façon, il ne s'endormait pas. Il restait sur le qui-vive, comme si une menace l'attendait dès qu'il aurait franchi le seuil du sommeil, une menace qu'il ne savait pas déchiffrer. Parfois, ses paupières s'alourdissaient, et des lambeaux de voix lui flottaient dans la tête, des silhouettes changeantes se composaient et se décomposaient dans le noir, un prélude aux rêves. Omar essayait de se laisser entraîner, de plonger dans la somnolence, mais un sursaut le réveillait d'un coup. Il n'en disait rien à ses parents d'accueil. Roule-toi un joint, avait suggéré Sen en lui laissant dans sa chambre une boulette de shit. Mais essaie de ne pas te faire gauler. Omar avait caché les quelques grammes couleur cacao dans un tiroir de son bureau qu'il n'ouvrait jamais.

Il n'avait rien à reprocher à Mari et Matte mais Mari n'était pas sa mère et il ne pouvait pas trahir sa mère – même si elle était morte, il devait honorer sa mémoire. C'était Omar qui avait des choses à se reprocher.

Tous les dix jours environ – il ne pouvait utiliser le téléphone que le soir et seulement quelques minutes, sinon il allait faire grimper la facture –, il appelait Nada à San Lorenzo. Le téléphone était posé sur un meuble dans le couloir, tout le monde pouvait entendre la conversation, aussi parlait-il d'une voix si basse qu'on aurait dit qu'il l'appelait à contrecœur. Elle répondait dans le bureau de sœur Directrice, en sa présence, et paraissait donc froide, laconique. Ces coups de fil le déprimaient.

La dernière fois, elle lui avait demandé de l'aider à réviser : il était le seul à qui elle n'avait pas honte de dire à voix haute le contenu du dossier qu'elle avait rédigé en prévision du grand examen pluridisciplinaire de fin de quatrième.

– Samedi, je ne peux pas aller au catéchisme.

– Et pourquoi donc ? demanda Matte.

Les scooters trafiqués fonçaient à toute berzingue, un vrombissement insolent qui faisait trembler les vitres.

– Je vais voir Nada.

– À ce propos, elle a rencontré des familles ?

– Quel rapport ?

– La sœur Directrice m'a dit qu'elle avait un caractère un peu difficile.

– Tu ne la connais pas.

– En effet, c'est la sœur Directrice qui l'a dit, pas moi. Ne t'énerve pas. Tu l'aimes bien, je crois.

Matte sourit dans le rétroviseur.

Omar ne lui rendit pas son sourire. La colère commença par un picotement au bout des doigts.

– Écoute, le père va se fâcher.

– Sen sera là. D'ailleurs c'est un bien meilleur disciple que moi.

– Ne sois pas impertinent.

Matte appuya sur *Stop* et passa sur Radio Maria. Le présentateur était en train de lire les Saintes Écritures.

– Enfants ! déclamait-il, obéissez à vos parents, selon le Seigneur, car cela est juste.

Et Omar dit :

– Mais c'est une conspiration !

Matte rit.

– Je dois t'accompagner ?

– Je prendrai mon vélo, répondit Omar pour lui faire plaisir.

Matte écouta la lecture en silence puis, quand elle fut achevée, lâcha :

– Va pour Nada, tu as gagné.

Samedi, le mari était d'astreinte et Mari rappela à Omar que le catéchisme était trop important, qu'il fallait prendre au sérieux le sacrement du baptême, vu qu'il l'avait choisi et qu'il ne lui avait pas été administré par défaut, sans qu'il en ait conscience.

– Moi je n'ai rien choisi du tout. C'est toi qui veux m'imposer ta foi.

– On vous a posé la question, et tu ne t'y es pas opposé. Comment je peux deviner ce que tu penses, si tu ne le dis pas ?

– Le faire ou ne pas le faire, ça m'est égal, pourvu que vous ne soyez pas sur mon dos.

– Si ça t'est égal, ne le fais pas.

– Ok, alors je n'ai plus besoin de catéchisme. Je peux aller voir Nada.

– Je ne suis pas sur ton dos. Je me comporte avec toi comme avec ton frère.

Elle l'appela.

– Sen ! Sen, dis-moi, est-ce que je suis sur ton dos ?

Il arriva en traînant ses pieds nus.

– M'man, laisse tomber.

– Le voilà, le lèche-cul.

– Omar, n'emploie pas ce genre de mots. Qu'est-ce qui ne va pas ?

– Par exemple, que tu ne me laisses pas aller voir Nada.

– Pourquoi est-ce que tu es si insolent ?

Le ton artificiel s'était dissous – il était temps.

– Tu m'imposes ta volonté et tu voudrais en plus que je prétende le contraire !

– Ça suffit, maintenant. On se plie en quatre pour toi et ça ne va jamais, tu rumines sans cesse, tu as toujours cette tête de trois mètres de long, tu ne piperais pas mot même sous la torture, je n'en peux plus.

Sen ne défendit pas son frère ni ne donna raison à Mari. C'était sa méthode : ménager tout le monde.
– Nada m'attend.
– Mais tu t'en fiches de ce que je viens de te dire ?
Mari frappa du plat de la main contre la table.
– Il est juste amoureux de cette fille depuis qu'il est gamin, ce n'est pas contre toi, dit Sen dans une tentative de conciliation, mais Mari se dirigeait déjà vers l'entrée, hors d'elle.
– Je parle dans le vide ! Tu n'as aucun respect, aucun, dit-elle en enfilant sa veste. Et donc maintenant c'est moi qui vais te l'enseigner, le respect. Tu fais ce que je te dis, tu vas au catéchisme. C'est pour ton bien, tu me remercieras un jour.
– Je n'irai nulle part, déclara Omar.
Sen lui prit le bras.
– Calme-toi, allez. Ça va lui passer.
– Tu me casses les couilles, toi aussi.
– Ne dis pas ce genre de mots chez moi, je t'ai dit !
– Alors tu sais quoi ? Je pars de chez toi, comme ça je pourrai les dire autant que je veux.
Omar avança vers la porte, il avait du mal à respirer.
– Où tu vas ?
Sen le suivit.
– Omar, arrête-toi.
– Où tu vas ? répéta Mari. Tu ne vas nulle part sans mon autorisation.
– Va te faire foutre.
Omar claqua la porte derrière lui.

Il n'alla pas voir Nada et ne la prévint même pas. La colère occultait toutes les autres émotions, elle renforçait la barrière qui le séparait des autres, plus il grandissait et plus il se sentait exclu. La colère gâchait tout, jusqu'au désir de revoir Nada.
Il n'était pas comme ça, enfant. Il avait accepté, ou renoncé,

sa passivité était un refuge. Mais à présent son corps expulsait la rage comme une toxine.

Pour quelle raison aurait-il dû s'habituer à une existence dont il ne voulait pas ? Pourquoi devait-il se sentir coupable de ne pas accueillir l'amour de deux étrangers ? Il ne les aimait pas, lui, il ne voulait pas les aimer.

Sans s'en rendre compte, il se retrouva à marcher dans la campagne. Le ciel surplombait la plaine et les arbres formaient des rangées tellement symétriques qu'on aurait presque pu croire à un ordre sur Terre ; des insectes dans l'air, et l'odeur du fumier – la colère se dilua. Juché sur une branche, Omar attendit le coucher du soleil.

La voix de Sen l'arracha au sommeil. Il faisait presque nuit, l'heure du dîner devait être passée depuis longtemps.

– Tu ne peux pas savoir depuis combien de temps on te cherche !

Omar se frotta les yeux du dos de la main. L'espace d'un instant, sœur Tourment lui manqua – quelle absurdité.

– Je descends.

Et il sauta à terre. Il n'était ni fâché ni triste ni calme. Il n'éprouvait rien, et c'était inexplicable.

Non loin, Matte et Mari. Elle se triturait les doigts.

– Pardonne-moi. Je ne voulais pas qu'on se dispute. J'étais tellement inquiète.

Omar songea qu'avec Nada, il ne tenait même pas les promesses les plus simples, comme celle de l'aider à réviser. Il échouait toujours, pas étonnant qu'elle lui préfère Danilo.

– Vous ne vous êtes pas compris, va. Ça arrive, dit Matte. « Et vous, pères, n'irritez pas vos enfants », récita-t-il. Tu te souviens ?

Omar ne se souvenait pas.

– On l'a entendu l'autre jour à la radio, quand je t'emmenais à l'école.

– C'est Jésus qui le dit ?

– C'est saint Paul, le corrigea Matte. L'Épître aux Éphésiens.

– Rentrons à la maison, dit Mari. Tu as faim ? Je t'ai gardé des pâtes au chaud.

Être assez généreux pour ne pas l'empêcher de faire la mère. Être charitable – comme une mère. Une mère qui ne te laisse pas à l'orphelinat mais qui te sort de l'orphelinat. Une avec les orteils bien alignés, sans le moindre petit doigt désaxé. Une qui vit avec son mari, qui n'a pas été abandonnée. Et qui ne sent pas les cheveux pas lavés et le poêle à bois même en été. Une qui ne chante pas *pati majka, udova ostala* pour t'endormir, parce que si elle te disait qu'elle est devenue veuve et qu'elle en souffre, tu ferais des insomnies. Une mère qui ne saute pas sur une grenade, une mère qui ne meurt pas, Nom de dieu – qui ne meurt pas, alors que tu as encore besoin d'elle.

– Merci, dit Omar, et il fut submergé de pitié pour cette mère malheureuse et innocente qui l'avait engendré.

Tandis que les autres craignent les bombes, le froid, la faim, elle ne craint que la fin de l'amour. Elle est imminente, et elle l'a déjà libérée de toutes les autres peurs. Quand la guerre sera terminée, plus rien ne le retiendra, ou alors ce sera elle qui lui dira va-t'en. Il est fini depuis longtemps, leur amour, c'est un malade en phase terminale. Le monde, un écho, un ralenti, et les snipers loupent leur cible. Ils ne la visent pas, ils n'ont pas de pitié. Tu sais qu'un médecin serbe retirait les organes des cadavres et les conservait en chambre froide ? Et toi qui penses à l'amour. Yeux rouillés. Il ne veut plus la protéger. À la fin de la guerre, il partira. Et à la fin de sa vie, ensuite, il mourra. Sa mort ne sera plus une question qui la concerne. Ça l'a été si longtemps, des années durant elle s'est endormie en la conjurant, elle a épié sa respiration dans le sommeil, pendant la nuit elle a promis tout ce qui était possible à Dieu en échange de sa survie à lui, elle le faisait déjà avant la guerre. Et pourtant, un jour, il mourra, et sa mort ne sera plus un sujet qui la concerne. Après les bombes les décombres les infections, après tout ça. Ils ont déjà violé des milliers de femmes. Certaines étranglées avec du fil de fer, d'autres mortes d'hémorragie. Tu vas voir, tu vas t'en sortir, c'est juste la fin d'un amour. Combien en a-t-elle tué, la guerre ? Des amours victimes de la clôture des désirs avortés de la diarrhée des rêves censurés des restaurants fermés des cinémas en cendres de la mort, qui est plus forte que l'amour. Il a renoncé à tous ses serments, il n'a plus la foi. S'il survit à cette guerre, vieux, loin d'elle, dans une autre maison, avec d'autres personnes à son chevet, vieux, il mourra. Et ce ne sera pas (c'est absurde, absurde) un sujet qui la concerne. Tu sais qu'à Brčko, dans une ancienne usine de ciment, ils ont jeté des enfants dans les broyeuses ? Ils étaient vivants : tu les entends crier ? Tu arrives encore à penser à l'amour, à ton mesquin petit jardin d'amour ? S'il sautait sur une grenade, aujourd'hui, elle serait veuve, un amour interrompu, pas un amour fini. Mais tu n'as pas honte. Cette idée que mourir serait pire que la fin d'un amour. Tu n'as pas honte. Qu'il faille vivre à tout prix, même sans amour. Quelle honte. Yeux sableux, le monde, une fièvre. Des milliers d'enfants exterminés depuis le début de la guerre. Il ne la voit pas, ne la reconnaît pas. Des milliers et des milliers d'êtres humains torturés. Il n'a plus son destin à cœur. Et les snipers qui loupent leur cible, ne la visent pas, l'épargnent. D'une femme comme elle, on ne peut pas avoir pitié.

(Pour qui est-ce que je les écris, moi, ces pages ?)

32

Les vacances aux Cerfs-Volants n'étaient pas les mêmes, pour Nada, sans ses amis.

Omar était parti avec ses parents pour un tour de France en voiture, Montpellier, Carcassonne, parc naturel des Pyrénées et sanctuaire de Lourdes. Tu iras voir la grotte de la Vierge ? l'avait-elle taquiné. Moi, les grottes des Vierges, je n'y vais qu'avec toi, avait-il répondu en lui donnant une petite tape sur la hanche.

L'examen oral s'était bien passé, son dossier sur le romantisme lui avait permis de parler de Leopardi, de montrer la reproduction du *Radeau de la Méduse* de Géricault qu'elle avait faite avec ses pastels et de jouer un nocturne de Chopin. Sa flûte était de seconde main, comme ses vêtements, et l'instrument était tant de fois tombé par terre qu'elle avait dû le recoller à la Super Glue : sur certaines notes, les plus hautes, il sifflait un peu, mais les professeurs avaient applaudi quand même. Pour le dessin, elle aurait compris. Mais l'exécution du morceau, non : comme les applaudissements à l'aéroport de Milan quatre ans plus tôt, ils lui semblaient sans mérite.

Elle avait appelé Omar pour lui apprendre son succès. Le samedi du rendez-vous, elle l'avait attendu dans le hall de l'institut, elle était sortie dans le jardin, s'était plantée devant le portail, puis elle était montée à l'étage, s'était enfermée dans les toilettes et, assise sur l'abattant, avait dit son programme à voix haute, de tête, sans se faire aider de personne. Les pensionnaires de San Lorenzo pouvaient recevoir des appels dans le bureau de sœur Directrice, mais pas appeler : le jour où ils avaient affiché les notes à l'école, les sœurs avaient fait une exception pour elle ; même sœur Nabote était fière, ses prières avaient été exaucées.

Je me suis enfui de chez moi, avait grommelé Omar. Oui, mais tu es revenu cette fois aussi, alors que tu n'étais même pas poursuivi par un prêtre. Il avait ri. Si tu le refais, tu vas avoir l'air ridicule, lui avait-elle dit. La faiblesse d'Omar déclenchait en elle un mélange de tendresse et de dédain qui la poussait cycliquement à prendre de la distance.

Même Danilo ne pouvait pas venir la voir aux Cerfs-Volants : il habitait Rimini, maintenant, en ville, avec sa mère et sa sœur, et l'après-midi, il allait à la mer avec Jagoda, ses amis de l'école ou du quartier, et sa petite copine. Il le lui avait écrit comme si de rien n'était, comme si la nouvelle pouvait ne pas la bouleverser : d'ailleurs, pourquoi aurait-elle dû la bouleverser ? C'est une Italienne, avait-il souligné. Il avait toujours envié la désinvolture avec laquelle Izet réussissait à conquérir les scoutes et les bénévoles, même les plus grandes, Nada le savait. Il était facile de fricoter avec les filles de l'institut, ils avaient fini par tous s'embrasser les uns les autres, une unique équipe qui s'entraîne deux par deux. Voilà pourquoi il ne faisait même pas allusion à ces flirts. Mais elle les imaginait : gauches, fugaces, comme à San Lorenzo – ça lui était arrivé à elle aussi. Susciter l'intérêt d'une Italienne, en revanche, signifiait entrer dans la cour des grands, jouer un vrai match. Maintenant qu'il avait réussi, que cette Italienne se définissait comme sa copine depuis trois mois, Danilo marchait dans les rues de Rimini, dans les couloirs de son lycée technique et sur les plages du Lido avec une assurance nouvelle.

Vera aussi avait été confiée à une famille, deux mois plus tôt. Nada n'avait plus moyen de se disputer avec quiconque : de quoi se consumer de chaleur et d'ennui.

Lidia l'impliquait dans chaque activité récréative, elle lui avait fait dessiner les costumes pour le spectacle, vu qu'elle ne voulait interpréter aucun rôle, elle lui avait appris à mettre du crayon noir sur la bordure inférieure de son œil, lui avait acheté sur un étal deux soutiens-gorge à balconnet, colorés et avec armature, pour remplacer le chaste triangle de coton blanc, rendu grisâtre par les lessives, qui mortifiait l'exubérance de ses formes. Elles avaient choisi les tissus au marché et cousu les costumes ensemble, même si Nada échouait toujours à réguler la tension de la bobine et que le fil s'emmêlait.

Elle prenait souvent un carnet et s'asseyait au bord de l'eau pour s'entraîner au dessin d'après modèle : elle observait les jeunes courir ou piquer un somme, jouer au baby-foot sur la plage ou flirter, une sœur parler à voix basse avec le maître nageur, une main en visière et les mocassins enfouis dans le sable, et les éducatrices former les équipes pour la course en sac – elle se demandait pourquoi ils ne faisaient jamais voler de cerfs-volants. Si les enfants étaient réellement des cerfs-volants, comme disait la poésie de Mère Teresa affichée dans la salle polyvalente, alors ils auraient dû jouer au cerf-volant, assister au spectacle rayonnant des losanges composant une mosaïque de couleurs dans le ciel azur.

Nada essayait de représenter les scènes chorales dont elle était témoin en organisant l'espace selon une géométrie précise, comme Géricault. Lidia tomba amoureuse de ces esquisses et décida de les accrocher dans le salon le soir du spectacle – qui devait se tenir le 14 août – avec un fil de nylon et des pinces à linge, comme si elles sortaient de la lessive.

– Il manque ta signature, dit-elle.

Nada n'écrivait son nom sur les dessins que lorsqu'elle les offrait : dans ce cas, ils étaient l'équivalent d'une lettre. Les croquis, non, ils étaient juste pour elle.

– Si on organise une exposition, ils seront pour tout le monde. Tu paries qu'on va en vendre ? Combien ils valent, à ton avis ?

– Aucune idée, murmura Nada.

Elle ne voulait pas qu'on quantifie sa valeur. Était déjà diminuée à l'idée d'être jugée médiocre.

Ivo lui rendit visite la première semaine d'août, au tout début de ses congés. Lidia s'était donné beaucoup de mal auprès de la Mère supérieure pour la convaincre de lui réserver une chambre : il n'a pas de quoi se payer des vacances, avait-elle dit, et puis comme ça il pourra passer un peu de temps avec sa sœur. La Mère supérieure s'était peigné les cheveux avec les ongles puis elle avait fini par donner son accord.

Ils nageaient ensemble tôt le matin, avant que la plage ne se remplisse ; après le déjeuner Ivo demandait à Lidia de lui prêter sa voiture – il avait passé son permis en Italie – et il promenait sa sœur dans la ville, poussait parfois jusqu'à Rimini, Cesenatico, Saint-Marin. On n'aurait pas dit deux orphelins mais un jeune couple en vacances, léchant le même cône noisette-chocolat noir, s'étalant mutuellement de la pommade pour apaiser leurs coups de soleil.

À la fin de la semaine, Nada serra son porte-clés Vučko dans sa poche et posa la question qui flottait dans l'air depuis des jours. Elle avait attendu qu'Ivo lance le sujet de lui-même mais puisqu'il ne l'avait pas fait, elle décida que c'était à elle de prendre les choses en main. Après avoir dîné d'un sandwich, assis sous le phare, ils flânaient à présent le long du port.

– Tu lui as demandé si on peut aller la voir à Sarajevo ? À Noël, par exemple.

– Je n'ai pas l'argent pour payer mon voyage et le tien.

– Je vais peut-être vendre des dessins le 15 août : Lidia organise une exposition.

Ivo sourit.

– Je ne pense pas que ce sera assez.

– Ok, on essaiera de trouver des sous ailleurs, j'implorerai les sœurs de me laisser travailler après l'école, mais je veux savoir ce qu'elle a dit.

Une mouette piailla avec un désespoir qui fit sursauter Ivo.

– Hé, tu me regardes ?

À voir l'élégance avec laquelle la mouette planait au-dessus de leurs têtes, il était difficile d'imaginer que c'était le même animal qui avait poussé ce cri.

– Ivo.

Il était subjugué par le banc de mouettes. Contemplés d'en bas, les volatiles assaillaient le ciel comme les éclats d'une grenade qui vient d'exploser.

Il s'arrêta, lui prit la main, dit :

– Elle ne peut pas te revoir.

– Comment ça elle ne peut pas ?

– Elle ne s'en sent pas capable.

Les mouettes crièrent, gémirent, pleurèrent – Nada non.

– Mais pourquoi ? Toi, elle a voulu te revoir, elle t'a même aidé à t'enfuir, et moi, elle ne se sent pas capable ?

– Ne te gâche pas le bonheur des jours qu'on vient de passer. Ne la laisse pas faire ça, d'accord ?

– C'est ma mère.

Ivo souleva brusquement la main de Nada devant son visage.

– Tu le vois ?

– Tais-toi.

– Regarde !

– Lâche-moi !

Une mouette se lança vers eux. Nada lui offrit sa poitrine,

sa gorge, son front, mais au dernier moment l'oiseau braqua, décrivant une ample courbe jusqu'à la mer.

– Laisse-la expier, dit Ivo.

– Et si je préférais lui pardonner ?

– Ce n'est pas ça qu'elle veut.

– Tout le monde veut se faire pardonner, Ivo, tout le monde.

Nada regarda le trou entre ses doigts. Elle revit le vase de géraniums rouges à la fenêtre, le dos de sa grand-mère qui s'active aux fourneaux malgré les hurlements, les mollets musclés de sa mère qui bute dans les pieds des chaises, vacille sur ses talons.

Elle se tient sur le seuil de la cuisine, elle a quatre ans et une dévotion intégrale pour son grand frère, elle n'a jamais dormi sur un carton dans la rue, l'odeur de sa mère lui est étrangère. C'est sa grand-mère qu'elle cherche, c'est son attention qu'elle veut attirer en pleurant. Elle n'a pas faim, ni sommeil, ni besoin d'aller aux toilettes. Elle est simplement effrayée par ces hurlements, par cette femme qui crie, c'est sa mère, lui a dit Ivo la dernière fois qu'elle est venue, notre mère. Sa mère et sa grand-mère se déplacent, gesticulent, parlent avec fougue, les veines de leur cou saillant sous l'effort. Le grand-père est sorti, il est parti acheter le journal avec Ivo, il ne pouvait pas savoir que sa mère arriverait, personne ne sait jamais quand elle va se présenter. La grand-mère se passe les mains sur le visage, s'assoit à table et se tient la tête. Nada l'appelle en pleurnichant. La grand-mère ne répond pas, tout occupée qu'elle est à se décourager. Mamie, insiste-t-elle. La ferme, toi, ordonne sa mère. La grand-mère se lève, retourne à l'évier, se remet à couper les oignons, elle a promis du *sarma* pour le déjeuner, elle feint de ne pas entendre cette femme qui braille. Les gosses ne savent que chouiner, dit la mère, ils chouinent et ils hurlent toute la journée. Mamie, appelle Nada, mamie. La ferme, répète sa mère. La grand-mère coupe, n'écoute plus, elle espère sûrement que cette folle se lassera, qu'elle s'en ira. À quel sujet se disputent-elles, va savoir. Ivo a dormi sur des cartons, petit, il faisait parfois froid, parfois sa mère était plus chaude. Il dit qu'elle lui manque un peu, le soir, il le dit en cachette des grands-parents, maintenant qu'il vit avec eux. La mère arrache le couteau des mains de la grand-mère, dit tu m'écoutes ? arrête-toi, je suis en train de te parler, et elle lui tapote le manche sur la tempe, de te parler à toi, tu entends ? Mamie, s'affole Nada, les joues brûlantes de larmes. La grand-mère baisse les yeux, elle est punie. Mamie. La mère se retourne vers la fillette : Ça suffit à la fin ! Y a que chouiner que tu sais faire. Mamie mamie mamie, Nada ne s'arrête pas. Oh, ferme ta gueule, je t'ai dit ! Au lieu de quoi, elle sanglote encore plus fort, vagit, frappe de la main contre l'embrasure de la porte. Putain, je t'ai dit de la fermer, gronde la mère, et elle lance le couteau.

Aucune douleur. Une espèce de chatouille, de vent. Un jet vermillon qui tache la porte. Tintement du sang qui goutte sur le carrelage, une grosse flaque, plus rouge que les géraniums. La vague perception d'un déchet, d'une masse qui se réduit à peine, un encombrement qui se contracte dans l'espace, d'une manière infinitésimale – si ce n'était pas mon corps, je ne le saurais même pas, mais c'est mon poids dans le monde qui change, à présent. C'est pour ça que je le sais.

Ils marchèrent en silence jusqu'à la grande roue.

– Tu veux monter ? demanda Ivo, même s'il savait déjà ce qu'elle allait répondre.

Nada pensa que ses grands-parents n'étaient jamais venus les voir à l'orphelinat : pourquoi ? Était-ce si compliqué de les aimer tous les deux ?

Elle sortit le porte-clés de sa poche, le louveteau avait une écharpe bleue. Il n'y avait rien à pardonner, parce qu'elle n'avait jamais eu de rancœur. A-t-on jamais vu une fillette de quatre ans détester sa mère ? C'est dangereux de pleurer, en tout cas : ça, elle l'avait appris.

– Je n'ai aucune clé à y attacher, dit-elle, puis elle lança Vučko à la mer.

L'eau se fendit pour l'engloutir. Les mouettes fondirent dessus, persuadées que c'était de la nourriture.

– Elle n'a pas besoin de moi, c'est ça le fond de l'histoire.

– Ça aussi, c'est un droit, dit Ivo.

33

– Si tu n'es pas prête d'ici deux minutes, je m'en vais.

Danilo regarda sa montre. Son père la lui avait donnée avant son départ pour l'Italie. Il avait pris ça pour un prêt, un gage, le scellement d'un pacte : quand on se reverra, tu me la rendras. Mais la guerre semblait ne jamais devoir finir et quand elle s'était enfin achevée, son père ne lui avait pas demandé de rentrer en Bosnie, il n'était pas non plus venu en Italie. Au téléphone, il avait dit je serai parmi les derniers à être démobilisé, et après, quand il avait été démobilisé, il avait dit je veux rester ici pour la reconstruction, j'aime ma ville. Peut-être n'aimait-il en revanche pas assez son fils, peut-être était-ce pour ça qu'il n'avait pas eu envie de le revoir au bout de quatre ans.

– Jagoda, allez, il est dix heures.

Il frappa à la porte de la salle de bains.

Sous le bracelet en métal, sa peau était plus claire ; Danilo n'ôtait sa montre que pour se baigner. La marque de bronzage lui rappela Irene, les aréoles couleur rouille qui se détachaient dans le triangle laiteux dessiné par le maillot de bain, la très fine bande blanche qui coupait en deux l'os de sa hanche.

Un élancement de désir lui traversa les reins. La toucher était son miracle.

– Je… je… je suis presque prête, dit la sœur.

Leur mère se rendit dans l'entrée pour chercher un paquet de cigarettes dans la poche d'une veste accrochée. Elle le trouva, en alluma une et, tandis qu'elle aspirait, lui posa une main sur l'épaule :

– Sois patient avec elle.

Elle avait toujours fumé, tous ses collègues fumaient en tapant ou en dictant leurs articles, mais c'était différent, maintenant. Il y avait quelque chose de la prostration boulimique dans la façon avec laquelle elle suçait les cigarettes les unes après les autres.

Les articles à écrire étaient de moins en moins nombreux. Pour déménager en Italie, elle avait renoncé à un salaire fixe et s'était établie en tant que correspondante, envoyant des sujets à son rédacteur afin qu'il fasse le tri. Danilo se demandait pourquoi, après avoir tenu une guerre entière, elle était partie précisément au moment où le conflit était terminé. Je n'en pouvais plus, répétait-elle, Sarajevo me fiche la nausée. Qui sait ce que pensait son mari de cette répulsion tardive. Elle continuait à signer Azra Simić, avec son nom à lui.

– C'est très important que ta sœur s'adapte à son nouvel environnement, et il n'y a que toi qui puisses l'aider.

– Oui, mais moi j'ai une copine, je ne peux pas sortir tous les soirs avec un boulet au pied.

Danilo jeta un coup d'œil à sa silhouette dans le miroir, son tee-shirt noir sur lequel était imprimé le visage de Kurt Cobain, les cheveux jusqu'aux épaules, comme lui.

– Allez, Danilo.

Un doux ton de reproche.

– Vous êtes ici depuis des mois, pourquoi elle ne sort pas avec les filles de sa classe ? Elle ne s'est fait aucun ami ?

– Je suis plus rassurée de la savoir avec toi.

Sauf qu'il l'abandonnait, Jagoda. Au bout d'un moment, pendant la soirée, il implorait quelques copines à lui de surveiller sa petite sœur, comme si c'était un animal domestique, et il allait s'isoler sur la plage avec Irene. Il s'allongeait sur le sable et elle lui montait dessus à califourchon, sa petite jupe de viscose lui chatouillant le ventre ; habillés, presque immobiles, ils jouissaient en retenant leur respiration. Quand ils revenaient main dans la main, ils trouvaient souvent Jagoda assise toute seule au bar, les verres et les coupelles vides sur la table : les filles discutaient debout un peu plus loin, elles l'avaient oubliée. Jagoda ne répétait jamais rien à leur mère.

Un soir, alors qu'il rejoignait le groupe déjà installé sur la terrasse habituelle, il avait surpris l'une des filles en train d'imiter les bégaiements de sa sœur au milieu des ricanements. Elle n'avait interrompu son numéro que lorsque les regards appuyés de ses comparses l'avaient poussée à se retourner. Derrière elle, Danilo s'était contenté d'un salut. Il n'avait pas pris la défense de Jagoda : de ce jour-là, quelque chose s'était cassé entre sa famille et lui. Mais peut-être cette rupture avait-elle eu lieu bien avant, quand il s'était sauvé alors qu'eux étaient restés à Sarajevo.

– Elle a quatorze ans, ce n'est plus une enfant, tu ne peux pas me demander de jouer les baby-sitters. Moi, j'ai changé de pays tout seul, à quatorze ans. Tu voudrais me faire croire qu'elle, elle ne peut même pas sortir toute seule sur le front de mer ?

– Vous n'êtes pas pareils. Tu as toujours été plus fort.

– Peut-être que c'est parce que vous ne m'en avez pas laissé le choix.

– Pourquoi as-tu autant de rancœur ?

Il en avait, vraiment ? Lui, le garçon le mieux élevé des Cerfs-Volants, celui qui avait la tête sur les épaules, en qui Lidia plaçait toute sa confiance, ce garçon-là avait-il tant de rancœur ? Il ne la sentait pas le consumer, le ronger, lui donner de l'amertume : de quelle rancœur s'agissait-il, alors ?

Il la suivit dans la cuisine ; en l'absence d'un cendrier, sa mère faisait tomber les cendres dans sa main en coupe, mais elle devait maintenant éteindre sa cigarette. Elle ouvrit le robinet et la mouilla. L'odeur répugnante se répandit dans la pièce.

La table était jonchée de feuilles noircies de notes. Une écriture pointue, masculine. La dernière phrase disait : « 15 juillet 1996 – les autorités de Bosnie-Herzégovine sont informées du fait que le Comité pour les mineurs auprès du Conseil des ministres italien a décidé de bloquer le retour des enfants bosniens. »

– Tu t'occupes encore des orphelins de Bjelave ?

Danilo pensa à Nada, à Suljo, à Omar et Sen, à Cotcot, qu'était-il devenu, celui-là ? Il pensa à Izet, qui n'était pas un orphelin et était d'ailleurs retourné vivre à Sarajevo.

– C'est une question épineuse.

La mère ramassa les papiers, les remit en ordre.

– Pourquoi les faire rentrer ? Toi tu es ici, tu détestes Sarajevo, pourquoi veux-tu qu'ils rentrent ?

– Tu as honte de ta sœur, c'est ça ? dit Azra. Tu as honte de ses cheveux, de comment elle parle, de comment elle est.

Une mèche grise était apparue sur le front de Jagoda : d'après leur mère, ce n'était pas le seul enfant de Sarajevo aux cheveux grisonnants. Si elle avait eu un autre caractère, pensait Danilo, elle en aurait fait un signe distinctif, un choix esthétique, une affirmation de soi. La rousse à la mèche d'argent. Mais cette sénilité anticipée la mettait mal à l'aise. Pourtant, elle refusait d'aller chez le coiffeur ; l'idée de la repousse la plongeait dans l'angoisse. Traîner en bande, être interrogée sur l'estrade, jouer au beach volley, tout la plongeait dans l'angoisse, elle luttait constamment contre la tentation du retrait.

– Non, je dis juste qu'il y a quelque chose qui cloche.

Il essaya d'être conciliant.

– Il faut que tu l'envoies chez un orthophoniste, chez un psy, je ne sais pas, il faut que papa vienne.

– Parce qu'à ton avis je ne peux pas me débrouiller seule ? C'est ça que tu es en train de me dire ?

Avant, elle n'était pas comme ça. Avant, sa mère n'avait pas les yeux creusés.

– Mais qu'est-ce que tu en sais, de ce que j'ai fait, moi, hein ? Qu'est-ce que tu en sais ? Tu n'étais pas là !

Elle alluma une autre cigarette, aspira avec véhémence.

– Quand un demi-kilo de viande coûtait trois fois mon salaire et que je risquais ma vie pour trouver à manger. Quand ton père combattait au front et que Jagoda pleurait tous les jours. Quand le salbutamol et la cortisone avaient disparu de toutes les pharmacies et qu'elle faisait ses crises d'asthme. Quand on avait la diarrhée en même temps et qu'il n'y avait pas d'eau, juste une épidémie d'entérocolite dans toute la ville. Quand je n'avais plus de serviettes hygiéniques et que je coupais des bandes de serviettes de bain, de housses de couette, de chemises pour me les fourrer dans la culotte. Quand j'espérais que le brouillard tomberait parce que avec une mauvaise visibilité les snipers auraient peut-être arrêté de tirer. Tu étais où, toi ?

– Ce n'est pas moi qui ai demandé à partir, tu ne peux pas me le reprocher, répondit Danilo. Jagoda aurait pu venir avec moi mais tu n'as pas réussi à te séparer d'elle.

Une gifle. Une seule, sèche. La deuxième de sa vie. La première remontait au 4 avril 1992.

– Jagoda serait morte de chagrin, si elle était partie. Elle serait morte. Pourquoi n'arrives-tu pas à être un peu compréhensif avec ta sœur ?

– Ce n'est pas vrai, je le suis.

La joue chaude.

– J'aurais donné n'importe quoi pour un inhalateur contre l'asthme, j'ai marché dans la neige salie de sang, j'ai enfoncé mes bottes dans des flaques de sang et de boue, j'ai continué à travailler au journal même après que la rédaction a été bombardée, on était confinés dans le bunker, à cinquante mètres de la première ligne, pour assembler entre elles quatre pauvres pages. J'ai brûlé mes chaussures à talons pour me réchauffer l'hiver, je n'en ai plus, de chaussures à talons. Je n'ai même pas été aux obsèques de mes collègues, tu sais ? Parce que les snipers n'attendaient que ça pour faire la fête, un groupe de gens réunis pour un enterrement ! J'ai été lâche, j'ai préféré sauver ma peau plutôt que d'offrir un dernier adieu aux personnes avec qui j'avais partagé des années de travail.

La cendre poussait au bout de la cigarette, sa mère ne la faisait pas tomber. Quand elle était trop longue, elle se rompait sous son poids, s'écrasait sur la table, le sol, partout où Azra se déplaçait.

– Calme-toi, maman. S'il te plaît.

– Ils leur arrachaient les affaires des mains.

– Qui ?

– Les gens, n'importe qui, des gens comme toi et moi. Ils arrachaient les légumes des mains des paysans, on aurait dit des bêtes enragées par la faim. Ils volaient dans les potagers. Même la police, même les soldats, ils volaient les aides humanitaires et les revendaient sur le marché. Moi, j'avais des navets et des choux sur le balcon, et les pigeons venaient me les piller, j'aurais voulu avoir un fusil pour leur tirer dessus !

Azra se toucha la tête, la pencha, plissa les yeux, comme frappée d'une douleur soudaine.

– Maman ! Qu'est-ce que tu as ?

Jagoda était sortie de la salle de bains. Elle s'approcha.

Azra rouvrit lentement les paupières, étourdie, le regard absent.

– Pour… quoi tu p… p… pleures ?

Azra fléchit une jambe et, au ralenti, écrasa la cigarette sous sa semelle, posa le mégot sur la table et essuya ses larmes.

– Rien, mon cœur. Je me rappelais de vilains souvenirs, mais c'est du passé.

Jagoda scruta Danilo. Elle ne lui demanda pas ce qu'il lui avait fait. La robe de lin beige que sa mère lui avait achetée au marché lui allait à ravir. Sa sœur était élancée et se mouvait avec grâce, malgré tous les efforts qu'elle déployait pour se cacher.

Elle prit sa mère dans ses bras.

– Si tu veux, je… je reste ici avec toi.

– Allons bon.

– Non, non, je reste avec toi.

L'angoisse dans sa voix.

– Jagoda, il ne s'est rien passé, dit Danilo. Prends ta veste en jean, ça va peut-être se rafraîchir, plus tard.

– Moi, je ne la laisse pas toute seule.

– Les enfants.

Leur mère semblait enfin se ressaisir.

– J'ai plein de choses à écrire, allez, ne me faites pas perdre de temps, filez, sourit-elle.

Quand sa petite sœur accepta enfin d'aller chercher sa veste, il s'approcha d'Azra mais elle le bloqua d'une main.

– Ils ont des parents, ces enfants, dit-elle. Ce ne sont pas des orphelins.

Nada lui avait écrit au sujet d'Ivo, et il ne lui avait même pas répondu.

– Dans la plupart des cas, maman, ils ne se souviennent même pas de la tête qu'ils ont.

La mère pressa ses pouces dans ses orbites, comme si elles lui faisaient mal.

– Ton père ne viendra pas. Fais-toi une raison.

La montre lui enserra le poignet au point de lui endolorir les tendons.

– Je suis contente que tu te sentes intégré. Mais j'ai l'impression que tu t'es monté la tête. Tu as oublié qui tu es. Et tu as honte, y compris de moi.

Danilo ouvrit et referma son poing gauche engourdi, l'ouvrit et le referma encore, cherchant à faire repartir sa circulation.

– C'est… c'est bon, dit Jagoda dans l'entrée.

Azra s'assit, fit rouler le paquet de Marlboro entre ses doigts, poussa un long soupir.

– Il y a cet article que j'ai écrit dans *Oslobođenje*. Le sang dans les salles d'opération. Quand ils ont bombardé l'hôpital de Koševo, je ne me souviens plus combien il y a eu de blessés, mais trois patients sont morts. Ils étaient là pour être soignés, et ils sont morts. Les sabots blancs des médecins clapotaient dans le sang, le bas de leurs pantalons était trempé, ça remontait jusqu'à leurs chevilles.

Elle toussa un peu.

– Tu sais qu'il y avait même un marché noir pour les transfusions ?

Il glissa le bord de sa main entre ses dents, ses incisives chatouillèrent sa chair, il eut envie de la mordre, histoire de sentir quelque chose.

– Et puis il y a cette scène que je n'ai jamais racontée dans le journal. J'aurais eu l'impression d'un outrage. Un petit enfant, six ans, huit ans peut-être, je ne sais pas, il était petit, et maigre, nous l'étions tous, il était avec son père dans la queue pour l'eau à la brasserie et quand une grenade l'a tué, son père, sous ses yeux, il a utilisé l'eau pour le laver, pour le nettoyer, pour lui frotter le visage avec ses mains minuscules, là, au milieu du chaos. Je l'ai vu de mes yeux, et je ne suis pas fichue de l'oublier.

Danilo détacha sa main de sa bouche. Il ne dit pas maman,

je n'ai pas honte de toi. Il ne dit pas je suis désolé. Il ne se demanda pas s'il était vivant, aujourd'hui, cet enfant. Les aréoles d'Irene étaient larges, ovales, couleur rouille, et il s'accrocha à leur insolence pour s'éloigner.

34

L'autoradio était éteint, ils n'avaient pas assez foi en Radio Maria ce jour-là, ou bien avaient-ils momentanément oublié la Vierge Marie.

Matte conduisait en silence ; l'épiant dans le rétroviseur, Omar remarqua qu'il se mordait le coin de la bouche, le mâchonnait presque. D'habitude, Mari lui disait arrête, lui donnait même une petite pichenette sur l'épaule, mais ce jour-là, elle n'y prêta pas attention. Par moments, elle disait c'est rouge, quelle chaleur humide, encore des embouteillages, il devrait pleuvoir, ils avaient annoncé de l'orage. Elle ne s'adressait à personne en particulier, même pas à elle, et n'attendait pas de réponse. Sen était assis de son côté, l'avant-bras sorti par la vitre baissée, comme s'il voulait mettre le plus de distance possible entre lui et son frère, du moins est-ce ainsi qu'il le perçut.

Au milieu d'eux, Omar espérait.

Un tourbillon dans le ventre, la gorge, la tête. Il avait peur d'espérer, il avait peur que ça lui porte malchance, jamais un seul de ses souhaits ne s'était réalisé de toute son existence, et il vivait avec ce souhait depuis tellement longtemps, il fallait qu'il le préserve : de lui-même, des déconvenues qui s'abattaient sur les choses chaque fois qu'il les désirait de toutes ses forces. Il devait étouffer l'espoir. Mais l'espoir lui tourbillonnait dans le ventre et dans la tête et dans la gorge, et ce petit point de bonheur qui brillait dans les tréfonds secrets de son corps allait remonter à la surface, allait illuminer toutes les personnes alentour, les aveugler.

Le tribunal pour enfants de Milan avait appelé pour dire qu'il y avait des nouvelles en provenance de Sarajevo. De quoi s'agit-il ? avait demandé Mari. Le fonctionnaire lui avait donné rendez-vous. Après avoir raccroché, elle s'était assise à la table de la cuisine et y était restée des heures durant, oubliant de faire à manger. Quand Matte était rentré à la maison, il avait préparé des toasts sur le pouce et au dîner, il lui avait demandé pourquoi tu réagis comme ça, elle avait répondu je ne sais pas, je te jure. Omar avait entendu, mais comme d'habitude il ne s'y était pas intéressé. Ce n'est que lorsque Sen avait demandé m'man, on peut savoir ce que tu as, et que Matte avait prononcé le mot Sarajevo, qu'il avait relevé la tête et que l'agitation avait commencé.

Il avait su que, par l'intermédiaire du ministère des Affaires étrangères, le Tribunal pour enfants avait cherché les parents des petits réfugiés, ou d'autres membres de leur famille, et que, sans réponse de leur part, il les avait placés de manière temporaire. Omar n'y avait pas cru, il était convaincu qu'ils ne s'étaient pas donné la peine de chercher. Sauf que maintenant une réponse était arrivée, et il imaginait sa mère impatiente de serrer à nouveau ses deux fils dans ses bras. Elle était vivante, elle ne pouvait qu'être vivante, elle lui avait hurlé cours, c'était sa voix, forcément, et ils l'avaient enfin retrouvée, vous voilà, allait-elle dire, où diable étiez-vous allés vous cacher ? Il eut envie de rire.

Sen se retourna pour le regarder, resta sérieux malgré le sourire d'Omar.

Omar s'approcha.

– Tu as peur ? lui glissa-t-il à l'oreille.

– De quoi ? répondit Sen d'une voix trop forte.

Omar ne sut pas comment répondre. De tout perdre, peut-être. De faire demi-tour. Il savait que Sen regardait toujours la route devant lui.

– Tu as dit quelque chose, Sen ? s'enquit Mari sans quitter la circulation des yeux.

– Non, rien, m'man.

– On va peut-être retourner vivre avec notre mère, murmura encore Omar.

– C'est surtout à l'orphelinat qu'on va retourner, oui.

Mari tourna la tête. Elle les regarda tous les deux, ses yeux écarquillés sautant nerveusement de l'un à l'autre. Elle avait peur, elle, sans aucun doute. Elle n'arrivait pas à le cacher.

Dans le futur imaginé par Omar, il n'y avait pas l'orphelinat, mais l'entresol. Après la tragédie qui les avait frappés, après avoir risqué de perdre ses enfants pour toujours, leur mère n'allait sûrement plus jamais vouloir se séparer d'eux. Quoi qu'il en soit, rentrer à Ljubica Ivezić n'était pas un problème. L'important, c'était de la revoir, d'avoir la certitude qu'elle était en vie. Ils grandissaient, ils allaient travailler pour subvenir à ses besoins, ensemble, ils s'en sortiraient.

– Il n'y aura plus jamais d'orphelinat pour vous, je vous le jure.

Matte cracha un bout de peau arraché à sa lèvre inférieure.

Le fonctionnaire les accueillit dans une pièce assez spacieuse pour qu'ils puissent s'installer tous les quatre sur des sièges rembourrés devant le bureau, Sen et lui au premier rang et Mari et Matte juste derrière, comme pour les protéger, ou les bloquer si jamais ils avaient voulu s'enfuir. Une jeune femme, présentée comme une psychothérapeute, assistait également à l'entretien.

– Nous avons une nouvelle à vous annoncer, commença le fonctionnaire.

Omar n'avait pas éprouvé d'émotion aussi forte depuis des siècles. Un tourbillon dans le ventre, un brassage de son sang, ses os comme des baguettes de mikado juste avant l'écroulement. L'espoir, l'espoir : comment faire pour l'endiguer, s'il débordait ?

Le fonctionnaire prit une enveloppe, l'ouvrit, en sortit une feuille tapée à la machine, si fine et transparente que l'encre était lisible des deux côtés ; il se pencha pour la donner à Matte.

– Malheureusement, dit-il, ce n'est pas une bonne nouvelle.

Son corps se brisa, son sang se figea, son ventre s'engourdit. Omar s'agrippa à la chaise. Comment avait-il osé espérer ? Pourquoi l'avait-il fait, pourquoi ne s'était-il pas abstenu ? Ne jamais, jamais, jamais désirer. La catastrophe se tient en embuscade.

Mari prit la main de Sen. Avant même de lire, Matte effleura celle d'Omar, mais il se raidit. Laisse-moi tranquille. Comment peux-tu me toucher maintenant, comment peux-tu te mêler de cette histoire qui ne te concerne pas ? Ça ne te concerne pas.

Il garda le silence, et Matte laissa tomber.

– Il s'agit de votre père, expliqua le fonctionnaire. Je suis mortifié, mais je dois vous apprendre que nous avons reçu son certificat de décès.

Omar eut besoin de quelques fractions de seconde pour comprendre.

Les cloches d'une église des environs sonnèrent quatre heures.

Il n'avait pas imaginé que la nouvelle pouvait être en lien avec son père. Il ne s'était pas inquiété pour lui. Son père était un pirate avec un bandeau sur l'œil qui buvait de la *rakija* au petit déjeuner et ne se coiffait pas la barbe, longue jusqu'aux chevilles. Son père était immortel.

Sen ne dit rien non plus.

Le fonctionnaire ajouta qu'il était mort au front. Et donc, pensa Omar, il était finalement mort en héros.

Mari et Matte dirent nous sommes désolés.

– Si vous avez besoin de pleurer, intervint la psychothérapeute en approchant une boîte de Kleenex. Ne réprimez pas vos émotions, n'en ayez pas honte.

Quelle émotion ? Le soulagement que ce ne soit pas elle, la morte ? Omar ne détacha pas sa main de la chaise. Son sang trop dense stagnait dans ses veines.

Le fonctionnaire s'adressa à Mari et Matte :

– Je vous prie de bien vouloir me suivre, il y a quelques détails bureaucratiques à régler. Laissons les garçons avec madame, elle saura les aider.

Avant de sortir, Mari enlaça Sen, qui lui rendit son étreinte sans un mot. Matte aussi l'enlaça. Sen se laissa câliner comme une poupée de chiffon. Il était mou, docile.

– Je suis désolée, répéta Mari en se penchant sur Omar.

Elle n'avait plus les yeux écarquillés.

Il pensa : Tu ne voulais pas qu'il soit vivant. Tu ne veux pas non plus que ma mère soit vivante. Tu veux que ton nid reste à l'abri. Ton nid factice, où tu m'as pris au piège moi aussi.

– Ok, lui répondit-il d'une voix si aseptisée que même Matte s'éloigna sans un geste.

La psychothérapeute attendit que la porte se referme puis elle s'assit à la place du fonctionnaire. Elle resserra sa queue-de-cheval dans son élastique et hasarda :

– Vous voulez essayer de me dire ce que vous éprouvez ?

Cette mièvrerie, il ne la supportait pas. C'était la façon qu'avaient les gens de souligner sa malchance.

– Non, merci, dit Sen.

Omar ne s'attendait pas à une réponse pareille. À en juger par son expression, la psychothérapeute non plus.

– Ma mère est vivante ? lui demanda-t-il.

– Je ne sais pas. Il n'y a que le certificat de ton père qui est arrivé.

– Donc elle doit être vivante, dit Omar. Autrement, celui de ma mère serait arrivé aussi, non ?

La psychothérapeute hocha la tête. Sa queue se relâchait, elle l'ouvrait en deux mèches qu'elle tirait vers l'extérieur, relevant le coin de ses paupières.

Elle posa les mains sur le bureau.

– Peut-être avez-vous envie de partager un souvenir de votre père.

– Avec vous ? demanda Sen. Pourquoi, vous le connaissiez ?

Ce ton insolent ne ressemblait pas à son frère, lui qui voulait plaire à tout le monde.

– Non, mais ça m'intéresse quand même, dit la psychothérapeute.

– Moi, je ne raconte pas ma vie aux inconnus, cracha Sen avant de se diriger vers la porte.

La femme se résigna, alla appeler le fonctionnaire.

Seuls dans un bureau de l'administration, les frères gardèrent le silence.

De la fenêtre leur parvenait le vacarme importun des klaxons.

– Il ne m'a rien appris, dit Sen.

Omar le regarda.

– Rien. Il ne m'a pas appris à nager, ni à faire du vélo, ni à jouer à Zandar, ni à compter, ni à écrire. Rien.

La ventilation du climatiseur ronronnait.

– Mais une fois – son expression se fit soudain rêveuse –, il m'a fait goûter la *rakija*. Juste une goutte, coupée avec de l'eau, hein. Un tout petit peu. Maman n'était pas là, elle était sortie avec toi, lui était en train de boire et moi j'ai dit tu m'en donnes un peu ? Il pouvait s'énerver, il le faisait souvent, mais pas cette fois. Il m'en a versé moins d'un doigt, regarde, comme ça – Sen montra son auriculaire. Il a versé de l'eau par-dessus et m'a donné le verre.

– Ça t'a plu ?

– Je ne m'en souviens pas. J'avais chaud au visage et au cou. Au bout d'un moment, j'ai eu la tête qui tournait, mais rien qu'un peu. C'était peut-être juste une vue de l'esprit.

– Et maman, elle s'en est rendu compte ?

– J'ai passé l'après-midi à me poiler avec papa. Je ne me souviens pas à quel sujet, peut-être que je disais des phrases débiles parce que j'étais à moitié fait, rit-il. Je me souviens que j'étais assis par terre en train de jouer et que d'en bas, surtout quand il se mettait debout, il m'avait l'air énorme, je lui disais papa, mais tu es un géant, et lui riait, il se frottait le nez avec le doigt, et il riait. Puis quand maman est arrivée j'allais déjà mieux, ou je me suis forcé. Papa me faisait des clins d'œil. Il avait une bonne tête, ce soir-là, paisible. Comme s'il était content de partager un secret avec moi. Toi aussi tu es un géant, il m'a dit en cachette, on est des géants tous les deux.

Omar ne se rendit pas compte qu'il souriait.

Les cloches sonnaient quatre heures et demie quand la porte s'ouvrit.

Chante, ô Drina, car aujourd'hui au fleuve, c'est jour de pêche. Les guides disent de ne pas se baigner la nuit mais c'est la nuit que nous plongeons, mon ami et moi, harcelés par un été furieux, réduit en lambeaux, à nous deux nous n'avons pas trente ans. Chante, ô Drina, car la radio a diffusé l'appel, le fleuve est encombré, les turbines, bloquées, le directeur de la centrale hydroélectrique dit que c'est le moment de pêcher. Chaque nuit, nous descendons au fleuve sous la surveillance de la lune de juin, et tu parles, Drina, de Stoja et d'Ostoja, tu les fis rechercher dans toute la Bosnie afin que l'Architecte les emmure vivants, selon tes souhaits, dans le pilier central du pont. Mais il eut pitié, plus que toi, de la mère à qui on venait d'arracher ses deux enfants, des jumeaux pas encore sevrés, aussi laissa-t-il deux trous dans le pilier pour qu'elle puisse y glisser ses tétons et les nourrir. Bénie soit la terre qui m'a allaité, bénie soit l'eau de la Drina, trouble de vase et de corps entassés sur son fond, les turbines bloquées, nous plongeons en apnée, j'ai quinze ans, je les aurai pour toujours, pour toujours ce sera l'année 1992. Je garderai le souvenir de la Bosnie comme d'une vieille maladie, même quand je vivrai loin de Višegrad et du pont Mehmed Paša Sokolović, loin de mon ami, et du petit frère et de la petite sœur qui sucent le lait de leur mère ensevelis dans la pierre, et des hommes et des femmes ensevelis sous l'eau, la plus grande fosse commune du pays, celui où je suis né, celui où je n'habite plus. Même quand j'aurai perdu la raison, je me souviendrai de ces nuits de juin où la lune éclairait la rive droite du fleuve, et les cent quatre-vingts cadavres que mon ami et moi avons exhumés, enterrés, en un mois. Chante, ô Drina, la haine sans but et sans origine, une lèpre, les scientifiques du monde entier viendront l'étudier, chante l'histoire de la vieille aux mains et aux pieds cloués à la porte : c'est moi qui l'ai traînée jusqu'à la rive, avec mon ami. Nous étions des pêcheurs de la Drina, nous descendions à l'ombre du pont, les meurtrières creusées dans le pilier exsudaient du lait, au même endroit où les colombes faisaient leurs nids. Bénie soit la terre qui m'a élevé, j'avais quinze ans à peine, ensuite j'ai perdu la raison, depuis lors je suis vivant et à Višegrad je suis tombé.

35

L'invitation émanait de Lidia, elle l'avait communiquée à Azra par téléphone. Danilo savait qu'elles se parlaient souvent : elles étaient devenues amies pendant les mois où sa mère et sa sœur avaient vécu aux Cerfs-Volants, et c'est elle qui les avait aidées à trouver l'appartement qu'ils habitaient à présent ; elle l'appelait au moins une fois par semaine pour savoir comment elle allait, comment se passait le travail, si elle était contente des articles qu'elle avait écrits. Elles papotaient un peu en anglais et un peu en italien, Azra se donnant du mal pour apprendre toute seule cette nouvelle langue. Elle n'avait pas parlé à Lidia de l'enquête sur les adoptions d'enfants bosniens – illégales selon certains –, de peur qu'elle le répète aux sœurs. Un soir, elle avait dit à Danilo qu'il était peut-être question de gros sous, bref, que les enfants avaient peut-être été vendus, et il s'était contenté de penser que personne n'avait pris Nada – même son frère n'avait pas voulu d'elle.

– Ils donnent un spectacle pour le 15-Août, dit Azra en piquant un morceau de viande avec sa fourchette.

– Et qu'est-ce… qu'est-ce… qu'est-ce qu'ils jouent ? demanda Jagoda.

– Elle me l'a dit, mais j'ai oublié. Attends… Ils ont adapté un roman italien, des enfants qui s'enfuient pour participer à un championnat de handball, non, de…

– Football de rue, rappela Danilo.

Un portrait de Jean-Paul II était affiché dans le hall de l'institut et chaque fois que Lidia le croisait, elle disait : la Grande Meringue ! C'était comme ça que le pape était appelé dans le livre qu'elle leur avait fait lire. Danilo n'aimait pas les meringues, alors que Lidia en raffolait. Les garçons de l'institut étaient tous un peu amoureux d'elle, lui compris.

– Je n'irai pas au spectacle. On fait un feu de joie sur la plage pour le 15-Août.

– Tu plaisantes ? dit sa mère. Lidia serait vexée. Irene peut venir aussi, si tu n'arrives pas à te déscotcher d'elle un seul soir.

Danilo lâcha ses couverts : la simple idée d'emmener Irene à l'institut lui nouait l'estomac. Il s'était libéré de ce monde auquel il avait été contraint pendant des années, il s'était libéré des bonnes sœurs et de Caritas, et même s'il conservait son permis de séjour au milieu de ses chaussettes dans une pochette de plastique transparent pour éviter qu'il ne s'abîme tant le papier sur lequel il était imprimé était fin, plus fin que du papier de soie, cela faisait des mois qu'il avait quitté la vie de réfugié et il ne voulait absolument pas y replonger, et encore moins la montrer à Irene. Ce n'était pas par peur de la décevoir, d'être moins attirant à ses yeux. C'était pour elle. Si Irene avait franchi le seuil des Cerfs-Volants, son image se serait écornée. Danilo ne tolérait aucune contamination : elle était excitante parce qu'elle en était séparée, un monde nouveau. Si elle s'était mélangée à son passé, il aurait cessé de la désirer.

– Il n'en est pas question. Irene ne viendra pas, et moi j'irai au feu de joie.

Il se leva pour aller vider son assiette dans la poubelle.

– Te voilà ! Mon champignon préféré.

Lidia l'enlaça trop fort, joyeuse, riant avec ses incisives qui se chevauchaient.

Danilo avait oublié qu'à l'institut, pendant qu'ils apprenaient l'italien, les jeunes Bosniens se définissaient comme des champignons, *funghi*, pour l'assonance avec le mot réfugiés, *profughi*.

L'éducatrice salua avec la même emphase Azra et Jagoda, puis elle les invita à la suivre.

– Je vous ai gardé quatre places au premier rang… Mais au fait, où est ta moitié, Danilo ? Tu l'as déjà fait fuir ?

– À un feu de joie. Je la rejoins plus tard.

– Dommage qu'elle ne soit pas venue, le spectacle est chouette. Tu te souviens du livre ? On l'a lu ensemble.

Parfois, Lidia débranchait le câble de l'antenne et le nouait autour de son jean, comme une ceinture. Vous êtes dépendants à la télé, disait-elle. Ça suffit, maintenant, on lit.

– C'est Nada qui a dessiné les costumes, tu sais ? Qu'est-ce qu'elle est douée, ma Nadadrakulićàladirection.

Et elle rit de nouveau.

Danilo espéra ne pas la croiser, il n'aurait pas su se justifier de n'avoir toujours pas répondu à sa dernière lettre.

Il n'était plus jamais revenu aux Cerfs-Volants et ça lui faisait quelque chose de déambuler dans cette cour où il avait tant de fois joué de la guitare, où les plus petites avaient appris avec Lidia à danser le hully gully, et où Suljo présentait un festival de Sanremo imaginaire dans lequel les participants concouraient en serbo-croate. *Sarajevo će biti*, chantait Izet d'une voix puissante héritée de son oncle ténor, l'été mûrissait, se flétrissait, et c'était toujours lui qui gagnait – Sarajevo restera, tout le reste passera.

– Ah ! dit Lidia en sortant une enveloppe de sa poche. C'est arrivé pour toi l'autre jour. Il faut que tu penses à donner ta nouvelle adresse, tête de linotte.

Danilo lut l'identité de l'expéditeur et tressaillit. Il y avait tant de choses qu'il avait oubliées.

Pendant le spectacle, Jagoda et sa mère lui demandèrent à plusieurs reprises : qu'est-ce qu'ils disent ? Il avait envie de répondre : restez à la maison tant que vous ne saurez pas parler correctement l'italien.

Il se leva quand le public applaudit. Azra lui demanda où il allait, mais il passait déjà la foule au peigne fin dans l'espoir d'y repérer Nada. Il fallait qu'il lise la lettre avec elle. Ou alors non, il allait la lire seul et ne l'en informerait que si elle contenait une bonne nouvelle.

Il s'adossa contre le mur, ouvrit l'enveloppe, déplia la feuille, retint son souffle.

– Bah voilà, tu t'es trouvé une nouvelle correspondante, je comprends mieux.

Il leva les yeux.

Elle souriait. Ce n'était pas de la moquerie, elle souriait comme si elle était heureuse de le voir.

– Il y avait forcément une raison pour que tu arrêtes de m'écrire.

Elle n'avait pas l'air en colère.

Danilo ne pouvait pas le savoir mais elle envisageait la possibilité qu'il l'ignore depuis leur voyage en provenance de Sarajevo, quand il lui avait serré la main pendant la perquisition du car puis qu'une fois descendu et remonté à bord, il s'était tourné de l'autre côté sans plus lui prêter attention. Il ne pouvait pas savoir que tous les jours elle se préparait à cette possibilité, avec n'importe qui, que c'était l'intérêt des autres qui la sidérait, au point qu'elle le rejetait souvent. Elle avait besoin de peu de gens, et à ces gens-là, elle ne l'avouerait jamais. Elle les attendrait, les accueillerait s'ils revenaient. Resterait seule s'ils l'avaient décidé, sans prétendre à autre chose. Danilo avait le pouvoir de la choisir ou de la répudier : quel que soit son comportement, elle lui aurait donné raison.

– Salut, Nada.

Il ne l'avait pas vue depuis huit mois. Il ne s'était pas rendu compte qu'elle lui manquait.

Elle était différente. Radieuse. Sous sa masse de cheveux blonds, plus longs que jamais, son bronzage ressortait, doré. Ses clavicules étaient solides contre les bretelles de son débardeur rayé, on avait envie de s'y agripper comme à une barre. Son corps grand, résistant, une succession de saillances et de creux, de raideur et de mollesse, semblait pouvoir affronter toutes les épreuves. À cet instant, pour Danilo, elle fut le seul lieu auquel il valait la peine d'amarrer. Il en conçut un sentiment de propriété urgent dont il fut le premier ébahi.

Il revit la femme qui se lavait sur le balcon, cachée par quelques planches de bois, dans la résidence de ses grands-parents à Sarajevo. Elle avait accroché un seau à une poutre afin de recueillir l'eau de pluie, et une fois par semaine elle sortait nue – et se savonnait, puis tirait la corde pour incliner le seau et se rincer. Avec quelle jubilation elle se frottait la peau. Danilo l'avait entrevue dans une fissure entre les planches et ne l'avait plus jamais oubliée. Pour la première fois depuis qu'il était né, la distance d'avec un corps lui était physiquement douloureuse, il aurait voulu goûter cette peau et ne pas pouvoir le faire le frustrait presque jusqu'aux larmes. Sa grand-mère s'était aperçue qu'il espionnait quelqu'un et dès qu'elle avait compris qui, elle l'avait tiré à l'intérieur en lâchant un commentaire sur cette jeune femme incapable de se tenir, sur la guerre qui avait rendu les gens fous.

La nostalgie pour ce corps jamais effleuré, jamais approché, avait été une initiation. Il s'était déjà touché, la nuit, au lit, il connaissait l'arrachement du plaisir. Et pourtant, en son for intérieur, il associait la découverte du désir à une femme qui se lavait en plein air pendant la guerre parce qu'il n'y avait plus d'eau, dans aucun logement. Comme si la beauté féminine était le résultat d'une carence.

À présent, face à Nada, la même douleur le tenaillait, la même incontrôlable frustration.

– Qu'est-ce que tu as ? Tout va bien ?

Danilo serra la lettre dans ses mains, tenta de se ressaisir.

– J'ai une surprise pour toi.

Il lui tendit la feuille. Elle l'interrogea du regard.

– Lis.

Il la regarda baisser la tête, des mèches ondulées glissèrent sur sa poitrine. Puis Nada releva la tête et sa stupeur lui donna envie de la défendre contre tous.

– J'ai gagné ?

– Tu as gagné.

– Mais comment c'est possible ? Je ne me suis jamais inscrite au concours, je n'ai jamais participé. Et pourquoi c'est à toi qu'ils l'annoncent ?

– J'ai envoyé le portrait que tu avais fait de moi. D'ailleurs, il faut que tu m'en refasses un, je ne peux quand même pas me retrouver sans rien.

Nada relut la lettre pour s'assurer que c'était bien vrai. Elle sortit le chèque.

– J'ai gagné cinq cent mille lires. C'est énorme, Danilo, merci !

– Tu ne le dois qu'à toi. C'est toi qui as fait le dessin.

Elle se jeta sur lui. Ses doigts sur ses clavicules, son menton dans son cou, ses cuisses tout contre lui.

Azra et Jagoda les découvrirent comme ça.

Danilo se détacha de Nada, manifestement gênée. Pour distraire sa mère et sa sœur, il parla du concours, puis, alors qu'elles s'enthousiasmaient, dit :

– Allons-y.

– Déjà ?

Nada était déçue.

– Mon fils doit participer à un feu de joie, ça a l'air d'être la chose la plus importante au monde. À bientôt, ma jolie, viens à la maison un de ces quatre, j'insiste. Tu connais l'adresse.

– Quoi ? Vous partez ? demanda Lidia quand ils allèrent la saluer. Non non non, pas question. Il va y avoir de la musique, maintenant.

Et elle entraîna Jagoda et Alza sous la scène : les chaises avaient été déplacées pour créer une piste de danse.

Ils dansèrent sur *Strange World* et *Lemon Tree*, *Tranqi Funky* et *Vivo morto o X*, et pas seulement Lidia : Danilo, Jagoda et Nada aussi – Azra dit qu'elle avait mal à la tête et alla s'asseoir pour les attendre. Nada n'avait jamais vu Jagoda aussi désinvolte, à croire que la danse l'isolait, la mettant enfin à l'abri. Elle, au contraire, était si électrisée qu'elle aurait déplacé une montagne, plongé à trente mètres de profondeur, sauté en parachute, si on le lui avait proposé. C'était la première fois qu'elle remportait quelque chose, et elle n'avait qu'une hâte : l'annoncer à Ivo.

Quand un slow démarra, Danilo lui saisit la main.

Il la traîna hors de la piste, vers la plage. Nada le suivit en courant.

Sur le rivage, il la poussa dans l'eau.

– Qu'est-ce que tu fais ? dit-elle en essayant de conserver l'équilibre.

Elle avait déjà mouillé ses Converse et son jean.

Danilo continua à la pousser.

– Je vais être trempée, hurla Nada en tombant.

Elle réémergea, enragée.

– Je vais te faire voir.

Dans le silence de la plage, des échos de la piste leur parvenaient. *I've learned that nothing really lasts forever.* Nada se leva et, de toutes ses forces, heurta Danilo, qui tomba à son tour.

Ils plongèrent ensemble, l'un sur l'autre, si proches qu'ils ne surent plus quoi faire. *I sleep with the scars I wear that won't heal*, chantaient le centre de vacances, les lucioles, les méduses, et Danilo fut écrasé par la vigueur de ce corps, par sa tendreté : avant de le décider, il le toucha, l'étreignit, le caressa, sans demander la permission, envahi d'une frénésie enfantine, péremptoire. Nada le laissa faire. Danilo lui mordit les clavicules, lui bloqua les poignets, lui pinça un sein. Il ne l'embrassa même pas.

Puis, d'un coup, il s'arrêta.

Étourdie, elle ne dit rien.

Il sortit de l'eau et s'étendit sur la plage, haletant.

Nada resta sur le rivage. Elle ôta ses chaussures, plongea ses orteils dans le sable mouillé. Personne n'avait touché son corps de la sorte, jusqu'ici. Elle ne savait pas si ça lui avait plu ou si ça l'avait importunée. Elle l'avait accepté comme une expérience, une épreuve qu'il fallait affronter tôt ou tard. Mais c'était Danilo, ça, et maintenant, elle n'arrivait plus à lui parler.

– Que faisais-je tandis que l'Histoire avançait ?

Nada ne comprit pas.

– Qu'est-ce que tu dis ?

– C'est une poésie.

Danilo avait les mains sous la nuque, les coudes écartés.

– Elle est de toi ?

Il rit.

– Bien sûr que non.

Nada s'enflamma. Non seulement il l'avait touchée sans la moindre tendresse, non seulement il avait évité de l'embrasser, dégoûté par sa bouche, peut-être, par l'intérieur d'elle, mais il se moquait maintenant de son ignorance.

Les chaussures à la main, elle se leva et se mit à marcher. Elle n'avait pas osé le toucher, anesthésiée par le trouble, elle avait assisté à l'événement de l'extérieur, comme si cela ne la concernait pas, et pourtant elle devinait que dans le corps de Danilo se logeait un bonheur potentiel, il suffisait de franchir la frontière. Peut-être qu'il ne l'avait pas embrassée parce qu'elle avait été froide, inaccessible.

Elle passa à côté de sa silhouette allongée et il eut envie de lui agripper le mollet, de la faire tomber encore, encore à côté de lui, il eut envie de voir dégringoler à répétition cette jeune fille qui déclenchait en lui une nostalgie insurmontable – une douleur physique. Il se retint.

Nada continua à marcher, sans un salut, Danilo écouta les Converse qui s'entrechoquaient l'une contre l'autre, jusqu'à ce que le bruit soit trop loin.

À ce moment-là seulement, à voix haute, il dit : « Moi, je me contentais de t'aimer », complétant la strophe.

Il ferma les yeux et s'exposa aux accusations des étoiles.

TROISIÈME PARTIE

1999-2000

36

– Omar, pourquoi tu ne manges pas ?
– J'ai fini.
– Mais il y a encore une côtelette entière dans ton assiette.
– Je déteste la viande, tu le sais.
– Tu es tout pâlot, ça ne va pas ?

Mari tendit la main pour lui toucher le front, Omar s'écarta.

– Je ne te touche pas, je ne te touche pas, ne t'inquiète pas.

Elle soupira bruyamment : elle ne disait pas tu me fatigues, mais Omar l'entendait très distinctement dans ses oreilles. Il croisa ses couverts puis se leva pour aller ouvrir le lave-vaisselle.

– Tu sais que tu risques de redoubler ? dit Matte.
– Quel rapport avec la côtelette ?
– Ah, on répond, en plus ?
– Sen va avoir son bac, dit Omar, et il est devenu capitaine de l'équipe.
– Et donc ?
– Un sur deux, c'est pas si mal comme résultat, non ? De quoi tu te plains ?

Matte frappa la table de sa fourchette. Il préférait le garçon mutique sur la banquette arrière, pensa Omar, et tant pis s'il n'était pas marrant, s'il était impossible de savoir ce qui lui passait par la tête – angoisse, peur ? Ne demande pas, tu n'es pas responsable de ce que tu ignores. L'impudent jeune homme de dix-sept ans qu'il était devenu, Matte ne savait pas le gérer. En trois ans, depuis qu'il avait commencé à vivre avec eux, Omar avait beaucoup poussé. Tu t'es arrosé les pieds, ou quoi ? plaisantait Matte, fier. Mais maintenant qu'ils faisaient la même taille, il avait conscience d'avoir perdu toute autorité. Maintenant que leurs corps occupaient le même espace dans le monde, qu'ils avaient la même force, une forme de retenue s'imposait.

– Il a toujours peu mangé, intervint Sen. C'est sa constitution.

Omar ne s'attendait pas à ce qu'il prenne sa défense.

– Mon frère a toujours vécu d'air, il n'a jamais eu faim.

Son appétit avait presque disparu depuis le jour de la grenade dans la côte de Bjelave, mais Sen évita de le préciser. Non pas, Omar le devinait, pour lui épargner un souvenir qui l'aurait meurtri, mais pour ne pas bouleverser leurs parents d'accueil. L'annonce de la mort de leur père avait aggravé le sentiment de culpabilité de ces derniers, comme s'ils étaient responsables de ce drame, comme si c'était eux qui avaient lancé la bombe. Ils avaient des enfants, enfin, parce qu'une guerre avait éclaté de l'autre côté de la mer : leur désir le plus cher s'était réalisé grâce à la tragédie d'un pays entier, grâce à une mère explosée en l'air. Il faut une quantité démesurée de souffrance pour qu'une mère sans enfant puisse élever l'enfant d'une autre. Que la mère biologique soit morte ou non, il s'agit de toute façon d'un deuil. Tu devrais le savoir, quand tu prends un orphelin chez toi, pensait Omar, que si tu as gagné c'est parce que moi, j'ai perdu. Ma mère, j'ai perdu.

Mari se leva, saisit une pomme dans la corbeille sur le plan de travail, la lui lança ; il réussit à la réceptionner, elle sourit, satisfaite de ses réflexes.

– Au moins un fruit, allez, fais-moi plaisir.

Visant le centre de la table avec sa télécommande, comme s'il était en train de bénir les restes de repas, Matte changea de chaîne. Omar éplucha lentement sa pomme, la peau tomba sur sa serviette en décrivant une spirale. Assis en face de lui, Sen lui sourit, le remerciant presque de sa concession. Sois sage au moins ce soir, semblait-il l'implorer.

Sur le comptoir en granit, exposées comme des trophées, les photos de la première communion. Sur l'une, le profil levé, Sen regardait le prêtre qui lui tendait l'hostie consacrée. Sur l'autre, les yeux baissés, Omar se concentrait sur le petit disque blanc : il en connaissait déjà la consistance de polystyrène, le goût fade, d'où cette grimace involontaire qui amusait tant Mari.

Le corps du Christ, répétait le prêtre chaque dimanche en approchant de sa bouche son index et son pouce en tenaille. Mari, Matte, sœur Tourment et les autres religieuses, tous acceptaient sans ciller qu'un homme soit mort d'une façon si cruelle parce que son père l'avait décidé, ils acceptaient que son père l'ait fait naître dans le seul but qu'il soit insulté, torturé, tué. Et que ce choix soit juste, pire : miséricordieux. Ils appelaient ça de l'amour.

À genoux au pied de son banc, le visage caché dans ses mains, chaque semaine Omar décollait l'hostie de son palais en la réduisant en bouillie, et même s'il ne croyait pas qu'il s'agissait du corps du Christ – comme le lui avait expliqué Nada avant tous les autres, sans y croire elle-même –, la façon dont les gens étaient disposés à se régaler de la mort d'un autre, pourvu que cela leur permette d'être sauvés, la facilité avec laquelle ils profitaient du sacrifice d'un être humain sans se sentir chacals, le glaçait. Jésus revient, aurait objecté Mari. Oui, mais avant, son père lui réserve une douleur insupportable. Omar mordit un morceau de pomme, eut du mal à l'avaler. Vous tous, aurait-il dit si cela avait valu la peine, vous légitimez cette violence.

Il tendit un quartier à son frère, qui le mâcha en vitesse, profitant de ce que Mari, en train de faire la vaisselle, avait le dos tourné. Reconnaissant de cette complicité, Omar lui laissa le reste du fruit. Ils débarrassèrent ensemble. Puis jouèrent à Zandar sur la table de la cuisine. C'étaient les cartes de Matte, qui demanda : « Vous m'apprenez ? » Sen ne répondit pas, et Omar sentit qu'il était de nouveau de son côté. Aussi lui glissa-t-il, dans un murmure : « Seuls les géants peuvent jouer. »

La porte des toilettes s'ouvrit sur la silhouette courbée de Butterfly.

Senadin avait déjà assisté à des scènes similaires, pendant l'interclasse. Butterfly qui renversait la tête en arrière et grognait, comme en proie à un orgasme. C'était exagéré, l'imitation d'un mauvais film. Un autre prenait sa place, se penchait sur le lavabo en se bouchant une narine, inspirait fort. Mais d'habitude Sen était déjà face à une cabine : un salut rapide et il s'enfermait à clé.

Seulement ce jour-là, en passant derrière Butterfly pour entrer dans les premières toilettes libres, Sen se figea.

Omar était adossé au mur, semblant attendre son tour.

– Qu'est-ce que tu fais ?

– Rien.

Il se tourna de l'autre côté pour ne pas croiser son regard.

– Tu as perdu la tête ?

– Qu'est-ce que tu veux ?

En reculant pour éviter sa prise, Omar heurta accidentellement la paroi.

– Nom de dieu !

– On y va, dit Sen.

– Laisse-moi.

Omar se massait le coude.

– Viens avec moi.

Il regardait le sol, jamais lui.

Sen essaya de nouveau de l'entraîner.

– Fous-moi la paix.

– Tu ne peux pas traîner avec ces gens !

– Ces gens ? intervint Butterfly. De qui tu parles ?

Sen n'avait jamais eu de problèmes à l'école. Pas de bagarres, pas la moindre escarmouche. Il disait bonjour à tout le monde, même à ceux qu'il ne fréquentait pas, ceux dont il ignorait le nom. Il était apprécié, un gars tranquille, disait-on, qui vivait sa vie. Ni cancre ni meilleur de la classe, il n'avait jamais répondu à un professeur, n'avait jamais été pris au dépourvu pendant un cours, n'était jamais arrivé en retard. Il plaisantait même avec les pions, qui l'avaient pris en sympathie.

– Excuse-moi – le ton accommodant – mais mon frère est trop petit pour ces trucs-là.

Omar le bouscula.

– Ce n'est pas toi qui décides à ma place.

Butterfly s'approcha, en sueur.

– Personne n'a obligé ton frère à traîner avec nous.

– Bien sûr, répondit Sen en cherchant à avoir l'air le plus calme possible, je n'ai jamais pensé ça.

– Moi, je ne suis pas « ces gens » et toi, tu n'es pas mieux que moi. Compris ?

– Excuse-moi, je ne voulais pas te blesser. Je veux juste parler avec mon frère.

– On est en train de faire notre récréation, là.

Butterfly indiqua le garçon qui se frottait l'index sur la gencive.

– On n'aime pas être dérangés.

– Ok, dit Sen. Viens, Omar.

Omar ne bougea pas.

– Viens !

– Il t'a dit non, martela Butterfly. Il ne veut pas venir, il a vraiment envie de rester avec « ces gens ». Peut-être que ça ne te plaît pas, à toi, mais il a d'autres goûts, lui.

– Je t'en supplie, c'est mon frère. Il est trop petit.

– Laisse-le tranquille, tu n'es pas sa nounou.

– Putain, Butterfly. C'est quoi que tu comprends pas ?

Le choc des épaules sur les carreaux froids.

Butterfly l'avait repoussé contre le mur, les veines de son cou pulsaient sous la pression de ses doigts.

– Qui c'est qui comprend pas ?

L'haleine chaude, le menton et le front humides, brillants.

– C'est qui, hein, celui qui comprend pas ?

Les doigts sur la mâchoire inférieure, la douleur irradiant jusqu'aux tempes. Sen eut peur que Butterfly sorte son couteau, celui qu'il se vantait d'avoir toujours sur lui et qui lui avait valu ce surnom. Il n'avait jamais cru qu'il en possédait vraiment un, mais maintenant – il chercha le regard d'Omar.

Il était là, au milieu des autres. La porte des toilettes s'ouvrit deux fois. Deux fois, personne n'entra. Mieux valait se retenir que d'être mêlé à ça.

– C'est toi, dit Butterfly, et son nez effleura le sien, tellement il était proche.

Sen hocha la tête, autant qu'il était possible de le faire avec une main serrée autour du cou.

– Voilà, c'est ça. Celui qui comprend que dalle, c'est toi. Pas vrai, Omar ?

Il ne répondit pas. Ne dit pas laisse-le, c'est mon frère, tu n'as pas le droit de le toucher.

Butterfly posa son front contre celui de Sen, puis il le relâcha. Sen resta collé au mur – sur son visage, la sueur de quelqu'un d'autre – en attendant la permission de partir. Il chercha Omar une dernière fois, mais Omar ne le regarda pas.

Dans l'après-midi, il frappa à la porte. Sen ne répondit pas, il ouvrit quand même.

Son frère lisait *Dylan Dog* allongé sur un côté, ses Stan Smith enfouies dans le couvre-lit – si Mari le voyait.

Omar rôda dans la chambre comme si c'était la première fois qu'il y entrait ; il inspecta les photos de Sen avec ses amis accrochées à un tableau de liège au-dessus de son bureau, les coupes sportives alignées à côté des livres d'école, le chantier d'un immeuble au loin, de l'autre côté de la fenêtre. Il espérait que Sen lui parlerait, ou qu'il lui demanderait au moins ce qu'il voulait, mais il continuait à lire, impassible. Il se frotta le cartilage du nez, se boucha les narines avec son index et son pouce, jusqu'à ce que l'apnée le fasse exploser :

– Je ne me drogue pas !

Sen tourna la page, comme s'il n'avait pas entendu.

Omar fut tenté de prendre la porte, décida finalement de lui arracher des mains sa BD.

– Je te le jure ! dit-il.

– Rends-moi ça.

Il regarda la couverture : c'était un vieux numéro, il le connaissait déjà. Il ouvrit, jeta un œil. « J'ai toujours été une nullité. » Referma.

Sen lui tendait la main avec impatience.

Omar ne résista pas, il rouvrit à la même page. « Enfant, ma mère me confondait avec mon frère, même si j'étais fils unique. »

Sen fit un geste pour récupérer le magazine, il l'esquiva.

« Donc je n'étais même pas unique. D'ailleurs ma mère croit encore aujourd'hui que c'est mon frère, le fils unique. »

Sen renonça. Il se rallongea sur le lit.

Omar posa le *Dylan Dog* sur le bureau, mit une main dans sa poche, en sortit une boulette enroulée dans du papier aluminium, la lui tendit.

– Qu'est-ce que tu veux que j'en fasse ?

– C'est toi qui me l'as donnée, je ne l'ai jamais utilisée. Tu crois vraiment que je vais prendre des trucs encore plus forts ?

Sen fit tourner la boulette entre ses mains, la renifla par automatisme.

– Je ne veux pas que tu te fasses des idées fausses et que tu ailles les raconter à ces deux-là.

– Ah, d'accord. Tu me demandes de ne rien répéter à Mari et Matte ?

– Il n'y a rien à dire.

Sen caressa son bouc.

– Je veux rentrer à Sarajevo, dit Omar. Même juste pour des vacances, cet été. Je veux retrouver maman.

Sen se leva, inséra la boulette dans l'espace que l'album avait laissé sur l'étagère, extrait de sa collection, puis il prit la BD et la remit à sa place. La boulette disparut.

– Notre mère est morte.

Omar donna un coup de poing sur le bureau.

– Arrête un peu !

– Voilà, tu vois comme tu es excité ?

Sen le poussa sur la chaise.

– Tu ne te souviens pas du certificat de décès de papa ?

– Justement, dit Omar. On a reçu le sien, pas celui de maman.

Derrière la fenêtre, au loin, les ouvriers marchaient sur des échafaudages avec une assurance qui le terrifiait.

– La mère de Danilo a dit qu'il y a deux ans, la mairie de Milan a refusé la demande de visite d'un représentant bosnien, parce que ce contact risquait d'être « douloureux » : on était en train de passer les tests psychologiques ordonnés par le tribunal pour enfants.

– Pourquoi, tu fréquentes la mère de Danilo ?

– C'est Nada qui me l'a dit, il y a longtemps. La mère de

Danilo avait écrit un article pour *Oslobođenje*, « Des enfants oubliés en Italie ».

– Et qu'est-ce que ça racontait ? Dis-moi.

– Que le tribunal a décidé de nous confier à des familles italiennes parce que nous n'avions plus de rapport avec nos parents depuis notre arrivée en Italie.

– C'est vrai.

– Mais c'était la guerre ! Comment est-ce qu'ils pouvaient nous appeler ? Maman ne pouvait même plus venir nous voir à l'orphelinat à cause des bombes, on est partis sans la prévenir, comment aurait-elle su où on était ? Ils nous ont emmenés sans lui laisser son mot à dire.

– Si elle tenait à nous, elle ne nous aurait pas abandonnés.

– Elle ne nous a pas abandonnés ! hurla Omar.

– Écoute, je suis le seul à ne pas t'avoir abandonné malgré toutes tes conneries. Ou plutôt, moi, Mari et Matte.

– Je te jure qu'elle est vivante. Je l'ai entendue, après la grenade. C'était sa voix, elle me disait cours, cours. Et je l'ai fait, parce qu'elle me l'a dit… Putain, c'est de ma faute.

Mari apparut sur le seuil. Elle n'entra pas – elle était bien élevée, elle savait comment se comporter, c'est pour cela qu'Omar la détestait. Parce qu'elle était mieux que sa mère, et que Matte était mieux que son père, il ne buvait pas, ne s'énervait pas, sa barbe ne piquait pas. Leur bonne volonté diminuait ses vrais parents : des gens qui transpiraient trop, qui avaient des cals aux pieds, des caries aux dents, comme s'ils appartenaient à une espèce inférieure, à une phase de l'évolution sur le point d'être dépassée.

– Tout va bien ? demanda Mari.

– Oui, m'man, t'inquiète, répondit Sen. Omar me racontait un truc sur Nada.

– Ah, votre amie. Ça fait longtemps que je n'en ai pas entendu parler. Comment elle va ?

Omar l'avait abandonnée parce qu'il était trop pénible d'attendre de la perdre.

De son index, il extirpa « Mémoire de l'invisible » de sa collection de *Dylan Dog*. De nouveau un espace – mais il n'était plus vide.

Il fit un rouleau avec l'album, et l'empoignant, écarta Mari et sortit.

C'est un Croate qui donna le coup d'envoi, avec trop de rage ou trop d'enthousiasme, toujours est-il qu'il rata sa trajectoire et qu'un adversaire intercepta la balle. L'adversaire était croate aussi, et la balle était difficile à défendre, elle leur échappait, ne rebondissait pas. Ils étaient tous croates, sur le terrain : on jouait un match amical, organisé pour détendre les esprits, pour s'octroyer une pause au milieu des combats. L'opération Mistral 2 battait son plein, l'objectif était Banja Luka, la plus grande ville serbo-bosnienne. Mais ce jour-là, les soldats croates s'étaient inventé un terrain de foot sans lignes ni filets, comme quand ils étaient petits, sans tribunes ni supporters, juste une grappe de Casques bleus pour tous spectateurs. Ils se jetaient sur la balle comme des enfants, et les enfants ont toujours raison.

Les joueurs riaient, envoyaient des coups brutaux, n'avaient pas de stratégie, pas de technique, mais ils suintaient la détermination, et ils dribblaient avec peine, mais avec un enthousiasme enfantin, et ils poursuivaient la balle bien qu'elle ne soit pas faite pour ce jeu, bien qu'elle ne soit pas de bonne qualité ; enfants, ils avaient joué avec des boules de chiffons, des boîtes de conserve écrasées, du papier froissé et recouvert de chatterton, n'importe quoi qui leur tombait sous la main, pas parce que les ballons étaient introuvables, mais parce que les enfants ont de l'imagination à revendre, c'est pour cela qu'ils ont toujours raison.

Certains avaient peut-être même un joli coup de pied, mais il ne s'agissait pas de gagner ce jour-là, ils avaient déjà gagné, ils étaient en train de fêter leur victoire. Les Casques bleus regardaient le match comme sur un écran, le niveau de jeu était médiocre mais ils étaient hypnotisés, ils n'arrivaient pas à détourner le regard, à s'en aller, ils n'arrivaient même pas à parler. Le spectacle avait bloqué les mots dans leur gorge, il avait empêché la moindre pensée de se former. Ils regardèrent le match des Croates contre les Croates comme si c'était la Coupe du monde 1990, comme si le temps s'était arrêté un instant avant le penalty qui allait tout changer, un instant avant que le capitaine manque son tir contre l'Argentine. Du reste, Maradona aussi venait juste de rater un penalty, mais il ne portait pas sur ses épaules la responsabilité d'une nation sur le point de se désagréger.

Le 30 juin 1990, Faruk Hadžibegić, capitaine de l'équipe nationale que tout le monde considérait comme le Brésil d'Europe, avait tiré le dernier, acceptant le rôle de bouc émissaire. Si tu avais marqué, dit-on alors, on aurait été en demi-finale. S'il avait marqué, dirent-ils, la guerre n'aurait pas éclaté. Il n'y a que les enfants pour croire qu'un but aurait pu changer le destin de la Yougoslavie, comment le monde a-t-il pu leur donner raison ? Un mois et demi s'était écoulé depuis que, pendant la rencontre entre le Dinamo Zagreb et l'Étoile rouge de Belgrade au stade Maksimir, près de soixante supporters et soixante-dix policiers avaient été blessés dans les échauffourées. Ce jour-là, Željko Ražnatović ne se faisait pas encore appeler Arkan, mais il guidait les ultras serbes et il cultivait le talent qui allait bientôt le consacrer criminel.

Tant d'enfants étaient morts depuis. L'automne frappait à la porte, ce n'était pas la canicule moite de l'été florentin. Le terrain improvisé se trouvait à quelques kilomètres de Banja Luka, les gens s'étaient enfermés chez eux ou mis en route, les Serbes s'enfuyaient, si pressés qu'ils abandonnaient sur place leur argent sale, avait dit Franjo Tuđman, leurs culottes sales, des millions de réfugiés et pas un supporter pour regarder le petit match des Croates, juste les Casques bleus, qui avaient perdu leurs mots et, au lieu de se cacher les yeux, s'étaient mis à vomir.

Les Croates riaient, poursuivaient la balle comme lorsqu'ils étaient enfants, mais les enfants meurent et n'ont pas raison. Les Croates se moquaient que la balle rebondisse peu et mal, qu'elle soit dure et fasse un drôle de bruit, tantôt liquide tantôt craquant, un bruit de cartilages cassés, d'os brisés, ils s'en fichaient qu'elle macule de rouge le terrain, ce n'était pas un vrai terrain de foot, ils n'étaient pas au stade, c'était un match amical, il servait à détendre les esprits, rien de plus. Si tu fais preuve d'un peu d'imagination, ce mur en face de toi devient un filet. Et le ciment sous tes pieds, du gazon synthétique. Et la tête tranchée d'un Serbe devient un ballon.

Il y en avait tout un stock, pour jouer jusqu'au soir, un stock abondant de têtes serbes tranchées.

37

En juillet, un mois après la fin des raids aériens de l'OTAN sur la Serbie, manquant quelques examens de la session estivale, Danilo partit en bateau avec sa mère et sa sœur pour Sarajevo. Sept ans plus tard, il retournait en Bosnie.

Azra y était déjà allée, même si c'était un peu dangereux, afin de maintenir le lien avec le journal dont elle était la correspondante, et peut-être pour revoir son mari, auquel elle téléphonait de plus en plus rarement d'Italie, moins d'une fois par semaine ; en vérité, les conversations duraient très peu, il pleut, prends un antalgique, tu as déjà mangé, je te passe les enfants. Elle revenait toujours du voyage abîmée, le sillon entre ses seins encore plus creusé, l'incrustation de ses côtes un bas-relief à hauteur de son sternum. Elle n'avait jamais repris les kilos perdus pendant le siège. Mais maintenant, Danilo se rendait compte que sa mère vieillissait. Sa terre natale l'asséchait, elle lui soutirait chaque fois quelque chose sans le lui restituer ensuite, une espèce de droit de douane à payer pour l'avoir abandonnée.

Les sporadiques coups de fil entre Danilo et son père ne variaient pas d'une fois sur l'autre. Il lui parlait des examens qu'il avait réussis, passant sous silence les échecs. Il n'aurait jamais eu l'idée de lui parler d'une fille : toute intimité filiale avait disparu, son père était un étranger, un homme qui lui avait offert une enfance parfaite et qu'il aimait par réminiscence.

À l'université de Bologne, l'opération Force alliée avait divisé depuis la fin du mois de mars les étudiants et les professeurs, des tracts circulaient, des assemblées étaient organisées. Danilo n'y participait jamais. À la radio, depuis des semaines, un tube faisait rage, un morceau de pop que tout le monde chantait, et quand il en entendait des bribes sur la plage de Rimini, je veux les noms de ceux qui ont menti, de ceux qui ont parlé d'une guerre juste, et qu'il voyait les gens danser en déclarant moi je ne les lance plus, vos saintes bombes, il éprouvait un embarras qu'il n'aurait su expliquer à aucun Italien. Tout en sirotant un cocktail, il battait la mesure de son pied, convertissant en un refrain bien balancé la fracture qui avait coupé sa vie en deux, et il l'éloignait de cette façon, feignant que la guerre ne l'ait pas concerné non plus, pas plus qu'elle n'avait concerné ses copains de cours ou ses amis qui venaient en vacances sur la Riviera.

Le port d'Ancône se trouvait sur la zone industrielle, remplie de routiers croates et albanais qui chargeaient leurs poids lourds sur le ferry, et d'autres réfugiés comme eux qui allaient retrouver leurs proches. Peut-être à cause de l'accent et des visages familiers, peut-être à cause de l'architecture dépouillée à la lumière des lampadaires, Danilo eut l'impression d'être déjà arrivé dans les Balkans.

Le navire leva l'ancre à dix heures du soir, ils devaient atteindre Split le lendemain matin, à sept heures. Ils voyageaient avec une compagnie croate ; pour économiser, ils n'avaient pas réservé de cabine mais trois sièges sur le pont, espérant parvenir à dormir malgré tout. Ils passèrent au bar prendre une boisson – Jagoda avait soif – et tandis qu'ils attendaient pour commander, s'échappa des enceintes au-dessus du comptoir l'intro rock de *Bojna Čavoglave* : Danilo vit Azra se raidir. La voix de stentor de Marko Perković Thompson chanta : « *Za Dom !* », et les routiers levèrent leurs bières bien haut comme des soldats leurs fusils et répondirent en chœur : « *Spremni !* »

– Allons-nous-en, dit Danilo.

Azra agita la main.

– Non. J'ai soif, moi aussi.

Sa lèvre trembla.

Thompson était le nom de bataille qu'on lui avait attribué pendant la guerre, ou bien était-ce le chanteur lui-même qui s'était rebaptisé de la sorte, en hommage à la vieille mitrailleuse américaine qu'il avait empoignée pour combattre à Čavoglave, le village dans lequel il avait grandi et sur lequel passait la ligne de front. Le cri de guerre qu'il prononçait dans la chanson, « Pour la patrie ! », était interdit à l'époque de Tito. Mais maintenant, huit ans après le début de la guerre en Croatie, les routiers répondaient encore « Prêts ! », exactement comme ses frères d'armes en 1991.

Azra commanda deux canettes de Coca, pour Jagoda et elle-même, Danilo se laissa tenter par une bière et un sandwich. Ils repérèrent une table libre, mais il manquait les chaises : les chauffeurs les utilisaient comme repose-pieds. Danilo regarda autour de lui, en quête d'une solution. Trop tard : Azra se plantait déjà devant le groupe d'hommes qui chantait à tue-tête. Il la suivit.

– Vous êtes bien installés ?

Les routiers l'ignorèrent.

– Maman, allons-y.

– Vous avez entendu ? insista-t-elle.

Elle s'adressait à un type au front brûlé par le soleil, allez savoir pourquoi à lui en particulier.

– Qu'est-ce que tu veux ?

– Nous aimerions pouvoir nous asseoir nous aussi.

Il but une gorgée, puis se tourna vers un ami, ils rirent. Peut-être étaient-ils simplement éméchés, peut-être n'était-ce pas une volonté d'intimidation – Danilo effleura l'épaule de sa mère. Comme si c'était un signal, comme s'il avait appuyé sur un bouton, Azra s'élança. Elle attrapa le dossier d'une chaise et la tira vers elle. Les jambes du routier s'effondrèrent, les godillots atterrirent au sol dans un bruit sourd : de surprise, l'homme renversa sa bière sur lui.

Jagoda laissa échapper un cri strident.

– Maman, non ! dit-elle en la rejoignant.

Trois se levèrent, puis cinq, Danilo craignit qu'ils les imitent tous et les massacrent. Pourquoi sa mère se comportait-elle de cette façon ?

Il leva les mains en signe de reddition, marmonna « Excusez-nous » en reculant, et le son trivial de leurs rires l'humilia. Les routiers lancèrent les chaises dans sa direction, il dut en intercepter une avant qu'elle ne l'atteigne. Ils se rassirent pour chanter les derniers vers tandis qu'Azra apportait deux sièges à la table et que Jagoda lui demandait ça va ?

Le sandwich resta dans l'assiette, enveloppé dans une serviette en papier sur laquelle une tache de gras s'étendait : Danilo l'observa comme un phénomène inhabituel.

– C'est pour ne pas le manger que tu me l'as fait acheter ? demanda Azra.

Danilo vit encore sa lèvre trembler – il prit sur lui pour ne rien répondre ; il saisit le sandwich, mordit dedans, mâcha en silence.

En octobre il fêterait ses vingt et un ans, d'ici trois ans tout au plus il espérait obtenir son diplôme de droit, c'est tout ce qui lui importait. À l'université, il avait découvert qu'il ne suffisait pas de bien connaître l'italien – mieux qu'une personne dont c'était la langue maternelle, lui disait Nada – pour ne pas se sentir pris en défaut, mais qu'il fallait aussi maîtriser le latin et le grec, or c'était trop tard pour les apprendre.

Il ne manquait pas de capacités d'abstraction ni d'analyse : même s'il n'avait pas étudié la philosophie, il n'avait aucun mal à suivre le développement de la pensée dans ses livres au programme, il en avait rapidement intégré la syntaxe ; et pourtant, à la fin d'un oral, il était arrivé plus d'une fois que le professeur, en ouvrant son livret pour y consigner la note, commente son parcours. À l'université, il s'était rendu compte que son bac technique était un stigmate plus durable que son statut de réfugié.

Sur le pont, Jagoda s'endormit aussitôt. Azra, elle, continuait à s'agiter sur sa chaise, un masque sur les yeux. Cela faisait longtemps qu'elle dormait peu, passant la nuit entière à lire sur le canapé ; elle s'endormait parfois, mais, pour ne pas troubler la bénédiction de ce sommeil inespéré, ne se déplaçait jamais jusqu'à son lit. Une fois, en revenant des toilettes à l'aube, Danilo était entré dans la cuisine et l'avait trouvée debout, en train de fixer le plafonnier.

Qu'est-ce que tu fais ? avait-il demandé – elle avait sursauté.

Il y avait une tasse sur la table, elle l'avait prise et y avait bu.

J'ai mal à la tête.

Encore ?

Ma camomille a refroidi.

Danilo s'était assis à table, sa mère aussi, et ils étaient restés un bout de temps silencieux.

Puis il avait dit, avec une douceur extrême : Pourquoi papa n'est pas venu à Rimini ?

Tu le sais, il a été parmi les derniers démobilisés.

Et après ? Pourquoi il n'est pas venu ?

Azra avait passé l'index sur le bord de sa tasse, dessinant des cercles à répétition.

Et toi, pourquoi tu es venue ?

Mon fils était ici, avait-elle dit, irritée. Tu ne t'en souviens pas ?

J'aurais pu rentrer.

Tu voulais rentrer ?

Danilo n'en savait rien, ce n'était pas une question de volonté. Il n'aurait pas voulu non plus partir en Italie, cela ne les avait pas empêchés de le mettre de force dans cet autocar.

Ce n'était pas pour lui que sa mère avait déménagé à Rimini, il l'avait compris. Assise à la table de la cuisine dans la lueur de l'aube, la tasse de camomille froide entre ses mains, elle lui fit de la peine, et la peine envers un de ses parents est un sentiment impossible à supporter.

À la douane de Split, on les fouilla tous les trois ainsi que leurs bagages. On leur demanda plusieurs fois s'ils comptaient vraiment se rendre directement en Bosnie, s'ils n'avaient pas plutôt l'intention de rester en Croatie. Ils durent fournir le numéro de téléphone de leur père, qui fut appelé pour confirmer leurs dires. Furent obligés d'ouvrir leur portefeuille : il était indispensable de détenir des espèces pour ne pas être refoulé. Quand la perquisition prit fin, Azra expliqua que la même scène allait se reproduire en Italie au retour, préparez-vous.

La gare routière se trouvait à cinquante mètres du port. Au bout de la file, l'arrêt du car pour Sarajevo n'avait ni marquise, ni indications, ni horaires. À l'arrivée du véhicule – un vestige cabossé de l'époque yougoslave – le chauffeur confirma la destination.

– À quelle heure il part ? demanda Danilo.

– Tu es pressé ? s'entendit-il répondre.

C'était le même voyage fait sept ans plus tôt, mais à l'envers, et celui-ci aussi fut interminable, puisqu'en plus des arrêts obligatoires dans les grandes villes le chauffeur décidait de manière autonome des autres pauses. Au bord du delta de la Neretva, tous les passagers descendirent. Comme les autres, Azra acheta des mandarines, les tendit à ses enfants. Dès que le car repartit, Danilo en éplucha une : il n'en avait pas réellement envie, mais tout le monde en mangeait. L'odeur douceâtre, enfantine, se répandit parmi les sièges et déclencha en lui un sentiment de solidarité qui le stupéfia. C'était eux, son peuple ?

Il était ému par ces corps échauffés, visqueux après des heures de voyage. Ces gens s'étaient imposé un périple exténuant pour rentrer chez eux. Ils avaient réuni leurs forces, mis leurs bagages en soute, mangé dans une gamelle ou grignoté un paquet de biscuits, ils avaient accepté la suspension à durée indéterminée du flux du monde et s'en étaient remis à un véhicule, à un chauffeur qui ne voulait pas dire quand ils arriveraient à destination : tout ça, juste pour rentrer chez eux. De l'autre côté de l'allée, sa mère se tenait le front, elle avait de nouveau mal à la tête.

Nada n'était pas là, cette fois. Elle n'avait pas vu, elle, le paysage changer à Ploče, ni la Neretva briller, émeraude, ni les chars blindés abandonnés au bord des routes. Elle n'avait pas attendu plus d'une heure à Metković, la frontière entre la Croatie et la Bosnie, que la police veuille bien contrôler ses papiers. Ni, à Jablanica, que le chauffeur finisse de se bâfrer de l'agneau rôti embroché au-dessus du feu, lors de la énième pause qu'il avait décidée sur le moment.

Nada ne ferait pas avec lui ce voyage à rebours, douze épuisantes heures pour revenir au point de départ. La bande rembobinée, la guerre déjà éclatée, certes, mais une famille qui reste unie, compacte, aucune séparation, et aucun orphelin sur les routes – il lui manque un doigt, tu t'en aperçois tout de suite quand tu lui prends la main, elle est imprésentable, elle fait de la peine, personne ne veut être pris en pitié, il ne lui a jamais demandé si c'était à cause d'une mine, n'a jamais fait allusion à ce vide, à ce déficit d'os, il ne l'aurait jamais rencontrée s'il n'était pas parti en Italie, il n'aurait pas été obligé de se demander que faire d'elle.

Cela faisait déjà trois ans qu'il n'avait plus de ses nouvelles.

Ils arrivèrent de nuit. Le car les abandonna derrière les ruines de la caserne Maréchal-Tito. Jagoda lui serra fort la main et ils marchèrent tous les trois dans l'obscurité jusqu'à Grbavica.

38

Azra était agenouillée devant la baignoire pour recueillir l'eau dans un bidon. Deux autres attendaient, déjà remplis, sur le tapis.

– Il n'y en a que le matin, et juste dans la salle de bains, dit-elle en voyant Danilo en slip. Pas dans la cuisine. Mais j'arrive tout de suite pour préparer ton petit déjeuner.

– Pas besoin, je n'ai pas faim. Et je te signale que ça fait un bout de temps que je vis seul, je peux me préparer mon petit déjeuner tout seul. Jagoda ?

– Encore au lit. Papa est sorti. Dès que j'ai fini, si tu veux, lave-toi et on sort nous aussi.

Danilo erra dans l'appartement, meublé de bric et de broc avec ce qui restait du logement de ses grands-parents paternels, morts sans qu'il ait pu leur dire au revoir, et d'autres objets que son père avait récupérés on ne sait où. Personne n'avait occupé les lieux pendant son absence et les murs tenaient encore debout quand il était revenu y habiter seul, mais il n'avait rien retrouvé de ce qui avait appartenu à sa famille. Danilo pensa qu'il n'y avait ni ses livres d'école, ni les jouets de Jagoda, ni leurs photos encadrées, ni le vase rempli de fleurs fraîches en toute saison, ni les pantoufles hivernales fourrées, ni la housse de coussin à laquelle manquait un bouton, ni la cuillère en bois au manche brûlé, ni la télécommande gris et noir métallisé avec le logo Grundig en relief, ni la chaîne stéréo et le tourne-disque, ni le porte-revues rempli de papier, ni même ce tableau acheté dans une galerie d'art contemporain qu'il appelait, petit, le gribouillis, ni les lunettes de soleil posées dans l'entrée avec les clés et les pièces de monnaie, il n'y avait plus rien de leur passé commun et c'était peut-être pour cela qu'il les sentait tous si distants, ses parents, sa sœur, détachés de lui, autant de particules qui flottaient sans s'agréger.

La nuit précédente, en entrant dans l'immeuble où, sept ans plus tôt, elle était restée à attendre pendant que les Tchetniks poussaient sa mère en haut des escaliers, Jagoda avait éclaté en sanglots. Chuut, avait dit Azra, on va réveiller tout le monde. Danilo lui avait tenu la main, chuut, faisait-il lui aussi. Les pleurs de Jagoda avaient ameuté leur père sur le palier. Vous êtes là ! Il avait ouvert les bras pour accueillir sa fille, mais elle avait hurlé : Pour… pourquoi tu n'es pas venu nous chercher, pour, pourquoi ? Ma chérie, avait dit leur mère, personne ne savait à quelle heure on allait arriver. Pourquoi tu n'es pas venu ? continuait à hurler Jagoda.

Le visage de leur père s'était affaissé. Danilo l'avait pris dans ses bras pour lui dire bonjour et il avait eu la sensation qu'il aurait suffi de le serrer un peu plus fort pour qu'il se brise.

Étant habituée, à Rimini, à dormir avec sa mère, sa sœur n'avait pas voulu de son ancienne chambre : son père lui avait cédé sa place dans le lit conjugal. Il faisait trop noir dehors, un noir hermétique, sans l'entrebâillement de la mer. Ils ont des pi… stolets, disait Jagoda. Depuis sa chambre, Danilo l'entendait. Il imaginait sa mère en train de lui caresser sa mèche grise pour l'apaiser. Elles ne faisaient que s'apaiser mutuellement, ou plutôt à tour de rôle ; leur lien avait quelque chose de morbide. Pi… stolets, répétait Jagoda.

Elle faisait référence à une phrase qu'avait prononcée leur mère de retour de Bosnie, deux ans plus tôt. La population civile possédait encore des armes, bien que les citoyens aient été invités à les rendre. Jagoda avait enregistré l'information et à présent, de retour à Sarajevo, la peur de mourir était revenue.

Ce soir-là, Danilo sortit avec Izet. Son ami n'était plus retourné en Italie depuis le déménagement, ils s'étaient écrit des mails et surtout des SMS, faisant attention au nombre de caractères pour ne pas épuiser leur forfait. Dans la rue, ils s'envoyèrent de faux coups de poing dans les épaules, et rirent.

Alors qu'ils se dirigeaient vers le centre-ville, Izet prévint Danilo qu'ils allaient être rejoints par ses cousins et quelques amis à lui.

– Devant eux, je t'appellerai Adis, ok ?

Danilo acquiesça. Il aurait pu rétorquer que son père, Serbe bosnien, avait défendu la ville jusqu'au bout, mais il préférait éviter toute forme de confrontation.

Il ne s'attendait pas à voir autant de gens en terrasse, à entendre des musiques si fortes s'élever des enceintes. Les filles avaient des rouges à lèvres tapageurs et des sandales à talons, des cuisses onctueuses dans la lumière du crépuscule. À côté des carcasses des immeubles écroulés, tisons pointés vers le ciel, surgissait une impressionnante quantité de bars : aucun ou presque ne possédait un espace intérieur, sinon pour préparer les boissons, un cagibi aménagé au rez-de-chaussée d'un immeuble rescapé ; tous les gérants avaient installé leurs tables dehors, sur lesquelles les gens se contentaient pour la plupart d'une tasse de café : avec un mark, on s'arrogeait le droit d'écouter de la musique et de danser.

Cette atmosphère festive avait quelque chose de spasmodique.

On pogotait entre les ruines, on s'embrassait adossés à un mur criblé de balles. Danilo désira agripper ces cuisses onctueuses, se maculer les lèvres de rouge – mais c'était dérangeant, comme de s'exciter sur la tombe d'un mort.

– Tu danses ? demanda un garçon, qui ne faisait pas partie de la bande, à la fille assise à côté d'Izet.

Elle portait un top rombo sur ses clavicules saillantes.

– Mais enfin, qu'est-ce qui te prend ? dit-elle.

Le garçon fit semblant de rire, et s'en alla, l'air faussement désinvolte.

– Quelle conne, murmura Izet en italien, en donnant un coup de coude à Danilo.

– Qu'est-ce que tu as dit ? lui demanda-t-elle.

– Rien.

– C'est lâche de parler dans une langue que les autres ne peuvent pas comprendre.

– Elle a bien fait, dit l'un des cousins d'Izet. Je ne les supporte pas, moi non plus, les gars du Sandžak.

– Pour moi, ils sont pires encore que ceux qui nous bombardaient, dit la fille.

– Comme tu y vas, la remit à sa place Izet.

– Hier encore ils élevaient des chèvres, et maintenant, ils veulent vivre comme nous.

Le cousin s'alluma une cigarette.

– Exactement – la fille gesticulait trop –, les meilleurs sont partis avec la guerre, et qui on a récupéré, à la place ? Des ploucs et des culs-terreux.

– Tu es terrible, commenta Izet en lui ébouriffant les cheveux : elle lui plaisait, ça ne faisait pas de doute.

Danilo ne se souvenait pas que son ami avait un accent sarajévien aussi prononcé.

– Bah, petit à petit, ils s'intégreront, dit-il.

– Qu'est-ce que ça peut te faire, à toi ? demanda le cousin en expirant la fumée par les narines. Tu repars bientôt te la couler douce en Italie.

Danilo ne répondit pas, il ne voulait pas alimenter la discussion. Elle était pourtant déjà enclenchée.

– L'autre jour, j'ai croisé un de ces gars-là dans le bus : il était contrôleur, tu vois ? Il m'a demandé mon ticket. Que ce soit clair, je n'achèterai pas le moindre ticket tant que nos bus seront bons pour la casse. Je lui ai dit : Tu étais où, toi, *sandžaklija* de merde, quand mon père combattait pour cette ville ?

– La guerre n'a pas non plus été une partie de plaisir pour eux, répliqua Danilo. Ils ont fait l'objet d'une forte répression policière et – Izet lui effleura le bras, mais c'était trop tard.

– Écoute-moi bien, Paix-dans-le-monde, dit le cousin, c'est trop facile de chanter les louanges de la fraternité quand on s'est barré pour sauver sa peau en laissant les autres dans la merde. Garde tous ces beaux discours pour ton pays.

Puis il écrasa sa cigarette avec sa semelle et s'éloigna.

– Comme d'habitude, la diaspora en vacances, conclut la fille. On en a marre des gens comme toi.

Et elle se leva à son tour.

Les autres ne pipèrent pas mot. Ils éteignirent leurs cigarettes dans le cendrier, examinèrent leurs ongles, cherchèrent un miroir dans leur sac à main, proposèrent d'aller danser.

Finalement, Izet et Danilo se retrouvèrent assis tout seuls.

Danilo s'excusa.

– Ne t'inquiète pas, répondit son ami.

Il ne savait plus quoi dire. Il pensa qu'il avait envie d'être chez lui : à Bologne, à Rimini.

– Ce n'est pas facile pour eux, et on n'est pas les mieux placés pour le comprendre.

Danilo opina du chef. Plus il cherchait ses mots, plus les mots lui échappaient.

– Allez, je vais les retrouver, dit Izet. Tu viens avec moi ?

– Je vous attends ici.

Seul à table, Danilo fixa l'obscurité que venaient interrompre les guirlandes lumineuses des bars. Izet avait rejoint la fille, qui dansait. Jagoda n'avait pas voulu sortir ; si elle était venue, elle aurait dansé elle aussi, et peut-être eu moins peur.

Dans les échancrures des immeubles éventrés, l'ombre s'épaississait. La musique devenait de plus en plus insupportable, la fête relevait de l'effort farouche, lancinant.

Danilo laissa quelques billets sous le cendrier et partit.

Une semaine plus tard, il fut réveillé dans la nuit par un bruissement de voix : celles de son père et de sa mère, en provenance du salon. Depuis son lit, il n'arrivait pas à comprendre ce qu'ils se disaient, mais il devina qu'il s'agissait d'une dispute. Il posa l'oreille contre la porte, cela ne suffit pas, alors il l'ouvrit doucement : le bruissement était indéchiffrable.

Il décida de se recoucher, mais l'angoisse lui serrait la nuque.

Les jours passés, ses parents avaient maintenu une relation presque formelle. Ils avaient rendu visite à de la famille, surtout pour amener Danilo, qui se sentait constamment examiné : chaque détail de sa vie italienne était interprété par ses cousins comme une manifestation d'arrogance, mais s'il les passait sous silence, ses oncles le trouvaient condescendant. Leur père remplissait le garde-manger et le frigo, tentait en vain de convaincre Jagoda de sortir et parlait politique avec Danilo. Pour dépasser la radicalisation de la haine, qui s'est exacerbée après la guerre, disait-il, il faudrait une éducation européiste. Oui, mais comment notre génération pourrait-elle l'enseigner, intervenait sa mère, vu que c'est l'Europe, justement, qui nous a abandonnés ? Bah, attends, rétorquait le père, après cinquante ans de paix, c'était inconcevable de prendre les armes pour arrêter un conflit au cœur de l'Europe, tu ne crois pas ? Danilo ne participait pas, il pensait simplement qu'il partirait en Erasmus l'année suivante, qu'il n'avait rien à voir avec les Sarajéviens de son âge. Son père s'interrogeait sur la question des orphelins donnés à l'adoption : Azra s'était mis en tête de retrouver les parents de chacun de ces enfants, à commencer par la mère d'Omar. Elle l'avait recherchée à l'adresse qu'il lui avait donnée, mais la rue ne conservait plus trace ni d'elle, ni de l'entresol, ni même d'aucun bâtiment. Elle avait demandé aux commerçants du quartier, répété la description qu'Omar lui en avait faite, montré une photo de Sen et lui, nommé le père mort : en vain.

Danilo s'était rendu avec Izet au Spomen-park Vraca, qui offrait un panorama sur toute la zone de Novo Sarajevo. Le parc était détruit. Des lettres étaient tombées du mémorial dédié aux victimes de la Seconde Guerre mondiale, elles gisaient à terre comme des jetons de Scrabble. Danilo s'était accroupi pour en ramasser quelques-unes. Il avait essayé d'écrire son nom en mettant les lettres les unes derrière les autres, mais il manquait un *n*. Izet l'avait imité : il avait composé le mot *odjebi.* Va te faire foutre qui ? avait dit Danilo en italien. Izet avait ri. Aucune allusion à la soirée mal finie : Danilo n'avait même pas osé demander à son ami s'il s'était passé quelque chose entre lui et la fille en top rombo. Izet avait trouvé un *n* et le lui avait donné. Il avait écrit *Rimin*, mais il cherchait un *i* pour compléter. *Idiot*, *friends*, *zdravo* : chaque fois qu'ils formaient un nouveau mot, ils riaient – deux enfants qui apprennent l'alphabet et non deux étudiants à l'université. Danilo avait remélangé les lettres de son prénom, il avait intercepté un autre *a* et avait écrit *Nada.* Avant qu'Izet s'en aperçoive, il avait séparé les lettres. Dans la lumière tombante du soir, la nudité des ruines lui avait piqué la gorge.

Quand son père avait su où ils étaient allés, il était devenu fou. Il faudra cent ans au moins pour déminer toute la Bosnie, tu le sais, ça ? On peut se faire pulvériser en rentrant chez soi, ils les ont laissées exprès, les mines ! Moi, j'avais peur que la maison explose sous mes pieds et toi, tu fais quoi, tu vas les chercher ?

Un vacarme le fit bondir du lit, il sortit de la chambre et se précipita dans le salon.

Sa mère gisait sur le canapé, les jambes écartées, disgracieuses, la tête renversée en arrière, les yeux fermés, les paumes de ses mains vers le haut, comme si elle faisait la manche et que personne ne lui donnait de pièce ; sa respiration haletante semblait amplifiée par un microphone.

Danilo ne l'avait jamais vue dans un état pareil. Son père se tenait debout devant elle, la regardant, impuissant. Le cœur de Danilo s'emballa.

– Maman.

Jagoda entra en courant, s'agenouillant devant elle pour l'enlacer.

– Tu… tu te sens mal, encore ?

Encore ? Danilo se rendit compte qu'il y avait beaucoup de choses de la vie de ses proches qu'il ignorait. Elles avaient peut-être eu lieu en son absence et personne ne les lui avait racontées. Ils l'avaient protégé – ou exclu.

Azra ouvrit les yeux, regarda son mari, puis ses mains. Elle effleura son alliance, la fit tourner, l'ôta et la jeta en l'air.

– Notre mariage est fini, dit-elle.

L'anneau dessina une ample parabole et tomba à terre avec un bref cliquetis. Sa mère alla s'enfermer dans la salle de bains.

Jagoda la suivit, frappa à la porte.

– Maman.

Elle ne répondit pas. Jagoda frappa encore puis, toute tremblante, revint dans le salon où elle s'agenouilla à nouveau pour chercher l'alliance sous le canapé, sous la crédence. Son père lui disait lève-toi, peu importe – les épaules tombantes.

Danilo ne savait pas quoi faire, s'il devait toquer lui aussi à la salle de bains ou attendre que sa mère en sorte volontairement. Il essaya de s'approcher de la porte, n'entendit aucun bruit.

Son père s'était replié dans la cuisine, il avait mis de l'eau à bouillir pour une tisane. Danilo le rejoignit, sans rien dire, il était distrait par cette porte fermée à clé. Enfin, il entendit sa mère sortir de la salle de bains. Jagoda courut pour l'accompagner dans la chambre à coucher.

Dix minutes plus tard, elle entra dans la cuisine.

– Elle… elle va mieux.

– Il y a combien de temps qu'elle n'a pas fait une crise comme ça ? demanda son père.

– Aussi forte, un bout de temps. Quelques mois.

Danilo aurait dû dire expliquez-moi ce qu'il se passe, qu'est-ce que c'est que ces crises, depuis quand les a-t-elle, et comment est-ce qu'elles se traitent, et où j'étais quand elle les avait en Italie : j'ai habité avec elle et je ne m'en suis jamais aperçu, pourquoi vous ne me l'avez pas dit ? Il aurait dû exiger une réponse, ou bien se lever, aller voir sa mère, la soutenir, ne pas en avoir peur. Ils burent leur tisane, puis Jagoda posa la tasse dans l'évier et dit qu'elle allait dormir.

Un instant plus tard, elle cria. Sa mère n'était plus là.

Ils la cherchèrent dans la salle de bains, aux fenêtres, cachée peut-être derrière un rideau, comme s'ils jouaient à cache-cache. Ils la cherchèrent dans toute la maison, la nuque brûlante. Danilo eut presque le réflexe de regarder en bas, mais il ouvrit directement la porte pour descendre dans la rue, et ce fut ainsi qu'il la trouva assise sur le palier, en pyjama, le dos contre le mur, les jambes dépliées, le regard vitreux. Qui sait si quelqu'un l'avait vue à travers l'œilleton.

Il la hissa et elle le laissa faire. Il n'y avait plus rien de la journaliste estimée, de la mère qui enseignait le sens de la justice, il n'y avait plus rien d'Azra Simić dans cette femme : personne au monde ne l'aurait reconnue – à part un mari, une fille. Danilo, non, il n'avait rien compris d'elle, distrait qu'il était par autre chose, par lui-même.

Le lendemain matin, ils prirent le petit déjeuner tous ensemble : comme si de rien n'était.

L'alliance de nouveau à son doigt, peut-être était-ce Jagoda qui l'avait dénichée. Danilo aurait voulu remettre le sujet sur la table mais, à en juger par le comportement de son père, il l'en aurait empêché. Il ne l'avait jamais vu aussi prostré que la nuit passée, même le coup de pied du Tchetnik, le soir de la fuite, semblait l'avoir moins affecté.

Il allait demander à Jagoda dans l'après-midi, ou le lendemain, ou en Italie, il allait trouver un moyen de savoir ce qu'il se passait. Mais cela signifierait admettre s'être si peu intéressé à sa mère qu'il n'avait pas remarqué son mal-être, et admettre également combien ce mal-être était aigu – il n'en revenait pas. Surtout, cela signifierait admettre sa propre marginalité au sein de sa famille, sa différence.

Peut-être que sa mère elle-même allait finir par lui en parler, ce n'était pas à lui de le faire, c'était trop intrusif. Avec combien d'excuses ennoblissons-nous notre couardise.

Azra avait retrouvé son énergie, comme si la crise de la veille au soir l'avait purifiée, à l'instar de ces malades qui, après une nuit de frissons et de sueur, se réveillent sans fièvre et sans ressentir aucun décollement entre eux et le monde, mangent avec appétit, ont envie de marcher, affichent leur gaieté habituelle.

La dernière semaine glissa sans secousses. Le sommet avait été atteint, à présent : on ne pouvait plus que redescendre. Ils allaient reprendre le bus, le ferry, le train, et Danilo rentrerait enfin chez lui.

Cinquante cadavres entassés dans des bennes à ordures comme des rebuts destinés à pourrir. Ils étaient citoyens de Mostar. Jusqu'au massacre, ils étaient des individus.

Ne vous scandalisez pas : les personnes sont toutes destinées à pourrir.

Ils les ont tués et amoncelés dans les ordures parce que c'était possible. Parce que la respiration peut s'arrêter, la chair, se décomposer. Avec quelle suffisance vous croyez-vous plus importants que des mouches et des fourmis, des loups et des sangliers, des chats et des canaris, protégés par la crête de vos pensées, par l'abysse de vos sentiments, centraux dans le monde comme si votre naissance était un événement capital et non un incident ?

Qu'est-ce qu'un être humain ? Quelqu'un qui pourrira.

Écaille de poisson, gras de bœuf, peau brune de poire blette, moisissure sur une tomate, œuf périmé, pain rassis, lait avarié, pétale fané, feuille sèche, mouchoir humide, pelote de cheveux, mégot de cigarette, chewing-gum mâchouillé, serviette hygiénique ensanglantée, mouton de poussière, qu'est-ce, sinon cela, l'être humain.

Ce n'est pas sa faute si d'un moment à l'autre la vie peut s'interrompre. Si nous ne mourions pas, qui pourrait nous tuer.

Si nous n'éprouvions pas de douleur, qui pourrait nous l'infliger. Le mal, ce n'est pas nous qui l'avons inventé. C'est la faute de Dieu. Seulement je ne crois pas en Dieu, moi.

Résignez-vous à cette insignifiance, laissez-moi le droit de me sentir rien, de considérer que vous n'êtes rien, et l'effroi face à la violence cessera enfin, et je l'apprécierai pour ce qu'elle est, un phénomène inévitable et innocent, rien de personnel, juste le loup qui égorge l'agneau, ma paume qui écrase un moustique, le vrombissement qui s'interrompt d'un coup, une pointe de sang sur le mur. Il n'a même pas eu le temps de se débattre, de s'opposer à la mort qui usurpait son corps. Aucun rite public pour en célébrer le trépas. Son âme errera sans paix, me persécutera. Seulement je ne crois pas à l'âme, moi.

Pour qui est-ce que je les écris, ces pages ?

Pour la mort d'un moustique sur le mur de ma chambre, pour la mort partout, pendant que vous parlez de la vie, et que vous appelez cela un don.

Jeune, j'ai accouché de deux enfants, j'ai commis ce crime. C'était de la naïveté. Je croyais dans les êtres humains. Mais si la vie peut se putréfier dans l'obscurité fétide d'une benne à ordures, alors le péché, c'est de naître.

39

Omar s'apprêtait à introduire la clé dans la serrure quand la porte bougea, révélant Mari.

– Te voilà, lui dit-elle en ouvrant.

– Salut.

– Salut – l'expression grave.

Elle ne s'écarta pas pour le laisser passer.

Il la contourna.

– Où tu vas ? Tu n'as rien à me dire ?

Omar ne répondit pas, continua à marcher.

– Elle te parle, dit Matte en sortant dans le couloir.

Omar entra dans sa chambre.

Mari ferma la porte et le suivit. Elle ne condamna pas le chaos de chaussures sur le sol, de vêtements entassés par-dessus la chaise, comme elle le faisait d'habitude. Elle attendit que Matte les rejoigne, puis elle dit :

– Si tu n'as rien à nous dire, c'est nous qui allons te la raconter, l'histoire, maintenant.

Acculé, Omar regarda par la fenêtre : les échafaudages vides, désolés.

Sen n'était pas là.

Le proviseur avait téléphoné chez eux pour les convoquer d'urgence. Mari avait appelé Matte sur son portable, il avait demandé une autorisation au travail. Ils s'étaient retrouvés dans le hall de l'école, Matte lui avait pris la main.

Le proviseur les avait fait attendre à l'extérieur de son bureau. Mari se sentait observée par tous les gens qui passaient, CPE, surveillants : s'ils étaient là tous les deux, cela voulait dire que leur fils en avait fait une grosse, cela voulait dire qu'ils étaient de mauvais parents.

Enfin, une secrétaire les appela.

De l'autre côté du bureau, un homme proche de la retraite. Il dit qu'Omar avait été exclu pour deux semaines parce qu'il avait agressé une enseignante.

Et il est où, maintenant ? demanda Mari, instantanément honteuse de s'être inquiétée pour lui plutôt que pour l'enseignante, d'avoir avant tout éprouvé de l'angoisse pour son fils.

Il s'est enfui, dit le proviseur. Mari se leva, s'apprêta à sortir, Matte la retint, je ne peux pas, disait-elle, je ne peux pas perdre mon enfant.

Comment ça, agressé ? demanda Matte.

Mari pensa que son mari était un homme humble, elle l'admira. Le proviseur rapporta l'épisode, le dernier en date d'une longue série : disputes avec ses camarades, mutisme pendant les interrogations, violent tir de ballon qui avait touché un élève pendant l'heure d'éducation physique, absences répétées, mots sur le carnet – et les cours n'avaient commencé que depuis deux mois.

Nous n'étions pas au courant, dit Matte.

Vous les avez signés, dit le proviseur, ou du moins une signature figure sur le carnet de correspondance et sur le livret de notes.

Mari trépignait. Et peut-être pas seulement parce qu'elle devait partir chercher Omar : elle n'avait pas envie d'entendre tous ces reproches adressés à elle, la mauvaise mère.

Matte dit que chez eux aussi le garçon était bizarre, il n'avait jamais d'appétit, il passait la nuit à jouer à l'ordinateur, ils lui avaient confisqué son scooter pour le punir de ses mauvaises notes mais il l'avait pris en cachette ; il ne s'entendait même plus avec son frère.

Et Mari pensait, pourquoi est-ce qu'il faut que tu le discrédites devant cet étranger, c'est ton fils, c'est notre fils, pourquoi tu déballes toute son intimité ?

Excusez-moi, dit-elle, mais je dois absolument partir à sa recherche, maintenant, et elle appuya sur la poignée.

Je crains qu'il n'y ait autre chose, la stoppa le proviseur. S'il vous plaît, écoutez-moi.

Debout à côté de son bureau, sur lequel gisait *Mémoires de l'invisible*, le numéro de *Dylan Dog* qu'il n'avait jamais rendu à son frère, Omar regarda l'homme et la femme assis sur son lit. Ils n'étaient pas du même sang, il n'était pas la chair de leur chair, mais ils se permettaient de lui donner des ordres et de lui imposer des interdictions. Sa mère avait disparu ; l'entresol où ils vivaient ensemble avait été rasé. Et si après l'avoir tant aimée il devait en accepter la mort, alors il ne pourrait plus jamais aimer personne.

Il ne savait pas que Mari l'avait cherché dans le bois : elle avait regardé chaque arbre puis elle avait roulé en voiture jusqu'au centre-ville, elle était entrée dans les bars, elle avait traversé la via Italia en s'arrêtant devant toutes les boutiques. Elle avait marché le long du fleuve. Omar n'était nulle part. Comment avait-elle pu le laisser s'échapper après l'avoir tant désiré ?

Et si c'était parce que Dieu était mécontent que les événements avaient pris une telle tournure ? Il ne lui avait pas donné d'enfant parce qu'il savait qu'elle n'était pas apte. Il l'avait mise à l'épreuve pour comprendre si elle allait accepter la stérilité comme une croix personnelle – chacun la sienne – plutôt que de chercher à dépasser la nature, à contredire la volonté divine. Et le voilà, le résultat de son arrogance.

Mais moi je croyais faire le bien, je croyais que c'était de la charité chrétienne. De l'égoïsme, sois sincère : il ne s'agit que de cela. Pardonne-moi, Seigneur, aie pitié – à genoux contre un arbre, Mari avait pleuré. Matte était retourné au travail, d'où il essayait de l'appeler, en vain. Omar ignorait tout ça.

Il parcourut des yeux la chaîne de Mari, jusqu'au fin crucifix d'argent qui pendait sur son pull.

La professeure l'avait interrogé au tableau. Elle y avait recopié quelques vers de *La Divine Comédie* ; lui avait demandé, qui parle, ici ? en tambourinant avec son stylo sur le bureau. Omar avait gardé le silence pendant qu'il relisait ces lignes comme si c'était la première fois. « *Già cieco, a brancolar sovra ciascuno, /e due dì li chiamai, poi che fur morti.* » « Déjà aveugle, à me traîner sur chacun d'eux, /les appelant pendant deux jours après leur mort. » Tu peux me faire la paraphrase ? avait-demandé l'enseignante. « *Poscia, più che 'l dolor, poté 'l digiuno.* » « Puis, ce que la douleur ne put, la faim le put. » Omar avait relu encore, parvenant même à se laisser envoûter par le son de ces mots, mais avait renoncé à essayer de répondre à la question. Alors elle avait dit, mais avec tous ces étrangers en classe, comment je vais le finir, moi, le programme ? Omar avait attrapé l'effaceur et le lui avait jeté à la figure. La salle avait éclaté de rire. Le visage blanc de craie, éternuant, la prof avait hurlé. Il avait pris la porte, et raconter tout ça lui semblait à présent inutile.

– Tu te drogues ? demanda Mari.

– Mais c'est quoi ces conneries ?

– Surveille ton langage.

– C'est mon frère qui a inventé ça ?

Omar saisit la BD sur le bureau, se mit à la feuilleter. Matte se leva pour l'en dissuader, reprit le magazine.

– Allez, on est là pour t'aider.

« Enfant, ma mère me confondait avec mon frère, même si j'étais fils unique. »

– C'est vrai – Mari aussi se leva : son crucifix se balançait sur sa poitrine. Tu peux nous dire la vérité, à nous.

– Vous croyez Sen et pas moi !

– Qu'est-ce que vient faire Sen là-dedans ?

– C'est lui qui cherche à dire du mal de moi. Il veut être le préféré.

– Mais qu'est-ce que tu racontes ? Vous êtes tous les deux nos enfants.

– J'en ai rien à foutre, moi, j'en ai rien à foutre de vous !

« D'ailleurs ma mère croit encore aujourd'hui que c'est mon frère, le fils unique. »

Mari serra le crucifix, sa main tremblait.

– Tu es toujours froid et distant, et le proviseur nous a dit qu'au lycée aussi tu te disputes avec tout le monde.

– Et vous le croyez ?

– Écoute. Si tu te drogues, tu as besoin d'aide.

– On fera ce qu'il faut, dit Matte. Nous sommes tes parents.

– Vous êtes que dalle ! hurla Omar, et il sortit.

Les deux sur les talons, il ouvrit la porte de la chambre de Sen, alla droit vers la bibliothèque, sortit tous les numéros de *Dylan Dog* les uns après les autres, jeta par terre la collection entière.

– Je vais vous montrer, moi, qui se drogue. Quelle est la vraie nature de votre fils chéri.

Mari se couvrait le visage avec les mains. Matte essayait de calmer Omar, mais avec trop de douceur pour être efficace.

Quand l'étagère fut vide, sans aucune trace de la boulette de haschisch que Sen y avait cachée des semaines plus tôt, Omar courut jusqu'au bureau, ouvrit les tiroirs.

À ce moment-là, Matte laissa tomber la BD et intervint avec davantage de détermination, il lui bloqua les épaules.

– Ça suffit, tu te calmes, maintenant.

Omar sentit monter en lui une décharge de rage. Il se libéra avec toute la force qu'il avait et lui envoya un coup de poing.

Touché au ventre, Matte se plia en deux. Mari le rejoignit.

Son mari releva la tête et, avant même qu'Omar puisse prendre conscience de ce qu'il venait de faire, il le frappa à son tour.

Mari hurla, s'interposa, mais ils se battirent avec le même désespoir qu'un père et un fils qui se seraient trop aimés, ou détestés dès le début, tous deux entièrement soumis à leur destin naturel.

Ils se retrouvèrent à même le sol, en lutte, enchevêtrés – inséparables.

Quand Matte, haletant, lâcha sa prise, Omar se ressaisit et vit en un instant ce qu'il était en train de faire.

Il se tourna : écroulée par terre, Mari pleurait sans laisser échapper un son, des bulles de salive dans sa bouche grande ouverte.

– Pardon, dit Omar, et il se détacha de Matte.

Debout, il lui tendit la main ; Matte ne la saisit pas. Peut-être avait-il besoin de se reposer un moment.

– Mari, dit Omar en s'approchant.

Elle se protégea le visage avec ses coudes.

– Excuse-moi, excusez-moi.

Omar s'approchait, Mari avait peur.

Un filet de bave s'échappa de sa bouche, alla s'échouer sur le crucifix d'argent. À ce moment seulement, elle retrouva son souffle, dans un sanglot caverneux, dilaté :

– Va-t'en !

Omar se baissa pour ramasser les *Dylan Dog*, les disposa sur l'étagère en essayant de respecter l'ordre numérique. Pour ranger, il fallait bien commencer quelque part. Il ne trouvait plus *Mémoires de l'invisible*. Il regarda Matte.

Il se tourna sur le côté et, s'aidant de ses paumes, se releva péniblement.

Il lui prit les BD des mains, les posa sur le bureau, dit lentement non de la tête.

– Va-t'en ! répéta Mari, plus fort.

Omar regretta que Sen ne soit pas là, il aurait réussi à éviter le pire.

Les pleurs de Mari étaient un aboiement.

Elle avait été trahie par un désir ordinaire : seuls les asociaux, les dérangés, seuls ceux qui s'abstiennent, tous les autres veulent devenir parents, non ? N'est-ce pas normal ? Est-ce un péché, d'être normal ? Mon Dieu, Matte, c'était une tentation et nous avons cédé. Omar l'observa sans deviner ses pensées.

Il espéra qu'elle finirait par dire, comme tant d'autres fois, ça suffit maintenant, faisons la paix, mais le scooter reste dans le garage, privé de sortie pendant une semaine, dimanche après la messe on ira voir le curé, avant le dîner tu me récites ta leçon d'histoire, d'italien, d'anglais, et si tu ne manges pas ta viande je la mets au frigo et je te la sers demain au petit déjeuner.

Mari ne leva pas les yeux, Matte se tut.

Sans rien emporter, Omar sortit de chez lui. Il ne ferma même pas la porte.

40

Le 10 août 2000, Nada se posta à la fenêtre du dortoir des Cerfs-Volants pour attendre les étoiles filantes. Elle était maintenant l'une des plus grandes et il lui pesait de dormir dans la même chambre que d'autres filles, ou, pire encore, qu'une horde de fillettes inconnues. Les années passaient et les pensionnaires de San Lorenzo et du centre de vacances changeaient, ils étaient confiés à des familles d'accueil, adoptés, déménageaient dans une autre région, allaient travailler parce qu'ils en avaient l'âge ; d'autres arrivaient, de nationalités variées, avec ou sans leurs mères. Elle, elle restait là, saison après saison, comme partie intégrante de l'équipe, ou des meubles, quelque chose de prévisible, d'attendu, à tel point qu'une petite nouvelle lui avait demandé si elle allait se faire nonne, elle aussi.

Non, je vais me faire archidiacre, lui avait-elle répondu brusquement.

La gamine n'avait pas compris, elle n'avait pas osé redemander.

Archidiacre, comme San Lorenzo, saint Laurent. Et allez, Lolo, envoie-moi une étoile, rien qu'une seule, ça fait huit ans que tu me séquestres avec l'aide de tes servantes, tu peux bien me réaliser un petit vœu, non ?

Le ciel n'était peut-être pas assez limpide pour les voir

passer. Elle ne se souvenait pas d'en avoir déjà vu : elle avait fait semblant, parfois, quand tout le monde disait en voilà une, en voilà une, en voilà une là-haut, mais elle ne savait pas si c'était les autres qui se les imaginaient ou si c'était ses pupilles à elle qui étaient réfractaires aux astres. S'il s'agissait d'un défaut de ses sens ou de son imagination.

Elle s'étendit sur son lit. Les petites respiraient fort, la bouche ouverte, une respiration d'amygdales, ou de paix conquise.

Son oreiller appuyait sur ses cervicales, elle le déplaça, posa la tête sur le drap, il grattait. Que faisait-elle ici ? Toute seule, sans un ami. Un petit copain. Une bande. Elle avait redoublé et sœur Nabote n'arrêtait pas de le lui reprocher.

La nuit du Nouvel An, ça lui avait fait drôle de dire adieu à l'ancien millénaire sans savoir où se trouvaient Danilo ni Omar, de s'aventurer dans un avenir qui n'allait pas les prendre en compte. Elle n'avait pas revu Danilo depuis la soirée du spectacle, et Omar n'était plus revenu la voir depuis qu'il était entré au lycée, il n'était jamais chez lui quand elle téléphonait, ne la rappelait pas, si bien qu'au bout d'un moment, elle avait arrêté d'essayer de le joindre.

La joue sur le matelas, elle sentit son pouls battre à ses oreilles. Un son net, péremptoire. Elle souleva la tête, le son disparut. Elle la reposa et le battement reprit dans son tympan, accéléré.

Où vas-tu, mon père, sans ton fils ? demanda Laurent à Sixte II, tandis que le pape était conduit vers son martyre : c'est Nabote qui le lui a raconté, elle répète chaque année l'histoire du saint patron de leur institut. Peut-être me juges-tu indigne ?

Ne te tourmente pas, Lolo, dans trois jours, tu mourras toi aussi, je te l'annonce, moi je sais pourquoi tant d'étoiles parmi l'air tranquille – Abraham aussi offrit son fils – brûlent et tombent[1]. Mais pour moi, pas même une petite étoile : Laurent, tu as déjà arrêté de pleurer ?

Tu lui as dit voilà les trésors de l'Église – et c'étaient des estropiés, des veuves, des misérables, c'étaient des orphelins : bien sûr que le préfet s'est fâché, tu voulais vraiment mourir rôti. Ou alors le sentais-tu toi aussi sous ta peau, derrière ta nuque, au milieu de ta tête, au fond de ta gorge ? Cette partie est cuite, retourne l'autre et mange, as-tu dit du haut de ton gril, plus méprisant que moi. Tu le sentais brûler, toi aussi, ce feu, bien avant qu'ils t'envoient sur le bûcher ?

Je n'étais donc même pas unique, soupire le martyr avec le dernier souffle qu'il lui reste. Et Čupko s'arrête devant les braises, courbe l'échine, les hoquets commencent, on dirait un moteur grippé, il se balance en avant, puis vomit d'un coup, et le bruit mécanique qui remontait de ses organes s'interrompt net. Depuis combien de temps n'avait-il pas fait une crise ? Le ciel concave, et rien qui brille. Pour moi, pas un seul vœu. Čupko a disparu, mort sous les bombes. Nous demandons une grâce. Je ne mérite même pas un pleur d'étoiles. C'était un chien errant, personne n'a voulu de lui. Ce Jésus, on ne dirait pas quelqu'un qui réalise des vœux. Et Laurent, par contre ? Feux d'artifice explosés à minuit, mes cheveux brûlent, une hirondelle tombe entre les épines et Nabote a peur, mes bras prennent feu comme des branches dans un bois, mes pieds carbonisés, Čupko les lèche, c'est lui, vraiment, tu es revenu, mon grand, tu es re – Nada se réveilla en sursaut.

Les cils collés, le corps roide. Trois fois, elle essaya de respirer, n'y parvint que la dernière.

Ailleurs, Danilo aussi se réveilla, la bouche asséchée. Il fallait qu'il boive, mais il n'avait pas la force de se lever.

1. Extrait du célèbre poème « 10 août » de Giovanni Pascoli (1855-1912), paru dans *Myricae* (1891).

Omar, lui, était réveillé depuis des heures, incapable de s'endormir. S'il fermait les yeux, une lumière l'aveuglait. Elle lui meurtrissait les iris, et pourtant elle paraissait éloignée, comme émanant d'un lieu hors d'atteinte.

Nada l'éprouva elle aussi, cette mélancolie. Alors elle descendit du lit et retourna à la fenêtre pour chercher une étoile.

(Pour qui est-ce que je les écris, moi, ces pages ?)

41

Lidia lui téléphona à San Lorenzo et sans préambule dit :
– Azra nous a quittés.
Pendant une fraction de seconde, Nada pensa qu'elle était retournée habiter Sarajevo, puis son esprit connecta la nouvelle à la voix brisée de Lida, et elle comprit.
Ses fesses se mirent à fourmiller.
– Qu'est-ce qui s'est passé ?
– Elle n'y arrivait plus, probablement.
Elle s'enfonça dans son siège avec un bruit sourd et sœur Directrice, occupée à lire des documents de l'autre côté du bureau, leva le regard vers elle, fronçant les sourcils, interrogative.
Lidia n'avait pas dit elle est morte, elle avait dit elle nous a quittés, comme un événement qui se produit parce qu'il a été décidé. Elle en attribuait la responsabilité à Azra, et c'était peut-être une façon de la blâmer. Pour une personne comme Lidia, la vie était sacrée, elle en valait toujours la peine, et même si elle était douée pour comprendre les autres, par son tempérament et par son métier, elle n'acceptait pas qu'on renonce à la vie. Surtout pas une amie. Une personne qui, en se tuant, l'avait rendue inutile.
– Mais comme ça, soudainement ?

Par des gestes, la bonne sœur réclamait des explications : Nada détournait la tête, pressait son oreille contre l'écouteur.

– De toutes les personnes, il fallait que ce soit elle, dit Lidia. C'est absurde, je ne m'en remets pas.

Les gens se trompaient sur le suicide. Pour Nada, c'était très clair : se tuer n'équivalait pas à dévaloriser la vie mais à exiger d'elle qu'elle ne vous dévalorise pas. Si la douleur est trop intense, la seule liberté dont on dispose, étant donné que personne n'a demandé à naître, c'est de s'y soustraire.

Elle pensa à Danilo, et ses hanches s'émiettèrent. Elle n'aurait jamais pu lui dire une chose pareille, cela aurait ressemblé au discours abstrait d'une adolescente plaqué sur une tragédie personnelle.

Son anniversaire était passé depuis peu.

– Tu as survécu à une guerre, tu as continué à exercer ton boulot avec courage, tu as échappé aux snipers et ensuite ? insistait Lidia. Quand le chapitre est refermé, quand tu peux enfin vivre en paix avec tes enfants, tu t'en vas ?

Sœur Directrice avait cessé de lire, elle attendait, les doigts croisés, les coudes sur la table.

– Si ça s'était passé pendant le siège, j'aurais compris, même si une mère qui se tue, en réalité, c'est toujours incompréhensible. Mais maintenant ? Maintenant, ça n'a pas de sens.

Lidia était en colère, elle avait aimé Azra.

– Pendant le siège, Azra était trop occupée à survivre, dit Nada. Elle n'avait pas le temps de décider si elle voulait mourir.

Sœur Directrice détacha ses doigts et resta un instant les mains en l'air, comme si elle ne savait pas quoi faire. Puis, lentement, elle remit de l'ordre dans les documents qu'elle avait arrêté de consulter, les glissa dans une chemise, referma la chemise avec un élastique. Debout, elle se retourna vers le portrait de Padre Pio qui trônait derrière son bureau et se signa.

Quand Nada lui demanda la permission de rejoindre Danilo et Jagoda pour les obsèques, elle dit que Rimini était trop loin, le voyage en train, trop long, qu'elle ne se sentait pas de la laisser y aller seule.

– Mais j'ai dix-neuf ans.

La sœur ne fut pas convaincue.

– Accompagnez-moi, alors.

– Je ne peux pas m'absenter de San Lorenzo.

– C'est ça, votre charité chrétienne ? C'est ça, votre soin du prochain ? Vous n'en avez rien à foutre, vous, vous n'en avez jamais rien eu à foutre, de votre prochain.

Sœur Directrice la punit. Ils essayaient encore de la dompter en la privant de dîner, comme si sauter un repas pouvait la faire changer d'avis.

Elle se retourna dans son lit. Elle n'avait pas vu Danilo depuis quatre ans. Ils ne s'étaient plus appelés ni écrit. Elle grappillait des informations auprès de Lidia, à qui Azra parlait de ses enfants ; elle était surtout fière de son fils, il étudiait le droit à la fac de Bologne et avait obtenu un logement gratuit dans une résidence universitaire.

Comment allait-il, maintenant ? Elle qui n'avait jamais eu de mère, elle n'arrivait même pas à l'imaginer.

Dans le monde, avant, il y avait ta mère, et maintenant, elle n'est plus là, il y avait un corps, une voix, un flux de pensées, un ensemble de gestes reconnaissables, d'habitudes lexicales et d'idiosyncrasies, et maintenant, il n'y en a plus, tu peux prendre tous les trains, tous les avions, tu peux plonger jusqu'à toucher le fond de la mer, tu ne la retrouveras pas. L'existence a fait défaut, à sa place, une portion de rien, un vide calculable, et maintenant, oui, tu peux le visualiser, maintenant ce n'est plus un concept théorique, absence de matière dans un volume d'espace, une notion inconcevable pour l'esprit humain, maintenant tu le touches, un clou dans le sternum.

Mais elle ne pouvait pas le savoir. Elle n'avait pas eu le temps de partager une histoire avec sa propre mère, d'en reconnaître les phrases, l'enrouement du matin, la consistance de la peau. Il n'y avait pas eu, pour elle, l'arrachement de la perte, ou alors elle ne pouvait pas s'en souvenir.

Nada pensa que peut-être Danilo se torturait, convaincu qu'il aurait pu éviter la mort d'Azra, et que c'était ça qui l'empêchait de penser au fait que sa mère l'avait abandonné. Qu'elle ne l'avait pas assez aimé pour rester. Quelle naïveté que de croire l'amour plus fort que la souffrance.

Une fois, Ivo lui avait dit : Cette idée qu'ils nous ont inculquée, selon laquelle il faudrait être heureux, c'est un châtiment. Qui nous l'a inculquée ? avait demandé Nada. Tu es le fils d'une prostituée, tu as fui la guerre, qui te l'a inculquée, à toi, l'idée qu'il faudrait être heureux ? Il avait ri lui aussi. Bah, certains films, avait-il dit, certaines histoires. Et cette putain de Constitution américaine. Elle s'était pliée en deux. On n'habite pas en Amérique, avait-elle répondu. Elle était assise sur une chaise à bascule, dans un bar, ils prenaient un café. Ivo disait souvent que le café turc lui manquait, un soir pendant la guerre, sa mère lui en avait fait, allez savoir où elle l'avait dégoté. Si on ne pensait pas qu'il fallait être heureux à tout prix, si on ne pensait pas que le but, c'est le bonheur, avait-il dit, comme si on était né pour le réaliser, on accepterait la souffrance avec moins de déshonneur, moins de rage, moins de besoin de comprendre. En cela, la religion catholique est plus honnête, elle t'informe dès le début que la vie est merdique, elle te demande juste de ne pas te rebeller face à cet état de fait. Nada lui avait envoyé un petit coup sur l'épaule : Ne fais pas le Croate bosnien, je ne mange pas de ce pain-là. Mais non, penses-tu. La religion catholique n'est pas honnête non plus, parce qu'elle te fait croire que l'univers a été créé pour toi. Alors qu'en fait non, tu es le pur fruit du hasard, comme les virus, les bactéries. Il avait sorti une cigarette de son paquet, Nada avait pris le briquet sur la table et le lui avait tendu, puis elle avait craché son chewing-gum dans sa serviette et l'avait roulée en boule. En expirant, Ivo avait dit : Il faudrait se résigner. À quoi ? À la douleur. Ils nous mentent, avait-il ajouté. Ce n'est pas une erreur du système, le système l'a prévue, il a été projeté comme ça. Je ne te savais pas si philosophe, avait dit Nada. Ivo l'avait poussée jusqu'à ce qu'elle s'affaisse sur le côté. Le coussin de la chaise à bascule était moelleux.

Nada quitta son lit : il n'était pas tard, peut-être onze heures du soir, ils étaient sûrement réveillés. Elle traversa le dortoir pieds nus en prenant garde de poser les talons le plus silencieusement possible, descendit les escaliers, s'enferma dans le bureau de sœur Directrice, alluma la lampe pour trouver le téléphone et composer le numéro, puis elle l'éteignit et resta dans le noir à écouter le tuuut, pause, tuuut, pause, tuuut, dans l'attente que quelqu'un, à l'autre bout, décroche le combiné.

Ce fut Jagoda.

– Nada.

Et elle éclata aussitôt en sanglots. Elle avait la voix de quelqu'un qui ne faisait que ça depuis des jours.

Nada lui dit qu'elle était vraiment désolée, qu'elle n'osait pas imaginer à quel point ce devait être dur, mais qu'elle était là, si jamais elle avait besoin de s'épancher, les sœurs lui avaient interdit de se rendre à Rimini mais elle pouvait recevoir des appels, et de toute façon la nuit elle se lèverait, comme maintenant, pour appeler.

Jagoda se mouchait, murmurait merci, un automatisme, Nada disait mais de rien.

– Danilo ?

Le nom lui trébucha dans la bouche.

– Tu sais, il fait les choses, lui. Demain, heureu… reu… reusement, papa arrive.

– Tu me le passes ?

Jagoda hésita. Son souffle dans le combiné, une tempête de vent. Puis, une espèce de cliquetis.

– Da… Da… Danil… lo n'est pas là.

– Ah.

– Je lui dis que tu as app… appelé et qu'il te rap… rappelle, ok ?

– Non, il doit être débordé, en ce moment, je ne veux pas l'embêter. Je voulais juste lui présenter mes condoléances.

– D'accord.

Nada ne sut plus quoi dire.

Le souffle dans le combiné, un vacarme. Elle l'écoutait, muette. Ce fut Jagoda qui prit congé la première.

– Je… je te dis à bientôt. Merci.

Et sans lui laisser le temps de répondre, elle raccrocha.

Assise au bureau de sœur Directrice, l'estomac gargouillant dans le noir, Nada songea que le raisonnement de son frère était paradoxal. Je devrais accepter d'être malheureuse pour pouvoir vivre sans me lamenter de mon malheur ? Rien à foutre, moi je veux être libre de me tuer.

Elle ne pouvait le confier à personne, mais elle était presque fière du choix d'Azra. Si le monde n'est pas fait pour nous, alors merci, ce sera sans nous. Si je dois mourir de toute façon, désolée, mais je préfère choisir quand. Elle a bien fait. Ce n'est pas une compétition à qui dure le plus. Il n'y a rien à gagner. Ce qu'il y a, ce n'est pas que Dieu n'existe pas, c'est que ce n'est pas moi, Dieu, ni personne que j'aime, c'est ça qui rend tout superflu.

42

– Pourquoi tu… tu m'as fait non de la tête ?

Assis à la table de la cuisine, il ne répondit pas.

– Danilo.

– Je ne savais pas quoi lui dire.

Il se leva, lui donna un baiser sur la tempe et sortit.

Jagoda ne le suivit pas tout de suite dans la chambre conjugale, où leur mère avait été allongée, lavée et habillée, les mains jointes sur le ventre, pour accueillir quiconque souhaiterait lui adresser un dernier adieu. Mais ce n'était pas son pays, ici, et peu de gens étaient venus lui dire au revoir. Les sœurs des Cerfs-Volants, Lidia et les autres éducatrices, les rares amis de Jagoda, quelques camarades de classe avec lesquels Danilo était resté en contact.

Odeur de cire. Par la suite, chaque fois qu'il sentirait cette odeur s'échapper des cheveux d'un ami, il reverrait les ongles bleu clair, violacés, de sa mère, ses lèvres entrouvertes sur ses dents parce que la colle n'avait pas tenu et la chemise de satin que sa sœur avait choisie, celle qu'ils lui avaient offerte tous les deux pour son dernier anniversaire. Azra l'avait portée pendant les vacances à Sarajevo, lorsqu'elle était allée dîner avec ses collègues de la rédaction – ils ne pouvaient pas imaginer, eux, qu'elle allait se tuer. Ou alors si, ils la connaissaient peut-être mieux que lui.

À partir de maintenant, sa mère ne serait plus que la somme des récits des autres, il ne resterait que ce que les autres pensaient d'elle, ce qu'ils avaient cru savoir, l'idée qu'ils s'en étaient faite. Danilo ne l'acceptait pas. En arrêtant d'exister, sa mère devenait un ensemble d'opinions – discordantes, même, peut-être. Sa vérité disparaissait, la complexité de l'individu qu'elle avait été se réduisant à une synthèse qu'elle n'aurait pas pu contester ; son moi cessait tandis que les autres prenaient le dessus et définissaient qui elle avait été. En cela aussi, la mort était une injustice.

– Pourquoi tu ne veux pas par… ler avec Nada ?

Jagoda était entrée prendre quelque chose dans le tiroir de la table de chevet. Quand Danilo s'était inscrit à l'université de Bologne en libérant sa chambre, sa sœur ne s'y était pas installée, elle avait préféré continuer à dormir avec sa mère. Il allait être difficile, à présent, de se défaire de l'habitude de partager son sommeil avec elle.

La nuit précédente, elle s'était endormie en pleurant sur les draps à côté de sa mère sans trouver cela macabre. Rester auprès de son corps, bien que raide et muet, parvenait encore à la consoler. Danilo avait renoncé à la tirer de là. Préparée par l'entreprise de pompes funèbres, le visage lisse, la peau tendue, Azra était un portrait qui lui ressemblait mais ne la capturait pas tout à fait, une copie ratée.

– Qu'est-ce que je devrais lui dire ?

– C'est ton a… mie, elle tient à toi. Elle t'a… dore, même.

Jagoda avait encore la voix nasale d'avoir trop pleuré. Lui n'avait pas versé une larme.

– Je n'ai envie de parler avec personne.

Assis à côté du lit, il se pencha sur le cadavre pour vérifier qu'il ne respirait pas.

– Qu'est-ce… qu'est-ce que tu fais ?

Ce n'était pas tant l'inévitable désir de s'être trompé – tout compte fait, erreur d'appréciation, maman est bien vivante ;

c'était la peur qu'enfermée dans le cercueil, sa mère se réveille d'un coup et tambourine contre le bois pour sortir. Il voulait s'assurer qu'elle était morte afin qu'elle ne souffre plus, qu'elle n'éprouve plus la terreur des vivants.

– Par… par… fois, j'ai l'impression que son es… tomac se gon… fle, se gon… fle et se dégonfle. Pas toi ?

Il allait devoir s'occuper de sa sœur, maintenant. Elle ne pouvait pas rester seule à Rimini mais lui ne pouvait pas quitter l'université. Il voulait assister aux cours, étudier à la bibliothèque, décrocher son diplôme, devenir quelqu'un, se délester de toute cette merde.

La mort assaillait les narines, odeur de cire – elle ne faisait pas pleurer.

Peu de temps avant le début officiel de la guerre, sa mère avait entendu chez l'esthéticienne que Sarajevo allait être attaquée le 4 avril. Comme d'habitude, elle n'y avait pas cru, malgré les checkpoints que les militants du parti serbe avaient postés depuis des jours sur les routes d'accès à la ville : dans leur quartier, le trafic était toujours bloqué. Dernièrement, certains voisins avaient passé leurs nuits dans la cave, à sursauter à chaque coup de feu retentissant dans les ténèbres, et leurs matins à scruter les Mig qui volaient à basse altitude, c'est l'aviation fédérale qui surveille d'en haut, bon signe, disait quelqu'un, c'est Belgrade qui veut nous intimider, disait quelqu'un d'autre. Depuis un mois, déjà, plus ou moins depuis le référendum, quand le père d'un marié serbe avait été tué par une salve de coups de feu provenant d'une Golf pendant la fête célébrée dans la cour de l'église orthodoxe, on disait que trois mille Tchetniks étaient en train d'arriver de Pale, mais Azra appelait cela de la désinformation et elle avait été sidérée par le spectacle de tous ces gens se jetant dans les trains et les autocars pour quitter la ville : ils posaient des arrêts maladie, des congés, et ils s'enfuyaient. Les classes se vidaient parce que les enfants étaient partis ou parce que, par prudence, les parents les gardaient à la maison, les enseignants passaient leur temps hors de la classe à discuter entre eux en fumant, soyez gentils, disaient-ils parfois, on reprend tout de suite. Il n'y avait plus ni interrogations écrites ni devoirs, le peu d'élèves présents jouaient à la bataille navale dans un drôle de climat d'alerte et de vacances. Le 4 avril était arrivé, enfin, et rien ne s'était passé. À table, leur mère avait dit : Vous voyez, j'avais raison. Dommage, avait répondu Danilo, j'espérais sécher les cours. La gifle lui avait étranglé le rire dans la gorge. Il ne s'y attendait pas : chez lui, les coups étaient interdits, ses parents n'avaient jamais levé la main. Tu n'as pas honte, l'avait semoncé Azra. Pour lui, ce n'était qu'une blague inoffensive, et d'ailleurs c'était elle, la première, qui avait dit qu'il n'y avait pas de danger : il n'avait fait que lui donner raison. Il avait ruminé son aigreur jusqu'au jour où les snipers serbes avaient tiré sur la foule depuis l'Holiday Inn et où il était allé lui dire : Alors, qui est-ce qui avait raison ? Son nez enfermé entre ses mains en coupe, sa mère l'avait regardé perdue. *Nous pouvons vivre ensemble*, lisait-on sur les banderoles agitées par les Sarajéviens qui avaient occupé le Parlement malgré les coups de feu. « Sans les Serbes, je ne pourrais pas respirer, sans les Croates, je ne pourrais pas écrire et sans être moi-même je ne pourrais pas vivre avec eux », avait dit Abdulah Sidran pendant le happening rediffusé à la télévision. Sa mère pensait comme lui, et c'est pour cela qu'elle s'était trompée. Tu n'as pas honte, lui avait dit Danilo, avec toute la cruauté dont il était capable, et elle avait battu fort des paupières.

Elles étaient fermées, à présent. La bouche décollée, les doigts livides, et les paupières fermées.

– Il faut res… ter proches de papa, dit Jagoda.
– Papa habite à Sarajevo, maman lui manquera moins.

Danilo s'approcha de la petite table d'angle sur laquelle sa mère travaillait.

Elle avait commencé à collaborer avec la presse italienne, elle écrivait des articles en anglais que quelqu'un traduisait. Le numéro du quotidien dans lequel sa signature était apparue pour la première fois était resté sur la petite table. Danilo le feuilleta à la recherche de l'article. Il s'intitulait, de manière provocatrice, « Le caprice des autorités italiennes », et était centré, comme d'habitude, sur les enfants bosniens adoptés. Ils étaient presque adultes, maintenant, mais les deux classeurs qui les concernaient étaient encore empilés à la verticale contre le mur.

– Papa est celui qui peut se... se sentir le plus cou... pable de tous.

– Parce qu'il l'a quittée ?

– Ils ne se sont jamais quittés. Peut-être qu'ils ne s'ai... ai... aimaient plus, tout simplement.

Danilo alla s'agenouiller devant elle, qui avait pris sa place sur le fauteuil.

– Ils étaient comment, à Sarajevo ?

– U... u... unis.

– Et ensuite, qu'est-ce qu'il s'est passé ?

– La guerre s'est finie.

Les doigts de sa mère croisés sur sa poitrine. Il essaya de se rappeler son contact, quand elle le tenait par la main. La consistance de sa paume, sa température, si elle était sèche, aride, comment c'était de la serrer, enfant. Depuis combien de temps n'avait-il pas marché main dans la main avec sa mère ? Il l'avait déjà oubliée, cette sensation, bien avant qu'elle meure. Il n'aurait jamais su ce qu'on éprouvait, adulte, à lui tenir la main.

– Je vais rentrer à la maison avec lui, dit Jagoda.

– Quoi ?

– Je vais à Sa... rajevo avec papa.

– Mais qu'est-ce que tu racontes ? Tu détestes être là-bas.

– J'ai beaucoup plus peu… peur de l'endroit où j'ai retrouvé maman mo… orte.

Azra avait pris des somnifères et elle s'était installée sur le lit. Une mort hygiénique, peu invasive, avait-elle dû penser. Nul train immobilisé, nul saut du haut d'un immeuble susceptible d'écraser des passants, nulle mare de sang : elle ne laissait aucune raison de la blâmer. À part les sphincters qui avaient relâché urine et excréments, mais cela aurait eu lieu de toute façon.

– Avant, tu la maternais elle, et maintenant tu veux le faire avec lui ? Et ta vie, tu y penses ?

– On n'est pas tou… tous com… me toi.

Peut-être sa sœur avait-elle besoin de s'occuper de quelqu'un pour dompter sa propre angoisse. Peut-être était-ce cela, sa forme d'égoïsme.

– Il faut que je parle avec la Mère supérieure, tu pourrais habiter quelque temps aux Cerfs-Volants, jusqu'à ce que tu commences la fac toi aussi, tu pourrais obtenir une place en résidence universitaire. Je ne veux pas rester tout seul en Italie.

– Tu l'as été pen… pendant des années.

Quand sa sœur était aussi lucide, Danilo se sentait très fragile.

Jagoda avait hurlé, assise par terre, les épaules contre le mur, comme Azra à Sarejevo la nuit de la crise après la dispute, elle avait pleuré dans sa tasse de camomille, la seule chose qu'elle ingérait depuis qu'elle avait trouvé sa mère morte, et assise sur son lit, immobile, en culotte, incapable d'enfiler ses chaussettes. Elle avait pleuré en se brossant les dents ou debout, les bras croisés au milieu du salon, comme attendant quelque chose, elle avait crié assise sur les toilettes ou sous la douche, elle avait pleuré et crié au point de le perturber, de l'exaspérer, au point qu'il avait cru qu'elle devenait folle, elle aussi, qu'elle n'allait jamais se ressaisir, alors que lui ne versait pas une larme. Et puis elle avait des moments comme ça, sa sœur, où elle décidait de changer de ville, de nation, d'existence, et semblait dispensée de la peur. Elle était une créature venue de l'Espace et elle n'avait pas besoin de lui pour se trouver bien sur Terre. Il ne pouvait la défendre d'aucune douleur, non seulement parce qu'il n'en était pas capable, mais parce qu'il ne se serait pas donné assez de mal.

Il se releva. Jeta un coup d'œil sur l'abdomen de sa mère – déjà une habitude. Non, elle ne respirait pas. À quoi avait-elle pensé, elle, en avalant les cachets ? Qui avait occupé sa dernière pensée ? Avait-elle prononcé le nom de Jagoda, le sien ? Peut-être avait-elle aussitôt changé d'avis, sauf qu'il n'était plus possible de faire machine arrière. Imaginer un tel repentir était déchirant, cet extrême et inutile repentir. Elle avait appelé ses enfants, et cela n'avait pas suffi.

Danilo baissa le store.

– Té... téléphone à Nada, dit Jagoda, et sans mettre son pyjama, elle s'étendit à côté de la dépouille.

Un frère et une sœur seuls chez eux avec leur mère morte. Lidia avait proposé de rester, il n'avait pas voulu. On a droit nous aussi à un deuil privé, avait-il dit, et elle n'avait peut-être pas compris cette rancœur.

Les classeurs avaient des bords usés. Danilo les prit tous les deux, ils pesaient lourd.

Délicatement, comme pour ne pas la réveiller, pour ne pas l'abîmer, Jagoda posa la tête sur l'épaule de sa mère. Blottie contre son corps, elle ferma les yeux.

43

Après la bagarre avec Matte, Omar avait passé la soirée à errer dans les bars en compagnie de Butterfly et des autres, ils avaient sniffé et dansé jusque tard, puis l'enthousiasme s'était tari, la fatigue les avait abattus. Omar s'était souvenu de Sen : il pensait qu'il serait allé le chercher dans le centre-ville, mais c'était déjà l'aube. Plutôt que de remonter sur son scooter, il avait demandé l'hospitalité à ses amis, or personne n'était disposé à la lui offrir. Mes vieux vont faire chier, s'était justifié Butterfly, conditionnant la réponse des autres, ils risquent d'appeler les tiens et ça va foutre la merde : laisse tomber, rentre chez toi.

Omar avait attaché son scooter et marché seul pendant des heures le long du Lambro en repensant à la Miljacka iridescente dans les yeux de Nada. Quand les trams et les voitures avaient de nouveau envahi les routes, il était entré dans une cabine téléphonique. Il avait inséré les pièces et composé le numéro. Après la première tonalité, il avait raccroché. Il n'y avait rien à sauver – ni à perdre. Comme il était reposant de céder enfin à son destin.

À la gare, il avait pris un train et s'était assoupi quelques minutes ; il était descendu à Milan-Centrale et s'était juré à lui-même que Mari, Matte et même son frère ne le reverraient plus jamais.

Il y avait eu l'orgueil des premiers jours, un petit couteau dans la poche, comme Butterfly, et un sentiment de force inédit : c'était peut-être l'évidence de sa rage qui tenait les autres à distance. Il y avait eu la liberté de la nuit devant le centre commercial de la Rinascente – mais les coups de pied des vigiles le réveillaient à six heures et demie : une bordée de jurons et il ramassait ses cartons. Il mangeait si peu que ses économies avaient duré deux semaines ; quand il s'était retrouvé à sec et que le manque l'aiguillonnait plus encore que la faim, il avait commencé à vendre pour un dealer connu à la gare. Il suffisait de choisir le bon endroit et les gens venaient, pas besoin de les convaincre ni de négocier – un travail adapté même pour quelqu'un comme lui.

Un matin, face à la borne des taxis, une religieuse s'était approchée et lui avait demandé son chemin. Il n'en revenait pas qu'elle se soit adressée à lui, parmi toutes les personnes possibles. La solitude et la rancœur ne l'avaient peut-être pas totalement défiguré. Il l'avait accompagnée sur deux pâtés d'immeubles. Au feu rouge, elle lui avait caressé le visage comme à un enfant, que Dieu te bénisse.

Il s'était pincé la peau des poignets à plusieurs reprises, en vain. Il n'arrivait pas à se calmer. Il avait marché jusqu'à une cabine et cette fois, quand quelqu'un avait décroché à l'autre bout du fil, il avait demandé qu'on lui passe sœur Tourment.

À la différence de sœur Directrice, elle l'avait reconnu et l'inquiétude avait aussitôt accéléré ses mots. Elle s'était écriée tes parents souffrent, ils ont déclaré ta disparition et te cherchent partout, Sen est désespéré, ta mère a arrêté de sortir, elle ne va même plus travailler, elle t'attend toute la journée. Je t'en supplie, dis-moi où tu es et je viens te chercher. Tu es à Sarajevo ? Je n'ai plus de raison de rentrer à Sarajevo. Tu es où, alors ? Omar aurait voulu lui demander de le garder avec elle à l'institut, comme quand elle lui apportait à manger au pied de l'arbre. Tu veux que j'appelle Nada ? avait demandé sœur Tourment. Il avait raccroché.

Il avait loué un lit dans un appartement avec coursive surpeuplé, n'avait tenu que quelques mois : il sniffait de plus en plus, cinq coûteux grammes par jour. Ainsi avait-il fini avec d'autres jeunes dans les égouts, au chaud entre les tuyaux. Ils se défonçaient et se soûlaient tous ensemble, s'endormaient sur des matelas par terre, garçons et filles, comme à Bjelave sous les bombes, à côté de vieilles boîtes de thon qui débordaient de mégots et de bouteilles en plastique remplies de pisse, parce que avec l'obscurité ce n'était pas pratique de remonter. Une de ces nuits, il avait perdu sa virginité, et il ne se souvenait de presque rien. Il était terrorisé à l'idée que quelqu'un les enferme dans les égouts pendant qu'ils dormaient – les vigiles, ou les gens bien qui n'en pouvaient plus d'eux – et il se réveillait avec la gorge obstruée, un râle. À la fin de l'hiver, la chaleur était devenue insupportable et la puanteur, asphyxiante. Il avait recommencé à dormir dans la rue, blotti sur les marches en marbre à l'entrée des banques ou des magasins de vêtements. Il volait dans les trains et les bus, lavait ses vêtements aux fontaines, les étendait sur un muret, au beau milieu du trafic.

Le jour de son dix-huitième anniversaire, un inconnu l'avait invité dans les toilettes de la gare, il avait des bottines déformées et soixante ans au moins. Omar s'était fait donner cinquante mille lires d'avance et dès qu'il les avait eues entre les mains, il l'avait frappé et s'était enfui. L'homme avait remonté sa braguette et porté plainte pour vol. Omar avait été arrêté quelques jours plus tard, pendant qu'il dealait. Le commissariat avait appelé ses parents mais personne, pas même Sen, n'était venu le chercher.

Maintenant qu'il était sorti de prison, il avait décidé d'arrêter la drogue et le reste, et il était revenu. Un an plus tard : l'automne inerte de la plaine. Noël était dans un mois et demi.

À cette heure, épiés de l'extérieur, les bruits de la maison qui avait été la sienne ressemblaient aux bruits de toutes les maisons avant le dîner, tintements de couverts, brouhaha de la télé, le confort de la banalité. Les rideaux brodés aux fenêtres l'empêchaient de voir dedans. Qu'allait-il dire en sonnant ? C'est moi. Cela suffirait-il ? C'est moi, et tu reconnaîtrais ma voix même dans le vacarme. C'est moi, et le portail s'ouvre à l'instant. C'est moi, c'est moi, dirait quelqu'un de la famille, sans nécessité d'ajouter quoi que ce soit.

Il resta encore un peu écouter cette rumeur domestique.

Puis la porte s'ouvrit, et Matte apparut sur le seuil, vêtu d'un pull de laine épaisse.

– Qu'est-ce que tu fais ici ?

Omar avança, un léger chatouillis dans la gorge.

Aucun clic métallique, aucun grincement, le portail resta fermé.

– Qu'est-ce que tu veux ?

Il s'essuya les paumes sur son jean.

– Je suis revenu.

Derrière une fenêtre, voilée par le rideau blanc, Mari. Par réflexe, Omar agita la main pour la saluer. Elle était immobile.

– Où est mon frère ?

– À l'université.

– Il étudie quoi ?

– Tu dois partir, l'avertit Matte.

– Il est à Milan ?

– À Pavie.

– Et il ne vient jamais ?

– Bien sûr qu'il vient, au moins deux fois par mois.

– Vous êtes encore une famille, dit Omar.

Le voilage blanc s'écarta : le visage de Mari, enfin.

Il la salua de nouveau. Elle souleva faiblement une main.

– Laisse ma femme tranquille. Tu l'as trop fait souffrir, je ne te le permettrai plus.

– Je suis désolé. Je vous demande pardon. À toi surtout, je te demande pardon.

– On t'a cherché comme des fous, elle y a laissé sa santé. La police t'a retrouvé après des mois : dommage qu'elle t'ait fichu en prison. D'ailleurs, tu es déjà sorti ?

– J'ai besoin d'une maison.

– On n'est pas une maison, nous, ni un dortoir. On est des personnes.

Omar s'approcha encore un peu du portail, serra l'un des barreaux.

– Ce sera différent.

Il était en train de mendier, mais il estima que c'était le prix à payer pour récupérer ce qu'il avait perdu.

– Éloigne-toi, s'il te plaît.

– J'ai péché contre toi, je ne mérite pas d'être appelé ton fils.

Aucun sarcasme, juste une tentative maladroite.

– Tu as péché contre Dieu. Et tu *n'es pas* mon fils.

Omar détacha sa main du barreau, il chercha Mari : elle avait ouvert la fenêtre pour écouter.

Il lui dit :

– Ouvre-moi, le ton déjà désespéré.

Cette servilité le dégoûtait, mais il ne pouvait pas l'éviter.

– Je te le répète : laisse ma femme tranquille ou j'appelle la police.

– Tu ne peux pas me chasser, Matte, hurla Omar. C'est ton devoir de me reprendre chez toi.

Des voisins se penchèrent à leur balcon, des blousons sur leurs survêtements, pantoufles aux pieds.

– Ce n'est pas mon devoir. Tu es majeur.

– La loi dit que je suis ton fils.

– On a fait une demande pour annuler le placement.

– Tant qu'il n'est pas annulé – la voix d'Omar boita –, je suis encore ton fils.

– Va-t'en, répéta Matte, ou j'appelle la police, je te l'ai dit.

Omar s'assit sur l'asphalte, le front contre les genoux. L'idée que des gens l'avaient vu supplier et être rejeté lui injectait de la colère dans le corps, il aurait pu défoncer les fenêtres à coups de pierres. Au lieu de quoi, il restait là, à se faire prendre en pitié.

Il leva de nouveau les yeux : Mari se tenait à présent sur le seuil, toute seule. Matte avait disparu.

Omar se mit debout, instable sur ses pieds, et retourna au portail. Elle sortit dans la cour. Elle s'était enroulée dans une couverture qui pendait sur ses épaules comme une cape. La couverture était verte et ce vert le transperça, un halo de douceur incongru – la clarté laiteuse autour de la flamme vive.

– Je n'en peux plus, Mari. Ça fait des années que je vais mal.

Elle se dirigea vers lui, glissa ses mains entre les barreaux, le toucha. De l'intérieur, son mari l'appelait, mais elle tenait les mains d'Omar et demandait pardon.

– De quoi, Mari ? Qu'est-ce que tu racontes ?

– De ce corps.

Omar lui caressait les doigts avec ses pouces, il ne l'avait jamais fait.

– On a décidé ça ensemble, Mari, on en a beaucoup parlé.

Matte était revenu poser sa main sur l'épaule de sa femme. Elle fit un pas de côté et la couverture glissa au sol. Personne ne la ramassa.

– Reviens à l'intérieur, allez.

– Il n'a été l'intermédiaire de personne, il n'a jamais accueilli personne, dit-elle. J'ai toujours été seule, moi, dans un corps scellé.

Matte essaya délicatement de l'entraîner, mais elle serrait les mains d'Omar.

– « Est-ce que moi, j'ouvrirais un passage à la vie, et je ne ferais pas enfanter ? – dit le Seigneur. »

– Mari, s'il te plaît, viens.

– « Moi qui fais enfanter, je fermerais le passage de la vie ? dit ton Dieu. »

Omar s'écarta. Mari scruta ses doigts, comme s'efforçant de comprendre l'absence des pouces qui la caressaient encore une seconde plus tôt.

Puis, petit à petit, elle se laissa traîner vers la maison. Son dos large, presque viril, remplit Omar d'une tendresse tardive. Il les regarda entrer et c'est à ce moment qu'arriva, sans sirène, le véhicule de la police, freinant à quelques centimètres de lui.

Il imagina Mari se retourner avec un léger contretemps. Dans la cour, la couverture abandonnée comme une relique. Son fils avait déjà pris la fuite.

44

En moto, il mettait une petite heure. Mari l'implorait toujours de ne pas rouler trop vite, mais il n'avait pas parlé avec elle : cette fois, c'était Matte qui l'avait appelé, Viens, ta mère a besoin de toi. Qu'est-ce qu'il s'est passé ? Viens, Senadin. C'est à propos d'Omar ?

Il avait mis son casque en vitesse et s'était élancé le long du Naviglio, filant à travers la plaine en dépassant champs et vieilles fermes, sur cette route si rectiligne qu'il était impossible de ne pas accélérer, de ne pas se sentir capable d'y défier son destin.

L'astuce, c'est de regarder droit devant soi. Il avait répété ça à Omar le jour où, enfant, il lui avait appris à faire du vélo.

Ils en avaient un seul, chez eux, un vélo de fille, rouillé et pas à leur taille : ils l'avaient trouvé à côté d'une poubelle et l'avaient emporté ; l'avaient frotté au papier de verre, avaient demandé une pompe au voisin pour regonfler les pneus, et Sen avait commencé à s'en servir.

Omar était plus petit que lui mais il était temps qu'il apprenne. Leur père avait déjà disparu, leur mère n'avait pas la patience. Un après-midi, elle était sortie sur le trottoir et elle avait dit monte, pousse un coup sur la pédale puis il suffit d'aller tout droit. Elle avait le dos courbé et les mains sur le porte-bagages pour stabiliser le vélo. Dès qu'Omar avait commencé à rouler, leur mère avait enlevé ses mains : de peur, le garçon avait lâché le guidon. Il avait zigzagué quelques secondes et fini par tomber. Je t'ai dit tout droit, pourquoi tu ne m'écoutes pas ?

Un jour où leur mère était sortie, Sen avait eu une idée, il avait démonté les pédales avec une clé anglaise restée sous le lit dans une vieille caisse de son père. Maintenant, Omar, monte et marche comme un géant.

Mais je suis petit, moi, je ne suis pas un géant.

C'est pas vrai, tu es un géant, on est des géants, regarde-moi. Au-dessus de la selle, Sen s'était élancé sur l'asphalte, il soulevait les pieds puis les reposait à terre, imitant les énormes pas d'un géant. Tu vois ? Comme ça. Il n'y avait qu'au bord de la route que la neige était sale, écumeuse. Ailleurs, elle recouvrait les tuiles des maisons en grappe, les toits des trams, le sommet et le flanc des montagnes avec sa blancheur habituelle. Le soleil semblait caché par un rideau de nylon, ses rayons peinaient.

Omar s'était mis à imiter Sen : il était moins stable et ses pas étaient plus courts, mais son frère continuait à l'encourager, tu es un géant, on est des géants, nous.

Quand Omar avait appris à se tenir en équilibre avec les pieds suspendus, Sen avait remonté les pédales l'une après l'autre et il avait couru jusqu'à la maison pour prendre une couverture.

Qu'est-ce que tu as fait ? Si maman le découvre.

Chuut, aide-moi.

Ils l'avaient pliée ensemble dans la longueur afin de lui donner une forme tubulaire, puis Sen l'avait enroulée autour du ventre d'Omar et il avait tressé les deux pans entre eux pour créer une espèce de corde, épaisse et résistante.

Maman va se fâcher.

Je la rangerai avant qu'elle rentre.

Qu'est-ce que je dois faire ?

Pédale.

Omar pédala. Il continuait sereinement sur deux mètres au moins puis, s'apercevant avec stupéfaction que ses genoux fléchissaient tout seuls, bloquait le vélo, qui s'inclinait. Mais Sen tirait la couverture par-derrière : Je te tiens. Le dos de son frère se redressait, il le sentait solidement arrimé à sa poigne. Il n'était pas beaucoup plus grand, deux ans à peine, mais il savait qu'Omar lui faisait déjà confiance.

Regarde devant toi, ne baisse pas les yeux, ne regarde pas le guidon ni la roue, regarde devant toi, c'est ça l'astuce, regarder devant soi.

Omar s'était donné du mal. À chaque fois que la roue avant tournait d'elle-même, sans qu'il parvienne à la redresser, il était démoralisé. S'il avançait régulièrement pendant quelques secondes, à l'inverse, la surprise était telle que l'émotion lui faisait perdre l'équilibre.

Après une série de défaillances et de freinages mal contrôlés mais aucune vraie chute, il avait commencé à pédaler pour de bon, la couverture serrée autour de la taille et la route devant lui. Il semblait réellement capable, maintenant, de l'emprunter sans incidents : sans plus jamais tomber. Il avait même appris à tourner et à faire demi-tour. Sen le suivait en courant, riant de satisfaction. Super, hurlait-il. Je te tiens. Omar riait aussi, ébahi de ce qu'il était en train d'accomplir. Il n'y croyait pas, Sen le savait : son frère ne se croyait jamais capable de faire quoi que ce soit, surtout si c'était quelque chose qu'il désirait beaucoup.

Quand il l'avait lâché, Omar était resté calme. J'ai réussi, avait pensé Sen, j'y suis parvenu. Ou plutôt, s'était-il corrigé, *il* y est parvenu. Il était fier.

Omar avait mis quelque temps à se rendre compte que son frère ne le tenait plus : tournant le guidon pour faire demi-tour, il avait levé les yeux, émerveillé. Un tapis volant, un grand cerf-volant, un oiseau exotique, ou préhistorique, le magnifique spécimen d'une espèce inconnue voltigeait dans l'air, léger, si bien que Sen lui-même l'avait pris pour un mystérieux message provenant d'un monde lointain, le Pays des Géants.

La couverture s'était finalement posée sur la neige, une tache verte par-dessus le blanc. Ils ne l'avaient pas ramassée tout de suite.

À cent kilomètres-heure, protégé par son gros blouson coupe-vent, Sen n'avait pas froid, même si c'était le mois de novembre. L'odeur de fumier le consolait, l'odeur marécageuse de la plaine, c'était chez lui. À cette lande plate, sans point de repère, qui pouvait égarer, angoisser le regard, à cette terre, il appartenait. C'était ici qu'il avait appris à conduire, pas ailleurs. Ici qu'il avait défié son destin. Un jour d'été, alors qu'il roulait sur cette route, il avait aperçu une cigogne en plein vol. S'il avait raconté ça à Omar, il lui aurait dit qu'est-ce que c'est que cette invention.

Qu'est-ce qu'il a fait, cette fois ? Il est venu. À la maison ? s'était-il étonné au téléphone. Et il est encore là ?

Il ne l'avait pas vu depuis un an. Un soir, il était rentré pour le dîner et il avait retrouvé sa chambre sens dessus dessous et celle de son frère, vide. Il était si énervé contre lui qu'il n'était même pas sorti le chercher. Cette fois-ci, quand il reviendra, je vais lui passer un savon, disait-il à Mari et Matte. Omar n'était pas revenu.

Il est avec vous ? Non. Et il est où ? Silence. Il est où ? Je ne sais pas.

Tu l'as laissé s'enfuir de nouveau, pensa Sen.

Le problème n'était pas tant qu'il lui manquait : toute habitude vous manque si elle disparaît, et puis vous vous faites au nouvel état – il le savait, combien de fois en avait-il fait l'expérience. Omar avait décidé de partir, c'est lui qui l'avait abandonné. Charogne.

Et pourtant, Sen se sentait responsable. Comme s'il l'avait

lâché trop tôt. Il avait arrêté de le tenir, et son frère était tombé. Ce n'était pas un géant. Ils n'avaient jamais été des géants.

Il klaxonna devant le portail pour prévenir de son arrivée. Matte ouvrit la porte et le salua.

– Je vais me garer, dit Sen.

Mari ne sortit pas ; d'ordinaire c'était elle qui l'accueillait la première. Il y avait quelque chose, par terre, dans la cour. Un enchevêtrement d'objets, un tas de chiffons, non, c'était un tissu, une couverture. Verte. Sen vacilla sur sa moto allumée.

Il fit demi-tour au bout de la rue pour arriver du bon côté et entra dans le garage. Ôta son casque, respira la poussière et la sciure, regarda autour de lui, comme cherchant à retarder son entrée dans la maison.

À côté du vieil établi, entre les outils de Matte, les caisses en plastique de vêtements d'été, la voiture et les scooters, posé contre un mur, se trouvait le vélo d'Omar, celui qu'ils lui avaient offert peu après le placement. Il était en bon état, seules les roues semblaient un peu dégonflées, mais il y avait une pompe, quelque part. Son frère l'avait si peu utilisé, ce vélo.

Sen fouilla dans le tiroir des outils et s'agenouilla devant le vélo. L'une après l'autre, il démonta les pédales, puis il se releva. Debout devant le rideau de fer baissé, il les scruta aussi intensément que si elles pouvaient lui donner une réponse – aussi intensément que si c'était sous leur forme, cette fois, que le Pays des Géants lui envoyait un message.

Mais c'était un message indéchiffrable, ou bien les Géants étaient muets, ou alors ils se contentaient de parler à leur peuple, pas aux gens comme lui.

Il jeta les pédales dans la corbeille métallique sous l'établi, elles atterrirent au milieu des copeaux de bois et des feuilles de journal chiffonnées sans faire de bruit ou presque.

45

La veille de son départ, le soir, pendant que Jagoda dormait, Danilo avait demandé à son père pourquoi il n'avait pas déménagé en Italie avec eux. Il avait ôté les lunettes de presbyte qu'il ne portait que rarement, les avait nettoyées avec un bout de sa manche, s'était passé la paume sur son crâne chauve et avait fixé son fils. En baissant les yeux, il avait dit : Nous ne faisions plus l'amour. Et il avait remis ses lunettes.

Danilo ne s'attendait pas à une confession aussi intime, il crut d'abord qu'il n'allait pas la supporter. Mais s'imaginer sa mère en train d'avoir un rapport ne le remplissait plus de honte, à présent, parce qu'un tabou plus grave encore avait été enfreint : sa mort. Quand il lui demanda si c'était lié à l'épisode avec les Tchetniks le matin de sa fuite de Grbavica, si c'était ça qui avait déclenché son blocage, son père avait expliqué que le problème ne venait pas d'elle, mais de lui.

Il y a des gens qui face à la possibilité imminente de la mort se rattachent à la vie avec un acharnement redoublé. La dimension biologique nous surplombe, elle précède notre identité. Nous naissons corps et ce corps nous appartient, nous le percevons bien avant de le définir comme « moi ». Il y a des personnes qui sont tombées amoureuses dans des caves remplies de rescapés fuyant les bombes, ont échangé un premier baiser, atteint l'orgasme, des personnes qui ont décidé de se marier pendant la guerre, et ont accouché d'enfants, il en connaissait plusieurs. Il y a des personnes qui défient la mort en vivant, tout simplement, de la plus intense des façons possibles : vu que la mort finit toujours par triompher, la seule chose à faire est de vivre, véritablement, jusqu'à cet instant, avec toute la tyrannie imposée par nos corps. Il y en a d'autres, en revanche, à qui un état d'urgence prolongé fait perdre tout désir. Lui, Predrag Simić, avait combattu pour sa ville, il n'avait pas reculé, la certitude de faire ce qu'il fallait lui avait donné la force de continuer : le sens du devoir est un antidote pour qui ne croit en aucune forme de transcendance, le sens du devoir vous libère de la peur, décide pour vous, vous maintient droit. Le reste s'était amenuisé, tous les autres sentiments – l'amour surtout ressemblait à l'angoisse. Il avait accueilli les élans de sa femme en les contournant, en prenant soin d'elle, il l'avait serrée contre lui et consolée à grand renfort de caresses, il avait repoussé son désir en l'anesthésiant, et pendant un temps, elle ne s'en était pas rendu compte, ou elle l'avait toléré.

Azra n'avait jamais cessé de sortir de chez elle, d'écrire des articles, de défendre sa dignité malgré le siège, elle aussi avait trouvé une direction dans son sens du devoir, mais cela ne lui avait pas suffi à conserver l'équilibre. Elle avait commencé à avoir des passages à vide, des crises nerveuses qui bouleversaient Jagoda. Cela lui arrivait rarement mais c'était nouveau pour elle, elle n'en avait jamais souffert par le passé. Predrag avait attribué les crises à cet excès d'énergie qui l'avait tant attiré quand il l'avait rencontrée : si elle ne réussissait pas à la canaliser, elle court-circuitait. Les crises ne survenaient pas pendant les bombardements mais pendant les jours de trêve. Le silence l'obsédait, ce calme sinistre, trompeur, ce calme avant la tempête de bombes, il bourdonnait dans ses oreilles, un acouphène, une alarme infinie, de quoi se taper la tête contre les murs. Il n'avait pas compris que sa femme était fragile, lui, il était tombé amoureux d'elle parce qu'elle paraissait sûre d'elle – arrogante, même –, il avait pris son ardeur pour de la force. Pendant la guerre, le besoin de la protéger dépassa tous les autres en les annulant. Azra se lamentait : elle avait beau pouvoir toucher le corps de son mari, en être enveloppée, elle ne l'avait plus jamais eu en elle. Il y a dans l'acte sexuel le paradoxe d'une proximité maximale précisément quand la conscience de la barrière se fait la plus nette : chacun est isolé dans l'enclos de son propre plaisir individuel, et il ne peut entrer dans l'autre, l'accueillir, que s'il se perçoit comme séparé, distinct. Oublier la frontière représente un danger ; nous désirons uniquement ce qui est autre. Voilà ce qui était arrivé à Predrag : il l'avait trop aimée, au point de la considérer comme une partie de lui-même, la plus vulnérable, aussi avait-il cessé de la désirer.

D'ailleurs n'importe qui aurait pu la pénétrer, le Tchetnik qui l'avait fait remonter chez elle le jour de la fuite, ou un combattant quelconque, par mépris, par manque – le coït n'avait rien de sacré, ni d'exclusif : ils auraient pu la violer sous ses yeux sans qu'il réussisse à l'éviter. C'était comme si ça s'était passé.

Elle avait mal à la tête, dit Predrag, et on n'y faisait pas attention, on pensait que c'était la guerre. Jagoda bégayait : c'était la guerre. Une mèche grise avait surgi au milieu de ses cheveux roux : la guerre, toujours. Le grand-père ne parlait plus, il passait des journées entières sans piper mot, dans cette maison où ils étaient entassés à cinq, et c'était la faute de la guerre. Seuls dans la chambre qui avait été la mienne, enfant, nous ne faisions pas l'amour, et c'était à cause de la guerre. Si la guerre avait cessé, tout serait revenu à la normale. Mais quatre années sans sexe, d'où recommencer, ensuite ? La pudeur s'invite. Jagoda n'a pas arrêté de bégayer.

Ses parents avaient fait une autre erreur de jugement, comme en avril 1992.

Rien n'est revenu à la normale, dit son père, pas même la Bosnie-Herzégovine.

Pourquoi tu l'as laissée s'éloigner de toi ?

Pour en ressentir le manque ; physique, aussi. Son père se leva, ses genoux craquèrent. Il dit : Ça n'a pas marché.

Le lendemain matin, Jagoda partit avec lui, bien que Danilo ait tenté à plusieurs reprises de la dissuader de ce sacrifice ; elle objectait que ce n'était pas un sacrifice. Elle dégageait une sérénité qui la rendait nette, pour la première fois.

Il était rentré à Bologne. Aller en cours et sortir avec des amis qui ne connaissaient pas sa famille l'avait aidé. S'il pouvait supporter la mort de sa mère, alors rien ne le ferait ployer. Il était stupéfait de ne plus devoir la craindre, cette mort : elle avait déjà eu lieu. Et pourtant, elle l'atterrait encore, comme si elle était sur le point de se produire. Un état d'alerte permanent. La mortalité de tous les vivants était soudain éclatante, incontournable, Danilo devait se retenir de ne pas les prévenir comme si ce danger planait, tout proche. Sa mère, en revanche, ne mourrait plus jamais, et c'était cette irréversibilité qui asséchait toute émotion.

Les choses autour avaient rétréci, elles avaient perdu de l'importance. Il n'était pas triste, ni aigri, ni même apathique. Il avait rangé sur son bureau les classeurs d'Azra, avec l'intention de poursuivre les recherches qu'elle avait entreprises. Il avait commencé par Omar, mais avait découvert en appelant chez lui qu'il n'habitait plus là, et que personne n'avait de ses nouvelles, pas même Sen. Il repensa aux premières brasses qu'il avait faites, huit ans plus tôt, sans qu'il le soutienne de sa main. Quand Omar s'était rendu compte qu'il avançait tout seul dans l'eau, la surprise et la peur lui avaient fait boire la tasse.

Dans les classeurs, Danilo avait également trouvé un carnet bleu, une espèce de journal. Il commençait comme ça :

« Enfants, ils se baignaient dans la Miljacka », et il s'était demandé de qui parlait sa mère : de ses cousins, de ses amis d'enfance ? Ce n'est qu'en arrivant au bout du texte qu'il avait compris qu'elle parlait des cadavres en décomposition dans le fleuve de leur ville.

Il avait passé la nuit à lire ces fragments un peu décousus, si différents des articles qu'Azra Simić publiait dans les journaux. C'étaient des photogrammes, des hallucinations. C'étaient des événements réels qu'elle avait transformés en écriture, c'était la réalité qui avait pris racine en elle et s'y était enkystée, avait proliféré jusqu'à l'affaiblir, la tuer. C'était la guerre inoculée dans son organisme, filtrée par ses cellules, restituée. C'était la guerre. Même si ces fragments concernaient un conflit qui avait fait la une des médias du monde entier, Danilo avait eu l'impression de violer l'intimité d'Azra, de la connaître vraiment pour la première fois.

Que savons-nous de notre mère ? Et elle, que sait-elle de nous ?

Il est possible d'aimer quelqu'un en ignorant tant de sa vie, en ne connaissant de lui que ses habitudes quotidiennes, le temps passé dans la salle de bains tous les matins, la posture à table, les maladies contractées pendant l'enfance, les heures de sommeil, la pointure, les notes à l'école, le nom des amis de toujours, les phrases récurrentes, les coups de sang – en y pensant, ce n'est pas peu, pourtant sa mère ne savait rien de lui, rien des obsessions qui blanchissaient ses nuits, des interrogations toujours identiques, les mères ne savent rien de l'amour que nous avons inventé ou déçu, de la secousse tellurique qui nous dépouille de tout pendant l'orgasme, un abandon si vertical que c'est comme rentrer chez soi. Être à peine né.

Et lui ne lui avait presque rien demandé, on ne demande pas à ses parents qui es-tu. Elle était morte, maintenant, et toutes les questions allaient rester en suspens.

Elle lui avait peut-être transmis les gènes du suicide – ou peut-être pas, ça tomberait sur Jagoda, il serait épargné. Il eut honte de ces pensées. Il essaya de se concentrer pour se rappeler la dernière chose qu'ils s'étaient dite, mais il n'y arrivait pas. Il est si rare de savoir quand c'est la dernière fois qu'on voit quelqu'un en vie.

Il feuilleta à nouveau le carnet, surpris de l'avoir entre les mains, le feuilleta et en relut des morceaux, avec une avidité inconnue, il embrassa une page qui l'avait ému, repensant à l'odeur du pain cuit dans la cocotte-minute, puis une autre qui l'avait repoussé, le match amical avec les têtes coupées, il vénéra sa calligraphie masculine et fondit en larmes. Il pleura en silence sur les feuilles recouvertes d'une écriture dense, et ce n'est que lorsqu'il vit ces lettres anguleuses baver au contact de ses larmes et menacer de devenir illisibles qu'il referma le carnet et continua à pleurer.

En janvier, Danilo allait passer ses examens, il se préparait déjà, révisait tous les après-midi, arrêtait dès qu'il était fatigué, même s'il lui restait beaucoup à faire pour terminer le programme.

Plutôt qu'aller dîner avec les autres, il marchait souvent seul en mangeant un sandwich, ses gants de laine étaient gras et empestaient le fromage. Les tablées bruyantes l'importunaient, il préférait regagner sa chambre quand son colocataire était à la cantine, histoire de jouir de deux heures de pleine solitude : quand il rentrait, Danilo décidait dans quel bar aller boire sa Moretti.

Mais ce soir-là, sur le chemin de sa résidence universitaire, il aperçut au loin une silhouette accroupie à côté de l'entrée. Il s'arrêta. Sans la quitter des yeux, il finit de mâcher, replaça la moitié de son sandwich dans son emballage et la glissa dans sa poche. De profil, les épaules voûtées, la tête penchée vers le trottoir, les jambes fléchies et écartées, comme si elle se réchauffait à un feu imaginaire, elle lui parut tellement privée de grâce qu'il fut tenté de faire demi-tour. Mais il s'essuya du bout des doigts les commissures des lèvres, se passa la langue sur les dents et se remit à marcher.

Quand les chaussures de Danilo occupèrent tout son champ de vision, Nada releva la tête.

Ils se regardèrent en silence. Puis elle dit :

– Comme tu m'as fait attendre.

46

Danilo ne l'ayant pas rappelée, Nada avait téléphoné de nouveau, quelques semaines plus tard : personne n'avait répondu. Elle avait su par Lidia que l'appartement était vide, Jagoda à Sarajevo avec son père, Danilo à la fac ; elle lui avait demandé une adresse où envoyer une lettre de condoléances, ne l'avait pas écrite.

Et puis ce matin-là, au lieu d'aller en cours, elle s'était rendue à la gare et, sans prévenir les sœurs, était partie – pas de billet, elle n'avait pas d'argent pour en acheter. Le voyage avait été plus long qu'elle ne le pensait ; elle n'était pas experte. Elle avait séché les cours un paquet de fois, à tel point qu'elle avait redoublé, l'année précédente. Où tu allais, malheureuse, avec qui ? l'avait attaquée sœur Nabote. Elle se contentait de descendre au Lambro pour dessiner : toute seule, comme elle l'était toujours. L'idée de monter dans un train ne l'avait jamais effleurée, et puis elle ne voulait pas courir le risque de se prendre une amende et de devoir descendre. Mais maintenant, elle était déterminée à revoir Danilo, elle n'en pouvait plus. Par chance, le contrôleur ne s'était pas montré et elle était arrivée à Bologne avant le déjeuner.

Atteindre la résidence universitaire n'avait pas été une mince affaire. En plus de cela, une dame à la réception lui avait dit que Danilo n'était pas là. Elle avait faim, elle espérait qu'il rentrerait manger, elle l'avait attendu dans le hall. La faim s'était transformée en nausée, puis en mal de ventre, puis en habitude. Des jeunes garçons aux cheveux ébouriffés et des filles aux grosses écharpes colorées passaient, ne lui prêtaient pas attention, montaient à leur étage. Vers trois heures de l'après-midi, Nada avait pensé au tollé qui s'était sûrement déclenché à San Lorenzo et elle avait eu un peu envie de rire. Les poches sous les yeux n'enlevaient rien à la beauté de la dame de la réception, qui sortait fumer à cadence régulière. Elle avait offert une cigarette à Nada pour lancer la conversation, elle l'avait refusée, mais lui avait tenu compagnie. Dehors il y avait une lumière qui ébréchait les angles. La femme lui avait donné un paquet de crackers : elle l'avait peut-être prise pour une étudiante, parce qu'elle était plus grande qu'elle. Elle lui avait demandé d'où elle venait et Nada avait été prise d'anxiété. Monza, avait-elle répondu dans un filet de voix, comme si de ça l'autre pouvait déduire qu'elle s'était enfuie de l'institut. Non, je veux dire d'où viennent tes parents.

À quatre heures et demie, le soleil s'était couché et la femme avait fini sa journée. Je l'ai commise plein de fois, moi aussi, cette erreur, lui avait-elle dit en prenant congé. Attendre éternellement.

Nada n'avait pas compris, son estomac gargouillait de nouveau, la saveur amère du jeûne lui stagnait dans la bouche. Elle resta dehors malgré le froid, elle continua à attendre.

Quand elle revit enfin le visage de Danilo, l'obscurité était totale.

À la trattoria, elle le regarda manger ses *tagliatelle al ragù*, les yeux fixés sur son assiette, la tête enfoncée et les épaules trop larges. Il mangeait voûté et concentré, un vieux, et Nada pensa qu'elle l'aimait. Elle s'était attendue à ce qu'il lui demande qu'est-ce que tu fais ici, au lieu de quoi il l'avait emmenée au restaurant comme s'ils avaient rendez-vous.

– Tu ne mourais pas de faim ?

Une éclaboussure de sauce sur sa lèvre supérieure.

Ils étaient assis l'un à côté de l'autre, Nada se pencha vers lui et le nettoya avec sa bouche.

Danilo se toucha le menton :

– Je suis encore sale ?

Elle dit non de la tête, sourit.

Elle avait tant de choses à lui dire, et elle les avait toutes oubliées.

Il régnait dans la chambre une odeur de renfermé, de poussière, de tee-shirts transpirants suspendus aux dossiers de chaises. Elle joua à deviner lequel des deux était son lit, son bureau. Elle les reconnut par élimination : les photos du colocataire punaisées au mur indiquaient une appartenance. Rien n'était accroché au-dessus de l'autre tête de lit. Elle vit les classeurs avec l'étiquette « Enfants de Sarajevo », en serbo-croate, elle pensa à Omar.

Danilo suivit son regard et eut la même association d'idées.

– Il a disparu, dit-il. Son frère m'a dit qu'ils ne savent pas où il est.

– Comment ça ?

– Il s'est enfui de chez lui, il n'est pas revenu. Il paraît qu'il a vécu dans la rue, qu'il a des problèmes de drogue. Il a même fait un peu de prison.

Nada s'assit sur le lit, les jambes coupées. C'était elle qui lui avait dit que c'était ridicule de faire demi-tour à chaque fois qu'il s'enfuyait.

Qu'était devenu l'enfant auquel elle avait tenu la main le jour où une grenade lui avait arraché sa mère ? Qu'était devenu l'enfant sur l'arbre ? Elle s'était toujours demandé comment les délinquants étaient, enfants. Les clochards, les toxicos. Qu'est-ce qu'ils s'imaginaient du futur à huit, dix ans. Quelle petite fille avait été sa mère. Elle rêvait peut-être d'avoir une fille, de la voir grandir, jusqu'à son mariage, jusqu'à son diplôme. Même Nada, même à l'orphelinat, espérait qu'il lui arriverait quelque chose de beau, plus tard : une exposition de tableaux portant sa signature, ou juste un livre de contes avec son nom en couverture – illustrations de Nada Drakulić. Ce délinquant, ce clochard, ce toxico, elle l'avait connu enfant. Et c'était peut-être ça, le problème : il n'avait jamais rien attendu de bon pour lui, il n'avait rêvé de rien, rien espéré, sinon que sa mère soit en vie.

Que faisait-elle pendant qu'Omar se sabordait ?

La porte s'ouvrit. Le colocataire fut surpris de la trouver là.

Danilo fit les présentations et sans préambule lui demanda s'il pouvait dormir chez sa copine, afin de libérer un lit pour Nada, qui avait loupé le dernier train : il se chargeait de convaincre le gars de la réception de fermer les yeux. Le colocataire prépara son sac et ressortit, comme si c'était la chose la plus naturelle au monde. Allez savoir combien de fois cette scène s'était répétée, laisse-moi la chambre jusqu'à minuit, jusqu'à une heure, allez savoir avec combien de filles Danilo avait couché ici.

Il lui prêta un sweat et un pantalon de survêtement – trop large, qu'elle ferma en faisant un nœud à la taille avec son élastique à cheveux. Danilo n'avait pas de brosse à dents en plus et ne lui offrit pas la sienne : Nada s'étala du dentifrice sur l'index. Elle eut droit à son lit, lui prenait celui du colocataire, histoire de ne pas avoir à en changer les draps.

Sans trop de cérémonie, Danilo s'allongea et éteignit la lumière.

Dans le noir, Nada se sentit comme toujours avec lui : un déchet.

Elle resta immobile pour ne pas faire de bruit, craignant presque de respirer. Les sœurs avaient sûrement appelé la police, elle n'avait pas prévu de dormir à Bologne, de dormir avec Danilo : ça n'était arrivé que dans le car pour l'Italie, mais elle ne l'aimait pas, alors. Maintenant, elle aurait voulu passer la nuit éveillée pour déchiffrer son sommeil à la lumière d'une allumette, percer le mystère qu'il incarnait. Danilo se retournait dans tous les sens, soupirait, remettait son oreiller en place.

Au bout d'un moment, sa voix émergea dans l'obscurité.

– Tu sais ce qui m'arrive – Nada tressaillit – quand je vais me coucher ?

– Quoi ?

– Je sens l'odeur de la cire.

Elle n'osa pas poser de question.

– C'était l'odeur qu'avait ma mère, morte, après le passage des pompes funèbres. Jagoda a dormi dans cette odeur, je ne sais pas comment elle a fait. Moi, j'ai l'impression de la sentir en permanence, et elle me rend malade.

– Je suis vraiment désolée de ne pas avoir pu dire au revoir à ta sœur.

Dans le noir, les mots s'affranchissaient des corps, ils devenaient innocents.

– C'est elle qui l'a trouvée, moi j'étais ici, à la fac. Elle a frappé chez les voisins en hurlant, elle les a forcés à appeler une ambulance, même s'il n'y avait plus rien à faire.

– Et comment elle va, maintenant ?

– Bah, paradoxalement, elle m'a l'air moins inquiète qu'avant. Comme si elle attendait cette tragédie depuis toujours et que, maintenant qu'elle s'est produite, son état d'esprit s'était enfin accordé aux événements. Même si elle ne pouvait pas imaginer un suicide. Ou peut-être que si, en fait, va savoir. Elle avait toujours peur pour elle. On aurait dit qu'elle la surveillait, qu'elle craignait à tout moment qu'elle explose et que c'était sa mission de la désamorcer. Je ne l'ai compris qu'après coup. Je croyais qu'elle se sentait coupable parce qu'elle n'avait pas réussi à la sauver.

– Et toi ? Tu te sens coupable ?

Nada regretta aussitôt sa question.

– Moi, un suicide, je ne m'y attendais pas. Ma mère était la femme que j'estimais le plus au monde.

– Quel rapport ? Maintenant qu'elle s'est tuée, tu ne l'estimes plus ? Tu veux dire que les gens qui se tuent ne méritent pas qu'on les estime ?

Danilo ne répondit pas tout de suite.

– Petit, je ne pensais pas que ma mère existait au-delà de moi, de ma sœur. Qu'elle était autre chose que juste ma mère. Et pourtant, elle avait un travail qui la retenait de longs moments hors de la maison, elle avait des amis, une foule d'intérêts de toutes sortes, elle était ambitieuse, elle avait une existence bien à elle dont j'étais exclu. Il n'empêche que moi, je croyais qu'elle vivait pour moi, que tant que je serais en vie, elle désirerait vivre. Même quand elle m'a mis dans un bus en décidant de se séparer de moi pour mon bien, je sentais que je devais m'en tirer pour elle, que je devais aller bien pour elle, parce que c'était moi le centre de son désir de vivre : c'était moi, son instinct de survie. Totalement mégalo, n'est-ce pas ?

Un rire de gorge, presque une toux.

– Peut-être que Jagoda est un peu remontée contre elle parce qu'elle vous a abandonnés, peut-être qu'elle est scandalisée et que c'est pour ça qu'elle te semble moins inquiète.

– Peut-être que Jagoda est enfin libérée de l'amour de ma mère, pour la première fois, et que son angoisse de devoir survivre, de devoir aller bien à tout prix s'est apaisée d'un coup. Elle ne doit plus se préserver pour elle, elle n'a plus cette responsabilité, elle pourrait même mourir, maintenant, sans lui causer de peine, puisqu'elle n'est plus là. Jagoda n'est plus agrippée à la vie bec et ongles. C'est comme si elle avait moins peur.

– Tu parles de toi, là, dit Nada. C'est toi qui as moins peur.

Danilo toussa encore.

– Peut-être. Je pense aussi que si ma mère en a décidé ainsi, c'est qu'elle avait raison, parce que c'était quelqu'un de bien.

Dans le noir, les mots étaient innocents, mais pas inoffensifs.

– Je voudrais pouvoir dire la même chose de la mienne.

Danilo ne répondit pas et Nada s'en voulut d'avoir interrompu ses confidences. Elle ne savait pas comment les susciter à nouveau et elle avait peur qu'il soit fatigué.

Pourtant, après de longues minutes de silence, la voix de Danilo s'éleva.

– C'est bizarre de penser que le corps qui t'a mis au monde n'est plus au monde, que le lieu d'où tu tires ton origine a disparu, c'est comme si la mer avait englouti la terre où tu es né. Même mon existence me paraît moins réelle, maintenant qu'il manque le début, je me sens moi-même moins réel.

– Ça revient un peu à être réfugié, quand on y pense.

– La Bosnie existe encore, ma mère, non.

Nada fut sonnée par la comparaison.

– Je ne comprends que maintenant, en parlant avec toi, ce qu'a dû éprouver Omar. Comment j'ai pu me comporter comme ça au lac, avec les journalistes ? Tu te souviens ?

Omar avait fait de la prison et elle ne l'avait même pas su. Pourquoi les sœurs ne lui avaient-elles rien dit ?

– Le truc, c'est que je peux accepter une mère morte, mais pas une mère suicidée. Une mère morte, normalement, ça arrive tôt ou tard à tout le monde. Une mère suicidée, c'est une honte. Personne ne le sait, ici, qu'elle s'est tuée. J'ai inventé un accident. Mais en même temps, ne fréquenter que des personnes qui ne l'ont jamais connue, qui ne savent rien d'elle, tout ça contribue à me rendre de moins en moins réel.

– Tu n'es pas obligé de le dire, si tu ne veux pas.

– Elle n'est plus dans aucun endroit du monde, tu comprends ? Elle a disparu de la surface de la Terre. Je ne peux rien lui dire. Elle ne m'entend pas. C'est trop dur à imaginer.

Enfin, si je dois vraiment la situer quelque part dans l'espace, alors je pense à la fosse. Elle est dans une fosse, maintenant. Non, c'est inconcevable, ma mère enfermée avec de la terre autour.

Sa mère aussi avait disparu, pensa Nada. Elle occupait un espace sur Terre, mais cela faisait longtemps qu'elle ne pouvait rien lui dire.

– En fait, c'est horrible, je sais, mais en fait – le ton emporté – je suis soulagé que Jagoda soit partie. Je préfère rester seul en Italie, sans attache, sans le poids d'une histoire qui me tire vers le bas.

Nada réfléchit, puis elle dit :

– C'est pareil avec moi, pas vrai ? Moi aussi je fais partie d'une histoire qui te ralentit alors que tu voudrais aller à toute vitesse.

Muette, l'obscurité se solidifia jusqu'à rendre l'air irrespirable.

Nada bougea et ses draps froufroutèrent ; elle descendit de son lit, s'approcha de Danilo. Il lui attrapa le mollet. Enfonça ses doigts dans le muscle, comme s'il voulait le serrer depuis des années, lui faire mal. Nada résista, ne se plaignit pas.

– Oui, c'est pareil avec toi, dit-il.

Elle posa un genou sur le lit et Danilo lui laissa une place.

Ils furent allongés l'un à côté de l'autre, leurs épaules se frôlaient.

– Je suis parti il y a huit ans et depuis je n'ai jamais cessé de vouloir les abandonner.

Nada lui prit la main et ils restèrent ainsi, les doigts entremêlés sur le matelas.

– Au fond, ma mère a fait la même chose, poursuivit Danilo. Elle a choisi pour elle, c'est tout.

– Tu viens de dire que tu la comprenais, que c'était quelqu'un de bien.

Danilo lui pressa les phalanges.

– L'enfant qui l'adorait a été trahi. Ma mère m'a trahi.

Nada lui prit la main et la posa sur son ventre. Ce contact fit battre son pouls sous son nombril – qui sait s'il le sentait lui aussi ? Danilo l'attira sur le côté et l'embrassa.

Son haleine avait un arrière-goût amer et cela consola Nada.

– Je suis encore sale ? lui demanda-t-elle quand ils se détachèrent.

– Oui, répondit-il, tu t'es salie partout, et il lui embrassa le menton.

Ils firent l'amour comme on se jette à terre pour échapper aux bombes, comme on vole de la nourriture dans des magasins dévastés, comme on recueille l'eau de pluie dans les flaques, comme on fait la queue pour du pain malgré les projectiles, comme on court entre deux immeubles pour ne pas se faire tirer dessus, comme on s'assoupit dans une cave bondée, comme on tète le lait maternel, sans le décider, sans savoir pourquoi – ils firent l'amour comme on reste en vie, parce qu'on est nés, c'est tout.

QUATRIÈME PARTIE

2010-2011

47

Le lavabo est noir de fourmis. Elles descendent vers le siphon et se ramifient dans toutes les directions, parcourent le bord de la tasse laissée à moitié pleine la veille au soir, un cercle noir dentelé, elles pataugent dans le thé en le recouvrant d'une patine grumeleuse. Omar ouvre le robinet pour les arroser, en vain : elles changent simplement de trajectoire, ne renoncent jamais, avancent au milieu des éclaboussures. Il a presque l'impression de les voir nager – il est le seul à ne pas avoir appris. De la fenêtre filtre une lumière statique, tout est immobile, sauf les fourmis ; Omar se gratte les bras, comme si elles étaient sur lui.

Les barreaux projettent une ombre sur le mur traversé par la file noire, si bien qu'elles semblent en cage, elles aussi. Puis la procession dépasse le périmètre grillagé et s'aventure dans la partie du mur inondée de lumière, et Omar se sent pris au piège.

– On est envahis par les fourmis, dit-il, mais son codétenu continue à ronfler dans le lit du haut.

Derrière le drap qu'ils ont accroché pour garantir un minimum d'intimité, la cuvette des toilettes grouille aussi, colonisée par les fourmis.

Il vérifie le paquet de pâtes sur l'étagère : les fourmis se sont infiltrées à l'intérieur, elles se confondent avec le café, certaines transportant sur leur dos des miettes de biscuit, pour aller où, se demande Omar, et il se gratte la tête, la peau entre le cou et les oreilles. La griffure de ses ongles le soulage, mais plus il regarde les fourmis, plus sa peau le démange, plus son sentiment de brimade s'exacerbe.

Il appelle le surveillant.

– J'ai besoin d'un insecticide.

Personne ne répond. Ils ne répondent jamais, les surveillants. Ils vous ignorent même quand ils n'ont rien à faire, juste pour vous rappeler qui commande. Omar frappe sa cuillère contre la porte, le tintement réveille son codétenu.

– Ho, qu'est-ce qui te prend ?

– Il y a des fourmis.

– Et alors ?

– Elles vont bientôt arriver dans ton lit aussi, tu vas voir.

Omar se gratte les poignets, le ventre, de longues traînées rouges gonflent sur sa chair. Il enlève le drap du matelas, le plie en deux sur sa couchette, les fourmis marchent en ordre sous le lit, où vont-elles, où est la sortie ?

Il ouvre sa penderie et sort les pulls, les pantalons, les laisse tomber sur le filet, il cherche les fourmis sur les étagères, il frotte son coude contre le battant pour se gratter, ses cuisses le démangent déjà, ses talons, il les gratte avec ses ongles de pied, se mord les mains.

– Calme-toi, lui dit son codétenu en descendant.

– Elle sont partout, soupire Omar.

– Regarde-moi ce bordel.

La cellule est sens dessus dessous comme quelques semaines auparavant, après la perquisition. Qu'est-ce que vous cherchez, avait demandé Omar, pourquoi.

– J'ai besoin d'un insecticide ! Vous m'entendez ?

Des plaintes s'élèvent dans les cellules voisines, tu pètes encore un plomb, Sarajevo ?

– Fume une clope et détends-toi, dit le codétenu.

– Non, il faut que je nettoie.

Omar pense toujours qu'il va y arriver, quand il est hors de la prison, qu'il filera droit ; et pourtant, presque sans savoir comment, il se retrouve de nouveau à San Vittore, après peut-être deux ans de liberté. Les premières nuits en cellule sont les plus dures. Le cerveau qui danse dans sa boîte crânienne, chaque mouvement, un coup de poignard, du centre de la tête aux orbites, tous ses muscles douloureux. Il se sèche la bouche et il tremble dans une sueur limoneuse, brûlante puis glacée puis brûlante. Il tremble à même le sol en attendant que la crise passe, que son organisme arrête de réclamer la came, puis avec une serpillière imprégnée de détergent, il frotte les toilettes, le carrelage, il se met debout et emploie le peu de forces qui lui restent pour ôter le calcaire du robinet. Voir la saleté disparaître lui donne du courage : son corps aussi, petit à petit, se nettoiera, et il cessera de trembler.

Il prend un paquet de café encore fermé et le frappe comme un marteau contre le sol, dans l'espoir de tuer le cortège de fourmis longeant la plinthe.

– C'est pas bientôt fini, ce bordel ?

Hier il l'a finalement su, le motif de la perquisition.

C'est à cause du Marocain mort la nuit même de son arrivée en prison. Les gardiens ont cru que c'était une crise d'épilepsie. Il avait été mis au trou après son arrestation avec quinze grammes de coke. Sept heures plus tard, il a commencé à se sentir mal. L'intervention du médecin n'y a rien fait. À l'autopsie, on a retrouvé le reste de la coke dans son estomac.

Quand on le lui a appris, Omar a vomi. Il n'a pas arrêté de se réveiller pendant la nuit, l'apnée lui comprimant le cœur. Le lendemain matin, il est resté au lit même après l'ouverture des portes. Le Marocain est mort d'overdose. Ensuite, les fourmis sont arrivées.

Elles ont contaminé l'acier des poignées, infesté la céramique, l'eau ne suffit pas à les éradiquer. Omar abandonne le paquet de café, essaie de les tuer à coups de poing, mais elles s'échappent. Il les poursuit avec ses doigts, les empale au bout de ses ongles, les tranche en deux, il se renifle les mains et l'odeur le dégoûte.

– On n'arrivera jamais à les faire partir d'ici. Et nous, on ne peut pas partir. Elles ont gagné.

– Tu es vraiment idiot, Sarajevo.

Le codétenu lui serre le cou dans le creux de son coude. Un bruit de pas de l'autre côté des barreaux.

– On roucoule ?

– Enfin ! s'exclame Omar. J'ai besoin d'un insecticide.

– C'est pas le moment de jouer les femmes au foyer, dit le gardien. Tu as de la visite.

Sen est venu le mois dernier – il ne s'attendait pas à ce qu'il revienne de sitôt. Il lui a fallu du temps, à Sen, pour s'habituer à avoir un frère délinquant, quelqu'un qui passe sa vie à entrer et sortir de prison. Pendant des années, il n'a pas voulu le voir. Puis sœur Tourment l'a convaincu, avant de quitter San Lorenzo. Elle s'est retirée en montagne, dans le petit village où elle accompagnait les orphelins pendant les vacances de Noël. Allez savoir si les religieuses reçoivent une retraite de l'État. Sœur Tourment pense que je dois te pardonner, lui a dit Sen, et que je dois le faire pour moi, pas seulement pour toi. Je m'en fous, moi, du paradis et de toutes ces conneries, je ne veux pas me sentir coupable parce que j'ai été plus fort que toi. Peut-être plus égoïste que toi. Peut-être moins sensible. Peut-être simplement plus rusé. Peut-être moins paresseux, j'en sais rien. Je n'ai aucun mérite à être plus fort, c'est pour ça que je viens ici.

Depuis qu'Omar est de nouveau incarcéré, il lui rend visite tous les deux mois environ. La dernière fois, il lui a apporté une serviette avec ses initiales brodées. C'est quoi ? Un cadeau de maman. Omar a sursauté. De Mari, je veux dire, un cadeau de Mari. Omar a fixé les lettres brodées dans un coin, et il s'est rappelé l'étiquette rouge portant un numéro que les bonnes sœurs avaient cousue sur leurs vêtements à l'été 92, il y a dix-huit ans de ça. Mari pensait encore à lui, même si elle ne venait pas le voir. Peut-être Matte le lui avait-il interdit, et elle avait trop peur de le décevoir : sans son mari, elle aurait été perdue. Au fond, chaque rapport est une forme de prostitution, nous sommes tous dépendants de quelqu'un, contraints à étouffer certains besoins parce que d'autres besoins priment.

Elle lui a brodé une serviette avec ses initiales, comme elle l'aurait fait pour un enfant à son entrée en maternelle, pas pour un faux enfant devenu homme loin de ses yeux. Un détenu.

L'agent ouvre la porte, Omar le suit.

– Ok, mais après tu me donnes l'insecticide.

– Mais oui, t'inquiète, tu pourras jouer à la bonne femme.

Quand ils entrent dans le parloir, Omar se fige.

– Ce n'est pas mon frère, dit-il en regardant le dos de la personne assise à l'attendre, comme si l'agent en avait quelque chose à faire. C'est qui ?

– Avocat, répond-il en refermant la porte.

La serrure cliquette et l'homme se retourne.

48

Il a les mêmes yeux que lorsqu'il était enfant, mais un aspect un peu vulgaire.

Danilo voudrait ne pas avoir pensé cela.

– Salut.

Il lui tend la main.

Omar saisit la poignée sans énergie, regarde autour de lui, hébété, puis semble essayer de se concentrer sur le visage qui lui fait face.

Danilo croise les doigts.

– Comment tu vas ? dit-il, juste avant de réaliser que ce n'est pas une question à poser à quelqu'un qu'on a connu enfant et qu'on revoit, tant d'années plus tard, dans le parloir d'une prison.

Omar se sent envahi par les bras de Danilo, posés sur la table à quelques centimètres seulement de son thorax, comme sa cellule est envahie par les fourmis, et il arrime ses chevilles aux pieds de sa chaise jusqu'à ce que la pression de ses tibias contre le fer devienne douloureuse. Il scrute ces mains trop proches, étrangères, familières, proches, et il a une paupière qui tressaille. Danilo porte une alliance. Nada, pense Omar, et il revoit sa veine en Y sur le front, ses longs cheveux blonds, et il entend sa voix grinçante – il écrase son tibia encore plus fort contre le métal, ça brûle.

– Excuse-moi de me pointer comme ça, je voulais t'écrire avant, et puis j'ai décidé qu'on n'avait pas de temps à perdre. Il faut que je te dise une chose très importante.

Le visage sérieux, inquiet : Omar le perçoit ainsi.

– J'espère que ça ne va pas trop te remuer.

Danilo le touche : le métal froid de son alliance sur son poignet, Omar sursaute.

– Il lui est arrivé quelque chose ? demande-t-il avec un coup d'œil interrogateur en direction de l'alliance.

Danilo plisse le front.

– Il est arrivé quelque chose à Nada ?

Le tibia enflammé.

Danilo caresse son alliance. Il n'a tenu aucune promesse, avec elle.

Cet automne-là, dix ans plus tôt, il s'était fait consoler après la mort de sa mère. Nada allait le voir tous les week-ends à Bologne. Lidia avait intercédé en leur faveur, et sœur Nabote avait fini par capituler. Du reste, sur cette jeune fille, aucun châtiment ne fonctionnait. Elle avait tout essayé, le Seigneur en était témoin, mais au bout d'un moment, tant pis pour elle, la Drakulić n'avait qu'à se débrouiller avec sa conscience ; c'était une femme, maintenant, elle n'allait pas pouvoir la guider éternellement.

Parfois, c'était lui qui rentrait à Rimini : il dormait chez Lidia, qui entre-temps s'était mariée et ne pouvait plus habiter aux Cerfs-Volants, elle enseignait en primaire comme remplaçante.

Le 1er décembre, Nada offrit à Danilo un calendrier de l'Avent en carton confectionné par ses soins. Chaque fenêtre renfermait un indice pour une chasse au trésor, les trésors étant cachés dans la chambre de la résidence universitaire, ou bien en salle de lecture, dans la cuisine commune de l'étage, ou à la buanderie – Nada avait appris à connaître ce lieu, elle lui faisait sa lessive quand elle restait pour le week-end, ainsi que ses courses, qu'elle rangeait sur son étagère attitrée dans le garde-manger, elle l'accompagnait à la bibliothèque et s'asseyait à côté de lui pour réviser, et Danilo était agacé par ses manuels scolaires, par son lycée artistique de redoublante, par ses jeans achetés au marché, déchirés sous les fesses, mais les sœurs te laissent porter ça ?, par ses fausses baskets de marque, par son manteau en peau de mouton dégotté en friperie, il sent mauvais, lui disait-il, et elle l'embrassait, il était agacé par ses cheveux sans coupe et par son visage sans maquillage face à ses camarades de cours aux chemises blanches dans leurs pantalons bien repassés et au Code pénal sous le bras. Il était agacé par le fait qu'elle n'habitait pas toute seule, que le moindre de ses gestes requérait l'autorisation des bonnes sœurs, qu'elle n'avait pas de portable.

Mais quand il parvenait à trouver le trésor et qu'il découvrait, enveloppée dans du cellophane et dissimulée dans le porte-parapluies de l'entrée, ou sous un fauteuil dans la salle TV, une feuille de papier de riz enroulée sur laquelle était retranscrite une poésie de Cortázar, « Je te demande la dure cérémonie de l'entaille / ce que personne ne te demande : les épines / jusqu'à l'os », ou le CD *Kid A* – elle l'avait acheté avec l'argent des dessins qu'elle proposait parfois à des ventes de charité – ou un cœur en pâte feuilletée préparé spécialement pour lui dans la cuisine de San Lorenzo et apporté en train, dans un torchon, ou encore un portrait au crayon, qui remplaçait enfin celui envoyé au concours de 1995, Danilo était envahi d'une telle chaleur, d'une telle impression d'être protégé, qu'il croyait ne pas pouvoir se passer d'elle. Nada, c'était la fragrance entre ses seins, se blottir nus sous la couette tandis qu'il neigeait dehors, tourner en scooter de nuit dans la ville déserte et décorée de guirlandes lumineuses, le froid sur le visage, la chaleur de son corps contre son dos, c'était lui chanter une chanson à la guitare assis en caleçon sur le bidet pendant qu'elle faisait pipi, c'était lui tirer les cheveux et la pénétrer par-derrière, le désir constant de la voir succomber, chanceler.

Pour le Nouvel An, ils se rendirent à Sarajevo, non parce qu'elle le souhaitait, mais parce qu'il trouvait ça important, ou plutôt inévitable, qu'elle revoie l'endroit où elle était née. Ils dormirent dans l'appartement de son père, sortirent souvent avec Jagoda. Nada ne dit pas cherchons ma mère, et il ne le proposa pas. Il n'avait pas envie de bouleversements émotionnels, il voulait simplement être dans la ville qui les avait expulsés avec la sérénité de celui qui peut désormais choisir où habiter.

La nuit de la Saint-Sylvestre, ils se promenèrent le long de la Miljacka à quelques minutes des douze coups de minuit. À un moment, Danilo dit arrêtons-nous ici, pour respecter la tradition de se trouver sur un pont et de regarder le ciel en trinquant à l'arrivée de l'année nouvelle. Elle répondit non, pas ici. C'était le pont Vrbanja, où deux amoureux avaient été tués en 93 quand ils tentaient de fuir la ville assiégée : on l'appelait le pont de Roméo et Juliette, parce qu'il était serbe et elle, musulmane. Allons jusqu'au prochain, dit Nada. Danilo marcha en surveillant sa montre et quand le compte à rebours lui parut imminent, il se mit à courir, dépêche-toi. Ils coururent dans le froid glacial le long du fleuve, l'air gelé leur perçait la gorge. À une poignée de secondes du pont suivant, le premier feu d'artifice éclata et les gens penchés sur le garde-corps levèrent leurs bouteilles en se prenant dans les bras. Nada et Danilo posèrent le pied sur le pont alors que la rafale pyrotechnique commençait à décroître, ils échangèrent un baiser à contretemps, elle souriait, il essayait de camoufler son irritation. Ce retard, s'être fait cueillir à bout de souffle par 2001, à un pas du but mais trop lents pour l'atteindre, cet échec sur lequel s'ouvrait l'année nouvelle l'avait mis de mauvaise humeur. C'était un signe, un mauvais présage. Et c'était la faute de Nada. Il ne lui dit rien, il avait de la peine pour elle.

À la fin du mois de janvier, il partit pour Vienne avec une bourse Erasmus et la trompa dès la première beuverie. Il fourra sa langue dans la bouche d'une Suédoise aux cheveux rasés et aux tétons turgides sous son débardeur, le bar se trouvait dans la Gürtel et elle avait un goût de marijuana. Il ne l'avoua pas à Nada, ni cette fois ni les suivantes : il était convaincu de se comporter de la seule manière possible, et pas seulement parce qu'il avait une créance non soldée avec le destin, qu'il méritait un dédommagement, une forme de légèreté, mais parce qu'il était jeune et que même ceux qui ne venaient pas de perdre leur mère se comportaient de la sorte. Elle ne comprendrait pas, elle était trop naïve, ou seulement ignorante du monde. Ainsi, un jour, Danilo cessa de lui répondre au téléphone. Nada l'appela, lui envoya des messages, des mails, des lettres par la poste, contacta la réception du *Studentenheim*, mais il se rendit injoignable. Cela ne lui paraissait pas cruel, juste nécessaire. Il avait peur qu'elle vienne se planter un jour devant sa porte, comme à Bologne, même si elle n'avait pas assez d'argent pour le voyage. Si elle l'avait fait, toutefois, il l'aurait peut-être désirée encore, plus que n'importe quelle fille. Une démonstration de force, une façon de s'imposer. Mais Nada ne vint pas, et au bout de deux semaines elle arrêta d'appeler. Elle s'était résignée. Elle était restée en arrière. Rester en arrière était dans sa nature. Danilo ne supportait pas d'avoir pitié d'elle.

Depuis lors, il n'avait plus rien su la concernant. À son retour, Lidia l'insulta, et quand il lui demanda des nouvelles de Nada, elle refusa de lui en donner.

Il pensait peu à elle, ne l'avait jamais nommée devant sa femme.

– Parle, s'il te plaît, le supplie Omar. Il lui est arrivé quelque chose ?

Danilo secoue la tête. Il respire profondément, puis dit :

– J'ai retrouvé ta mère.

49

Nada augmente le contraste de l'image et l'importe dans le document, la place dans le cadre. Elle est toute seule au studio, son chef est parti et elle n'a presque plus rien à faire, mais il manque cinquante minutes à la fin contractuelle de sa journée de travail.

Elle extrait du tiroir de son bureau un bloc de dessin A5 : depuis des mois, elle dessine sur ses feuilles lisses les histoires de Nino.

Nino est un enfant aux longs cils qui a pour ami un cafard affligé d'un complexe d'infériorité. On ne m'aime pas, dit Cafard. Moi, si, lui dit Nino. Je ne sais rien faire, insiste Cafard. Tu sais voler, rétorque Nino. Oui, mais personne ne le sait. Cafard se décourage. Il s'est tellement entraîné à voler qu'il fait la course avec les hirondelles, celui qui touche en premier le tronc du bouleau a gagné. Parfois, c'est lui. Même les pigeons te craignent, maintenant, assure Nino. Puis il saute sur son dos et crie : En route ! Ils planent ensemble au-dessus de la ville, d'en haut tout semble minuscule et Cafard se sent enfin léger, lui aussi.

Malgré ses neuf ans à peine, Nino résout tout un tas de problèmes. Par exemple, quand la Dame de la pluie a attrapé un rhume – forcément, avec toute cette humidité ! – il a enfourché Cafard et ils sont montés au-dessus des nuages pour lancer d'en haut une myriade de bombes à eau. Au début, c'était amusant, ils se tordaient de rire chaque fois qu'un passant se faisait arroser, se mettant même à compter les points pour savoir qui des deux en touchait le plus. Mais au bout d'une heure, le bras engourdi, Nino a voulu faire une pause. Allongé sur le ventre en travers d'un nuage moelleux, il s'est rendu compte que les rues étaient recouvertes de ballons éclatés, il fallait descendre nettoyer. Il a dit au revoir à la Dame de la pluie, qui était en train de se faire des inhalations, et est revenu sur terre en piqué sur le dos de Cafard, ses cheveux fouettés par l'air dressés au-dessus de sa tête.

Une notification retentit : Nada lâche son crayon et contrôle son portable. Encore une urgence déterminée par son chef. Elle soupire. Elle est lasse de mettre en page des affiches pour des quincailleries et des supermarchés, des prospectus et des catalogues pour les petites entreprises du quartier, elle veut dessiner des histoires, en inventer. Elle répond ok, puis ouvre un nouveau message.

Un soir, en rentrant chez elle à bord d'un tram bondé, elle a fait tout le trajet collée à la cabine vitrée du conducteur et il l'a accostée. Ils ont discuté jusqu'à son arrêt. Se sont recroisés par hasard, la semaine suivante, sur la même ligne. L'homme lui a alors demandé son numéro de téléphone. Au début, il la courtisait de manière soutenue, presque osée. Elle était à la fois flattée et importunée, elle ne répondait jamais explicitement à ses messages mais veillait à alimenter son désir de crainte qu'il ne se dissolve, parce qu'il lui tenait compagnie. Au bout de la troisième invitation à dîner déclinée, le chauffeur a espacé ses sms. Maintenant, c'est elle qui doit le relancer : elle ne veut pas de relation mais ces messages, bien qu'un peu obscènes, lui offraient une ouverture. Elle s'imagine comme un petit oiseau enfermé dans une boîte à chaussures percée : peu importe qu'il soit blessé et que ce soit le seul moyen de le sauver, peu importe qu'il ait été mis là par pitié, l'oiseau ne peut pas sortir. Les messages du chauffeur étaient ridicules mais ils fissuraient la boîte et lui permettaient de respirer. Elle regarde longuement l'écran de son téléphone pour décider quoi écrire, puis le repose. Elle le recroisera peut-être sur le chemin du retour. De vive voix, ce sera plus facile.

L'offense de l'automne est dans la soudaine carence de lumière : un soir, le JT vous rappelle de reculer les aiguilles de votre montre et l'après-midi suivant est réduit de moitié. Il fait nuit à six heures mais vous ne pouvez même pas aller vous coucher. Nada attend le tram sous l'abri obscur en tirant la glissière de sa doudoune jusqu'au cou. Elle s'aperçoit que ce n'est pas lui qui conduit avant même de monter à bord. Elle prend son téléphone : « Je suis dans le tram et tu (me) manques à l'appel. » Il ne répond pas, elle se maudit d'avoir envoyé un tel message. Elle flirte comme une collégienne, elle n'a jamais appris. Cafard non plus ne sait pas courtiser les filles, la console Nino depuis la feuille A5 roulée en boule dans sa poche. Et toi qui sais tout faire, tu as une solution ? lui demande-t-elle – mais elle utilise la télépathie, par discrétion vis-à-vis des autres passagers. Vous pourriez vous fiancer, propose Nino. Je pensais mériter mieux, dit-elle. C'est un brave gars et il sait même voler : tu sais voler, toi ? Non, moi je suis enfermée dans une boîte à chaussures, dit Nada. Elle écrase la feuille dans sa poche, la fait crépiter, et Nino se tait.

Descendue du tram, elle passe au supermarché, remonte avec ses sacs de provisions, s'arrête devant la porte de la voisine.

– Bonsoir, fait Dora en ouvrant. Allez, entre.

– Non, il est tard.

– Allez, viens, on était en train de prendre le thé.

Elle s'engage dans le couloir sombre. Nada observe ses

mollets sans veines saillantes malgré son âge, ses pantoufles de velours beige. Quand elle l'a connue, Dora venait de perdre son mari. Petite, avec ses cheveux argentés s'échappant de son chapeau en laine bouillie vert forêt et une paire de lunettes triangulaires, elle lui avait fait penser à un personnage qu'elle aurait pu dessiner.

– Un thé sans biscuits, j'espère, c'est presque l'heure de dîner.

– Quelle rabat-joie – Dora agite la main avant d'entrer dans la cuisine.

Nada la rejoint et, sous la lumière jaunâtre du plafonnier, elle le voit, courbé sur son cahier, en train de faire des divisions.

– Mais tu n'as pas encore fini tes devoirs ?

Il lève la tête. Il a des miettes de biscuit aux coins de la bouche et les paumes des mains raturées de stylo rouge. Il lui offre un sourire enjôleur.

– Coucou, maman.

Elle n'arrive jamais à résister à ce sourire.

– Coucou, Nino.

Le jour où elle le mit au monde, les Tours jumelles s'écroulèrent. Quelques secondes à peine après qu'un Boeing 767 se fut écrasé contre un gratte-ciel en y mettant le feu, un enfant de trois kilos huit se séparait de son corps pour ne plus jamais y rentrer. Partout, les gens fixaient les écrans, frappés de stupeur, terrorisés à l'idée d'une nouvelle guerre, et Nada se rendait compte pour la première fois que cet arrachement était irréversible. L'enfant avait été à l'intérieur, un morceau de son corps, il avait été elle, et maintenant il était dehors, il était un autre, elle s'était divisée, elle ne serait plus jamais entière.

Quand elle avait découvert sa grossesse, elle s'était confiée à Lidia. Parfois, elle se disait que si elle avait vraiment voulu avorter, ne serait-ce qu'un instant, elle l'aurait fait. Elle était capable d'affronter les choses seule. Impliquer Lidia signifiait exclure cette possibilité, parce que cette dernière aurait tout fait pour l'en empêcher.

L'éducatrice avait parlé avec les bonnes sœurs, elle était venue exprès à Monza, un dimanche. Sœur Nabote ne s'était même pas indignée : elle avait compris depuis le début que cette fille était sa pénitence. Cela faisait des semaines, du reste, que Nada se comportait bizarrement, elle sautait les repas, mangeait aux heures les plus variées, et elle dessinait ses mains en permanence, au crayon, au fusain, à l'encre de Chine, au stylo, comme si cette répétition était une forme d'étude, de méditation ou de prière, qui aurait permis à on ne sait quel mystère de se révéler. Mais le mystère ne se révélait pas et Nada noircissait des pages de cahier ou des feuilles de Sopalin, des mouchoirs ou des bouts de papier hygiénique qu'elle abandonnait sur la table du réfectoire, ou sur son lit, ou aux toilettes, à croire qu'elle les oubliait au moment même où elle les achevait, à croire qu'elle les perdait comme on perd ses cheveux, des pièces de ses poches. Des actes d'accusation disséminés dans tout l'institut. Du moins la sœur les avait-elle interprétés ainsi, disait Lidia.

Sœur Nabote l'accompagnait régulièrement chez le gynécologue et lui procura une poussette et un berceau de seconde main grâce aux bonnes œuvres. Au début, elle s'enquit de l'identité du père mais, devant l'obstination de Nada, renonça. Ce qui lui importait surtout, c'était que Nada finisse l'école : en juin, elle devait passer son bac artistique. Au fil des ans, elle avait tout fait pour lui trouver des familles disposées à payer les frais d'inscription à l'Académie des beaux-arts de Milan, mais à présent ce projet s'évanouissait. Elle se résigna au fait que Nada aille vivre à San Lorenzo avec d'autres mères célibataires aussi longtemps qu'elle en aurait besoin.

Le jour de l'oral, assise face au jury, Nada s'était caressé le ventre pour se calmer. La grossesse l'avait rendue populaire parmi ses camarades et suscita des réactions contrastées de la part des jurés : certains furent magnanimes, d'autres au contraire dérangés par le manque de discipline que sa condition trahissait. De son côté, toutes les questions lui parurent insignifiantes, comparées à l'événement qui mûrissait en elle. Elle aurait voulu dire combien les discours du professeur d'histoire sur la croissance démographique en Italie l'irritaient : qui choisit d'avoir un enfant dans le but d'accroître la population de son pays ? Surtout que ce pays n'est pas le mien. Elle aurait voulu dire qu'il lui semblait absurde de décider de faire un enfant si cet enfant pouvait disparaître d'un moment à l'autre. La mort aurait dû être un moyen de dissuasion, un repoussoir face à la naissance, elle était sidérée que ce ne soit pas le cas. Comment les gens parvenaient-ils à projeter de mettre au monde des êtres mortels, comment faisaient-ils pour dépasser le paradoxe de vouloir donner la vie en enclenchant un compte à rebours dont la fin coïnciderait avec la mort ? Nada avait l'impression que les enfants ne pouvaient arriver que par erreur, comme pour elle, comme elle : un accident, le dommage collatéral d'un besoin physique. Ceux qui les faisaient à dessein lui semblaient fous. Mais elle ne dit rien de tout cela au jury, et deux mois plus tard elle accoucha.

Toute seule, sans personne pour l'encourager, à part la sage-femme.

Sœur Nabote se chargea de l'accompagner dès qu'elle perdit les eaux mais à l'hôpital Nada ne lui dit pas s'il vous plaît restez avec moi, et sans une invitation formelle la religieuse n'osa pas pousser la porte de la salle de naissance. Nada pensa qu'assister à l'accouchement aurait inspiré à Nabote trop de nostalgie pour ce à quoi elle avait renoncé. Pas élever des enfants, mais la possibilité d'utiliser son corps comme point de passage entre quelque chose qui n'est longtemps qu'imagination, rêve, terreur, un clip en noir et blanc qui défile granuleux sur le moniteur d'un cabinet de radiologie, une chose dont douter, comme l'alunissage – la possibilité d'utiliser son corps comme point de passage entre l'invisible et le visible, entre l'esprit de Dieu et la vie de chair et d'os.

Quand le laps de temps entre deux contractions se réduisit et que la douleur lui arracha ses premiers hurlements, Nada revit l'allure bancale de sa mère juchée sur ses talons. Elle avait affronté la même douleur pour la mettre au monde, elle l'avait affrontée seule, elle aussi.

Elle détestait l'idée d'avoir hérité du même sort, à croire qu'il était inscrit dans son ADN – une tare génétique. La solitude. Les enfants conçus comme des erreurs qu'on ne peut pas effacer. Tout le monde veut être pardonné. Elle ne voulait pas lui ressembler. Tout le monde. Tu veux être comme elle ? Une fille qui pousse sur un lit d'hôpital, sans un conjoint, sans une mère pour lui tenir la main et éponger sa sueur, une femme contrainte à expier, une femme sans espoir de pardon, tu veux être comme elle ? Elle n'a pas besoin de moi. Les gosses ne savent que chouiner, ils chouinent et ils hurlent toute la journée. La douleur est une vague, un immense cheval de trait, elle me submerge, sœur Nabote, pourquoi m'as-tu laissée plonger, pourquoi m'as-tu laissée seule ? La ferme, je t'ai dit, y a que chouiner que vous savez faire. Tout le monde, Ivo, tout le monde veut le pardon. La vague s'écrase sur le rivage, le ressac me laisse respirer. Respire, respire. Appelez mon frère. Tu lui as dit, *brate moj*, qu'elle va devenir grand-mère ? Elle n'a pas besoin de moi. Elle était seule, elle aussi. Une douleur atroce. Comme la mienne. Pour me jeter dans le monde. Pour se libérer. Neuf mois à absorber son sang. Elle m'a fait de la place, elle m'a gardée. Elle a été ma maison. Je lui ai ôté le souffle le sommeil l'appétit, ou la satiété. Je dormais dans la béatitude de son giron puis elle m'a expulsée, l'oxygène m'a brûlé les poumons, c'est l'air qui a signé l'arrachement, le choc de la douleur comme entrée dans la vie – pourquoi, Dieu, as-tu voulu qu'il en soit ainsi ? J'étais en elle, et puis elle m'a abandonnée.

Ça aussi, c'est un droit.

Nada sortit l'enfant avec rage, comme pour le séparer d'elle-même, pour ne pas le contaminer, ne pas lui transmettre son destin. Les lèvres gonflées, les joues écarlates ; la sueur lui avait brûlé la peau autour des yeux. Quelle tendresse inconnue, pour cette jeune fille qui l'avait mise au monde et l'avait même appelée Espoir.

Quand on posa sur elle le petit encore sale, visqueux, recouvert de l'odeur de ses entrailles, quand elle l'entendit se contorsionner de désespoir au-dessus de ses seins, et hurler, pleurer parce qu'il était en vie, Nada sut – et c'était un effroi, une douceur infinie –, elle sut qu'elle avait besoin de lui, qu'elle en aurait besoin pour toujours.

Nino pleurait, sa bouche grande ouverte sur ses gencives nues : c'était la nudité de ces gencives qui dévorait Nada. Elle se demanda si elle allait réussir à le maintenir en vie. Se raidit de panique quand on le lui enleva pour les premiers soins. Puis la sage-femme le reposa à côté d'elle. Le petit fourra sa tête humide sous son aisselle et quand il fut là, caché en partie par sa chair, il cessa de pleurer. Nada devint mère à cet instant, elle qui n'avait jamais été fille.

Ivo, qui avait accouru de Vénétie, s'émut face à son neveu. Il n'avait pas acheté de bouquet de fleurs, il ne connaissait rien à la manière dont on célèbre une naissance, il avait juste pris une barre de céréales au distributeur automatique. Je n'ai pas faim, s'excusa Nada. Il aurait fallu des cerises, dit Ivo, mais ce n'est pas la saison.

Sœur Nabote avait passé tout son temps à prier à la chapelle. Tenant Nino dans ses bras avec une désinvolture, un naturel auxquels Nada, à San Lorenzo, n'avait jamais prêté attention, elle lui fit promettre un baptême. Le jour de la célébration, elle offrit une croix en or à l'enfant : elle n'était pas d'occasion.

Nada ne voulait pas que son fils grandisse dans un institut, comme elle. Aussi chercha-t-elle un travail à Milan, et dès qu'un petit studio de graphisme, miraculeusement, la rappela, elle partit, malgré les bonnes sœurs qui avaient essayé de l'en dissuader. Elle avait encore de côté les cinq cent mille lires gagnées au concours de dessin, dans un livret postal ouvert à son nom par sœur Directrice, elle se fit prêter le reste par Lidia, pour payer la caution et le premier mois de loyer d'un studio en périphérie de la ville. Quand elle tenta de lui rendre la somme, Lidia dit : C'est mon cadeau pour ton enfant.

Les premiers mois, les premières années, Nada était tellement obsédée par Nino qu'elle pensait qu'elle ne pourrait plus jamais coucher avec personne, maintenant qu'il était né. Ce n'était pas par manque d'occasions, ou de libido, c'était que l'abandon induit par le sexe, cette amnésie de soi-même et du monde, cette interruption de la conscience lui paraissait menaçante : que peut-il arriver à ton fils pendant que tu jouis et que tu ne penses pas à lui ? Pendant que tu es ailleurs, là où il n'est pas.

Par chance, avec le temps, l'obsession s'atténua. Elle eut quelques histoires tièdes, quelques rapports arides, rien à même de la détourner de cet amour sans issue. L'enfant aussi l'aimait de façon sauvage, et cela l'étourdissait. Ils ne s'étaient pas choisis, ils avaient été condamnés l'un à l'autre.

Nada n'avait aucun mérite de ce sentiment qui liait son fils à elle, et c'est pour cela qu'elle s'en sentait si responsable.

– Et donc Nino a emmené Cafard aux autos tamponneuses ?

Ils dorment ensemble dans le canapé-lit qu'elle replie tous les matins. Vers neuf heures et demie, dix heures au plus tard, Nada le borde, laisse la lumière allumée et repasse pendant une petite heure, ou regarde la télévision si bas qu'elle a l'impression de devoir deviner les scènes, comme devant un film muet sans cartons de dialogue. Dora va chercher Nino à l'école l'après-midi et l'aide à faire ses devoirs, aussi dévouée qu'une grand-mère. Elle prépare souvent une potée ou une soupe de fèves qu'elle transvase dans un Tupperware : tiens, dit-elle à Nada, tu n'as plus qu'à réchauffer. Heureusement que Dora est là depuis le début : sans elle, Nada n'aurait pas tenu.

– Oui, Cafard a mis ses patins à roulettes et il s'est interposé entre les voitures.

– Et il a reçu beaucoup de coups ?

– Oh là là, plein ! D'ailleurs maintenant, il est couvert de bosses.

Son fils rit.

– Allez, dodo, maintenant.

– Demain tu me racontes une autre histoire ?

Il se tourne sur le côté et enfonce sa joue dans l'oreiller.

– Bien sûr.

– Et tu m'emmèneras aux autos tamponneuses, moi aussi ?

– On verra, peut-être quand tonton Ivo viendra nous voir.

– Et il vient quand ?

– Il doit travailler, pour l'instant.

– Quand tu publieras ton livre, il viendra. Et moi je deviendrai célèbre.

– Bah, c'est plutôt moi qui deviendrai célèbre – Nada lui pince le nez entre son index et son majeur. Qu'est-ce que tu as à voir avec ça, toi ?

– Le héros s'appelle comme moi.

– Tu as raison – elle se lève pour aller se démaquiller dans la salle de bains. On sera célèbres tous les deux.

– Cafard aussi.

– D'accord, tous les trois.

L'enfant rit encore, Nada l'embrasse sur le front pour lui souhaiter bonne nuit.

En CP, dès qu'arrivait l'heure du coucher, Nino se plaignait de maux de ventre. L'idée de devoir aller à l'école le lendemain l'angoissait. Il pleurait en classe, si violemment que l'école appelait parfois Nada pendant sa journée de travail, venez le chercher, il ne se calme pas, et elle devait quitter le studio toutes affaires cessantes. La souffrance de son fils asséchait les champs, drainait les fleuves, déboisait les forêts, affamait les bêtes, bouleversait les phases lunaires, ralentissait le mouvement de la Terre autour du soleil – il l'éclipsait, le soleil. Nada en était annihilée, elle ne savait pas quoi faire. Elle l'avait trop couvé, c'était ça, l'erreur ?

Un soir, face à ses pleurs d'appréhension, elle eut une idée. Elle prit dans le frigo les fromages Bel Paese qu'il aimait tant et les retira de leur boîte en plastique transparent. Puis elle approcha la boîte vide de la joue de Nino et lui dit : recueille-les ici, tes larmes. L'enfant était surpris, une première larme tomba sans faire de bruit. De curiosité, il arrêta de pleurer presque aussitôt. Hum, fit Nada en secouant la boîte comme si c'était un paquet de Tic Tac. Il n'y en a pas beaucoup, dis donc, on ne va rien pouvoir tirer de ces larmes. Ça veut dire que c'est une petite douleur, tant mieux.

Le lendemain soir aussi, Nino pleura dans la petite boîte, puis Nada passa le doigt sur le plastique et le lécha. Hum, comme c'est bon, goûte. Nino trempa son doigt et le suça. Délicieux, n'est-ce pas ? dit Nada, et il hocha la tête, les joues rouges, se retenant de sourire pour ne pas lui offrir cette satisfaction. Bon, elle ne doit pas être si mauvaise, cette douleur.

La scène se poursuivit plus d'une semaine, jusqu'à ce qu'un soir, Nino oublie de pleurer. Mais avant de fermer les yeux, il s'enquit de la petite boîte. Nada la lui apporta : elle était sèche. Elles sont où, les larmes d'hier ? demanda l'enfant. La douleur s'est évaporée, répondit-elle, il n'y en a plus.

Son fils apprit à garder toujours la boîte dans sa poche, c'était son amulette.

– Dans la bande dessinée, Nino peut faire ce qu'il veut, parce que tu n'es pas tout le temps sur son dos à le gronder.

– Bien sûr, je ne suis pas sa mère.

– C'est qui, sa mère ?

– Je ne sais pas. Personne.

– Impossible, on a forcément une maman.

Assise sur la cuvette, Nada contrôle de nouveau son téléphone. Le conducteur n'a pas répondu, alors elle lui écrit : « Tu me manques toujours même si je suis descendue du tram. » Ce n'est pas vrai, mais ça lui semble le seul moyen de rétablir le contact. Elle déteste ce besoin maladif d'être courtisée qui s'empare d'elle de temps à autre, cette soif de considération, de la part de n'importe qui. Elle est devenue comme ces passagères du bus qu'elle méprisait. Qui sait si le conducteur n'a pas déjà repéré son doigt manquant. Nino aime en approcher la bouche et souffler dans le trou, tel le vent dans la meurtrière d'un château.

Juste après l'envoi, son téléphone sonne. Nada remonte sa culotte et épie son reflet dans la glace avant de répondre, comme s'il pouvait la voir. Allez savoir pourquoi il l'appelle d'un numéro masqué.

– C'est toi ? demande-t-elle sur un ton malicieux.

Un instant d'hésitation, puis une voix dit :

– C'est Danilo.

50

Danilo ne s'attendait pas à cette réaction.

Quand il lui dit que sa mère était vivante, Omar le fixa, muet, comme s'il n'avait pas compris. Puis il se mit à trembler, à dire je le savais, je le savais, et il souriait le front tout plissé. Danilo lui serra les mains et cette fois Omar ne les retira pas : il lui attrapa à son tour les poignets et répéta merci. Il tremblait au point que Danilo lui dit : Je te tiens.

Il lui raconta ses années de recherches, depuis qu'Azra était morte et qu'il avait veillé sur ses classeurs comme sur un héritage. Après son diplôme de droit, il était retourné de nombreuses fois en Bosnie et avait tout fait pour qu'*Oslobođenje* publie une série d'articles sur les enfants de l'orphelinat placés ou adoptés en Italie, jamais rendus à leurs parents biologiques ni à des membres de leurs familles. La télévision nationale avait également traité le sujet. Les mères et les pères ayant perdu la trace de leurs enfants depuis le début de la guerre accusaient la Bosnie-Herzégovine de ne pas avoir exigé le retour de tous les enfants à Sarajevo. Certaines commissions rogatoires n'étaient jamais arrivées à destination, probablement à cause de problèmes de transcription des noms ou des adresses, et puisque le consulat n'avait pas été capable de fournir les antécédents familiaux de chaque enfant, ou de leur garantir une perspective d'avenir autre que l'orphelinat, dans une logique de tutelle, le tribunal pour enfants de Milan avait décidé de les garder et de lancer les adoptions.

– Tu parles comme un avocat, dit Omar en détachant ses mains de celles de Danilo, qui tenta de rire. Ma mère n'a jamais donné son autorisation.

– Je sais, répondit-il, mais vous étiez mineurs sur le territoire italien. L'Italie, légalement, devait exercer sa tutelle, et juste après le conflit, les institutions bosniennes étaient très fragiles.

– Voilà, ils n'avaient pas le droit – Omar haussa la voix et le maton aboya un avertissement. Ils en ont profité parce qu'on était dans la merde. Je vais te dire moi, tu sais quoi ? Ils voulaient nous vendre depuis le début, c'est pour ça qu'ils nous ont emmenés jusqu'ici.

Danilo préféra ne pas insister, il ne voulait pas le fâcher, lui causer des problèmes avec les surveillants, surtout maintenant qu'il avait arrêté de trembler. Il lui expliqua simplement qu'une femme inscrite à l'association « Victimes de Sarajevo », en regardant une émission à la télévision consacrée à l'histoire de Sen et de son frère, avait reconnu les enfants de la voisine. Omar rit de nouveau, mais les yeux baissés, offrant à son regard une portion d'espace restreinte, comme pour protéger son bonheur : s'il avait relevé la tête, le bonheur aurait peut-être disparu. Vouloir le partager se serait apparenté à un pari, à une forme d'arrogance. Danilo lui dit qu'il était allé à Sarajevo afin de rencontrer sa mère et qu'il avait fait une vidéo pour lui.

Le surveillant se chargea d'insérer le CD dans l'ordinateur du directeur. Jamais Omar n'avait été dans son bureau et jamais il n'aurait imaginé qu'après avoir parlé avec Danilo et son avocat, ce même directeur allait accepter qu'il s'y rende en son absence, escorté par deux matons, et qu'il s'assoie sur son fauteuil à accoudoirs, sous les drapeaux de l'Italie et de l'Europe, devant le bureau en L, tas de paperasse réparti en piles d'un côté, écran de l'autre, imprimante, et pas l'ombre d'une fourmi égarée. Celles de sa cellule aussi avaient été éliminées : ce matin-là, une solitaire était apparue, hagarde, sur l'étagère du café, mais Omar l'avait graciée. Lui aussi se sentait gracié, par le destin qui avait épargné sa mère et par le directeur qui lui permettait de la voir, ne serait-ce qu'en vidéo. Il savait qu'il avait fait une exception pour lui, qu'une telle faveur ne se produisait pas tous les jours.

Un gardien s'assit de l'autre côté du bureau ; le second, debout derrière lui, tâta la souris et cliqua sur *Play*. Omar vit apparaître en plein écran l'image de sa mère, les mains ouvertes à hauteur des épaules, comme si elle se tenait face à un braqueur, je suis désarmée, ne tirez pas.

Son cœur accéléra. Sa mère avait les cheveux encore bruns, mais courts au-dessus des oreilles, la peau du visage cuite, parcourue de nets sillons, et elle parlait, elle parlait avec Danilo, invisible de l'autre côté de la caméra. Omar l'écouta, immobile, avec toute l'attention dont il était capable, mais seuls quelques mots surgissaient au milieu de ce flux de paroles, fils, hôpital, prendre dans les bras, se détachant des autres dans cette avalanche de sons indéchiffrables qui l'empêchait de saisir l'ensemble. Il ne la comprenait pas. Omar ne comprenait plus sa propre langue.

Comment pouvait-il l'avoir oubliée ? Quand cela s'était-il produit ? Comment avait-il pu le laisser faire ?

L'impression de décalage, de surdité, de claustrophobie le démolit. L'angoisse monta. Sa mère parlait et il ne la comprenait pas, il ne la comprenait pas. C'était sa mère, et elle était inaccessible. Encore.

La solitude l'isola du bureau, de la paperasse, de toute grâce possible – si seulement une fourmi lui avait permis de se sentir à nouveau exister, de ne pas être ailleurs, séparé des autres, privé de ses sens. Sa mère avait perdu presque toutes ses dents de devant, derrière ses lèvres pointaient ses canines inférieures et une incisive en haut, et cette défiguration répandit de la fureur dans chacun de ses membres.

Omar approcha son nez de l'écran, une secousse dans les lombaires, les genoux, il écouta sa mère lui raconter quelque chose d'impénétrable, les seins tombants, son cou plissé marqué d'anneaux de bronzage, et il songea qu'il lui ressemblait plus, maintenant qu'elle avait perdu toute trace de féminité, et il se mordit le bras jusqu'à ce que s'imprime sur sa peau l'empreinte de la rage, et il se retint au bureau pour ne pas tomber.

– Qu'est-ce qui t'arrive ? dit un maton.

Va savoir si elle sentait encore le poêle à bois.

Omar posa ses lèvres pour embrasser cette femme fanée.

– Oh, qu'est-ce que tu fais ?

Il poussa son front contre le front de sa mère et le poids, ou l'impétuosité du mouvement, fit incliner le moniteur qui s'écrasa bruyamment par terre.

– Putain, c'est quoi ton problème ?

Le surveillant le plus proche le tira en arrière en traînant le fauteuil sur le sol, l'autre avait déjà accouru pour récupérer le moniteur. Omar s'agenouilla sous le bureau afin d'aider mais le premier surveillant le redressa en l'agrippant par les aisselles :

– Lève-toi, on rentre à la cellule.

– La vidéo n'est pas finie, rétorqua-t-il.

– Magne-toi.

– Je t'en supplie, je serai tranquille.

Menottes aux poignets.

– Je le jure.

Le déclic familier de la fermeture.

– On y va.

De nouveau, cette impuissance.

– Je veux voir ma mère, s'il vous plaît.

Succomber. Toujours. Supplier dans le vide.

– J'ai dit magne-toi.

Les menottes serrent, une laisse hémostatique, l'angoisse est une hémorragie.

– Ferme-la ou tu vas au mitard.

Elles serrent, les menottes, et la vidéo n'est pas finie.

Il y a ma mère, à l'intérieur.

– Tu as décidé de me casser les couilles ? hurla le gardien, tentant de l'emmener de force tandis qu'Omar s'opposait de toute son inertie.

L'autre agent rebranchait les câbles pour s'assurer que l'ordinateur fonctionnait encore. Le directeur se serait énervé.

Omar parvint à se libérer, retourna au bureau : les bras tendus, il envoya un poing sur l'écran qui le cabossa, puis il jeta par terre les dossiers, les piétina pendant que les gardiens essayaient de le retenir.

Rien ne suffit à évacuer sa fureur.

Quand il fut enfin immobilisé, il se mordit les bras jusqu'au sang, il avait le besoin urgent de se blesser, de mourir – précisément maintenant que sa mère était vivante, que son espoir s'était réalisé. Il était enfermé dans une cage et il ne pouvait pas la revoir, monter dans un avion pour Sarajevo, il avait encore des mois de peine à effectuer, encore des mois de renoncement à elle, après l'avoir attendue pendant des années, elle n'est pas morte, je le savais, ils auraient dû le libérer, ils ne pouvaient pas l'empêcher de la revoir, il ne pouvait pas rester en prison si sa mère était vivante, sans qu'elle sache que c'était un taulard, il allait la décevoir, il lui demanderait pardon, il écrirait au président de la République, au pape, il implorerait Danilo de l'aider, le besoin de la prendre dans ses bras était un spasme, une obstruction cardiovasculaire, Omar hurla aidez-moi, tandis que les gardiens le ramenaient dans sa cellule, et la peur bloquait le couloir, l'occupait jusqu'au plafond, et il n'était nulle part, il n'était ancré à aucun présent, à aucun lieu, la sueur limoneuse, comme pendant ses crises de manque.

Danilo ne s'attendait pas à cette réaction.

On lui administra des calmants, on augmenta ses doses de somnifères, un psychothérapeute le prit en charge et à chaque séance Omar raconta le même rêve. Dans le noir, de plus en plus proches, de plus en plus brillantes, les flammes d'un incendie. Il se réveillait un instant avant de brûler. Le psy pensait aux bombes, au remords, à la sensation de ne pas avoir d'issue, mais Omar dit que cette lumière le réconfortait. Au début, le psychothérapeute n'y prêta pas attention mais, après le énième rêve dont il s'était réveillé en hurlant, il lui demanda : il y a ta mère, dans le feu ? Non, sourit Omar, seule Nada resplendit.

Voilà pourquoi, au bout d'un moment, Danilo a été averti. Prenant sur lui, il a convaincu Lidia de lui donner son numéro. Et après beaucoup d'atermoiements, un soir, il s'est décidé. Il a caressé le ventre d'Elsa blottie sur le canapé, puis il s'est enfermé dans son bureau et il a appelé.

51

– Il est tard, dit Nada.

Elle ouvre son sac, mais Danilo l'arrête.

– C'est pour moi.

Et il pose sa carte bleue sur la table.

Le bar est moche et impersonnel, mais il se trouve sous son lieu de travail, elle l'a choisi afin de se préserver. Si elle s'était autorisée à imaginer un meilleur endroit, si elle avait cherché des recommandations pour faire bonne impression, l'idée de sa défaite l'aurait écrasée.

Elle a cessé depuis longtemps de dépendre du jugement de Danilo, cette entrevue avec lui ne méritait aucun préparatif : dans le bar sous son bureau, ça revenait à se croiser par hasard, en vitesse, elle écouterait ce qu'il avait à lui dire, mais à l'heure et dans le lieu qui l'arrangeaient, elle. Pendant une semaine entière, elle s'est répété que la seule raison pour laquelle elle ne déclinait pas l'invitation, c'était Omar. Puis ce matin elle s'est lavé les cheveux avant d'emmener Nino à l'école et lui a dit attends-moi alors qu'elle était déjà sur le palier ; elle est revenue sur ses pas pour glisser dans son sac sa trousse à maquillage. À cinq minutes du rendez-vous, cependant, elle a décidé que le rouge à lèvres serait une marque de vanité.

En sortant de l'immeuble de son bureau, elle a lancé : Tu

ne ressembles pas du tout à un avocat, dis donc. Pourquoi ? a demandé Danilo. Les avocats ne s'habillent pas comme ça, a-t-elle répondu. Il a regardé son jean, ses Dr. Martens, a ôté son bonnet en laine. Laisse, a-t-elle dit en prenant le bonnet des mains pour le lui remettre sur la tête, il fait trop froid. C'était le premier contact entre eux depuis toutes ces années et il était advenu tout de suite, avant même qu'ils se disent bonjour.

– Tu habites loin d'ici ? demande Danilo en rangeant son portefeuille dans la poche de sa veste.

– Pas loin, non, répond Nada. Je prends le tram.

– Je peux te raccompagner, si tu veux.

– Tu dois rentrer à Bologne, c'est bientôt l'heure de dîner, tu vas mettre combien de temps pour rentrer ?

– Je suis garé juste derrière, allez, ça ne change rien pour moi.

C'est sans doute le contact précoce au pied de l'immeuble qui a autorisé Danilo à la prendre dans ses bras. Nada s'est limitée à recevoir l'étreinte sans la rendre – là, dans une rue quotidienne, dans son monde –, non pas parce qu'elle était trop émue, au contraire. Elle n'a rien éprouvé : ni regret, ni nostalgie, ni tendresse, ni rancœur. Ni même désir. Avant, à la seule idée de ses mains sur son cou, son dos s'arquait instantanément. Pendant des années, elle a continué à se toucher en pensant à lui, même quand elle ne se rappelait plus la tête qu'il avait. Parfois, au lieu de jouir, elle pleurait, elle qui ne pleurait jamais, qui n'avait jamais appris, et c'était si dégradant qu'elle se dégoûtait. Elle restait étendue sur le canapé, sa culotte descendue sur ses cuisses et un fils endormi dans le berceau à côté.

En se forçant, elle était finalement parvenue à étouffer son envie de lui, mais au point d'éteindre tout désir pour quiconque.

– Je t'en prie.

Danilo lui ouvre la portière et Nada monte.

Dans la voiture, elle lui indique le chemin, puis il demande :

– Quand est-ce que tu penses y aller ? Il faut que je t'obtienne une autorisation.

– Le plus tôt possible, mais le week-end.

Le trafic la rassure : tout est identique, aucune secousse ne fera s'écrouler la ville.

– Il a toujours eu un faible pour toi, dit Danilo.

– Ce n'est pas ça. C'est que nous ne nous sommes pas choisis.

– C'est-à-dire ?

– Par hasard, j'ai été témoin de sa douleur, et ça a suffi à nous unir.

– Ce n'est pas toujours le cas ? Ce n'est pas toujours par hasard que les gens tombent les uns sur les autres ?

L'habituel étalage de son agilité logique. L'habituelle tentative pour la désarçonner. Nada soupire.

– Ne pas s'abandonner signifie se choisir, poursuit-il.

– Mais nous, on s'est abandonnés.

Danilo se retourne pour la regarder, elle se demande s'il a bien compris.

– Je parle de moi et Omar.

Il se remet à fixer l'obscurité derrière le pare-brise.

– Je sais – il renifle –, mais ce n'est pas vrai. Tu es là.

Il se retourne encore : comme pour renforcer son propos, il lève les mains un instant :

– Pour lui, je veux dire.

Et il serre fort le volant.

Nada regrette que ce ne soit pas le matin. Le rouge foncé des feuilles l'aurait distraite. Les jours où elle composait le 0043, qu'une voix lui répondait en allemand et qu'elle articulait : Danilo Simić, dans l'espoir que cela suffirait, les jours où on la mettait en attente sans jamais le lui passer, et que la voix d'avant se faisait entendre de nouveau en prononçant des mots incompréhensibles, et que c'était comme être revenus en 92, comme être de nouveau étrangers – ces jours-là, elle n'avait jamais cru qu'il lui était arrivé un malheur. Depuis le début, elle était partie du principe qu'il pouvait la rejeter, depuis le voyage vers l'Italie.

– Je me suis comporté d'une façon horrible avec toi.

– Ne fais pas ça.

– Je te demande pardon.

– Non, tu me rappelles qui de nous deux a eu le plus de pouvoir, et c'est vulgaire.

Il se tait. Descend la fermeture Éclair de sa veste et enlève son bonnet, le pose sur le tableau de bord. Nada le regarde glisser, puis tomber, sans que personne le ramasse.

– C'est là. Arrête-toi devant le kiosque.

Danilo se gare.

– Bien, dit-elle en prenant congé. Tu m'appelles quand tout est prêt ?

– Attends, je te raccompagne à la porte.

Sur le seuil, elle le voit contrôler l'interphone : le nom Drakulić correspond au numéro 1.

Nada ne ressent pas le besoin de le prendre dans ses bras, et lui non plus, sans doute, puisqu'il reste immobile sans son bonnet, sans arme.

– Maman !

Nada se retourne. Nino a lâché la main de Dora et accourt dans leur direction, se jette sur sa mère.

– Qu'est-ce que tu fais ici, mon amour ?

Dora répond à sa place.

– Il me manquait des œufs, on est allés en acheter.

– Salut.

Nino s'adresse à Danilo.

Il regarde Nada avec une surprise telle que la tendresse la transperce soudain. Elle espère qu'elle n'apporte pas avec elle le regret. La rancœur.

– Salut, dit-il.

Nada attire Nino à elle.

– C'est un ami à moi, je le connais depuis que je suis petite.

– Comme moi ?

– Hum… laisse-moi réfléchir. Non, j'avais deux ans de plus.

– Je monte, prévient Dora, j'ai un bouillon sur le feu. Bonne soirée.

Nada n'a même pas fait les présentations.

Danilo salue Dora, puis demande à Nino :

– Comment tu t'appelles ?

– On va voir si tu devines. Je m'appelle comme un super-héros.

Danilo se masse le menton.

– Clark ?

Nino rit.

– Non.

– Hum… Peter ? Oui, c'est ça, je t'ai reconnu. Tu es Peter Parker, regarde ce que tu as ici, et il lui prend l'oreille pour capturer quelque chose.

Nino se la frotte.

– Une toile d'araignée ! dit Danilo.

Nino rit à nouveau et lui attrape le poignet, comme si ce bref contact ne lui avait pas suffi, comme s'il avait déjà déclenché une dépendance. Nada sent ses fesses fourmiller.

L'enfant tire le poignet si fort que la montre de Danilo s'ouvre soudainement et tombe par terre.

– Qu'est-ce que tu fais ! se fâche Nada.

– Ce n'est rien, dit Danilo en se baissant pour la ramasser.

Il la désigne à Nino.

– Elle te plaît ?

Il hoche la tête, enthousiaste.

– Elle était à mon père. Il me l'a donnée avant que j'affronte un long voyage.

– Comme une amulette ?

– Exactement.

– Et elle a servi ?

Danilo réfléchit.

– Ma foi, oui, je suis arrivé sain et sauf.

– Moi aussi j'ai une amulette.

– Ça ne m'étonne pas, tu es un superhéros.

– Mais ton père aussi a des superpouvoirs ?

– Tous les papas en ont, non ?

Nino ne répond pas.

– Allez, on rentre, c'est l'heure du dîner, dit Nada en glissant la clé dans la serrure.

L'enfant la suit, soudain docile, presque sonné.

Danilo lui fait un salut de la main, mais le garçon oublie de le lui rendre.

Dans les escaliers, à un moment donné, il dit :

– Je m'appelle Nino – comme si Danilo pouvait l'entendre.

52

Il va bientôt avoir une fille, lui aussi : ils sont à égalité.

Non, ils ne sont pas à égalité, parce que le fils de Nada a neuf ans, donc elle l'a eu l'année où ils se sont quittés. Ça le rend dingue. Il ne s'agit pas d'une jalousie rétroactive, c'est un sentiment actuel, persistant : une volonté de possession qui le ronge comme un droit bafoué.

Bien sûr qu'elle a appartenu à d'autres corps, il le sait, et il le tolère. Mais qu'elle conçoive un enfant avec un autre homme, ça, non, il ne s'y attendait pas. Peut-être parce qu'il ne l'avait jamais imaginée mère. Aurait-il fait, lui, un enfant avec elle ? Il était trop jeune, alors, pour en avoir le désir. Mais au fond, il sait que, même plus tard, il ne l'aurait pas voulu. Dans son esprit, Nada a toujours été seule, et inhospitalière, on pouvait l'aimer par morceaux, jamais en entier, on pouvait l'aimer sans arriver à son noyau, parce que son noyau était incandescent.

Sa sœur le traiterait d'égoïste. C'est grâce à ça qu'il s'en est toujours sorti, grâce à son indulgence vis-à-vis de ses propres bassesses. Il voudrait se confier à elle : je pensais avoir un avantage, Jagoda, or c'est elle qui m'a devancé. Elle est devenue adulte avant moi. Elle a compris quelque chose que je dois encore comprendre, et qui me fait peur. Elle n'a pas eu peur, ou en tout cas n'a plus peur maintenant. Pour elle, c'est naturel d'élever un enfant.

Danilo pensait l'avoir dépossédée de cette option, il croyait que Nada ne ferait un enfant qu'avec lui, allez savoir pourquoi ; en fait, il ne lui a rien volé, et au lieu de le soulager, cette prise de conscience l'emplit de rancœur. Il vient de tomber de son trône. Le royaume qu'il a perdu n'abrite aucune nation et n'est pas bordé d'océans. Il s'étend sur une surface d'un mètre soixante-quatorze, et ses anses, ses vallées, ses sommets ne sont signalés par aucune carte. Ce territoire lui a paru inadapté à la vie, aussi quelqu'un d'autre l'a conquis.

– Tu vas bien ?

Elsa le rejoint dans son bureau. Elle n'a pas frappé, la porte est ouverte.

– Oui – et il pose ses mains sur le ventre de sa femme. Excuse-moi, je suis encore dans mes papiers.

– Tu te donnes beaucoup de mal pour les enfants de Sarajevo, ta mère serait contente.

Tu ne l'as pas connue, ma mère, pense Danilo, qu'est-ce que tu en sais. Toi qui es italienne, et qui parles des enfants de Sarajevo comme si je n'étais pas né là-bas, moi aussi.

Mais la pensée est fugace, il s'en repent aussitôt. Il relève lentement son pull et ouvre la bouche sur son nombril saillant.

Notre mère a écrit dans son carnet bleu que le péché, c'est de naître. Elle nous a appelés crime, Jagoda. Son crime.

Elsa lui caresse les cheveux, les oreilles, la nuque. Il embrasse chaque centimètre de ce ventre qui contient sa fille.

À ton avis, Jagoda, elle nous voulait ?

Il lui retire son pull et dégrafe son soutien-gorge. Ses seins sont lourds, elle les soutient avec ses bras. Il les lui décroise et la fait asseoir sur ses jambes.

Le premier homme, la première femme, ils n'ont pas choisi de faire un enfant. Ils ne se sont pas demandé s'ils en voulaient ou pas. Ce n'était pas une question de volonté individuelle.

Danilo pénètre la mère de sa fille pendant que sa fille flotte à l'intérieur, protégée par son corps à elle comme par un écrin qu'il vient d'ébranler. Il la pénètre parce que l'univers entier ourdit ce crime, cette sourde promiscuité.

53

L'obligation de laisser ses papiers à l'entrée et de mettre son sac à main et son téléphone portable dans un casier verrouillé lui injecte une petite dose d'angoisse. On n'est pas habitué à être aussi dépouillé, pure chair sans nom, sans complément, sans extension. Toutes ces portes fermées que seul un agent peut ouvrir, un signal électrique : elle se retrouve à la merci d'un autre, d'un système inconnu d'elle, elle se sent exposée.

Il est déjà dans la pièce avec un gardien, se lève à son entrée. Quand est-il devenu si grand ? Grand et légèrement bossu, la tige d'une fleur qui se courbe dans son vase. On dirait que sa tête pèse trop au-dessus de son corps très maigre, qu'il s'est résigné à la gravité. Son large pantalon de survêtement camoufle les jambes strabiques qui l'amusaient tant, autrefois. Il a un cou d'homme, mais dans ses sourcils froncés encadrant deux yeux douloureux, si sombres qu'ils annulent sa pupille, se loge une déception enfantine.

S'ils ne s'étaient pas perdus, il n'aurait peut-être pas fini en prison. Elle l'a toujours deviné, de manière souterraine, sans en avoir véritablement conscience, elle a toujours su qu'il ne s'en tirerait pas.

– Tu vois qu'elle n'est pas morte ! dit Omar, et il fond en larmes.

L'agent sort. Nada s'approche ; en silence, de l'autre côté

de la table, elle le regarde : il a les bras flasques, comme s'il avait soudain perdu tout son tonus musculaire, une convalescence. Elle ne sait pas s'il est permis de le toucher, si elle peut lui prendre la main cette fois encore.

Ils restent debout, les yeux dans les yeux, le temps qu'il faut à Omar pour évacuer – comme il était au commencement, maintenant et toujours. Il semble l'avoir attendue pour céder à cette détresse immense, la faim d'un nouveau-né, sans plus de colère, ni de défenses, juste une douleur parfaitement pure.

Quand les pleurs s'apaisent, Nada s'assoit, attend qu'Omar en fasse autant et, furtivement, lui prend la main, effleure ses ongles en amande, le bout de ses doigts d'E.T.

– Tu m'as brûlé les cheveux mais finalement la bougie a servi, ton vœu s'est réalisé. Et on ne l'avait même pas payée, dit-elle ensuite.

Il sourit.

– Je le savais. Je le savais qu'elle était vivante.

– Bon, il va falloir prévenir les journalistes étrangers, dit Nada.

– Je pense que l'émission du lac a été diffusée, ça fait dix-huit ans, maintenant.

– Donc à ton avis, ils ont tourné une vidéo quand je t'agressais et ils l'ont passée à la télé ? Toute l'Italie, non, toute l'Europe a vu quelle sale conne je suis ?

Omar rit franchement, à présent.

– Ils auront pensé que c'était une bagarre ethnique, va.

Il est émacié. Ses pommettes ressortent comme des roches sur une route de montagne, aucun filet métallique pour les retenir, la face d'Omar pourrait s'effondrer. Son visage est si creusé que son nez en paraît plus grand. Ou bien a-t-il vraiment grossi : son nez d'adulte est excessif par rapport à son front, son menton.

– Il faut que tu manges, dit Nada.

– Toi aussi tu vas me sortir ce refrain ?

– Pourquoi, les surveillants te le disent ?

– Non, le psy. Et Matte, le père de Sen. Il me le disait aussi.

– Bon, alors je te le dis : mange, s'il te plaît.

La grille à la fenêtre tamise la lumière comme celle du confessionnal dans l'église Saint-Antoine, à ceci près qu'elle n'est pas rassurante mais menaçante. Pas plus maintenant que cette nuit-là, Dieu n'a eu l'intention de rentrer de son exil. Pas plus maintenant que cette nuit-là, ils n'ont traversé son champ de vision. La qualité qui fait le plus défaut à Dieu est la tendresse.

Omar avait gagné la compétition d'équilibre sur les bancs, et Nada serait prête à rembobiner pour revenir à cet instant, juste pour ne pas le voir vaincu.

– Si je reprends quelques kilos, tu m'embrasseras encore ?

Nada n'éprouve aucune gêne ; c'est une blague entre vieux amis, un événement qu'on peut réévoquer parce que c'est loin au point de ne plus sembler vrai.

– Hum, il faudrait la Vierge.

– Je peux demander au prêtre qui nous rend visite de m'apporter une petite statuette.

– Non, non, moi je ne fais confiance qu'à la Vierge de la grotte. Elle sait ce qu'elle veut, celle-là. T'as vu comme elle jubile en écrasant la tête du serpent ?

Ils rient encore.

– Je ne sais pas si je me sentirai de retourner à San Lorenzo quand je sortirai d'ici. Sincèrement.

– Alors tant pis, on ne s'embrassera pas. Mais tu dois grossir quand même. Pour ta mère.

Omar baisse les yeux, sa tête dodeline. Nada a peur qu'il recommence à sangloter.

– Pourquoi tu n'es pas heureux alors que tu l'as retrouvée ?

Elle change de ton.

– Tu devrais être fou de joie.

Omar répond à la table :

– J'ai peur qu'elle disparaisse de nouveau pendant que je suis enfermé ici.

– Alors il faut la garder à l'œil. Il y a Sen.

– Sen ne veut pas la revoir. Il dit que c'est une étrangère, que sa vie est ici, maintenant, qu'il a déjà une mère. Ils lui ont fait un lavage de cerveau.

– Qui ça ?

– Les Italiens. Les bonnes sœurs d'abord, puis ses parents. Ils l'ont convaincu qu'elle nous avait abandonnés, alors que ce n'est pas ce qui s'est passé.

Nada pense que ça arrive, que c'est toujours arrivé. Il est possible de renoncer à qui vous a donné naissance, de renoncer à qui vous a grandi dans la chair.

– Dès que tu seras sorti, va à Sarajevo : sans Sen. Qu'est-ce que ça peut te faire ?

– Ça me fait qu'elle souffrira.

– Ton frère aussi a le droit de se sauver. Comme il peut.

La peau olivâtre d'Omar luit de transpiration. Il ne fait pourtant pas chaud. Nada aurait envie de lui essuyer le front avec un mouchoir. Elle détache son regard, saisie d'un regret trop violent vis-à-vis de cette prophétie le concernant – cette prophétie qui s'est réalisée.

– Tu viens avec moi ? On cherche ta mère aussi ?

Il ne sait rien, lui, de Daša.

– Je n'ai plus besoin de mère, j'ai un fils.

Voilà, elle a trouvé la façon de le lui dire. Elle n'était pas sûre d'y parvenir.

Omar respire plus fort, plus vite.

– Tu t'es mariée ?

– Non, sourit-elle en lui montrant sa main. Je ne saurais pas où glisser l'alliance.

Omar reste sérieux.

– Je t'ai toujours imaginée avec un enfant.

– Moi ?

– Oui. Avec un enfant qui te colle et te fait trébucher.

– Mais non, Nino est très autonome, tu sais.

– J'aime bien ce prénom. Et son père, comment il s'appelle ?

Elle le fixe, dit :

– Cet endroit n'a rien à voir avec toi. Tu dois me jurer que quand tu en sortiras, tu n'y remettras plus jamais les pieds. Jure-le-moi.

– Je n'ai tenu aucune des promesses que je t'ai faites, ne me demande pas de jurer encore.

L'agent frappe au rectangle vitré de la porte. Nada se retourne : avec ses doigts, l'homme les avertit que la visite s'achève dans trois minutes.

– C'est terrible de savoir que ma mère est vivante et que je ne peux pas la rejoindre, dit Omar.

– Écris-lui une lettre.

– Je ne parle plus le serbo-croate.

– Comment tu as fait pour l'oublier ? C'est absurde.

– Je ne me souviens que de quelques mots, et je ne sais pas l'écrire. Partant de là, même l'italien, je ne sais pas bien l'écrire.

– Je vais t'aider. Je peux demander qu'ils nous donnent du papier et un stylo, mais aujourd'hui, on n'a plus le temps, peut-être la prochaine fois…

– Écris-la, toi. Tu sais tout, tu peux l'écrire à ma place.

– Tu es sûr ? Je pourrais me tromper.

– J'ai confiance. Ça a toujours été toi, mon Espoir.

Il sourit. Elle aussi. Puis elle se lève, scrute ce jeune homme en survêtement, le visage ratatiné, une boule de papier mâché cabossée, ses yeux sans pupille, impossible de deviner la direction de son regard, les épaules tombantes de ce jeune homme assis à une table aux pieds en fer, dans une pièce dépouillée, barreaux aux fenêtres et portes scellées, Nada scrute cet homme qui a été son ami, et elle pense qu'ils appartiennent maintenant à deux catégories différentes, qu'ils seront à jamais séparés par cette coupure. L'affection germée quand ils étaient petits suffira à les faire rire ensemble, se remémorer des épisodes communs et se comprendre sans préambule, mais pas à être unis à nouveau, parties d'un même monde. Voilà pourquoi cette affection lui fait si mal, lui fera mal jusqu'à la fin.

– Tu m'as manqué, dit Omar.

– Toi aussi.

– Tu m'as toujours manqué, même quand on vivait ensemble. C'est depuis que je te connais que tu me manques.

54

Les planches sont glissées dans une pochette plastique transparente. Danilo a insisté, laisse-moi essayer, on trouvera peut-être un éditeur intéressé, et Nada a fini par les lui confier.

Il les sort, les pose sur le bureau. La première de la pile représente Nino, sur le dos de Cafard, lançant un lasso pour attraper un moustique qui bourdonne dans les oreilles de la professeure de musique et l'empêche de deviner les notes. Danilo écrase le poing sur ce visage joufflu, la planche se chiffonne. Il la déchire en quatre. Il en prend une autre, la réduit en pièces à son tour. Il déchire les planches avec une telle frénésie que ses pouces ne tardent pas à lui faire mal ; il s'arme alors de ciseaux pour les taillader, les défigurer. Il les jette à terre, les piétine, sort sur le balcon prendre l'air. Il n'a pas de manteau, il fait froid.

Comment a-t-elle pu, comment, lui cacher une chose pareille ?

Il sort son portable de sa poche, appelle Izet. Il faut absolument qu'il parle à quelqu'un, et ce quelqu'un ne peut pas être Elsa. Par chance, elle est chez ses parents, il devrait la rejoindre pour dîner. Par chance, il est seul à la maison. Après quatre tonalités, il raccroche. S'assoit sur les carreaux, le dos contre le mur, lève les yeux, un essaim d'oiseaux se comprime et se dilate en rythme dans le ciel, la pulsation de cette tache sombre lui rappelle le battement du cœur pendant l'échographie – Danilo se prend la tête entre les mains.

À chaque fois que le travail l'a appelé à Milan, il est passé sous son bureau, ils ont bu une bière ensemble ou il l'a raccompagnée chez elle ; un jour où Dora avait de la fièvre, contraignant Nada à quitter le studio plus tôt, ils sont allés chercher Nino à l'école. De surprise, le gamin a fondu sur lui, trébuchant presque. Ils l'ont emmené au parc, Danilo a acheté un ballon Super Santos en chemin et lui a appris à dribbler. Un soir, ils ont même dîné tous les trois, soupe et fromage frais, ils ne l'ont pas décidé, c'est arrivé comme ça, puis ils ont regardé un film sur le canapé et Nino s'est assis entre eux deux : il s'est endormi au bout d'un quart d'heure, la tête sur les genoux de Danilo, qui lui a caressé les oreilles, ses petites oreilles toutes rondes. Je m'entraîne à faire le papa, a-t-il dit à Nada, et en y repensant, c'est vrai, elle a fait une drôle de tête, mais il a imaginé – son habituelle arrogance – que c'était juste un accès de jalousie. À l'hôtel, il a appelé Elsa et lui a raconté la soirée, il n'y avait pas de malice, il n'y avait rien à cacher. C'était ce qu'il croyait, du moins.

Ainsi, hier, il a invité Nada à passer Noël avec eux et la famille de sa femme. Mais elle a dit non, elle préférait aller chez Ivo et sa compagne. Alors vous pouvez venir pour le Nouvel An, a relancé Danilo : de toute façon, vu l'état d'Elsa, ils allaient simplement rester tranquilles à la maison avec quelques amis et faire une partie de tombola. Il y a aussi les enfants de mon beau-frère, Nino ne s'ennuiera pas. Pourquoi tu insistes ? s'est irritée Nada. Elle lui a apporté un sac rempli d'affaires de nourrisson, elles avaient appartenu à Nino, un cadeau. Je voudrais que tu connaisses ma femme, s'est-il justifié, je voudrais lui présenter Nino aussi. Ne lui fais pas ça, a dit Nada.

Danilo n'a pas compris. Il a ouvert le sac et fouillé dans

les turbulettes, les bavoirs, les bodies – ils sentaient fort la lessive. Merci, a-t-il dit, c'est magnifique.

Quand il a relevé la tête, il s'est aperçu que Nada se couvrait le visage de ses deux mains.

Mais qu'est-ce qu'il se passe ?

Écoute-moi, lui a-t-elle dit.

Danilo serre son portable, l'essaim s'est dispersé, le soleil s'est couché, le froid lui a engourdi les doigts de pied dans ses chaussures, lui a gonflé les mains. Il éternue. Décide d'appeler son père – depuis combien de temps ne lui a-t-il pas parlé. Ils n'ont pas l'habitude de s'appeler chaque jour, ni même chaque semaine, ils se téléphonent quand ils en ont la disponibilité d'esprit, quand l'un des deux a envie de papoter, beaucoup de temps peut s'écouler entre deux conversations.

Predrag répond tout de suite. Ils parlent de Jagoda : elle va bien, un peu fatiguée, entre l'école où elle enseigne et le volontariat, elle est toujours dehors.

– C'est ton dernier mois de paix, plaisante Predrag, après, fini. Tu seras papa et tu n'auras plus de trêve.

Danilo ne rit pas. Comment pourrait-il savoir, son père. Lui-même ne le savait pas, jusqu'à hier. Nada a dit je ne veux rien de toi, sois tranquille, si j'avais voulu quelque chose je te l'aurais dit plus tôt – comme si c'était une affaire bureaucratique, économique, une affaire légale. Il a fixé abasourdi les petits pulls de Nino et a été envahi d'une telle détresse à l'idée de tout ce qu'il avait manqué de son existence et qui ne lui serait jamais restitué qu'il a posé ses narines sur le coton d'une chaussette et l'a sniffé, certain que l'intensité de cette odeur allait le tuer.

– Vous savez déjà comment vous allez appeler la petite ?

– Non, papa. Elsa fait des listes depuis des mois, mais elle ne s'en sort pas. Moi, ça m'est égal.

– Tu as songé à l'appeler Azra ?

Il fait nuit ; le froid, une espèce de membrane qui maintient son corps à une température constante.

– Mais peut-être que tu préfères un prénom italien, s'empresse d'ajouter son père.

Danilo ne reconnaît pas sa voix quand il demande :

– Tu penses que maman nous voulait ?

– Comment ça ?

– Qu'elle était contente d'avoir deux enfants ?

– Bien sûr, dit Predrag. Qu'est-ce que c'est que cette question ?

– Et alors pourquoi elle s'est tuée ?

– Quel rapport ?

Une pointe de hargne dans son ton.

– Bien sûr qu'il y a un rapport.

Predrag ne répond rien, il l'a fait taire.

– Excuse-moi, dit Danilo. Je suis juste un peu stressé.

Je suis juste un père qui ne savait pas qu'il était père, un père qui s'apprête à devenir père pour la première fois alors qu'il a déjà un enfant, et qu'il ne l'a pas voulu. Comment ai-je pu ne pas y penser, comment ai-je pu ne pas le reconnaître ? Quelque part dans le monde, tu as un enfant qui vit et ton sang, ta chair, ne t'envoie aucun signal ?

Nino a neuf ans : comment a-t-il pu ne pas s'en rendre compte tout de suite ? Quel idiot. Il ne voulait pas l'admettre. Ne pouvait pas. Et puis il n'aurait jamais cru Nada capable d'un coup pareil.

Le fait que Nino existe lui procure de la joie, cet enfant lui plaît, beaucoup, mais il voudrait que ce ne soit pas son fils. Il ne renoncerait jamais à sa naissance, il est content de le connaître, de jouer avec lui, et pourtant, il ne veut pas de lui, il ne veut pas d'un enfant se prénommant Nino, ce n'est pas le bon enfant. Il y a un bon enfant qui arrive, une fille, et la présence de Nino gâche tout, maintenant. Son fils gâche tout. Il ne peut pas l'effacer, ni l'oublier, Nino le condamne à le prendre en compte, à reprogrammer l'avenir qu'il s'était imaginé. Nino n'a eu qu'à exister pour détruire sa vie.

Au lycée, ils avaient lu une poésie de Camillo Sbarbaro. Danilo ne l'a jamais oubliée. Les premiers vers disaient : « Père, même si tu n'étais pas mon / père, même si tu étais pour moi un étranger, / je t'aimerais de toute façon pour ce que tu es »[1], et il s'était demandé s'il aurait pu prononcer ce genre de phrase. Pour la professeure d'italien, c'était un sentiment flagrant, elle partait du principe que les élèves le partageaient, et Danilo s'était fait du souci parce qu'il en doutait, lui. Dans la salle de classe au haut plafond et aux fenêtres percluses de courants d'air, il avait repensé au coup de pied au cul que le paramilitaire avait donné à son père, la nuit où ils s'étaient enfuis de Grbavica. Ils avaient tous les deux gardé le silence sur cette offense, une offense à laquelle un fils ne devrait pas assister. Danilo ne savait pas s'il éprouvait à l'égard de son père de l'amour ou de la pitié. Ça lui arrivait tout le temps : que la pitié salisse l'amour. C'était ce qu'il s'était passé avec Nada aussi.

Qu'aurait pensé son fils de lui ? Lui qui ne l'avait pas désiré. Après la mort de sa mère, il croyait qu'il ne désirerait plus jamais rien.

– Azra a été très dévouée, demande à Jagoda ce qu'elle a fait pour elle pendant la guerre.

– Je sais, papa. Je ne voulais pas la remettre en cause.

– Qu'est-ce que tu veux, alors ?

Nada a dit tu ne répondais pas à mes mails, à mes appels, tu m'avais abandonnée sans explication, et quand j'ai fait le test et que j'ai découvert que j'étais enceinte j'ai pensé que, si je te le disais, tu le prendrais mal. Comme si je voulais

---

1. In *Pianissimo* suivi de *Rémanences*, poèmes traduits de l'italien par Bernard Vargaftig, Bruna Zanchi et Jean-Baptiste Para, Clémence Hiver éditeur, Sauve, 1991.

te contraindre à rester avec moi, alors que tu ne me voulais pas. Ça aurait été trop humiliant. C'était déjà suffisamment humiliant de se faire larguer sans un mot. C'était déjà suffisamment humiliant de ne pas se sentir autorisée à réclamer quoi que ce soit, comme si c'était normal de se faire traiter de cette façon, de la façon dont tu m'as traitée. C'était mon fils, a dit Danilo, tu devais obligatoirement m'en informer. Je n'allais pas mendier ton amour, s'est-elle irritée. Ce n'était pas une affaire qui nous concernait toi et moi, mais lui, a hurlé Danilo. Tu ne l'aurais pas voulu, et moi je ne voulais pas qu'il naisse refusé, je lui ai épargné cette expérience. Tu ne peux pas savoir ce que j'aurais fait, a rétorqué Danilo. Tu ne le veux toujours pas aujourd'hui, pas vrai ? a-t-elle demandé. Danilo a serré la chaussette jusqu'à ce que son poignet se mette à vibrer. Et alors pourquoi tu me l'as dit, putain ? L'odeur de lessive l'a intoxiqué.

– Cette histoire selon laquelle la nature serait une machine parfaite, c'est une connerie.

Il fait presque noir et il a mal au dos, il est assis par terre sur le balcon depuis trop longtemps. Elsa l'attend.

– Danilo, mais qu'est-ce que tu as, ce soir ? Tu me parles de la nature, de ta mère…

Parfois, au cabinet, quand tout le monde est déjà parti, Danilo pose sa tête sur son bureau : l'écran de l'ordinateur le fatigue, ses paupières brûlent. Il pose sa joue sur son bras et d'un coup quelque chose le fait se sentir Azra. Ça ne lui rappelle pas Azra, ça le fait se *sentir* Azra, comme si pendant une seconde Azra était lui. Cela tient peut-être à une expression faciale qu'il aurait héritée d'elle, qu'il ne peut certes pas voir mais que son corps pressent, ou bien à un état d'âme inexprimable qui, à l'issue d'un circuit mémoriel inconscient, le relie à elle et exclusivement à elle. Les cils projettent leur ombre sur son regard et sur son champ de vision, le plan de travail de son bureau, le clavier de son ordinateur, l'ongle de son pouce, c'est sa mère qui voit tout ça. Quand cela lui arrive, il se demande si cette sensation doit l'alarmer, il perçoit la peur, mais à distance, une peur privée de l'énergie suffisante pour le faire se lever, descendre dans la rue, entrer dans un café, parler avec quelqu'un. Il se répète je suis Danilo, je ne suis pas elle. Je ne suis pas ma mère, je suis ici.

– Si la nature était une machine parfaite, une chose aussi importante qu'un fils ne pourrait pas arriver par hasard, par erreur. Il suffit d'un rien, et une vie naît.

Il suffit de baiser pendant une fête, dans les toilettes d'un bar, juste parce que l'alcool t'a désinhibé, il suffit d'un geste négligeable – le lendemain matin, tu ne te souviendras pas d'un seul détail – et la vie prend racine. C'est scélérat, cruel. Il suffit d'aimer une fille blonde aux clavicules robustes, et de suspendre l'amour puisqu'il y aura toujours le temps de l'aimer plus tard, dans un mois peut-être, ou dans un an, et puis de l'oublier. Comment avait-il pu l'oublier ?

– Tu as peur de devenir père ? C'est ça ?

– On ne choisit pas de devenir père. On ne choisit presque rien, sur Terre.

– Oh, mais qu'est-ce qui t'arrive ? s'impatiente Predrag. Tu n'es plus amoureux de ta femme ?

Des mois après la mort de sa mère, Danilo s'était rendu compte qu'il pouvait continuer même sans elle et il s'était demandé si la capacité à vivre en l'absence des gens qu'on aime ne trahissait pas une carence d'amour. Peut-être ne l'avait-il pas aimée, sa mère, pas assez. Ou avait-il cessé de l'aimer : s'il réussissait à manger, à dormir, à marcher, à rire, à avoir des rapports sexuels malgré sa mort, alors cet amour s'était éteint, autrement il l'aurait empêché de lui survivre.

– Si, j'en suis fou. Mais je suis contraint de lui faire du mal.

La lueur d'un réverbère vacille, s'interrompt une seconde puis reprend de la vigueur. Danilo se relève en s'appuyant sur une paume, il a les cuisses congelées, les narines humides et un forceps autour du crâne. Il ferme la porte-fenêtre et s'assoit à son bureau sans allumer la lumière. Dans le noir, il raconte à son père que neuf ans plus tôt, Nino est né.

La mère de Nino a les iris bleu ciel : dans l'avion militaire qui les a emmenés de Split à Milan, ces iris l'ont aidé à respirer. Il lui a promis de l'épouser et en fait non, il l'a fait tomber à chaque fois qu'il l'a eue près de lui, parce qu'elle a toujours été trop, pour lui, trop souffrante ou trop difficile à déchiffrer, trop amoureuse et trop excitante, trop autonome trop soumise, trop seule, fondamentalement trop vivante, une peur constante qu'il faut dompter.

55

Maman a dit d'accord pour la glace, Nino, mais une petite, sinon ce soir tu ne vas pas manger. Elle a tout le temps peur que je ne mange pas, elle le répète à Dora aussi, pas de goûter après quatre heures et demie sinon au dîner il ne touche pas à son assiette. J'ai pris deux parfums, chocolat et citron, elle dit qu'ils ne vont pas bien ensemble mais Danilo me regarde en souriant, c'est la première fois depuis qu'on s'est installés au café. Il ne venait plus nous voir : j'ai demandé à maman pourquoi et elle a dit pourquoi pas, donc j'ai compris qu'ils s'étaient disputés. Un soir, j'ai fait semblant de dormir pendant qu'elle était assise par terre, le dos contre le canapé et les yeux dans le vide, puis elle s'est levée pour aller dans la salle de bains. J'ai écarté le drap et je me suis penché : j'ai vu les dessins de Nino tout déchirés. On aurait dit des pièces de puzzle éparpillées sur le carrelage. J'en ai pris quelques-uns et j'ai essayé de reconstruire Cafard. Une fois, pour la fête des Pères, les maîtresses nous avaient fait dessiner et découper une cravate en carton, et moi je l'ai apportée à maman. Elle m'a dit tu veux un papa ? Non, merci, j'ai déjà Cafard.

Je me suis approché doucement de la porte de la salle de bains et je l'ai entendue qui disait si mes dessins avaient une quelconque valeur, tu ne les aurais pas détruits. Mais c'est lui qui les a détruits ? Non, tu ne les as pas détruits pour me faire du mal, mais parce qu'ils ne valaient rien. D'ailleurs je ne suis rien moi-même, mon prénom le dit. Ça, je n'ai pas compris, mais je n'ai pas eu le courage de lui demander des explications, même des jours plus tard, mettons qu'elle se fâche. Va te faire foutre, a-t-elle hurlé à un moment donné, et je suis retourné me coucher en vitesse, parce qu'elle ne hurle jamais et ne dit pas de gros mots. J'ai remonté la couette jusqu'à mes oreilles mais j'ai entendu qu'elle jetait tout à la poubelle et j'ai eu envie de me lever et de sauver Cafard de l'obscurité sous l'évier.

L'autre ami de maman ne sourit pas, lui. Quand je le regarde, il détourne la tête, comme s'il avait un peu honte. Je n'avais encore jamais vu un adulte avoir honte devant un enfant. Il est assez grand, très très maigre. Moi, plus tard, je veux devenir aussi grand et musclé que Cafard. C'est Omar, m'a dit maman, et Omar a dit salut et a fait une drôle de tête affolée.

Tu es prêt ? dit maman, et elle lui touche la main par-dessus la table. Omar la regarde et ça se voit qu'il lui fait confiance. Danilo ouvre son ordinateur portable, tape sur le clavier, une petite musique rigolote commence, puis la musique s'arrête et il dit salut sœurette. Salut Danilo. Juste après, il tourne l'écran vers Omar. Salut, répète maman, merci du fond du cœur pour ton aide. La sœur de Danilo répond puis maman dit une phrase que je ne comprends pas, et on entend la voix d'une autre dame, une voix genre mal à la gorge, genre toux et sirop et pyjama mouillé de sueur, et elle non plus, je ne comprends pas ce qu'elle dit. Omar dit maman et éclate en sanglots. Il baisse la tête et se frotte les yeux et ma maman lui fait une caresse dans le cou, elle lui dit regarde l'écran, c'est elle, Omar, tu l'as retrouvée, regarde-la, elle a toujours été en vie, tu avais raison depuis le début, dis-lui quelque chose. Omar se sèche avec le bras jusqu'au coude, moi, un grand qui pleure, je n'en avais jamais vu. Je ne sais pas si Cafard pleure, mais c'est un animal, ça ne compte pas. Comment tu vas ? dit Omar, et maman prononce une phrase que je ne comprends pas et à ce moment-là la dame répond, et elle aussi, on entend qu'elle pleure.

Maman parle une langue qu'elle n'a jamais parlée avec moi, et sa voix aussi me semble différente, maintenant, on ne dirait pas celle de ma maman mais celle d'une inconnue. J'ai un peu peur sous le nombril : maman, je l'appelle. Mon cœur, qu'est-ce qu'il y a ? Elle me regarde et c'est la même, les yeux bleu clair et ce Y sur le front qu'elle me laisse toucher quand on est sur le canapé, je passe mon doigt dessus et elle rit même si elle n'est pas chatouilleuse. Rien, je réponds, et elle recommence à regarder l'ordinateur portable de Danilo et elle change à nouveau de voix et devient étrangère, et pourtant, c'est ma maman. La glace a un peu fondu, le citron s'est mélangé au chocolat, avec la cuillère je dessine des cercles blanc et marron, puis je sens une main sur mon épaule : Tout va bien, dit Danilo, et ça ne ressemble pas à une question.

Qu'est-ce qu'ils font ? je lui demande.

Omar n'a pas vu sa maman depuis très très longtemps.

Pourquoi ?

À cause de la guerre.

Je ne comprends pas très bien, mais je ne veux pas qu'il le découvre, donc je dis moi je n'ai jamais vu mon papa, c'est aussi à cause de la guerre ?

Danilo me serre l'épaule. Non, dit-il. Et il enlève sa main. Il se met debout. Je l'ai peut-être fâché, mais pourquoi. Enfin si, dit-il. Si.

Je ne comprends toujours rien, je goûte la glace, je n'aime pas le parfum, maman avait raison, je l'entends parler avec cette voix neuve, qui me fait trembler le nombril, mais c'est elle, j'en suis sûr, on dort toujours enlacés. Omar dit pardonne-moi, je te jure que je vais me ranger, maman parle dans une autre langue et la dame répond, et peut-être qu'elle aussi trouve que son fils a une voix bizarre, maintenant, parce que quand il parle, elle ne le comprend pas, et d'ailleurs elle pleure. Moi, je pose ma main sur mon nombril et je pense à Cafard, il ne sait rien de la guerre, lui, comme moi. Je crois que je vais lui laisser ma glace, il finit toujours les trucs que je n'aime pas.

J'entends des bruits de bisous dans l'ordinateur et la dame qui parle et encore des bisous, maman dit mon fils, je n'y crois pas que c'est moi qui t'ai faite, mais elle regarde Omar, pas moi. Tu es un homme, dit maman, alors qu'avant tu étais à l'intérieur de moi. Omar sanglote, la dame continue à parler. Maman dit où est ton frère, et elle ne me regarde pas. La prochaine fois, mon fils, fais-le venir lui aussi.

Danilo pose ses poings sur sa taille, il essaie de respirer en levant le nez, n'y arrive pas. Qu'est-ce que tu as, dit maman, et il fait du vent avec sa main, rien, rien, continuez. Alors je me lève moi aussi et je vais la prendre dans mes bras. Sois gentil, dit-elle, il faut qu'on aide Omar, là, tu ne vois pas ? Et moi je le vois bien, qu'Omar pleure, ses épaules tremblent plus que mon nombril, il pleure pire que moi la fois où je suis tombé du toboggan et que j'ai tapé mon derrière par terre, pire que moi quand la lumière s'éteint d'un coup et que maman n'est pas là, pire que moi quand à l'école j'avais cette envie de pleurer qui montait et que je n'arrivais pas à arrêter et que je ne savais pas comment faire. Donc je vais vers lui, je sors la boîte des fromages, mon amulette, je l'ouvre et je la lui montre. Omar la prend, la garde dans sa main.

Après, ça s'évapore, je dis.

Pendant un instant, ils se taisent, lui, maman, Danilo, qui se tient debout devant nous, il a les bras le long du corps, il a peut-être réussi à respirer.

Salut Nino, comme tu es beau.

Je me retourne vers l'écran, c'est une jeune femme qui

m'appelle. Elle a les cheveux roux et une drôle de mèche grise sur le front. À côté d'elle il y a une dame avec beaucoup de rides autour du nez, on dirait des moustaches de chat.

Salut, je réponds.

La dame est restée à me fixer, la bouche ouverte, elle a perdu beaucoup de dents, comme moi, j'en ai une qui bouge en ce moment même, il suffit de la pousser avec ma langue. Va savoir si la petite souris apporte des pièces aux grands aussi, va savoir si elle a été lui apporter quelque chose à elle. Elle a la tête toute gonflée et mouillée, donc je lui dis : Salut madame, arrête de pleurer.

56

Ils marchent dans le parc en silence, sauf l'enfant, qui pose un tas de questions. Sa mère répond à chacune d'elles sans jamais s'impatienter, invente souvent, abreuve son fils de blagues, elle appelle ça l'imagination. L'enfant ne marche pas cramponné à elle et ne lui barre pas la route, il ne vit pas dans l'angoisse permanente de son absence, elle est là, il peut la toucher dès qu'il en a le désir, sa mère ne dit pas arrête de me coller, elle ne le dit jamais.

Pour qu'Omar le comprenne, il a suffi d'un après-midi de permission-récompense. Parfois, Nada se tourne vers Danilo, comme pour lui demander : tu connais la réponse, toi ? L'enfant ramasse des cailloux, des feuilles, des bâtons, pas des projectiles, non, il n'y en a pas – il se les fourre dans les poches, les laisse tomber, les sème le long du sentier, il est le Petit Poucet, comme tous les enfants à son âge, mais personne n'a l'intention de l'abandonner. Il court vers lui mais ne s'approche pas, l'étudie à quelques mètres de distance ; il est curieux – intimidé, peut-être. Nada dit ne transpire pas, elle dit tu as mangé ta glace, tu es en pleine digestion, et Danilo rit, je ne t'imaginais pas aussi anxieuse. Omar voit Nino en train de soupirer et il pense que, si seulement il avait été moins faible, cet enfant aurait pu être son fils.

Maintenant que l'appel est fini, il a l'impression de ne

lui avoir rien dit. Il a encore tant de mots coincés dans la gorge qu'il voudrait la rappeler tout de suite, sa mère. Plus tôt, Nada lui a traduit la phrase de Nino, arrête de pleurer, et après quelques secondes d'incompréhension, sa mère a ri, et les cascades ont grondé, un déluge de fraîcheur a inondé la ville.

Dès que la loi l'y autorisera, Omar ira à Sarajevo. Qui sait si Nada voudra bien l'accompagner, si elle emmènera Nino avec elle, si elle le laissera tenir la promesse qu'il lui avait faite au bord de la Miljacka, quand la lumière du matin lui liquéfiait le regard ? Comment sera-t-il capable, sans elle, de reprendre sa mère dans ses bras ? L'odeur de poêle à bois pourrait lui faire imploser le cœur, il a besoin de la main de Nada pour résister, il a appris si tôt à s'y agripper.

Les arbres donnent de l'ombre, il y a un peu de vent, Nada croise les bras sur sa poitrine, puis elle pense à son fils, le rejoint, s'agenouille devant lui, remonte la fermeture Éclair de sa veste.

– C'est le printemps, proteste Nino, et il s'échappe à nouveau.

Le parc est si vaste, le ciel infini, Omar a le vertige. L'horizon s'embue, les branches se brouillent, l'espace d'un instant, il doit s'appuyer contre un tronc, renifler l'écorce, accepter la myopie, l'agoraphobie, ou la joie. L'espace d'un instant, le souvenir de sa cellule l'apaise – puis Nino l'appelle.

– Regarde, Omar, je sais grimper.

Courbé, les jambes fléchies, l'enfant remonte à l'envers le toboggan jusqu'au sommet, puis il perd l'équilibre et glisse, s'immobilise à quatre pattes, un peu déçu.

– Moi aussi, je sais grimper, dit Omar et, attrapant une branche, il atterrit dessus en un bond.

Depuis le toboggan, Nino l'observe, ébloui.

– Monte, toi aussi.

Nino cherche Nada du regard.

– Je peux ?

Elle ne répond pas, regarde Omar, puis de nouveau son fils.
– Allez, fais-lui plaisir, suggère Danilo.

L'enfant est devant l'arbre, sa mère le prend dans ses bras, son père est l'homme qui s'accroupit pour le recevoir sur ses épaules et le hisser, même si Nino l'ignore. Danilo porte une montre qu'Omar lui voit au poignet depuis qu'il est gamin, mais il ne peut pas savoir qu'elle appartenait à son père, un Serbe bosnien qui a défendu Sarajevo, et qui l'a forcé à être adulte bien plus tôt que prévu. Omar ne peut pas savoir que Danilo avait l'intention de l'offrir à Nino, cette montre, puis qu'il a pensé qu'il ne voulait pas lui laisser un nœud coulant en héritage. Il ne peut pas non plus l'offrir à la petite fille qui arrive. Elsa a tellement pleuré qu'il a craint qu'elle accouche avant terme, elle a du mal à lui pardonner un tort qu'il ne lui a pas infligé à elle. Du bébé à naître, Jagoda a dit elle aura un frère, ce n'est pas rien, comme chance. Mais tout cela, Omar ne peut pas le savoir.

– Tends les bras, Nino, ordonne Nada, et Danilo attrape son fils et le soulève comme un trophée.

Omar se penche en avant, cramponné à la branche avec ses cuisses, et réceptionne l'enfant.

– Attention, supplie Nada, mais en un éclair il l'a déjà installé à côté de lui, il lui enveloppe la taille, le tient serré.

– Waouh, exulte Nino.

– Ça te plaît ?

Omar sourit.

– Il n'y a pas trop de vent, là-haut ? s'enquiert Nada.

– Qu'est-ce que c'est que cette invention ?

– Il fait un peu frais.

– Arrête un peu, on dirait sœur Tourment.

– C'est qui, sœur Tourment ? demande Nino.

Omar ne répond pas, il profite de la vue. Les nuages sont des barbes à papa à moitié grignotées, ils flottent dans le lac en même temps que les feuilles, les palissades, les bicyclettes.

Le soleil est sur le point de s'évanouir, il ne ressent le manque de personne. Le ciel resplendit comme Nada dans l'église, ce dimanche d'il y a dix-neuf ans, Nada embrasée dans chacun de ses souvenirs, la Nada qu'il voyait en rêve : ce n'était pas de la peur, c'était l'espoir – c'est elle, l'espoir, et elle ne le sait même pas. Elle qui surveille son fils au pied de l'arbre, le regard levé. Ce fils qu'il protège, lui.

Dans le parc, les enfants se balancent aux portiques, foncent sur leurs rollers, embarquent à bord du petit train qui le traverse sans hâte, boivent du Coca-Cola à la paille, tapent dans un ballon, agitent des moulins à vent tandis que les colombes reprennent leur souffle, avancent comme des funambules en équilibre sur les murets, écorchent des chansons apprises à l'école, se chamaillent et font la paix aussitôt après, repoussent le plus possible le moment où ils devront aller au lit et n'arriveront pas à dormir par peur de se réveiller seuls, leurs mères disparues, un monde sans mères, ils crient contre cette menace constante, si fort qu'on dirait de l'euphorie, ils pleurent pour cet arrachement qui a déjà eu lieu et qui s'aggrave de jour en jour, mais ils font semblant que c'est à cause des éraflures aux genoux, les enfants dans le parc savent tout, et la montre au poignet s'arrête soudain, enfin, les aiguilles s'enrayent – le Petit Poucet est caché sous la table, les oreilles bouchées ; tôt ou tard, il devra faire confiance, il devra y croire : dites-le-lui, je vous en supplie, que personne ne l'abandonnera.

– Tu te sens mieux ? demande Nino.

Omar fait signe que oui. Il sort la petite boîte vide de la poche de son sweat pour la lui rendre.

– Garde-la, dit l'enfant. Je te l'offre.

REMERCIEMENTS

Ce roman est dédié à Adis, Amela, Amer, Mirela et Ognjen.

Je remercie Michele Augurio, Daniele Bombardi, Nicole Corritore, Tommaso Creola, Lorenzo Ferrari, Monica Fogliani, Sabina Gardović, Uzeir Kahvić, Safet Krajević, Vedran Jusufbegović, Sonia Laudati, Gabriella Maruzza, Nicola Minasi, Max Nasi, Dario Novalić, Livia Pomodoro, Jagoda Savić, Tarik Smailbegović, Marina Tralli, Vera Zorić.

NOTE BIBLIOGRAPHIQUE

La citation de Slavenka Drakulić en exergue est extraite de sa préface à l'ouvrage de Dzevad Karahasan, *Un déménagement*, traduit du serbo-croate par Mireille Robin (Paris, Calmann-Lévy, 1994).

Les vers cités aux pages 90-91 ont été traduits à partir de la version italienne de deux poèmes de Senadin Musabegović, sous les titres « Il respiro della polvere sui guanti chirurgici » et « La patria cresce » et réunis dans le recueil *La polvere sui guanti del chirurgo* (Modène, Infinito edizioni, 2007). Seul un recueil de Senadin Musabegović a été traduit en français par Mireille Robin, *Grandissement de la patrie* (Buzet-sur-Tarn, N & B, 2002).

La fin de la page 214 contient un hommage à Heiner Müller et à sa pièce *Hamlet-Machine*, transcription de Julia Bernhard, traduction de l'allemand par Jean Jourdheuil et Heinz Schwarzinger (Paris, Éditions de Minuit, 2003).

Les pages 254-255 contiennent un hommage à Ivo Andrić et spécifiquement à ses œuvres *Le Pont sur la Drina*, traduit du serbo-croate par Pascale Delpech (Paris, Belfond, 1994) et « Une lettre de 1920 », nouvelle extraite de *Titanic et autres contes juifs de Bosnie*, traduit du serbo-croate par Jean Descat (Paris, Le Serpent à plumes, 2001).

Les vers cités à la page 264 ont été traduits à partir de la version italienne d'un poème d'Izet Sarajlić, « Cerco la strada per il mio nome », extrait du recueil *Il Chi ha fatto il turno di notte ?* (Turin, Einaudi, 2019). Deux ouvrages d'Izet Sarajlić ont été traduits en français par Mireille Robin : *Le Livre des adieux*, suivi de *Recueil de guerre sarajévien* (Balma, N & B, 1997) et *Poèmes d'amour* (Strasbourg, BF, 1999).

Les vers cités page 362 sont tirés du poème de Julio Cortázar « Commande », extrait de *Crépuscule d'automne*, traduit de l'espagnol par Silvia Baron Supervielle (Paris, Corti, 2010).

DE LA MÊME AUTRICE

Aux Éditions Albin Michel

LA GOÛTEUSE D'HITLER, 2019.

« LES GRANDES TRADUCTIONS »

(extrait du catalogue)

VIOLA ARDONE
Le trait des enfants
Le choix
traduits de l'italien par Laura Brignon

ELIAS CANETTI
Histoire d'une jeunesse, la langue sauvée, 1905-1921
Les Années anglaises
Le Livre contre la mort
traduits de l'allemand par Bernard Kreiss
Le Flambeau dans l'oreille, histoire d'une vie, 1921-1931
traduit de l'allemand par Michel-François Démet
Jeux de regard, histoire d'une vie, 1931-1937
traduit de l'allemand par Walter Weideli

VEZA ET ELIAS CANETTI
Lettres à Georges
traduit de l'allemand par Claire de Oliveira

ELIAS CANETTI ET MARIE-LOUISE MOTESIZKI
Amants sans adresse, correspondance 1942-1992
traduit de l'allemand par Nicole Taubes

DONATELLA DI PIETRANTONIO
Borgo sud
traduit de l'italien par Laura Brignon

DANIEL DEFOE
Robinson Crusoé
traduit de l'anglais par Françoise du Sorbier

DAVIDE ENIA
Sur cette terre comme au ciel
La Loi de la mer
traduits de l'italien par Françoise Brun

JOÃO GUIMARÃES ROSA
Diadorim
traduit du portugais (Brésil) par Maryvonne Lapouge-Pettorelli

Sagarana
Mon oncle le jaguar
traduits du portugais (Brésil) par Jacques Thiériot

DANA GRIGORCEA
La Dame au petit chien arabe
traduit de l'allemand par Dominique Autrand

MONIKA HELFER
Héritage
traduit de l'allemand par Dominique Autrand

GEORG HERMANN
Henriette Jacoby
traduit de l'allemand par Serge Niémetz

IAKOVOS KAMBANELLIS
Mauthausen
traduit du grec par Solange Festal Livanis

YASUNARI KAWABATA
Récits de la paume de la main
traduit du japonais par Anne Bayard-Sakai et Cécile Sakai
La Beauté, tôt vouée à se défaire
traduit du japonais par Liana Rossi
Les Pissenlits
traduit du japonais par Hélène Morita
Première neige sur le mont Fuji
traduit du japonais par Cécile Sakai

YASUNARI KAWABATA ET YUKIO MISHIMA
Correspondance
traduit du japonais par Dominique Palmé

GUYLA KRÚDY
L'Affaire Eszter Solymosi
traduit du hongrois par Catherine Fay

OTTO DOV KULKA
Paysages de la métropole de la mort
traduit de l'anglais par Pierre-Emmanuel Dauzat

DANIELA KRIEN
L'Amour par temps de crise
traduit de l'allemand par Dominique Autrand

MICHAEL KUMPFMÜLLER
La Splendeur de la vie
traduit de l'allemand par Bernard Kreiss

DORIS LESSING
Le Carnet d'or
Les Enfants de la violence
traduits de l'anglais par Marianne Véron
Journal d'une voisine
traduit de l'anglais par Marianne Fabre
Si vieillesse pouvait
traduit de l'anglais par Natalie Zimmermann

PRIMO LEVI
Le Système périodique
traduit de l'italien par André Maugé
Auschwitz, ville tranquille
traduit de l'italien par Louis Bonalumi, René de Ceccaty,
André Maugé et Martine Schruoffeneger

THOMAS MANN
Les Confessions du chevalier d'industrie Felix Krull
Dr Faustus
traduits de l'allemand par Louise Servicen

SÁNDOR MÁRAI
Les Braises
traduit du hongrois par Marcelle et Georges Régnier
L'Héritage d'Esther
Divorce à Buda
Un chien de caractère
Mémoires de Hongrie
Métamorphoses d'un mariage
Le Miracle de San Gennaro
traduits du hongrois par Georges Kassai et Zéno Bianu
Libération
Le Premier Amour
L'Étrangère
La Sœur
Les Étrangers
Les Mouettes

Ce que j'ai voulu taire
La Nuit du bûcher
Dernier jour à Budapest
Journal, tomes 1 et 2
traduits du hongrois par Catherine Fay

EMILIANO PODDI
Immersion
traduit de l'italien par Sophie Royère

CHRISTOPH RANSMAYR
La Montagne volante
Le Syndrome de Kitahara
Atlas d'un homme inquiet
Cox ou la course du temps
traduits de l'allemand par Bernard Kreiss

MORDECAI RICHLER
Le Monde de Barney
traduit de l'anglais (Canada) par Bernard Cohen

RAFFAELLA ROMAGNOLO
Bella Ciao
traduit de l'italien par Françoise Brun

BÉATRICE SALVIONI
La Malnata
traduit de l'italien par Françoise Bouillot

ALEX SCHULMAN
Les Survivants
traduit du suédois par Anne Karila

PAOLO SORRENTINO
Ils ont tous raison
Youth
traduits de l'italien par Françoise Brun

MADELEINE ST JOHN
Les Petites Robes noires
traduit de l'anglais (Australie) par Sabine Porte
Rupture et conséquences
traduit de l'anglais (Australie) par Anouk Neuhoff

ARTHUR SCHNITZLER
Gloire tardive
traduit de l'allemand par Bernard Kreiss

SOPHIE TOLSTOÏ
À qui la faute ? Réponse à Léon Tolstoï
traduit du russe par Christine Zeytounian-Beloüs

F.X. TOOLE
Coup pour coup
traduit de l'anglais (États-Unis) par Bernard Cohen

NICK TOSCHES
La Main de Dante
Le Roi des Juifs
traduits de l'anglais (États-Unis) par François Lasquin
Moi et le diable
traduit de l'anglais par Héloïse Esquié

DUBRAVKA UGRESIC
Le Ministère de la douleur
traduit du serbo-croate par Janine Matillon

ERICO VERISSIMO
Le Temps et le Vent
Le Portrait de Rodrigo Cambará
traduits du portugais (Brésil) par André Rougon

Composition Nord Compo
Impression CPI Firmin-Didot en mai 2023
Éditions Albin Michel
22, rue Huyghens, 75014 Paris
www.albin-michel.fr
ISBN 978-2-226-45100-2
N° d'édition : 23988/01. – N° d'impression : 174330
Dépôt légal : août 2023.
Imprimé en France